华　章
传奇派

品味无限不循环的人生

大宋法医

少年宋慈

（下册）

龙玄策 著

目录

下册

第五卷　龙头案

第 一 节　辜老爷登仙 / 002

第 二 节　雷击纹 / 013

第 三 节　故人音容 / 025

第 四 节　沉年悬案 / 039

第 五 节　酽醋现血影 / 051

第 六 节　傀儡楼 / 065

第 七 节　龙头大会 / 084

第 八 节　百人上书 / 105

第六卷　洞房案

第 一 节　鬼宅悬尸 / 116

第 二 节　芳心暗许 / 126

第 三 节　御宴逼婚 / 138

第 四 节　公主大婚 / 153

第 五 节　驸马之死 / 165

第 六 节　开枝散叶汤 / 182

第 七 节　外门弟子 / 193

第 八 节　真相迷离 / 203

第七卷　太学案

第 一 节　暗阁藏尸 / 222

第 二 节　消失的人 / 236

第 三 节　攒馆推案 / 254

第 四 节　香消玉殒 / 271

第 五 节　满城风雨 / 290

第 六 节　道人安魂 / 303

第 七 节　函首议和 / 318

第八卷　天机案

第 一 节　诡异夜葬 / 332

第 二 节　藏诗锁 / 346

第 三 节　天机盒 / 365

第 四 节　瓦舍围捕 / 379

第 五 节　声东击西 / 393

第 六 节　人心惟危 / 406

第 七 节　烛照长夜 / 431

第五卷 龙头案

第一节
辜老爷登仙

大宋北伐，百姓振奋。勾栏瓦舍通宵达旦，酒肆客栈觥筹交错，大街小巷一片欢歌笑语，皆认为王师直捣黄龙之日就在眼前。

但是今夜却与往日不同，才到亥时，整座城市就寂静无声，连一个走街串巷的浮铺也看不到。

在大瓦子外，一位虬髯宽脸的汉子抱着拴马石正在酣睡，冷风袭来，小石子打到醉汉的额头上，他才打着酒嗝踉踉跄跄地站了起来，迷迷糊糊地看了看夜空，嘀咕道："一帮腌臜泼才，这才什么时辰，就把洒家赶了出来，坏了老子的酒兴。"

醉汉名叫陈唐，乃是给人看家护院的武夫，今日得了东家的月钱，便在大瓦子里看了看傀儡戏，喝了喝花酒，谁知还没尽兴，瓦舍就要打烊。陈唐虽然耍酒疯赖着不走，却被几名小厮毫不客气地丢了出来。

"去草料场，那里还有酒！"

草料场位于北城余杭门附近，不少商队时常半夜就来到这里，一边喂牲口，一边在附近酒肆里喝酒驱寒，等卯时城门打开后便一早赶路。

陈唐跌跌撞撞行了五六里路，额头忽然冒出冷汗，整个临安府黑乎乎的，安静得如同一座鬼城。

"今夜怎么了，为何连一个鬼影都看不到？"

大宋不设宵禁，临安城时常灯火通明，当下确实有些古怪。好不容易走到草料场，陈唐却惊讶地张大了嘴巴。往常这个夜里最热闹的地方，如今却也是冷冷清清，见不到一点儿人烟。

"奶奶的，人都死哪去了？"愤懑之时，一眼瞥到前方凉亭的石桌上摆放着酒坛，一旁还放着让人食指大动的下酒菜。

兴许是酒劲上头，陈唐不管这坛美酒是谁的，三步并作两步走向前，啪啪地拍开泥封，拎起酒坛就往喉咙里灌。"咕咕咕"几口酒下肚后，陈唐大呼一声："好酒！"此酒和以前喝的酒都不一样，入口微辣，在月光下微微泛着绿光，喝下去通体冰凉，全身有一种说不出的爽快。

陈唐如牛饮水般喝着美酒，又狼吞虎咽地吃着下酒菜，一坛美酒下肚后，再度昏睡了过去。不知何时，陈唐迷迷糊糊地睁开了眼睛，看到眼前的景象后，额头冒出了冷汗。这漫天之中飘着蒙蒙的纸灰。回头一看，石桌的另一头端坐着一位绿衣汉子，他面色青白，像是戴着面具，两只眼睛直勾勾地看着眼前的酒坛，不发一言。陈唐"嘭"的一声把银子拍到桌子上说道："兄台别介意，喝了兄台的美酒，这便是酒钱！"

绿衣客抬起了头，看着陈唐奇怪地问了一句："你能看到我？"

陈唐疑惑道："为何不能？"

"你还喝了我的酒？"

陈唐酒劲上来，回道："兄台也是小家子气。喝了你的酒，咱哥俩就是兄弟了。既然是兄弟,就要美酒一起喝,刀子一起挨!"

绿衣客冷笑了下,道:"这么多年来我就是贪图这美酒,才没有完成那件差事!今日看来是天命如此了,既然兄台喝了我的酒,不如随我一同去请辜老爷登仙如何?"

"好!兄弟说去哪里,哥哥我就去哪里!"

绿衣客看向远方说道:"再等一下,对方家中有神灵护卫,我还要找点儿人!"

"你手下有多少人马?"

"五十人,都是一等一的好手!"

陈唐又从酒坛里倒出了好酒,斟满了两个陶碗,还把其中一个陶碗推到了绿衣客面前。绿衣客摆手道:"如若喝了酒,就是领了对方的人情,便接不了人!"

绿衣客滴酒不沾,陈唐却一点儿都不客气,一个人自斟自饮。过了片刻,绿衣客指了指前方道:"我的人来了。"

陈唐环顾左右,四周空空如也,虽然看不到一丁点儿人影,但是可以听到骏马嘶鸣的声音,再仔细听还可以听到刀剑碰撞的声音。到了此时,陈唐终于酒醒了,额头上冒着一滴滴的冷汗,心道:"今夜不是祭奠亡灵的寒食节吗?怪不得夜市和浮铺都早早收摊了。眼前这人又是谁?"

绿衣客看出陈唐脸上的疑惑,说道:"兄台不必害怕,我在那边也是官差,本来几年前就要接辜老爷登仙的。不过却一直贪图他送的美酒,这事才没办成。如今兄台把美酒喝了,好菜吃了,那就是我和辜老爷的机缘尽了,今日无论如何都要把他接走,就不知兄台敢不敢同去?"

陈唐也是胆子大的豪客，静了静心神后，哈哈笑道："砍头不过碗大的疤，又有什么可怕的？"

"好！"绿衣客挥了挥手，草料场中跑出了两匹黑色骏马，他翻身上了其中一匹马后说道："兄台跟在身后便是。切记，阴阳殊途，凡事但看莫问，若不然定会惹来祸事！"

陈唐应了一声，翻身上了另一匹马，跟在了绿衣客身后。那绿衣客的马在空中如飞翔一般，马蹄都不落地，在他的身后是两排绿幽幽的鬼火，就像有人举着火把跟在后面一样，然而却看不到一丁点儿人影。他们从城北的余杭门出了城，径直就向西北方的东明山奔去。

一路奔驰，陈唐如梦似幻，进了山中，更分不清东南西北，只是记得月亮一直在东明山山头那边挂着。过了东明寺，再行了五里地，便来到一处大宅院外。此处宅院地处幽僻、庭院幽深，若是没人带路，根本找不到。

绿衣客下了马，对身后说道："就是这里了，镇江府城隍爷的位置空了许久，今日务必请辜老爷登仙。尔等在此候着，时辰快到了！"

庄子里灯火通明，有很多持枪弄棍的庄客来回巡逻。陈唐随绿衣客上了大树梢上，举目望去，一个白发银须的员外正摆着家宴，院子里一座两人高的假山甚是引人注目。过了一会，有一名戴着面具的男子出现，他身穿绿衣黑裤，披着奇怪的披风，头戴似兽非兽的面具，发出似人非人的声音道："时辰到了，请辜老爷登仙！"说罢便跪在地上，献出了寿酒。

不知为何，辜老爷见到酒壶便浑身发抖，又捂着胸口做出了痛苦状，接着就被人抬到了里屋。等了一会后，树上的绿衣客不满道："辜老爷登仙之夜，岂能有任何差池？快快送辜老爷出来！"

里屋有人回道："辜老爷登仙前应清洗身体，请差老爷稍后！"随即里屋里传来了水声，仿佛有人在洗澡！

过了小半个时辰，辜老爷被请上了轿子，府中的家丁丫鬟则在大院里燃放着烟火，整个院子灯火通明。绿衣客见状哈哈大笑道："奏乐！速去镇江府城隍庙！"

在绿衣客的护卫下，辜老爷坐着轿子一路向前，走到一条溪流前的时候，绿衣客对陈唐说道："前面便是奈河了，你我兄弟缘尽于此。此事乃是天机，断不能为外人道也，若不然定遭天谴！"

说罢，一行人等就走入河水之中消失不见。陈唐眼前一黑，就此睡去，再醒来时已是黎明时分，他正躺在东明山的草地上。

……

临安县衙，叶适正翻看着卷宗，当他看到陈唐口述画押的《辜老爷登仙》卷宗后，勃然大怒，对邢捕头骂道："尔等怎么做事的？一个醉汉的胡言乱语也写下来，闲来没事乎？"

邢捕头有点儿尴尬地回道："是有人让我们找陈唐问话的！"

叶适惊堂木一拍道："何人如此荒唐？把他找来，本官定要打他二十大板！"

邢捕头小心翼翼回道："是宋慈宋公子！"

"是他？"叶适面色有点儿缓和道，"宋慈为什么要调查此人？"

"酒肆的酒客爱听故事，陈唐就用这个鬼故事换了酒钱。恰好前几日草料场报案，说是夜里丢了两匹马。宋公子听闻此事后，就和属下商议，找陈唐过来问话！"

"那马找到了吗？"

"找到了，是自己跑回来的！"

"嗯！"叶适点头道，"以后这种小事不用呈上来了！"

邢捕头吱吱呜呜道："宋公子说……"

"他说什么？"

"他说此案似乎有隐情，送上来请叶大人斟酌下！"

"哦？"叶适想了下，似有所悟道，"难道陈唐目睹了一场灭门案？宋慈何在？"

邢捕头环顾左右，显然不知道宋慈在哪里。孔武昨日去大瓦子里看了傀儡戏，正靠在一旁的廊柱上假寐。

"孔武！"叶适怒喝一声。

"在！"孔武猛然惊醒，揉了揉撞到柱子上的脑袋瓜行礼道，"大人有何吩咐？"

"宋慈何在？"

"这几日太学月考，宋慈请了假！"

"嗯！知道了！"虽然陈唐的卷宗有些诡异，不过此事还是猜测而已，加之也没人报案。叶适又看了一眼后，便把这份卷宗放到一旁，又继续批阅其他卷宗。

又过了小半个时辰，曹县尉神色慌张地走进屋子，对叶适抱拳道："大人，有命案发生！下官刚去了现场！"说着曹县尉把《验状》和《验尸格目》递了上去。

叶适翻看着卷宗，皱眉道："东明山外，昨夜被天雷劈死？何人大半夜要去荒郊野外？"忽然之间，叶适想到了什么，指着《验尸格目》上死者的名字说道："他也叫陈唐？和说鬼故事的陈唐有什么关系？"

曹县尉回道："就是那个陈唐，孙仵作验过尸，说确实是被天雷劈死的！昨夜天就像漏了一样，雨水噼里啪啦往下落，连西湖都快漫出来了，这场雨可真够大的。"

邢捕头心中一惊道："难道鬼故事不是假的？陈唐泄露了天机，被雷劈死了？"

叶适瞪了邢捕头一眼，抽出陈唐自述的卷宗，又再度看了看眼前《验状》以及《验尸格目》，略微思索后道："陈唐的死太蹊跷！"

曹县尉心中一惊道："可是孙仵作一口咬定是被雷劈死的！"

"验尸还得靠宋慈，此案本县亲自去办。"叶适想了想又道，"最近金人细作动作频繁，曹县尉，你在城里好好搜搜，断不能再出现闹市贴文告的事了！"

"卑职明白！"

曹县尉记得，高宗时期两国交战，金国细作在临安闹市大肆张贴文告，一边抨击大宋腐朽、百姓生活艰难，一边大肆宣扬金国皇帝开明，国泰民安。此事虽然对百姓触动不大，却让高宗火冒三丈，把当时的皇城司提举和临安县令都撤职查办。此时两国又兵戎相见，此事不得不防。

"那就下去吧！"叶适支走了曹县尉，对邢捕头说道，"叫上皂吏、捕快、仵作，再去一趟东明山樾馆。"

"下官这就去准备。"

俄顷，正当叶适带着众人准备离开县衙的时候，肖公公领着两个小太监从门外走了进来。

"叶大人且慢,皇上有口谕!"

叶适急忙顿住了身形,将肖公公请到了里屋。过了一炷香的光景,叶适携肖公公再度走了出来。

"咱家就不劳烦叶大人相送了!"肖公公拱手行礼道,"叶大人还是早点儿动身吧!镇江府离这里说近不近说远不远!"

"多谢公公提醒,叶某给下面的人的交代几句,这就出城!"

"好,那咱家就先走了!"

叶适把盖着官印的任命文书以及陈唐案相关的卷宗交给了孔武,说道:"月考应当结束了,叫宋慈负责这起案子。每隔一日你让他把办案进展交给邢捕头,让他快马给我送来,这就去吧!"

孔武不敢怠慢,转身上了马,奔向了太学斗斋。

昨日宋慈刚考完月考,此时正在庭院里温书,一根爆竹却从院落外丢了进来,"嘭"的一声惊得黑虎汪汪乱叫。马永忠追了出去,却是一些总角儿童干的调皮事,这些小儿一边跑还一边笑骂道:"炸死宋奸!"

宋慈收起了书,看着从门口回来脸色难看的马永忠问道:"北边有消息了?"

"是!"马永忠点头道,"大清早大街小巷就传开了,毕再遇将军攻下泗州,圣上嘉奖其为左骁卫将军!街上百姓正在欢庆,有几个小孩溜进了太学,要不要我去……"

"不用了!我出去看看月榜!"宋慈起身拍了拍马永忠。

马永忠看了看宋慈,一副欲言又止的样子。

"马兄有话要说？"

"有……"马永忠支吾了下，"我们是不是错了？"

宋慈遥望远方道："我也希望错了，如此大宋便能光复河山！"

"你……留意下董畅他们！"

"马兄有心了！"宋慈拍了拍马永忠的胳膊，出了院门。

太学每次月考都会在大成殿外放榜，成绩从上上到下下共计九档。宋慈看着自己月考的名次，心中一片冰凉，他竟然是下下等，最低的一档。

一旁有学子嘀咕道："宋慈怎么是最差的？他温书颇勤，此次的策问又和律法有关，乃是他的强项，怎会如此不堪啊！"

另一人回道："一个宋奸有何德何能谈大宋的律法？他不是最差，谁是最差？"

宋慈抬眼看了看两人，那两人回瞪道："看什么？早点儿收拾东西滚回去啊！太学不是你这种宋奸待的地方！"

一时间所有人都笑了。

宋慈没有理会旁人的奚落，进了伙房。虽说时辰尚早，但方才还笑容满面的掌勺大厨却对宋慈怒目而视，没有好脸色地说道："来晚了，饭菜都没了。"

宋慈看着竹簸箕里还有七八根热气腾腾的油炸桧，没说什么，转身离开。他前脚刚走，掌勺的就吆喝其他学子前来打饭。

走到一旁无人的射圃，看着那被射了多只利箭的靶心，宋慈拿起弓箭比了比自己的胸口道："难道我真的错了吗？这天下的路都这么难走吗？"

在太学里被排挤了几个月，宋慈即使再豁达，心中也难免有些不快。射箭、跑圈、冲凉之后，又到了崇化堂中，在旁人怒目之下借了一本辛弃疾的《美芹十论》。

信步走出太学，阳光明媚，清风徐来，沁人心脾。太学是待不得了，便想在西湖边寻一处僻静的地方，安心看书。

尚未走到钱塘门前，却被路旁浮铺卖油炸桧的吆喝声吸引，摸摸饥肠辘辘的肚皮，宋慈走过去问道："小哥，这怎么卖的？"

"五文钱一份……"小贩抬起头来，就一眼认出了来人。这不是太学里鼎鼎大名的宋奸吗？他本想不做此人生意，不过铺子尚未开张，自从北伐开始后商税也涨了，日子不好过，便咬咬牙道："十文钱一份！"

宋慈紧盯着小贩的脸，小贩却把下巴抬得更高。

"那就来一份吧！"

在临安城的另一头，孔武把东西放到包裹之中，翻身上马，穿过了积善坊、里仁坊，一刻不停地奔向了太学。进了太学大门，入了斗斋，还没来到东斗房前，就扯着破锣嗓子喊道："宋慈，快出来，快出来，有案子找你了！"

一旁安心作画的马永忠怒道："瞎喊什么？宋慈去崇化堂了！"

"闲下来再找你这画呆子算账！"孔武不敢在太学骑马，赶往崇化堂找了一圈后，却依旧找不到人。好在当值的书吏知晓宋慈的习性，说他可能去城外的西湖边温书了。

得了消息，孔武转身离开，刚升为内舍生的太学学子彭佐指着孔武的背影嘀咕道："这孔武也是一身好功夫，可是为何和那宋奸走得这么近？这大好前程要被耽搁了！"

"小声点儿！"身旁学子蒋布说道，"这人是个莽汉，说起宋慈,他会打人的!你可记得武学学正苏师旦吗?"

"快走!快走!"嚼舌根的彭佐急忙捂住了口道,"和这些腌臜之人待在一起,身上都臭了!你们知道吗?董畅在太学里联络,说是要上书朝廷赶走宋慈,我准备与他商议此事,你去不去?"

"卖国宋奸,人人得而诛之!彭兄,走,同去!"

孔武出了太学,骑马直奔钱塘门。就当他要出城门的一刹那,却瞥见在一旁小巷里买油炸桧的宋慈。

宋慈接过小贩手中的吃食,正要给钱时,孔武却跑了过来,拉着他上马,说道:"快走,叶大人吩咐,你有要事要办!耽搁不得!"

"等下!还没付账!"宋慈刚把十枚铜钱递过去,孔武就伸手拿走了五文钱。

小贩看着剩下的五文钱怒喝道:"还差五文!"

"撮鸟找死!"孔武要把马鞭挥过去。宋慈却制止道:"算了,不值得和他们一般见识!"

"你这书呆子,这几个月蔫儿吧唧的,任人欺负!还是不是条好汉?"

宋慈苦笑道:"看低宋某的皆是大宋的血性男儿,不值得气恼。"

出了巷口,发现邢捕头一行人等已站在不远处等候。宋慈私事公事分得最清楚,便收拾了心情,接过了书信,拿好了推司的印章,领着一行人出了钱塘门,赶往西北方向。

第二节
雷击纹

　　大半个时辰后，便到了东明山脚下。此地山清水秀，是临安人常去的郊游之所，在山背后有一处人迹罕至的山谷，建有一座槛馆。四遭无人收敛的尸体都会在此处安放，以待尸亲收尸。来的路上，宋慈已大概弄明白是怎么一回事。

　　此案的命主名叫陈唐，好拳脚，乃是一名酒鬼，常于大瓦子中出没，喜看傀儡戏，尚未娶妻，也没什么亲人。前几日陈唐酒后胡言乱语，在酒肆里说出了一件怪事。恰好草料场报案说不见了两匹骏马，宋慈便把陈唐叫来录了一份扎口词，邢捕头听闻此事后，自告奋勇调查了一番，却发觉根本是子虚乌有之事，便打了几板子把他放了。

　　今日一早，砍柴人发现陈唐暴毙于山林之中，有乡民识得陈唐，加之陈唐死相古怪，更有传言说陈唐乃是泄露天机而死，故而一时间人心惶惶。

　　县尉曹博清晨带着件作前来验尸，推断陈唐是意外身死，便在《验状》和《验尸格目》上画了押。谁知回去交给县令大人过目时却再起波澜，若不是叶适有急事要办，此刻就是他在这里断案了。

进了槚馆，陈唐的尸身并未入棺也未下葬，还放在尸床上，一眼就看到了。

孔武挤过去看了一眼，陈唐这人黑面虬髯，一身黑衣，看起来像个莽汉，只是口开眼突、怒目圆睁，一副死不瞑目的样子。

宋慈让书吏把《验状》拿了过来，并让仵作点燃火盆做好准备，过了一会后对仵作孙喜道："解开他的衣裳！"

这孙喜正是一年多前宋慈路过龙游县时遇到的仵作，在建宁府跟随宋巩习学之后，被宋巩引荐到了临安县衙做仵作。孙仵作对宋慈点了点头，动手解尸衣。

宋慈看着《验状》，凝眉沉思，疑惑道："按文书所说，他原本面白？"

"嗯！"孙仵作一边解尸衣，一边点头道，"认识他的人都可以作证，不过喝了酒后就面红如关公一样，此事大瓦子里的人都知道！"

孔武看着面如黑炭的陈唐说道："这家伙白得可够黑啊！"

孙仵作边解尸衣边回道："若不是如此，小老儿也不会定了他的死因。"说话间，指着陈唐胸口说道："孔捕头，你过来看看！"

孔武弯腰细看，陈唐尸身呈焦黄色，脸上乌黑一片，用手指戳了戳，皮肉紧硬而挛缩，最特别的是左胸前有类似篆文的纹路。

孔武也是见过世面的人，指着尸首身前如同篆文的纹路说道："这就是雷击纹？"

孙仵作点头道："孔捕头英明，确实如此。若是活人，雷击纹几日才会消散，若是死人，雷击纹在人死之后十二个时辰内就看不到了！"

"昨夜一场大雨，电闪雷鸣，真的是被劈死的？"孔武摸了摸脑袋道，"难道此人真是泄露天机不成？可是叶大人为何要重验此案？"

宋慈看了看《验状》，又看了看陈唐的尸身道："有古怪！"

听闻此话，所有人都抬起了头。宋慈指着《验状》上一处说道："死者双拳紧握！"

孔武看了看陈唐的尸身，陈唐的两只手确实是握紧的。孙仵作额头微微有点儿冷汗，壮着胆子回了一句："虽说被雷劈死之人时常双拳散开，但凡事也有例外吧！"

"孙仵作，劳烦你把陈唐的头发剃掉！"

孙解虽然不明就里，但还是这么做了。宋慈看着光秃秃的脑袋道："脑缝没有开裂，鬓发也没有火烧的痕迹！这是疑点之二！"

孔武接话道："那疑点之三是什么？"

宋慈转身看着众人问道："他的尸身是在什么地方发现的？"

一旁的邢捕头回道："不远处的山坡，离此三里地！"

"去那里看看！"

一行人等出了槚馆，来到最初发现尸首的地方。由于昨夜下了一场大雨，所有的痕迹都已消失不见。孔武叹了口气道："这还能找什么，都被雨水冲没了！"

宋慈环顾四周，此处视野开阔，没有一点儿遮掩，缓缓道："这就对了！"

"怎么就对了？"孔武凑了上前。

"若是陈唐是在这里被劈死的，为何附近没有半点儿雷劈的痕迹？即使有大雨，也会留下一些蛛丝马迹！"

听闻此话，众人恍然大悟，孔武疑惑道："难道他没被雷劈？雷击纹是假的？"

宋慈摇头道："雷击纹很难作假！尔等四处散开，各自找找！"

诸人领命后就散开查探。不多时，孔武从远处跑来，扬着手中一块怪木头道："找到了！找到了！东南方一里处有大树被雷劈倒，洒家还找到一块雷击木，据说此木可避邪，宋慈你最近犯小人，要不要用它来避邪？这木头很灵的！洒家看在兄弟面上，就收你二两银子！"

邢捕头此时也回来了，对宋慈说道："宋推司的意思是陈唐虽然被雷劈了，伤而不死，他是到了此地后才死的？若是如此，那么到底是重伤而死？还是被人谋害身亡？"

"这就要回去看看了！"

邢捕头断案多年，猜测道："会否昨夜有仇家追杀陈唐，他一路逃命到了密林之中，就在此时大雨忽至，一道天雷打在了陈唐身边不远处，他当时受天雷波及，虽然侥幸不死，但身负重伤，逃到这里后，便被仇家追上，进而丢了性命？"

宋慈环视了一下四方道："邢捕头果然了得，以当下掌握的情况看，应当如此！"

"那陈唐又是怎么死的？"孔武依然不解。

宋慈捡起不远处一根手臂粗的树枝回道："待会便知！"

回到榄馆，众人惊讶地发现陈唐身上的雷击纹这才不到半日就要消散不见了，这是雷击伤并不致命的迹象。见了此等景象，宋慈更加笃定了自己的推断。他一边再翻阅《验状》，一边吩咐孙仵作开始做梅子饼。孔武杵着乌梢棒在一旁问道："叶大人是怎么发现此案有蹊跷的？"

"从《验状》上看有三点不同寻常，第一点方才说过了是陈唐双拳紧握，这不符合雷击毙命后双拳散开的迹象。"说罢，宋慈看了看孔武。

孔武瞪着牛眼道："别卖关子了，洒家想不出来，你痛痛快快一并说了！"

宋慈叹了一口气道："你是捕快，难道不该多想想吗？"

孔武嘿嘿笑了两声，道："有你就可以了，洒家费那心思干吗？"宋慈又道："《验状》里没有写陈唐脑裂的情况，这不符合常理，这是其二。其三是《验状》里也没写发现尸首之地有雷击过的景象，这点是最关键的。由此观之，此案定有隐情！"

说话之间，孙仵作已然做好了梅子饼，铺在了尸身上。孔武想到了什么，又皱起了眉头道："他会不会是雷劈后走到草地重伤而死的？"

"你觉得这人有武功吗？"宋慈问道。

"有，应该还不错！"孔武笃定道，"我听邢捕头说在尸身不远处发现了一把好刀，他右手虎口处也有老茧，用刀起码有二十年了！"

"嗯！"宋慈拿起从命案处找到的树枝，在陈唐脖颈处比画了一下。

过了片刻，孙仵作把陈唐尸身的梅子饼一一掀开，在其脖颈处果然显出一处暗黑色的勒痕。孔武看着宋慈拿来的那根树枝说道："你是说陈唐真正的死因是被这根树枝勒死的？"

"十之八九！"宋慈点头道，"陈唐身上除了雷击纹上没有明显的伤痕，脖颈处也没有八字痕。想必是雷击受伤后跑到空阔地被人追上，搏斗时被人用手臂粗的树枝勒住咽喉而死！"

"陈唐武功不错，是什么人要杀他？"

宋慈转身看着书吏，问道："陈唐的《扎口词》带了吗？"

书吏点了点头，把《扎口词》递了过去。宋慈翻着手中的文书，叹道："他所说的奇事，应当就是贼子要他性命的缘由了。"

孔武斜着眼看着宋慈，哈哈笑道："书呆子，你也相信那鬼话了？这就和大瓦子里那些傀儡戏演的故事一样，都是茶余饭后的乐子，不值为凭！"

宋慈抬头仰望着远方，奇奇怪怪地说道："世人多妄言，真伪有谁知？"

孔武不解地看着宋慈，嘀咕道："书呆子，又犯傻病了！那个雷击木你要不要，就二两银子，不要我就卖给别人了！"

宋慈转身看着邢捕头道："邢大哥，陈唐说的那个宅子你查过吗？"

"查过！"邢捕头回道，"当天公子走后，我就让陈唐带路去找寻辜老爷的院子。可是一行人等走过了东明寺再往西行五里地后，却没见到什么庄园，反而到了一片乱坟岗。再找了几圈，依旧没见到陈唐口中所说的辜家庄，这才把此事当成了酒后的胡言乱语，打了几板子后把人放了。"

宋慈略微沉思了一下，道："我们再去查一查！"

此地离东明寺不远，过了东明寺一路向西，几里地外就看到了乱葬岗。众人在乱葬岗里找了几圈，还真找到了一座辜姓男子的荒坟，不过却是绍兴三十年（1160）所立，离当下四十多年了。宋慈转身看着身后人，问道："邢捕头，你觉得陈唐此人如何？像酒鬼吗？"

"此人看上去双眼炯炯有神，孔武有力。没喝酒的时候同常人无异，喝酒后就喜欢胡言乱语。那日若不给他喝酒，打死都不会带我们来这里。"

宋慈略有所思道："他路上还说了些什么没有？"

"陈唐一路上鬼话连篇，说什么绿衣客说过，阴阳殊途，若强求只会南辕北辙，竹篮打水一场空。他还说白日里找不到辜府的，要等晚上有月亮的时候才行。不过他对辜家宅院的描述倒是很详细，说庭院里有一座太湖石垒成的两人高的假山，甚是壮观。其他一草一木也记得很清楚，不像假的。我等本以为会有收获，不承想到最后只找到了这处乱葬岗！"

宋慈举目四望，嘀咕道："这个陈唐有趣！故事也有趣！"

孔武乐道："哪里有趣了？傀儡戏中好多这样的故事，我们要不要去大瓦子看一下？"

"草料场、大瓦子都是要去的。"说话之间，宋慈看了看天色道，"时辰不早了，回城后便会入夜。大伙回去后歇息一下，明日卯时在城北草料场会合！"

一行人入了临安城，宋慈和孔武回了斗斋，此时马永忠依旧借着烛火在庭院里作画。孔武吃了点儿东西，就对马永忠讲起了辜老爷登仙的故事，马永忠最喜鬼神之事，一下子也来了兴趣，便停了画笔，听得津津有味。

见到时机成熟，孔武说道："你既然这么有兴趣，就画一幅辜家的画，那座假山一定要画好！"

"给临安县衙作画?"听闻此话,马永忠却换了一个人一样,再不言语一声。

孔武一时恼怒,拎起马永忠领口道:"你到底画不画?信不信洒家打得你满脸开花!"

马永忠倔脾气也上来了,怒道:"有种就打死爷爷。爷爷就是不当临安县衙的画师!"

宋慈看着孔武,摇摇头道:"孔武,不要胡来,快放下马兄弟!"

孔武忽然换了个脸,把马永忠放下赔笑道:"兄弟别见怪啊,洒家就是这个臭脾气,要酒不?我去弄苏合香圆酒!"

马永忠瞥了一眼匆匆逃走的孔武,鼻子里哼了一声,他又看了看满脸期待的宋慈道:"不要看我!这是我娘定下的规矩!"

"好!"宋慈也不多问,从怀里拿出一百文钱道,"此画就当我私底下求你帮忙,和临安县衙无关。钱虽少,却也是一点儿心意!"

"你这就是羞辱我了!"马永忠推辞不要。

宋慈又道:"作画需要银子。前些日子你不是一直想买点儿朱砂作画吗?你虽进了画院,可又不去县衙当差,为了颜面更不愿意当街作画。这钱收下吧,叶大人那儿每月都有月钱,我比你有钱!"

马永忠一时间犹豫不决,宋慈的话确实让他心动了;过了片刻,他还是把一百文钱推了回去,说道:"此事容我想想!"

"好!我也不和兄弟客气了,钱先放这儿,若是到三日后马兄还不想作此画,我再把它拿回来!"

见到宋慈转身就要离开，马永忠开口道："董畅已经找到三十名太学学子了！"

宋慈怔了怔，回道："我知道。"

马永忠见宋慈还不着急，又说道："你这个月月考又被学正打了下下等，他说你一身暮气，不识时务，文章里都是一些酸腐气！你要不要改改笔法？"

宋慈知道那个学正是韩侂胄的党羽，苦笑道："改笔法有什么用？"

马永忠着急了，劝道："人在屋檐下，不得不低头。你只要虚与委蛇一下，北方战事只要有变化就会有转机，若不然你真的要被赶出太学了！"

宋慈转过了身，正视着马永忠："多谢马兄了！你若是想帮我，就帮我画一幅辜府的画好了。若是有工夫的话，替我去崇华堂借几本辛大人的书，我待在太学的日子也许不长了。"

马永忠点了点头道："其实你可以去找找叶大人，有他出马，那些人动不了你！"

宋慈摇摇头道："叶大人操劳的都是社稷大事，这些小事就不要劳烦他老人家了。风雨要来便来吧，我宋慈挺得住！"

看着宋慈回了屋，马永忠呆呆地看着石桌上的一百文钱，心说道："要不要帮宋慈一把？可是母亲那里又难以交代！"

孔武此时拿着一截黑黢黢的木头走到马永忠身前道："要雷击木吗？外人我卖五两银子，不过我们是兄弟，一吊钱就可……别，你别走啊，价格好商量，五十文钱也行！"

见到马永忠离去，孔武摸了摸嘴角的馋虫道："又快没酒钱

021

了，这该如何是好！"

翌日，宋慈和孔武早早到了城北的草料场，邢捕头等人也已等在一旁。宋慈找到了陈唐口中的那个凉亭，此处除了几处石桌石凳外，并没有特别之处。孔武四处看了看，找来了此地的伙计。

宋慈围着凉亭走了几圈，对伙计问道："前些日子，寒食节夜里的时候，你在这里吗？"

伙计心中埋怨了一句，怎么又来了一群官老爷。可是脸上却满脸堆笑回道："各位大人，小的哪敢啊？别说小的了，那天夜里就没人留在这里！"

宋慈望着石桌道："那天会有人在这里放祭品吗？"

"有的！"伙计给众人倒上茶道，"来这里的大多是商队。各位老爷也知道，做买卖的路上都不太平，几十个人出去，回来可能就几个人。也不知道从什么时候起，每到寒食节就有商队的大掌柜在这里摆祭品，说是请路上没回来的兄弟回来喝喝酒、吃吃菜。别说这个凉亭了，那天夜里整个草料场摆的几乎都是这些东西！"

宋慈点了点头，又向伙计问了几个问题这才放他走了。孔武拎着酒坛喝了两口酒后，问道："问出什么没有？你别说，这附近酒肆的酒还真不错！"

宋慈瞥了孔武一眼，道："少喝点儿，不要误了事。若是叶大人在，你也敢这么猖狂？"

孔武四仰八叉躺在石桌上道："误不了的，误不了的，你还不知道我的酒量？"话音刚落，孔武突然直起身子，指着凉亭房顶说道，"难道这座凉亭也被雷劈了？"

宋慈抬头望去，在凉亭石梁的隐蔽处有几个刀刻的篆文，若不仔细看，还真的找不到。宋慈对篆文有几分了解，这篆文的笔法也似曾相识，细品之下又说不出来到底哪里熟悉，过了片刻，他看着文字念道："城东孔家！这城东有不少姓孔的人家，说的是谁家？又是何人留书？"

那草料场的伙计此刻尚未走远，听到此话后，跑回来问道："诸位官老爷也在找城东孔家？"

"还有谁也问过城东孔家？"

听闻此话，伙计却支支吾吾有所顾虑。孔武吼了一声后，伙计急忙回道："小的不知，问话的也是位官老爷，看他们的穿着好像是城中的……"

"皇城司？"

"老爷英明，我可什么都没说啊！"

宋慈接着问道："城东孔家你熟悉吗？"

"熟悉啊！虽然临安有不少孔家，但是对草料场来说，就只认孔志之孔老爷家。"

"你继续说！"

伙计继续道："孔老爷是这里的常客，他的商队经常来这里买草料！"

"孔老爷家在何处？"

"就在城东仙林寺往南不到五百步的孔家巷里，门口有两座石狮子的宅子就是孔老爷家！"

宋慈看了看东方，又回首看了看凉亭，对身旁人说道："去孔家看看！"

才走了两步,宋慈回过头来问道:"孔老爷做什么买卖的?"

"这个小的就不太清楚了,不过肯定是大买卖,他出手豪阔,草料场的人都说孔老爷是大善人!"

出了草料场,过了梅家桥就到了仙林寺,孔武看着正南方的孔家巷问道:"孔家和陈唐的死有关?"

"这事看起来不像是巧合!"

第三节
故人音容

进了孔家巷，行了百来步，宋慈突然顿住了身形。孔武疑惑道："有什么发现？"

宋慈没有说什么，却到一旁铺子里称了二两咸中带甜的盐渍梅子，这才再度上路，拐过一个巷子口，就看到前方不起眼处有一座精致的老宅。两座汉白玉石狮子怒目圆瞪，立于门前，一看就是高明匠人打造。在大门前，宋慈的老熟人牛俊带领八名皇城司亲兵临风站立，虎视眈眈地看着过往行人。

见到宋慈来了，牛俊闪身让开了一条路，轻声道："提点说过，若是宋公子来了，就早点儿进去！"

孔武本想跟着进去，牛俊和八名亲兵却拔刀相向。

"怎么了，要打架不成？"孔武手握乌梢棒就要动手。

"孔兄弟，得罪了！提点只说让宋公子进去！"牛俊也是寸步不让。

宋慈拍了拍孔武的肩膀，让他冷静，随后一个人进了宅院。这种宅子虽然偏僻，但是进去后却别有洞天，里面长廊粉砌、黛瓦为顶、方砖铺地、假山鱼池是应有尽有，看得出来主人是大富大贵之人。走过前厅便是后院,一排皇城司亲兵守在两旁,院落的正中摆放着二十来具尸首。多日不见的余莲舟依旧一身男装,临风站立,若有所思。一阵风吹过后,整个院子弥漫着血腥味,余莲舟微微蹙眉,掩了掩口鼻。

本是妙龄女子,每日接触的却是这些腌臜之事。宋慈走了上前,将盐渍梅子递了过去,说道:"吃两颗梅子,甜的,压压气味!"

"有心了!"余莲舟也不客气,接过了话梅,含在了口中。虽说见惯了死尸,但她终究是妙龄女子,一时间闻到这么浓的血腥味,还是有点儿胸闷。

宋慈在尸首旁一一走过,查验他们的死因,待走到一位锦袍老者的尸身旁时,他抬起死者的手臂说道:"看服饰他应该就是这间宅子的主人!此人右手虎口也有老茧,想必也是习武之人!这院里躺着的二十几人包括护院在内,都是被人杀死的,来犯之人都是高手!"

余莲舟没有接话,反而看着远处问道:"这几个月在太学过得好吗?"

"还好!"宋慈在一旁水盆中净了净手。

"还好就好!"余莲舟轻声道,"你这个月的月考是下下等?"

宋慈苦笑了下道:"皇城司连这事也知道?"

"这样下去,你在太学待不久的!"

"我知道!"宋慈苦笑道,"不过这样也好,我要是离开太学,那就是大宋胜了。"

余莲舟转过了身,直视着宋慈道:"寒窗十载,你甘心吗?"

宋慈沉默不语，堂堂读书人，十数载心血，尚未一展才学，以后的路就这样断了，如何能甘心？

余莲舟又指着自己身上的黑衫道："我这样子很容易被认作男人吗？"

余莲舟一身劲装，脸有英气，猛一看还真像俊俏的公子。

说起了公事，宋慈又恢复了心气，指着脚边的锦袍老者道："你来时他没死？认错你了？"

余莲舟的思绪又回到了大半个时辰前。她昨夜连夜调查，从草料场得到线索后就赶到此地，不过还是慢了一步。那时贼子还在围攻孔志之，余莲舟虽然带人赶走了贼人，但是孔志之还是难逃一死，只是让她迷惑不解的是，孔志之临死前为何对她说那样的话？

当时孔志之身受重伤，脑部受创，精神恍惚，就连双眼也被血水模糊，他看着一身黑衣、武功高强的余莲舟蹲在眼前后，迷迷糊糊地说道："余复你来了，都那么多年了，东西都拿到了，为何又要来？又为何要杀了我一家老小？"说罢，便咽下了最后一口气。

余莲舟此时和父亲余复年轻时的样子相仿，穿上男装后就更加难辨真伪。听闻此话，余莲舟心潮澎湃，她之所以进入皇城司，就是为了调查那件大案，此时终于碰见了当年的一个知情人，没想到却这么死了。孔志之口中的东西是什么？为什么这么多年过去了，还念念不忘？为何爹爹从没和自己提过此事？

风起了，吹起庭院里的枯叶杂草，余莲舟的思绪回到了当下，她看了看宋慈，冷言道："此事与你无关！"

宋慈苦笑了下，这女人变脸也太快了。

兴许是觉得方才的话太过冷漠，余莲舟又问道："找到辜家庄了吗？"

"还没有找到那庄子，不过那庄子应该是存在的！"

"你不认为那是酒鬼的胡言乱语？"

"不像是！我总觉得陈唐和孔家灭门案有关！你那儿有陈唐的卷宗吗？"

"有，不过我们知道得也不多！"余莲舟回道，"他曾是镖行的刀客，横行一时。十年前被仇家逼死了全家老小，后来得人帮助报了仇，从此隐姓埋名，混迹于临安街头巷尾。"

"此人有何喜好？"

"除了爱喝酒、爱看傀儡戏外，并无其他爱好！"

宋慈抬头看了看说道："这座宅子从外面看不显山不显水，内里却极尽奢华，你对孔家有何了解？"

"孔家明面上做的是山货买卖，实际却是临安城里最大的茶商。"

"你是说私茶？"宋慈试探道。

"嗯！"余莲舟点头道，"他早已是临安最有钱的几个人之一。"

宋慈看着躺在地上身体冰凉的一排护院刀客，嘀咕道："茶帮？那些人到底有何目的？这孔老爷有什么喜好？"

余莲舟摇头道："此人做事小心，闲暇时只喜欢去大瓦子看看傀儡戏！"

"又是傀儡戏？余姑娘，还是老规矩，我办我的案，你抓你的人！"

"如此甚好！"余莲舟应了一声，带着皇城司的人走了出去。

宋慈看着此女远去的背影，心中有种奇怪的情愫，具体是什么，却又说不上来。

孔武带着临安县衙的人进来了，仵作开始验尸，书吏在写《验状》和《验尸格目》，宋慈过目后，就把这两天的办案收获写成了文书交给了邢捕头，让其派人快马交给叶适。

临安的夜总是丰富多彩，即使前方战火纷飞，这里依旧歌舞不休。

进了大瓦子，故地重游，宋慈百感交集，孔武却忙着跟道路两旁搔首弄姿的女子打招呼。

"当——当——"前方的勾栏院里传来敲锣的声音，一座三层高的傀儡阁楼立于之中，悬丝傀儡、杖头傀儡、水傀儡等各式各样的傀儡戏都在傀儡阁中搭好了戏台。不过最吸引人的却是由真人扮演的肉傀儡。宋慈进了戏场，一眼瞥见几个太学的同学，岂料那些人见到宋慈后，就像是见了鬼一样，急忙闪身躲避。

余莲舟坐在大戏场正中的太师椅上，依旧是一身黑衣的男装打扮，身旁站着的是章勇和牛俊。

"余提点来得挺早。"宋慈坐到余莲舟身旁，抬头望去，三楼是一间间的厢房，看肉傀儡的豪客居于其中。

余莲舟拿着盖碗茶，吹了吹水面上的茶沫道："有一个事情挺有意思，不知宋公子想不想听？"

"哦？"宋慈举目四望。

"你的同乡董畅正在三楼甲四房里宴请同窗，你说他们在做什么？"

宋慈苦笑道："宋某何德何能，能让这些人如此费尽心力？"

"此事不小！"余莲舟转身道，"牵一发而动全身，你身后站着的可是叶适、华岳，还有其他人！"

宋慈被余莲舟的话点醒，他一直以为这是自己的私事，没想到却涉及朝堂派系的争斗。如若自己就这么轻而易举被打倒了，那下一个目标就是他身后的人了。心思于此，宋慈看着三楼甲四房，对余莲舟说道："我有个一石二鸟的法子！"

余莲舟顺着宋慈的目光看过去，道："你想好了？"

"嗯！"宋慈一手握着酒壶一手拿着酒杯，走到了戏场正中，连喝三杯酒后，放浪形骸道："周公恐惧流言日，王莽谦恭未篡时。向使当年身便死，一生真伪复谁知。在下宋慈，傀儡戏纵好也只是戏，不知可有豪杰出来论一论北伐？"

宋慈此话说得大义凛然，许多人愣住了，突然间三楼有间包房打开了窗户，董畅探出头来道："宋奸也胆敢在此喧嚣？是可忍孰不可忍？"

听闻此话，其他人缓过了神来，窗子纷纷打开，刹那间果皮、杂物便丢了下来。孔武哪里能忍受兄弟被如此欺凌，正提着乌梢棒要出去揍人，余莲舟却道："再等下！"

等到看完所有包房的反应后，余莲舟挥手让牛俊和章勇制止了众人的喧嚣。

宋慈抖了抖身上的污物，问道："看清楚了吗？"

余莲舟点了点头，一边领着人上楼，一边说道："你激怒了那些人，给你的时间不多了。我在替你想法子，你也得找找叶大人！"

宋慈轻言道:"能帮我的是北方的消息,可是最不想听到的也是北方的消息!"

方才混乱之时,三楼的厢房大多有动静,没动静的厢房只有两间。一行人等路过了第一间厢房,孔武刚想进去,余莲舟却制止了他道:"这间不用进去!"过了那间房子,众人推开了另一间没有声响的厢房,不出所料,这间屋子空空如也,厢房的人在方才混乱之时就悄然离去了。宋慈打量着房间,目光停留在一幅画卷上,余莲舟略感惊讶道:"这是《骷髅幻戏图》的摹本?"

宋慈走到画前,看了一会,叹道:"以前还没注意到,这幅画中的景象就是傀儡戏。那两具骷髅兴许是一对父子,只是不知道为何李嵩画师要把父子都画成骷髅的形状?"

余莲舟摸了摸纸面道:"墨色未干,想必是刚刚画的!"

一旁的孔武疑惑道:"此人到傀儡楼里不看戏,却在这里画画?这是何道理?"此画的笔法没有马永忠纯熟,但是画面却有一股奇怪的情愫流出,特别是大小两个傀儡,总感觉有着一种牵挂。

过了一会,宋慈和余莲舟的目光都停留在画作里的城墙上,在一块不起眼的墙砖上,有几个古怪的花纹。孔武顺着两人的目光看过去,乐道:"这道墙也被雷劈了?这些日子,雷公电母也真够忙的!"

宋慈看着似曾相识的篆文,念道:"午潮山张家!"

"走!"余莲舟对众人说道,"这次不能再晚了!"

孔武一边跟着众人下楼,一边问道:"这人是谁?为何一次又一次示警?那午潮山张家又是什么来历?"

余莲舟等人远去后，另一间厢房打开了门，一老一少两名身穿常服的太监从房中走了出来。肖公公看着身后拿着木盒的小太监问道："小东子，东西拿到了吗？"

小太监连忙点了点头："拿到了！"

"那就走吧，莫要让官家等急了！"

大宋的夜兴许是人间最美好的，在凤凰山皇宫里，宁宗遣散了众人，独自坐在清冷的大殿中，默默看着窗外的月色。忽然间，皇宫外响起了爆竹声。宁宗对守在暗处的太监问道："宫外为何如此热闹？"

老太监从隐蔽处走出，说道："回皇上的话，今日乃是端午节！"

"原来到端午了。日子过得挺快，转眼就几个月了。"宁宗微微闭上了眼睛，满脸倦意。

这名老太监伺候宁宗多年，此时抖胆说道："奴才吩咐御膳房准备一些晚膳？"

"不用了！"宁宗靠在了龙椅上摆手道，"北伐将士此时想必正餐风饮露，朕少吃一口他们就能多吃一口。"

宫墙外的喧嚣声不断传来，宁宗又睁开了眼睛。上次去聚景园游玩，临安百姓因为争相目睹天颜，竟然发生踩踏事件，数十名百姓因此丧命。自此之后，宁宗就不愿再出去了。

肖公公进了宫，替换了方才的太监，站在一旁伺候。宁宗的目光游弋到肖公公身上，问道："傀儡戏的院本都要到了吗？"

"回官家的话，都要到了。"肖公公把木盒献了上来。这木盒之中有多个院本，还有一个精致的悬丝傀儡。上次皇太后诞辰时，宁宗请来了民间傀儡艺人进宫祝寿，自此之后他就迷上了这个民间戏剧。但是为了不扰民，宁宗只是让太监收集傀儡戏的院本而已。

宁宗津津有味地翻看着院本，肖公公进言道："要不奴才请几个傀儡戏班子进宫里来？"

合上了院本，宁宗叹道："罢了，为了北伐，朕加了茶税、酒税、盐税等诸多商税，百姓都在受苦，朕怎么忍心一人享受呢？"

肖公公退到了一旁，再不言语。夜深了，肖公公问道："官家，时候不早了，今日应该不会有消息了，早些歇息吧！"

"等不到北方的消息，朕睡不着！你去大瓦子见到什么趣事没有？"

"这……"肖公公迟疑了下，却不敢欺君，回道，"还真有一件，皇上你还记得太学里那个胆大妄为的太学生宋慈吗？"

"是他？他怎么了？"

"他被人砸果皮了！"肖公公把方才看到的故事说了一遍。宁宗旋即一乐，又愠怒道："竖子大胆，他心中有怨气，依旧认为当下不是北伐的良机？"

肖公公不敢搭话，宁宗冷声道："若是真有百子上书要赶走宋慈，朕就准了这事，想必叶适等人也无话可说！"

恰在此时，有太监进来跪告道："韩相求见！"

"他来了！"宁宗心中一沉，这个点来，究竟是坏事还是好事？

韩侂胄走了进来，跪拜之后，把前方传来的战报递了上去。宁宗翻看着前线的战报，眼中怒气渐甚。大宋中路军统帅皇甫斌先在唐州大败，为挽回败局在攻打蔡州时又再败于溱水，两淮主帅邓友龙也兵败南逃，西边大散关岌岌可危，川西四路主帅吴曦却按兵不动。

"一群废物！"宁宗站起身来，把战报猛地丢了出去，他担心的事情还是来了。

"韩相！你不是说北房外强中干吗？为何我北伐将士却接连失利？"宁宗怒指着韩侂胄骂道，"难道真被叶适、华岳、宋慈那些人说中了？此时不是北伐的良机？"

韩侂胄早料想到宁宗会勃然大怒，他立身回禀道："开弓没有回头箭，北伐之事万万不可半途而废！依臣所见，这只是战场一时之得失，并不影响大局！"

"真的如此？"宁宗一心想成为大宋的中兴之主，为此他一直克制自己，皇宫早就节衣缩食，为了给北伐多筹集军饷，他连皇宫的银碗都换成了锡碗，为何北伐之兵遇到金人之后还是一触而溃、不堪一击？这整个战线，除了毕再遇那就没有一个好消息。

"皇甫斌、邓友龙都是你保荐之人！如今，还有什么法子？"若是换一个人，宁宗早就把手中的砚台砸过去了。可是韩侂胄是助自己登基的大功臣，满朝文武也大多是他的故吏门生，心中多少有一点儿顾忌。

韩侂胄来之前早有了腹稿，连忙回道："圣上，如今之际还有三策可用！"

"哪三策？"宁宗努力平复了下心绪，坐回了龙椅。

"第一策是将皇甫斌、邓友龙治罪，另换良将！"

宁宗点了点头，道："准奏，还有两策呢？"

"北伐失利的消息不日后将传遍朝野。为安抚民心，肯请圣上开文武恩科，一方面安抚人心，一方面也能为国举才！"

对于这一点，宁宗也没什么异议，回道："这一点也准许了！国相最后一策是什么？"

"虽然中路军和东路军不顺，可是西路军的兵马还在！"

"你是说蜀中吴家？"宁宗靠在了龙椅上，抬起了头看着房梁。吴家三代在蜀地带兵抗击金朝，大宋南迁时，吴玠、吴璘兄弟扼守和尚原、饶凤关、仙人关等地，屡败金军，为保卫秦陇、屏障巴蜀立下了汗马功劳，吴璘更累功封为吴王。其子吴挺镇守四川多年，官封太尉。吴挺子吴曦如今是四川宣抚副使，执掌川西兵权。

吴家虽说祖孙三代个个善战，但就是因为太善战了，在四川威信又太高，所以才让宁宗有所顾忌。前些年，为牵制吴家，宁宗一直把吴曦留在临安府。今年为了北伐，才把吴曦放回了四川，没想到此人到了当下还按兵不动，难道他真有异心不成？

宁宗想了想道："吴家至今没出大散关，是不是有二心？"

吴曦乃是韩侂胄一力保举的大将，听闻此话急忙道："吴家三代忠良，断没有此等心思！"

"那他为何还不出大散关？"宁宗怒拍了下桌案。

"圣上，我有一策，不知该说不该说！"

宁宗压了压自己脾气道："韩相请说！"

"不如让皇家和吴家结成儿女亲家！"

"混账！"宁宗怒骂道，"此等逆臣在外拥兵自重，却还要朕把女儿嫁给他儿子，天下间哪里有这样的道理？"

韩侂胄并未退让，回道："圣上可以招吴曦长子吴英进京，这一来是可以笼络吴曦，二来是吴英就成了质子，吴曦定然会出兵大散关！"

"这是让朕对这个逆臣服软?"宁宗震怒中又站了起来。

韩侂胄继续道:"圣上不妨将北伐将领的英才之子皆招为驸马,如此一来不仅可以减轻吴曦戒心,还可以鼓舞北伐的将士!"

宁宗听闻此话陷入了沉思。韩侂胄又道:"皇甫斌、邓友龙失利的消息不日后就将传遍朝野,有异心者定然会蠢蠢欲动。如不快刀斩乱麻早做决断,局面定然难以收拾!再则……"韩侂胄抬起头来看着宁宗道:"帝王家没有儿女私情!"

宁宗愤怒于韩侂胄的无礼,然而此人已经掌控朝野,若是铤而走险之下,废了自己帝位都有可能。沉默了许久后,宁宗左手撑着额头,右手挥了挥道:"就按爱卿说的去办吧,快马去益州,着吴曦之子速速来临安,不能有片刻耽搁!"

"臣遵旨!"韩侂胄应了一声,却没有离开。

"爱卿还有什么事?"

"机速房回报,金贼遣南面官密谍司提举到了临安。"

南面官是金人承辽国仿宋朝官制建立的一套机构,多是汉人担当官职,以汉人制汉人,同女真人的北面官相对。

"好大的胆子,这细作来了,又想贴布告不成?"

"怕是没有这么简单。不过贼子定要做乱,策应两国之战!"

"朕知道了,这就让皇城司冰井务去调查,叶适回来后你让他也一同好好查查!"

"臣遵旨!"

皇城司只听命于皇帝,韩侂胄得偿所愿后转身离开。

大殿里灯火黯淡,宁宗拿起木盒中的提线傀儡,摆弄了一番后,忽然哈哈大笑,将傀儡摔在了地上,又指着木盒中的傀儡戏院本对守在门外的肖公公道:"把这些东西都烧了!朕再也不想看到这些东西!"

肖公公让小太监拿来了火盆,当着宁宗的面把傀儡和院本都烧成了灰烬。宁宗背靠在龙椅上,看着跳动的火苗,问道:"叶适应当到镇江府了吧?"

"回皇上话,已经去了,算算日子,应当请辛大人回来了!"

"他回来就好了!"

在宁宗心中,辛弃疾才是主持北伐的第一人选,只可惜此人年岁已大,身子骨不知还挺不挺得住。如若辛弃疾来了,自己也不会再像傀儡一样被韩侂胄随意摆布。想到这里,宁宗慌乱的心情终于好了一些。

见到宁宗心绪平复了,肖公公又递上来一份奏折道:"这是叶适叶大人快马送来的!"

"他有何事?"宁宗翻看着奏折,按叶适信中所说,他无意间打探到金人南面官密谍司提举"童眼"已经到了临安城。

"童眼?"宁宗黯然一笑道,"这就是金人的南面官吗?能翻起什么样的浪花来?肖公公,把这份奏折转交给皇城司冰井务的刘世亨,督促他们早日抓住此人!"

"老奴这就去。"

"等下!"宁宗又喊了一声,肖公公转过了身。

宁宗忽然笑了道:"若是太学学子的百人联名上书递上来了,你马上呈上来!"

"是!"肖公公心中一惊,他方才已经听到了北方军事不利的消息,这说明宋慈上书并非是虚言,为何圣上又急不可耐地等百人上书？不过肖公公却不敢再问什么，满腹心事地告退。

宁宗靠在龙椅上，看着窗外的夜色，心道："前方战事不利，就是因为后方有这些拖后腿的人，若不以宋慈立威，这些人定要翻出更大的浪来。"

第四节
沉年悬案

午潮山有一口井，名为午潮井。每到子午两个时辰，井水便泉涌澎湃，有如惊雷，隔了几里地都能听到，过了这两个时辰却一点儿井水都看不到。

宋慈就坐在离午潮井不远的张府中，耳听着如响鼓一般的井水声。在他的身前是一张八仙桌，张府的主人张宏亮坐在主位，正吩咐下人为宋慈和余莲舟两人斟茶。

"至若茶之为物，擅瓯闽之秀气，钟山川之灵禀，祛襟涤滞，致清导和，则非庸人孺子可得而知矣！"张宏亮不像个商人，却像个读书人，他指着两人身前的茶碗道，"晚上沏茶时要用午潮井午时的井水煮沸，取井水中温润祥和的阳气。正午的茶则用午潮井子时的井水煮沸，取其中滋阴补肾的阴气。如此才能阴阳协调，延年益寿！老夫隐居于此十年，只为取这口井水泡茶而已！"

宋慈拿起了茶碗，微微品了一口，茶水入口甘甜，回味无穷，乃是西湖边的好茶，不过好像又有一点儿奇怪的味道，究竟是什么一时也说不上来。张府建于山林之中，若不是皇城司耳目众多，根本找不到此处。此间的主人张宏亮隐居于此，除了教族人耕田种地外,唯一喜好的就是品茶。宋慈和余莲舟等官府中人的到来,令他感到意外,相较于常人,他既不惶恐不安,也不谄媚巴结,对于宋慈口中可能的祸事,只是淡然一笑,不置可否。

余莲舟看看茶碗袅袅升起的水烟道:"张老可认识孔志之、陈唐还有辜家?"

"陈唐?这名字有点儿耳熟,不太记得哪里听说过了。孔志之?那自然认得的!至于辜家?哪个辜家?"张宏亮品了一口茶道,"年轻时老夫也当过茶客,当年为了争茶引还和孔老弟大打出手过几次。怎么,二位是为他而来?"

余莲舟正色道:"陈唐昨日死了,孔家今早被灭门,全家上下二十三口无一幸免!"

张宏亮的手微微抖了抖,茶水溅出了几滴,道:"他们是被何人所杀?"

"尚未查出凶手!"

"辜家呢?据说无人知道辜家在何处?"

"辜家应当也被灭门了,此事还是陈唐放出的消息!"

张宏亮神色大变,再没有方才的淡定,喃喃道:"难道是他回来了?"

"他是谁?"余莲舟追问了一句。

"不会是他!不会是他!他不可能还活着!"张宏亮神情有点儿恍惚。

余莲舟又问了几句,张宏亮却一直自言自语。

宋慈站起了身,在书房转了转,一眼就看到书架上摆放的一具木傀儡,便问道:"张老喜欢看傀儡戏吗?"

张宏亮抬头疑惑地看着宋慈，宋慈继续道："陈唐、孔志之还有你都喜欢傀儡戏，张老认识大瓦子傀儡阁甲七房的主人吗？"

张宏亮身子颤了颤，道："你们还知道什么？"

余莲舟品了一口茶，道："正是甲七房的主人指引我们来的此地，我们还知道你们都是茶帮的人！"

张宏亮眼角跳了跳，不置可否。

余莲舟顿了顿，继续道："张员外，贩卖私茶，查出来最多只是折一些银子，可什么都不说兴许命就没了！"

张宏亮眺望窗外，叹了一口气，心中定了定主意，说道："辜一、孔二、张三、刘四、赖五。"

余莲舟对茶帮有所了解，听闻此话，不由发问道："这就是茶帮五大长老？是什么人要杀你们？"

"孔家兴许不是被他杀的，如若辜家真的被灭门了，那一定就是他回来了！"

"你说的他是谁？辜家在什么地方？"

"辜一为人谨慎，即使连我也不知道他的宅子在何处。如若你们能找到他的宅子，不管辜一是活着还是死了，我都会把你们想知道事情说出来！"

说完这句话后，不管余莲舟怎么逼问，张宏亮都闭口不言。章勇急了，准备用硬的，张宏亮睁开眼道："你们朱提举很喜欢老夫泡的茶！"

皇城司提举朱褒，正是余莲舟的顶头上司，虽说近几年一直养病不管事，但也不能得罪。

在张府再不能问出什么，一行人等只好出了午潮山。到了山脚,余莲舟对身旁的章勇说道:"你领人守在这里,有什么风吹草动就快马来报!"

安排好了监视之事,众人回了城。进城的时候,宋慈对余莲舟说道:"我需要当年茶寇闹事的卷宗!"

余莲舟想了想道:"你们叶大人快回来了,这事他比我知道得还多!"

回到县衙,叶适却还没有回来,宋慈调阅了与这几起案子相关的卷宗查看,一时之间却找不到一点儿头绪。兴许是一夜未眠,不知不觉间竟然趴在桌案上睡着了。

待到宋慈再度醒来,已到傍晚酉时,临安县令叶适不知何时来到了屋里,正翻阅着宋慈所写的卷宗。

"晚生失礼了!"宋慈连忙起身行礼。

叶适摆摆手,道:"皇城司那边有什么发现?"

宋慈正了正衣领回道:"还没有,只是余提点透露此事似乎和以前的茶寇有关!"

"哦?"叶适目光如炬,看着窗外的夜色。

宋慈继续道:"晚生斗胆问一句,大人是否知晓当年之事?"

叶适微微笑了下道:"这也是那个丫头告诉你的?"

宋慈没有否认,点了点头。

叶适轻捋了胡须,道:"老夫知道的不算多,若要知晓此事的前因后果,你还需拜会一人,走!当下便带你去见见这位老英雄!"

宋慈眼中一亮,似乎猜到了什么。叶适路过在门外守护的孔武时,又停住了脚步,说了一句:"你也跟着来!"

三人出了衙门,到了一座简朴的驿馆之中,叶适拱手对屋中灯火旁的身影说道:"稼轩先生,叶适带两位晚生来拜访你了!"

"叶贤弟,午时前才分开,怎么还没回去多久,就又跑来了?外面风大,快快请进!"

宋慈听闻叶适口中说出"稼轩"两个字后,心中一震,果然屋内的就是鼎鼎大名的辛弃疾辛大人!辛弃疾本是北方人,年轻时举义旗抗金,回归南宋更一心为国,一直为举兵北伐而奔走。如果说现在大宋朝还有什么文武双全的国之柱梁的话,那就是辛弃疾了。

一直吊儿郎当的孔武,听闻"稼轩"两个字后,眼睛一亮,比宋慈更加激动,他把乌梢棒放到一旁,跪在地上正儿八经地行了个大礼,道:"故人之子孔武拜见辛将军!"

"嘎……"房门推开了,屋子里走出一位年近古稀却精神矍铄的老人,他看着跪在地上的孔武,疑惑道:"你可是孔怀道的麒麟儿?"

"晚辈正是,多谢辛将军对家父的救命之恩!"

"快快请起!"辛弃疾扶起了孔武,又对行礼的宋慈点了点头,让三人进了屋子。

孔武见到宋慈面有疑惑,便说起了当年的往事。绍兴三十一(1161)年,金主完颜亮起兵南侵,北人耿亮乘机起义,弱冠之年的辛弃疾聚集两千人响应义师,并担任了耿亮的掌书记。岂料当辛弃疾南下联络大宋朝廷时,耿亮却被叛徒张安国所杀,支持耿亮的部下也大多被擒。北还的辛弃疾听闻此事后,带着五十来人冲进几万人的大营,不仅生擒叛贼张安国,还救回了被张安国关押的志士。

孔武爹爹孔怀道就是耿亮的部将之一,当年也被张安国关押。

被辛弃疾救下后，孔怀道随辛弃疾南归大宋。由于在监牢中受伤太重，孔怀道便离了军营，到福建路投了亲。

安抚好孔武，辛弃疾的目光投向了宋慈。宋慈连忙起身行礼道："晚生宋慈拜见辛将军！"

"宋慈？可是写《论北伐》的宋慈？"

宋慈不敢怠慢，点了点头，心中却惴惴不安。辛弃疾是最坚定的北伐派，自个却是临安城当下最大的宋奸。

辛弃疾挥挥手，示其坐下，缓缓道："此策言之有物，乃是佳作，不过还比不上华岳的上书！"

宋慈微微一愣，难道辛大人也不支持北伐吗？辛弃疾读懂宋慈眼中的困惑，手指着桌案上的宣纸说道："前几日叶贤弟陪老夫游览镇江北固亭，心有所感，便写了一首词！小友不妨指点一二！"

宋慈连说不敢，他走了上前，读着桌案上的词不由心潮澎湃，开口念道："《永遇乐·京口北固亭怀古》：

"千古江山，英雄无觅孙仲谋处。舞榭歌台，风流总被雨打风吹去。斜阳草树，寻常巷陌，人道寄奴曾住。想当年，金戈铁马，气吞万里如虎。

"元嘉草草，封狼居胥，赢得仓皇北顾。四十三年，望中犹记，烽火扬州路。可堪回首，佛狸祠下，一片神鸦社鼓。凭谁问、廉颇老矣，尚能饭否？"

此词上半阙说的是战胜北方强敌的三国吴主孙权和气吞山河北伐成功的南朝宋武帝刘裕，下半阙却写的是好大喜功、在元嘉年间北伐大败而归的南朝宋文帝刘义隆。全词既有北伐抗敌的豪迈，也有反对冒进误国的忧心，词中含义和宋慈的策对如出一辙，即北伐虽好，时机未到。

读完此词，宋慈热血沸腾。如果说大宋军民还相信谁不会叛国的话，就只有辛弃疾了，他都担心此时北伐是草率之举，何况宋慈呢？

安抚好宋慈，辛弃疾对叶适问道："叶贤弟来此，不只是找老夫叙旧的吧？"

前几日叶适刚给辛弃疾传旨，今日又一同回到了临安，这分开还没有几个时辰，就再度造访，其中自有深意。叶适也不含糊，把来意说了一遍。

"你是说这些人都是茶寇余孽？"辛弃疾看着叶适。

叶适笃定地点了点头："应当如此，这些人明面上做的都是一些小买卖，却个个家财万贯，若不是暗地里重操旧业，怎会富可敌国？"

辛弃疾沉思了一会道："好！那老夫就讲讲当年的往事，也不知对此案有没有帮助！"

辛弃疾吩咐家仆给几人倒茶，便说起了那件陈年旧事。在大宋，茶叶乃是官卖，普通商人要买卖茶叶必须从官府买到茶引，才能获得买卖茶叶的资格。由于官府的茶引越来越贵，茶商收购茶农茶叶的价钱也越来越低，慢慢地，茶商和茶农都没有了活路。三十年前，荆湖南路茶商赖文政不忍官府盘剥，率众起义，附近茶农争相响应，霎时间有了燎原之势。起义队伍攻入了荆湖北路、江南西路，在吉州更大败官军，接着进入了广南东路。一时间，天下大震。辛弃疾当时身为江南西路提刑官,在赖文政起义队伍再度回江南西路时,一举击败并擒获了此人,又在江州府斩杀了他。

说到这里,辛弃疾感叹道:"老夫何尝不知茶农辛苦?可是朝廷征税也是为了抗击北虏,他们怎能如此胆大妄为?"

此间的利害关系,一时也说不清楚,叶适问道:"那茶寇又是如何组织的?"

辛弃疾回道:"茶寇有龙头一位,长老数位,茶把式十八位,各种大小头目不计其数。赖文政又称赖五,是当年的龙头。"

宋慈疑惑道:"辜一、孔二、张三、刘四、赖五。赖文政死了,那其他人呢?"

"除了赖五外其他人等或死或逃,都销声匿迹了。这些人大多是苦命人,除了首恶必究外,其他人等只要不作奸犯科,就任其自生自灭了。"

"晚生方才见过了张三,孔家被灭门,辜家兴许也被灭门,如若赖五也死了,那动手的难道是刘四不成?"

辛弃疾看着叶适,叶适回头望着宋慈,苦笑道:"赖五应当没死,要是令尊在就好了!"

"这和我的爹爹有什么关系?"宋慈迷惑不解。

叶适喝了一口茶,说道:"当年老夫恰巧也是临安县令。和我共事之人有位太学的学子,他充任推司一职,还有一名画院的学子充任画师!"

"那太学学子就是我的爹爹?那画师就是如今的画院待诏李嵩?"

"正是!"

当宋慈等人拜会辛弃疾时，马永忠也画好了画四处寻他，当他打听到宋慈去了驿馆后，又马不停蹄向那儿奔去。此时马永忠正好走到屋外，听到李嵩之名，于是停下了脚步。

叶适继续说道："二十年前，有神秘人向我投书，那年死的茶寇赖文政不是其本人，真正的赖文政早就借尸还魂，远走高飞了。"

此事宋慈闻所未闻，便期盼地看着叶适。

叶适叹了一口气，又说了下去。赖文政乃是朝廷钦命要犯，所以叶适自然不敢含糊，一行人等直奔江州府，到了埋葬赖文政的乱葬岗中，挖出了当年那具尸骨。李嵩根据尸骨画了一幅画，此画虽然和官府收藏的赖文政画像大体相似，但是细辩之下又有几处细微的差异。宋巩开始验骨，从尸骨线索中查出此人似是傀儡戏艺人。

有李嵩和宋巩两大高手联合作证，叶适便有了底气，将此事上报给了朝廷。若是此事为真，那么不仅打了朝廷的脸面，还会让追随赖文政的茶寇余孽再度起异心。上面盘桓再三后，让叶适不要声张此事，暗中查案，推断是茶寇中有人买通了官府的人，将傀儡戏艺人出身的长老刘四和赖文政替换，真正被杀的人乃是刘四。其实在验骨之时，叶适等人便已得知，除了狱卒被买通外，当年给赖文政画像的画师也被收买了。这名画师给赖文政画像时就是按着刘四的容貌画的。当时的监斩官仔仔细细比对了画像和囚犯的模样，这才验明正身画了押，斩杀了假赖五真刘四。而当叶适发现此案有蹊跷时，这位画师却已经在家中自缢了。

宋慈疑惑道："那名画师叫什么名字？"

叶适回忆道："名字记不清了，好像姓马，只记得是建康府人，家中还有妻子及几岁的遗孤！"

辛弃疾听到这里，脸上有忧伤之色，他接话道："此人曾是我军中的书吏，兼做画师，他叫马慕远！"

就在此时，孔武突然听到门外有响动，追了出去，却只看到马永忠远去的背影。

"是谁？"宋慈出了门外。孔武凝目道："看样子好像是咱们斗斋里的画呆子！我追过去看下！"

"算了……"宋慈好像想到了什么，口中嘀咕道，"马慕远……马永忠！难道是？"

叶适也走出了房门，叹道："原来他就是马慕远的儿子，这世间还真有这样的巧事。"

宋慈也明白马永忠为什么不想当临安县衙的画师了，如若马慕远真是马永忠的爹爹，很多困惑就可以迎刃而解了。

打听完了沉年旧案，宋慈等人正要拜别，辛弃疾却让书童把写有《永遇乐·京口北固亭怀古》一词的宣纸收好，郑重其事地交予宋慈，说道："老夫就把这首词送给小友了，年轻人莫要因为经历了一些风雨，就踌躇不前！"

宋慈心中大为感动，却推辞不敢接受。

辛弃疾宽慰道："老夫见到圣上后，也会说起此词，你不要有什么顾虑。大宋就是直臣太少了，辛某不希望再少一个！"

宋慈依旧推却道："晚生斗胆，如今正是北伐关键时分，希望辛大人也不要和圣上提起此词！"

辛弃疾在宦海沉浮多年，何尝不明白宋慈的用意。苏师旦被贬为武学学正后，枢密都承旨的职位一直空缺，宁宗宣他到临安的用意多半与此有关。

看着目光坚定的宋慈，辛弃疾拍了拍他的肩膀道："此事老夫自有分寸，既然小友如此推却，这首词我就再保管几日！"

辞别了辛弃疾，几人出了驿站，叶适定住了身子对宋慈道："辛老将军为人刚直，此词定会讲给皇上听，你多虑了！"

叶适的心思，宋慈自然明白，有辛老将军背书，那些人就不敢把他赶出太学。可是因为自己让北伐多了变数，却是他怎么也不愿意看到的。

"晚生明白，多谢两位大人的好意了！"

宋慈的事虽然从来没和叶适提起，但是叶适却早知道。去镇江时，叶适和辛弃疾提起了北伐，提起了宋慈，也是有帮衬之意。然而宋慈却是个犟脾气，对两位长者的好意推却不受。叶适看着眼前这个打定主意的年轻人，安慰道："你想好了就好，往后不管做什么，只要守住本心，一样是为百姓、为社稷做事！"

宋慈点了点头，心里却还有点儿遗憾："往后真的只能当推司仵作了吗？辛大人真的要给圣上递这首词吗？"旋即宋慈在内心又对自己鄙夷道："宋慈啊宋慈，你怎是这样意志不坚，首鼠两端之人？"

还没走出驿站多远，辛弃疾的仆人又追了出来，递给宋慈一封信说道："这是辛大人要给马永忠的，劳烦宋公子转交给他！"

宋慈接过了信看了一眼信封，心中一震，这封信有年头了，是马慕远写给辛弃疾的，便将信小心翼翼地放在了包裹中，对家仆道了声谢。

从驿站离开后，孔武沉默不语，嘴里不知嘀咕着什么。他悄悄走到叶适的身旁，轻声道："叶大人，孙仲谋我听说过，寄奴是谁？还有这首词你教我背下，我记不住！"

叶适看着孔武，好像看到了要绣花的张飞。孔武被看得不好意思，挠挠后脑勺道："咱大宋的大将军都是上马能杀敌下马能写诗的人，我孔武也要像他们一样！"

"果真如此？"叶适目光如炬地看着孔武。孔武哈哈笑道："当然！当然！我孔武是个粗人，哪里还有什么花花肠子！"

"那好，老夫就说与你听，日后可别背错了！"

"哪能呢？"孔武呵呵说道，"我一遍记不住，就多记几遍，背个十来遍总该可以了吧？"

"好，老夫就和你说道说道这首词……"

第五节
酽醋现血影

马永忠回到了斗斋，心情却难以平静。他年幼之时父亲就离开了，自打他明事起就向母亲追问父亲的事情，可是母亲总是含泪不语，只是说他的父亲是一个大大的好人。可如今听闻其父竟然是因为作奸犯科而自缢，这让他如何能面对这个事实？

"不会的，定不是这样！"马永忠怒吼了一句，然而转念一想，叶适和辛弃疾又都是鼎鼎大名的正直人士，他们断然不会说假话。内心困苦的马永忠抱头不语，他收拾好了包袱，又留书一封。如今他再也没有脸面面对宋慈和孔武，与其留下来相处尴尬，不如早日离开。

宋慈和孔武在县衙里办完了事情便回到了斗斋，里里外外找了许久，却找不到马永忠的踪迹，最后在马永忠常作画的地方发现了一封留书。

两人又去马永忠最喜欢去的地方都找了一遍，却不见其踪影，连画院的人也说没看到他。看着沉默不语的宋慈，孔武宽慰道："没啥可担忧的，这画呆子就像是下水抓鱼的狗子一样，定是跑到什么地方安心作画去了，等他画好了，就会叼着画卷从河里钻出来！"

如今的陈唐案、孔家灭门案都没有着落，只是锁定了和茶寇有关，宋慈也只好把马永忠的事先缓一缓，只是希望他不要离开临安城。

其后几日，案子虽然依旧在调查，可是却没有什么头绪。

皇城司冰井务提点刘世亨和叶适来往甚密，似乎在追查临安城金国的细作，宋慈本想去帮一把手，叶适却让他先把手头的案子处理好。

恍然间进入了九月，天才蒙蒙亮，皇城司干办牛俊就到了斗斋。宋慈和孔武知道有大事发生，急急忙忙穿好衣裤就跟了出去，一行人等马不停蹄到了午潮山中，见到的却是张宏亮的尸首。张府在皇城司的层层监视下，一直没有什么异常，今日张府丫鬟却发现张宏亮死在了卧榻上。

"死了？"宋慈叹了一口气，"这人死了，案子就更不好办了！"

干办章勇一脸愧疚地在给余莲舟解释着什么，余莲舟眉眼间却隐隐有了怒气。在皇城司几十双眼睛底下，张宏亮就这么不明不白地死了。盘查了所有人，张府没有人逃走，也没有外人来过，张宏亮的尸身也没有任何的异常。

宋慈看着张宏亮的尸身，又看了看余莲舟。余莲舟点了点头，示意他可以动手了。宋慈叫来了仵作，一切都做得井井有条，却没发现张宏亮的尸身有什么明显的伤处。

"难道是猝死？"孔武疑惑道。

宋慈摇了摇头，天下间哪里有这样的巧事？他拿出了从建阳府带来的柳木箱，取出了银探子，插入了死者咽喉，取出一看并未变色。便让仵作用热糟醋从张宏亮下腹开始罨洗，盏茶时分，毒气熏蒸而上，银探子放到喉咙后终于出现了黑色。

"是被毒死的？"余莲舟走了上前，问道。

"他是被慢慢毒死的，下毒已有一段时间，毒气已然进入脏器，故而从咽喉处查不到！"

余莲舟转身看着章勇，问道："府里其他人盘问过吗？可有人中毒？"

"回提点的话，都盘查过，其他人都没有异样！"

"那是怎么中毒的？为何只有张宏亮死了？"余莲舟凝眉沉思。

宋慈走到了八仙桌前，拿起了茶壶和茶碗，用手摸了摸茶碗内壁，又放到鼻头闻了闻，似乎想到了什么。余莲舟眼中一亮，道："难道是午潮井？"

张府之中皇城司已经遍布耳目，贼子要下毒定然瞒不过他们的眼睛。张宏亮最喜喝茶，还要用午潮井子午两个时辰的井水泡茶，若是贼子借此下毒，日积月累之下，独享井水泡茶的张宏亮必然会中毒身亡。

一行人等到了午潮井，宋慈从辘轳上打水的桶底部终于找到了残留的毒物。

余莲舟问道："是什么毒？"

宋慈边回忆边说道："张宏亮的尸首肿胀，皮肉像被烫过一样起水疱，还有化脓的迹象，这应该是中金蚕蛊毒的迹象！"

"此毒据说极难提炼！究竟是什么人要下此杀手？"

贼子在眼皮底下又杀一人，让一向沉稳的宋慈也不由动怒。

探明了张宏亮的死因，留下了一些人善后，众人回了城。进了城门，宋慈策马来到余莲舟身前说道："茶党中有内斗！"

"你怀疑是赖五杀人？"

"或者是赖五和刘四的后人，从张宏亮后雷击纹的线索就没有了，五位长老中有三家出事了，还有两家为何一点儿动静都没有？"

"我去查查看，若有消息就派人通知你！"

辞别了余莲舟，宋慈和孔武回了斗斋，炉屋的门开着，黑狗虎子的狗盆中也放着吃食。孔武疑惑道："难道马永忠回来了？"接着便喊了两声："画呆子，回来了？"

寻了两圈，没见到马永忠的踪迹，却在炉屋里看到一张画。这幅画想必是马永忠留下的，画的是按照扎口词所说辜府的场景。

宋慈拿起画到了庭院，借着月光好好看了一番，这张画还真是他想象中的样子。孔武找了点儿吃食，在石桌上放上了几根发硬的油炸桧，又弄来两碗鱼羹说道："洒家饿得肚皮里都开杂货铺了，咕噜咕噜地乱响。你也吃点儿，油炸桧配鱼羹，那是天下一等一的美味！这鱼羹我热了一下，正热乎呢！不比宋嫂卖的差！"

宋慈夺过孔武的酒碗，喝了一口酒道："我在想给我们篆文传信的人是谁？"

孔武灌了几口烈酒，指着屋檐说道："奶奶的，当下操这些心干什么？喝酒的时候就不要想这些，嫦娥呢？小娘子还不快下来，和哥哥我喝一杯酒！"

宋慈苦笑了下，孔武喝酒后就会以为自己是天王老子，各种不着调。

"咦！月亮怎么跑那边去了！"孔武转过了身，指着树梢上的月亮说道，"嫦娥小娘子你下来不，不下来的话，哥哥我就到天上去找你！"说着就爬到了树干上，解开了裤子，尿了一泡。

"别胡闹！"宋慈透过孔武的身影，看着远方的弯月，他急忙举起马永忠那幅图，看着图中月亮的位置，突然间明白了什么，便开口道："孔武你去亲兵营找牛俊、章勇他们要出城的令牌，我收拾点儿东西然后去钱塘门那儿等你！"

孔武系着裤腰带说道："这么着急干什么，明早再去不行吗？"

"明早去就晚了，你快去亲兵营，我去收拾东西！"

"你这个泼才呆鸟！又让洒家当跑腿的！"孔武从树上跳了下来，出了院门，赶往了皇城司亲兵营。

宋慈收拾好了柳木箱，出了斗斋，赶到了钱塘门的城门前。过了片刻，孔武领着余莲舟等人赶来了，给守城的兵士出示了令牌，几人骑马冲了出去。

东明山离临安城不远，不到一个时辰，几人就快马赶到，过了东明寺，便到了先前来过的乱葬岗。

孔武从马上跳了下来，看着站在坟场中间的宋慈道："怎么了？大半夜的，带我们来这里找鬼？"

宋慈指着天上的明月道："月亮总是东升西落，如今是后半夜了，月亮到了西方，你们看看月亮的位置！"

"咋不对了，它不是还在那挂着吗？"

宋慈拿出马永忠所画的那幅画说道："按陈唐所说，他迎辜老爷登仙是后半夜，也就是我们差不多的时辰。他还说过，月亮一直挂着东明山山头。这就不对了！此处乱葬岗在东明山的西面，月亮还在更西边，断然不会出现月亮挂在东明山山头的景象。"

孔武摸摸脑袋道："你是说陈唐骗我们的，月亮根本不在什么东明山山头上?"

余莲舟走了上前说道:"辜府的月亮应该挂在东明山的山头上,这里断然不是什么辜府!"

"你是说陈唐故意走错路,带我们来这里的?这王八羔子想干啥?"

余莲舟走到宋慈的身旁,看着马永忠所画的那幅画道:"如若这幅画中的场景是真的,那么辜府应当在东明山的东边,这样才会看到月亮挂在东明山山头的景象!"

"我们去东明山东边看看!"宋慈说道。

"好!"余莲舟应了一声,一干人等又翻身上马,奔向东明山东边。路过了一条溪流,穿过几片密林,众人在杂丛中找到了一条路。前方不远处有一座孤零零的宅子,外表看起来一点儿也不起眼,与其他乡间宅院别无二致。

章勇敲了敲门环,许久之后却无人应答。用力一推,院门是虚掩的。进入宅院,里面只是一间废弃的庙宇,宋慈心中嘀咕道:"难道猜错了?"他观察了一番,走到一处院墙前,四处摸了摸。

余莲舟在一旁扭下砖上的一个阳刻的狮子头,前方院墙上又出现了一道暗门,就这样一路找寻,众人过了几道暗门看到了一座太湖石堆起的两人多高的假山,假山后面就有一座精致的院落。

孔武绕着假山走了几圈啧啧道:"真有这样的假山啊!那陈唐没骗人啊,难道这才是真正的辜府?"

"四处找找看!"余莲舟说了一声,章勇、牛俊等人就四散而去,在院落里找了起来。

过了片刻,一行人又回来了,但都摇了摇头。这座宅院保存得很好，但是一点儿人影都看不到。宋慈想到了陈唐扎口词中说的烟花，动了动鼻子，在假山前蹲了下来，摸了摸地砖道："这片地面有被火烧过的痕迹！"

余莲舟走到一旁，借着火把看了看四周，道："还被水冲刷过！过了快一个月了，还能查出来吗？"

"姑且试试吧！"宋慈从随身包袱中取出了酽醋，泼洒在地面之上，孔武瞪大了眼睛，小半个时辰后，一片片的血影在地面上呈现出来。

"陈唐没有说谎！"宋慈说了一句。

孔武疑惑道："这究竟是怎么一回事？"

宋慈看了看假山道："贼子把辜家的人烧死了！"

"究竟有多大的仇恨？"

"不知！"宋慈回道，"陈唐是个有武功的人，目睹了这一切。他想让官府知道这件事，又不想让官府知晓他们这些人的存在，故而耍了个滑头，说了一个鬼故事。"

"他为何不明说？"孔武追问了一句。

宋慈想了想道："陈唐兴许是茶寇或者和茶寇有关联，所以不想过多卷入此事。"

余莲舟想了想，摇摇头道："我查过陈唐，他应该不是茶寇，其祖上随高宗皇帝南下临安，百年来几代人都和茶帮没有牵扯。"

"你说过此人十年前曾受人恩惠？"

"此人好赌，十年前欠下一屁股的赌债，只身潜逃。要债的人找到了他的父母，他父母卖了宅院也没有把赌债还完，到最后只有悬梁自尽。陈唐听闻消息后回来找仇家拼命，却势单力薄，被人绑了丢到了西湖中。"

孔武诧异道："没死？"

"被人救了，他的仇家几月后离奇死于一场大火！"

孔武追问道："救陈唐的是谁？"

宋慈回道："应当就是给我们线索的人，就是不知和赖五有关还是和刘四有关。"说着宋慈环顾四周道："如今这情景，我若是写篆文的人，就会露面了。"

"为什么？"孔武依旧不解。

"因为张三死了，除了他无人知晓内情了！"宋慈看了看四方，附近一片寂静，除了高大的树木外看不到任何人。

余莲舟走向前，对一处树影抱拳道："阁下如若在这里，不如现身相见！"

庭院里依旧寂静无声，但过了片刻，有个沙哑的声音从树影处传来："你们怎知道我在这里？"

宋慈和余莲舟互看了一眼，道："猜的，阁下如此关注这个案子，自然会暗中留意我等的举动。"

"不愧是女中豪杰余提点和临安少年神探宋慈！"

孔武上前一步，想打探究竟，那人却说道："就站在那里，若不然我就走了！"

宋慈制止了孔武，问道："阁下终于愿意露面了？"

那人在树荫里说道："一来是能告诉你们消息的人都死了，二来是你们找到了这里。"

宋慈明白此人的意思，如若没能找到这里，就说明他们能力不够，也就得不到此人的信任。

余莲舟盯着前方道:"阁下是刘四还是赖五?"

"你们连这也知道了?"

余莲舟继续道:"陈唐是你的人?辜家被灭门一事若不是有人说出来,没人会知晓,你又提示我们孔家和张家有难。做这么多的事,无非因为对方是狠角色,你想引官府的力量帮你。既然想让人帮忙,就应该亮出诚意!"

院子里又是一片寂静,须臾,那人问道:"你们想知道什么?"

"所有的事情!"余莲舟回道,"若不然,皇城司再不插手此事!"

"好!"那人叹了一口气道,"当天我和陈唐就是在这里看到的那出好戏,不过说这些事情之前,我想先说一个故事!"

"阁下请说!"宋慈等人坐到了台阶上。

"这个故事,要从乾道九年(1173)说起……"

乾道九年也就是三十年前,宋慈竖起了耳朵。

那一年有一个小小的傀儡戏班,只有父子两人,父亲叫刘四,儿子人称刘小四,两人一直游走于大宋的各个府路中,以表演傀儡戏为生。某日刘四对儿子说,大宋最好的傀儡楼建在临安府的大瓦子里,他要带着儿子去临安府,只要能在傀儡楼里演戏,他们就能赚到不少银子,届时就能找到因为家贫而离家出走的孩子的娘了。

孩子把话听了进去,从那时起大瓦子中的傀儡楼就是他最向往的地方。那一天,父子俩在吉州城外五里墩表演傀儡戏。为了吸引乡民,表演的是肉傀儡,所谓肉傀儡就是由小孩子充当傀儡,父亲充当操作傀儡的人。此番演出吸引了很多人,有喂乳的妇人,也有爬在地上的小孩。不仅如此,还有一名在乡间采风的画师。

傀儡戏演完,画师也把画画完了,画的正是傀儡艺人操作傀儡的情形。父子两人见到画后,大为开怀,刚想开口讨画,不承想画师却把画撕了,离开时口中还念道:"为何画不出神韵?"

演出后,父子俩收拾行装正要赶路,却碰到茶寇攻打吉州城。眼见官兵和贼人都杀红了眼,父亲把孩子藏在草丛中,一人引开了流寇。当周围再度安静时,孩子从草丛中爬了出来,左等右等却等不到爹爹回来。此时他也不知道该往哪里去找爹爹,只记得爹爹提过要去临安府大瓦子中的傀儡楼,便一路乞讨走到了临安府。

颠簸流离了几个月,终于到了傀儡楼,可是这里依旧没有看到爹爹。正当小孩走投无路的时候,傀儡楼的中的艺人发现了小孩演傀儡戏的本事,把他留了下来。

恍然间过了许多年,当年的小孩已经长大成人,有一人找到了他,那人自称赖小五,乃是赖文政之后,说他们俩的爹爹是患难之交。刘小四从赖小五口中得知,当年他的爹爹刘四逃跑时,吸引了大批官兵追杀,接着又冒出很多流寇要保护刘四,接着两帮人就在野外厮杀起来。正当流寇要被官兵全部杀掉的时候,又有一个很像刘四的人带人赶了过来,从外面包围了官兵,救了他们。

到了此时,刘四才知,那个长得像他的人名叫赖文政,大家都叫他赖五,乃是茶帮的大龙头。此番他们攻打吉州城时本来落败,没想到逃命的时候官兵却追错了人,于是赖五急忙纠集了人马,抄了官兵的后路,获得了一场大胜。

这是茶帮起事以来最大的一场胜利,刘四也被茶帮认为是上天派来帮助他们的恩人,便被推为了长老。这茶帮之中的长老本是世袭,只有四位,刘四加入后就是五人了。这几人按年龄排位次分别是辜一、孔二、张三、刘四以及赖五。

后来刘小四才知道，刘四根本就不想当贼寇，他只想带着孩子去傀儡楼，可是此时又不能不当。由于怕孩子被人抓到也成了小贼寇，他甚至狠下心没去找他。刘四只想着找个机会就离开贼窝，然后再去找自己离散的孩子。

这之后刘四跟随茶帮四处作战，队伍里的人也渐渐多了起来，只可惜他们遇到了辛弃疾。赖五兵败被俘后，其他人四散而逃。赖小五找到刘小四时对他说，刘四为了报答赖五的知遇之恩，甘愿代替赖五受死，不过这之后不久赖五也伤重而亡。赖小五为了报答刘家的恩情，会善待刘小四。

说到这里，那人再次沉默。宋慈起身问道："你就是刘小四？阁下如何称呼？"

"如何称呼很重要吗？你就叫我刘余好了！"

宋慈知道刘余也是化名，便问道："那赖小五是谁？"

刘余没有回答这个问题，只是说道："当年我一直当他是兄长，承他的恩情，没想到当年的事情却另有隐情！"

"什么隐情？"宋慈想到了叶适说起的当年那起案子，疑惑道，"你查出了你爹爹其实不是心甘情愿替死？"

"你怎么猜出来的？"

"刘四连你都没有找到，又怎么会甘心去死？"

"唉！"刘余的嗓音有点儿悲伤，"赖五被捕时，赖小五想到了一个计策，就是让我爹爹代替赖五去死。于是他给我爹爹下了迷药，又买通了狱卒和画师，偷梁换柱。这件事做得隐蔽，当时就连辜一、孔二、张三也不知晓。"

"既然如此，又过了这么多年，此中的秘密又是如何被别人知晓的？"

刘余闭口不答，过了一会后说道："天网恢恢疏而不漏，这件事过了十年还是被其他三位长老发现了端倪，于是把怀疑之处告诉了我。"

"你相信此事吗？"

"听到这个消息我也是将信将疑，于是顺水推舟写了一封密信，交给了临安县令叶适，接着一路暗中跟随。没想到案情的真相还真被他查出来了，此事虽然官府秘而不宣，但是画师李嵩感叹棺中人已成了骷髅，加之又以为我也死了，便按着记忆画了一幅《骷髅幻戏图》，我就是因此顺藤摸瓜，又收买了一些官府中人，得知了真相。"

宋慈没想到那幅传世之作《骷髅幻戏图》是这么来的，感叹之余又问道："赖小五是谁？既然是赖小五设计杀了你爹爹，为何又要把你找出来？他不怕你复仇吗？"

"赖小五找我出来是为了龙头之位，我爹爹对茶帮有大恩，把我找出来再善待我，可以收买人心。事实上也确实如此，他找到了我，又惺惺作态后，终于登上了龙头宝座！"

余莲舟插话问道："其他三位长老为何要把这件事情告诉你？难道是针对赖小五？"

"是，赖小五当年要干一件大事，此事却是其他三位长老不想干的。为了阻止赖小五成事，他们找到了我，因为我当时颇得赖小五信任，只要说动了我就可以寻机杀了赖小五！"

余莲舟眉头一翘问道："你们茶帮还有不敢干的事？难道是还

想造反不成?"

"确实如此!"刘余轻声道。

余莲舟想了想,推测道:"过了十年,辜、孔、张这几家做私茶买卖得心应手,已成了一方巨富,不再愿意做那些掉脑袋的事情也在情理之中,所以他们想杀赖小五?"

刘余沉声答道:"赖小五极为隐蔽,有多重身份,茶帮中人很少有人知道他的真面目,就是那三家长老也不知晓。我由于处理某些事情,对他多少还有几分了解!"

赖小五还有一重身份,这是宋慈等人没想到的。刘余继续道:"赖小五另一重身份也是响当当的大人物,当时即使集合我们四家力量也难以动他分毫,事败后只好四处而逃。就这样,又等了十年,我们终于等到了机会,这次赖小五败了,没想到此人却逃走了,从此不知所踪。不过他走得匆忙,辛辛苦苦多年的基业,却一朝全毁了!"

宋慈和余莲舟对看了一眼,都在猜测赖小五另一重身份。过了片刻,宋慈对刘余问道:"此番杀人的就是赖小五?他回来复仇了?"

"不仅仅是复仇这么简单,相信我,此人不除,不仅是我有麻烦,你们也有麻烦,就连大宋都有麻烦!"

"他到底是谁?"余莲舟又追问了一句。

就在此时,雄鸡打鸣,天微微亮了,刘余说道:"我该走了,你们只要抓住此人就知道他是谁了!我还有点儿东西留在这里,待会你们可以过来拿!"

顷刻,有几道人影从远方的树杈上跳了下来,消失不见,想必是刘余和他的手下走了。

063

牛俊和章勇在刘余藏身的树上，找到了一个小册子，交给了余莲舟。余莲舟翻看一会，呢喃道："报恩坊蔡记扇子铺、永和坊苟记包子铺，这林林总总有七八处地方！"

宋慈回道："这些地方应当都和赖小五有关！刘余还有什么顾忌，为何不告诉我们赖小五的另一重身份？"

"赖小五？"余莲舟笑了笑道，"天下间还有这么多的巧合？刘余找到我们无非是想借刀杀人罢了！"

牛俊和章勇疑惑道："提点，那这些地方我们还查不查？"

"查！为何不查？回皇城司亲兵营大营点兵，我们分几路一同去调查！"

一行人等出了辜家大宅，不顾疲劳赶往了城中，宋慈又让孔武回县衙，拉上了邢捕头等人一起调查这几间铺子。

第六节
傀儡楼

当宋慈等人回城的时候,在离临安府外几百里的建康府,一位锦衣公子牵着白马在长江边下了船。他剑眉星目,俊俏非凡,身后背着神臂弓,手里的包银长枪在晨光下闪闪发亮,几位家将模样的劲装汉子亦步亦趋跟在身后。

"少爷,都到建康府了,歇歇脚吧!从蜀中一路赶路,这都许久没歇息了!"

"皇命不可违,到临安再歇息。上马!明日日落时分,必须赶到临安城!"

一位家将笑道:"少爷怕是想见媳妇了吧!就是不知皇上要把哪位公主许给少爷?"

"少爷少年英才,什么公主娶不得?"另一位家将回道。

"这里不是蜀中,休得胡言!都打起十二分的精神,莫要坠了吴家的名头!"

一行人等翻身上马,连建康城也没进,就奔向了临安府的方向。

从卯时起,临安城炸开了锅,全城有多处商铺同时被查封,铺子里包括掌柜、伙计都被带到了皇城司亲兵营,由余莲舟亲自审问。

一个时辰过后,事情已然有了一些眉目,这些铺面或多或少都有替人办事的嫌疑,但他们不知道自己做这些事的真实目的,皆是听人指使。余莲舟想顺藤摸瓜找到上线,却发觉那些人早就消失了踪迹。

在一旁旁听审案的宋慈沉思道:"这些人和茶帮无关,更不知赖小五是谁,刘余到底是何用意?"

就在此时,皇城司冰井务提点刘世亨气冲冲闯了进来,还没坐定就对余莲舟怒吼道:"余提点,你坏了鄙人的大事!"

余莲舟看着怒气不消的刘世亨,醒悟道:"这些人都和金人细作有关?"

临安县令叶适也来了,他看了看屋中众人道:"此举有些打草惊蛇了。"

从交谈中余莲舟得知,这些铺子确实都和金人细作有关,不过都是一些金人细作网的细致末梢,刘世亨和叶适一直派人盯着这几个铺子,就等有人来联络他们,然后抓住大鱼,没想到却被余莲舟这边的人坏了好事。

余莲舟明白此事做得有点儿鲁莽了,连忙向刘世亨和叶适赔不是,刘世亨却把头侧向一旁,还嚷嚷着要把此事禀告圣上。

宋慈想起叶适对自己说过的只言片语,忽然明白了什么,对刘世亨问道:"刘提点,你们所抓金人细作大头目名叫童眼?"

"这不是你该问的!"刘世亨对宋慈并没有好脾气。

"那刘提点知不知道，童眼可能就是从前的茶帮大龙头，赖小五？"

"这？"刘世亨对这个消息震惊不已。

叶适略微沉思，说道："如若赖小五就是童眼，'茶寇案'和'细作案'两案可以并作一案。"

屋里的人想了想，都点了点头，终于坐了下来，开始互相交换手里掌握的消息。童眼大概是十年前在北边出现的，这和赖小五逃离临安的时间点可以对上。童眼在北方一直很低调，直到检举了大宋机速房在北方的探子邱山，这才得了金人的信任，成了金人密谍司的提举，负责打探大宋的机密。

去年金人细作案爆发，邱山身份被揭露，于是金人便派了熟悉南方的童眼来接替他的位置。童眼为金国做事，于公于私，首先想到的就是财力雄厚并曾经造反的茶帮，想把茶帮再捏在手中，为此他便杀了辜一、孔二和张三。

所有事情都串起来了，刘世亨沉吟道："刘余也是个精明人物，他不会不知道，抓这些人只会打草惊蛇，此人究竟想干啥？"

叶适微微一笑道："无非是想假我们之手，让童眼疲于奔命，而他可以摆脱童眼做其他事情！"

"他到底要做什么事？"余莲舟蹙眉道，"此人不仅对自己的事有所隐瞒，对赖小五之事也言之不详，始终不愿揭露他的另一重身份，这不符合常理！"

宋慈插话道："除非赖小五的另一重身份藏着个大秘密，而这个秘密是刘余不想让我们知道的。"

屋里几人都点了点头，如今之计是对抓来的人再细细盘问，看看能不能得到一些线索。

在皇城司亲兵营大营灯火通明通宵忙碌的时候，城西的轻吟阁也一片欢歌笑语。在某处闺房之中，杜芊芊的玉指轻弹，拨拉着瑶琴，吟唱着婉转动人的曲调。在门帘之外，一个男子躺在藤椅上正闭目养神。

这是杜芊芊见过的最奇怪的客人，他每次来都戴着斗笠，不让人看到他的真面目，不过却出手豪阔，最让人不解的是对自己却没有任何非分之举，甚至连拉开帘子看她一眼的心思都没有，每次进了房中后，只是让她弹曲，接着就在椅子上小憩。

又弹了几个曲目后，杜芊芊的柔荑在琴弦边停了下来。门帘外的男子睁开了眼睛，问道："怎么不弹了？"

"奴家的曲子弹得不好听吗？为何公子听了只想酣睡？"

"听不出好坏！只是觉得这个曲子有点儿伤悲，好像有人在述说往事！似乎在说我的命运本不该如此！"

听闻此话杜芊芊心里一惊，她本是官宦之女，如今却沦落于此，没想到有人竟然闻弦歌而知雅意，连忙道："小女子让公子笑话了！"

男子苦笑了下，道："天下多是苦命人，谁又能笑话谁？"

"公子也有不堪回首的往事？"

"算是吧！"不知为何，男子把斗笠帽檐往下压了压。

"那奴家再给公子弹一首《相见欢》如何？"

"好！"

杜芊芊玉指再起，唱起了李煜的相见欢："林花谢了春红，太匆匆。无奈朝来寒雨晚来风。胭脂泪,相留醉,几时重。自是人生长恨水长东!"

男子听到情深处,吸了一口气,扯到了身上的伤口。

杜芊芊动了动耳朵,心中挣扎了一下,问道:"公子最近可是受伤了?"

听闻此话,男子摸着刀柄,身份若是暴露了,就要杀人灭口。杜芊芊连忙道:"公子不必惊慌,奴家生于岐黄世家,也粗通一些医理。公子语气无力又怕风怕冷,必是肺部受损的缘故!"

男子抓住刀柄的手松开了,又闭上了眼睛。

"小翠!"杜芊芊对丫鬟说道,"把羊肺汤给公子端过来!"

不多时,丫鬟端来了羊肺汤,男子端起羊肺汤喝了几口道:"羊肺鲜嫩,又用杏仁粉、肺霜、绿豆粉、酥油、蜂蜜调味,这味道不比三元楼做的差!"

小翠掩嘴道:"这就是三元楼的味道!"

"三元楼离此七八里,是遣人送来的吗?"

杜芊芊瞪了丫鬟一眼道:"奴家在三元楼有故人,他时常看望奴家,这几日奴家有点儿咳喘,他便做了这份汤送过来!过些日子,他就要经常过来帮厨,公子届时就能时常喝到了。"

仰慕轻吟阁女子的人很多,献殷勤的人更不少,男子喝了羊肺汤后,靠在藤椅上问道:"姑娘没被赦免吗?"

大宋北伐大赦天下,很多当年犯事的人都在赦免之列,杜芊芊听闻此话,心中一沉道:"奴家是遇赦不赦!"

"哦?"男子忽然问道,"姑娘赎身要多少银子?"

丫鬟小翠心中一喜,连忙道:"六千两银子,公子你有吗?"

"没有，不过我能赚到！"

杜芊芊疑惑道："你怎么赚？"

"我有刀！"说着男子摸在了刀把上。

丫鬟小翠脸色一变，杜芊芊却释然，她一直怀疑此人是个杀手，所以一直不想让人知道其身份。愣神之时，帘子外的人却忽然消失了踪影，桌子上留下了一张一百两银票。

小翠拿起了银票，交给了杜芊芊，说道："这人也是怪人，他真的愿意给小姐赎身？"

"欢场多是逢场作戏之人，这些话又何必当真？"

男子出了轻吟阁，在夜色中走了许久，终于到了一处僻静的庭院，在月光下一位银发老人正在小湖边钓鱼。他听到来人的脚步声，问道："去轻吟阁了？"

"嗯！"男子也没隐瞒，丢了一些轻吟阁中拿出的糕点在湖里喂鱼。

"不要忘记老夫让你去的缘由！"

"属下知道。"

老人微微提了下鱼竿道："莫要对那个女子动感情！"

"大人若是开口，今夜我就杀了她！"

"还没到时候，你父母的仇家只剩下刘余了！"

男子直起身子道："刘余这厮竟然勾结官府众人，坏了我们七八处桩脚！"

"无妨，伤不了筋动不了骨，不过余莲舟那些人颇为碍事，得杀了！"

"怎么杀？皇城司高手不少，临安县衙也有孔武那样扎手的人!"

"本座自有安排,你听令就是。"

"属下遵命!"男子离开了院子,到自己屋子之中摘下了头上的斗笠,他就是潜逃回来的仇彦。

余莲舟在亲兵营忙活了许久,却没有问出什么有用的消息。子时时分,她回到屋中,沐浴之后一身缟素,在院子寻了个无人的角落,烧着纸钱祭拜。

十多年前的今日,余莲舟的母亲、怀胎六月的齐安公主突然流产而亡,母亲和未曾谋面的弟弟或妹妹,就这么离开了她。父亲余复伤心于齐安公主的死,辞官回乡离开了临安。她本以为母亲的死是意外,可是三年前母亲忌日的时候,父亲大醉之下无意间说漏了嘴,齐安公主的死不是意外,此事另有隐情。

当时余莲舟问道:"爹爹,你为何一直不调查娘的死因?为何让娘死得这么不明不白?"

余复迷迷糊糊中说道:"你娘临死前不让我调查此事,她说此事随她的死就了结了!"

余莲舟迷惑不解,旋踵又问道:"此事是不是和皇家有关?"

余复没有回话,却老泪纵流。余莲舟心中已然有了答案,她一个人从宁德跑了出来,接着到了临安,费尽心思见到了皇上,却依旧得不到想要的结果。她知道天下间的秘事都藏在天机阁中,只有皇上和皇城司的提举才能进入。便央求宁宗进了皇城司,从干办当起,累功成了提点,一步步向那个位置靠近。

往事历历在目,恍若眼前,余莲舟又想起来孔志之,他临死前认错了自己,难道是当年那件案子的知情人?茶帮内乱恰巧也是十年前,当年那件事会不会也和茶帮有关?

不一会儿后,余莲舟回到了屋中,一夜无眠。

清晨时分,章勇在门外禀告道:"提点,有发现!抓获的犯人中有一名布店的伙计,说是奉命调查刘余的行踪。这刘余虽然行踪不定,但是喜欢收集傀儡,制作傀儡。"

"哦?说下去!"

章勇继续道:"做傀儡的提绳和一般的绳子不同,只能从几家特定的铺子里才能买到!这伙计调查这几家铺子,发觉排除傀儡戏人购买外,还有其他人买了。他又顺藤摸瓜查了做傀儡需要的其他物件的铺子,发现这些东西都流向了城外某处地方!"

"什么地方?"余莲舟扬眉问道。

"城外梅家坞!这伙计说此事他还没给自家人禀告,就被我们抓来了!属下许诺说了此事,可以饶他一命!"

"这人也算心细!我们这就去梅家坞!"

"要不要多带点儿人?"

余莲舟想了想,摇摇头道:"人不能多,我们是找刘余问事的,人多了怕他会跑了!"

"是否通知宋公子?"

"给他说一声,不过事不宜迟,必须马上赶到。你跟我走,让牛俊知会他一声!"

少顷,余莲舟带着章勇、谭峰以及十余个精干的察子出了皇城司亲兵营的营门,快马奔向了城外梅家坞。

宋慈清早刚醒来,皇城司干办牛俊便来了,他简单说了缘由后，宋慈便叫上了孔武跟他出了斗斋。

出了城门，沿着湖畔一路狂奔，喘息的当口，孔武对牛俊抱怨道："你们提点真是急性子，也不等等我们，刘余那厮若是有歹心怎么办？"

言者无心，听者有意，宋慈转身对牛俊问道："那名布店的伙计是怎么告诉你这个消息的？动刑了没？"

"没有，就关了几个时辰，恐吓了一番，他便说了！"

"这便不对了！"宋慈摇摇头道。

"如何不对了？"

"此人能从细微之处就找到刘余的住处，也是个人物，怎会被简单恐吓一番就吐露出这么重要的消息？"

"在下答应放他一条生路！"

"若是他真的查出了刘余的住处，定会立刻通知赖小五，断不会如此拖延。余提点按理说会有所察觉，总觉得她这两日有点儿心神不宁！"

牛俊尴尬道："余提点昨夜在院子里祭奠了齐安公主！"

宋慈心中一惊，如果这是敌人设计的陷阱，那么此人会不会把余莲舟的心境也算进去了？他到底是谁？

心思于此，宋慈再度问道："余提点带了多少人？"

"有章干办、谭干办还有十余名察子！"

"牛大人！"宋慈转身正色说道，"你去皇城司搬救兵，我和孔武先过去看看！"

"好！"牛俊对宋慈说道，"宋公子小心，不要硬拼，只需拖住半个时辰就行！"

"宋某明白!借你弓箭一用!"

"好!"牛俊把弯弓递给了宋慈,转身拍马而去。

方才还晴朗的天空,此时却乌云一片,远远地还听到了惊雷的声音。宋慈和孔武进入了梅家坞的地界,这地方寂静无声,更增加了宋慈心中的不安。头顶乌云密布,一声惊雷后,雨点哗啦啦落下。前方庭院中有一只穿云箭冲天而起,射入天空后,又猛地炸开。只可惜穿云箭的爆炸声和天上的霹雳声交织在一起,也不知能传出多远。

幸好宋慈和孔武离得近,看到了求救信号,又加快了马蹄。路过一处牛圈,宋慈心生一计,把几头耕牛放出并引到庭院的方向,在牛屁股上狠狠地扎了几刀。几只公牛吃痛,迈开蹄子就冲向了前方的院门。

在梅家坞不远处,蜀地来的贵公子吴英正在雨中策马狂奔,忽然间他耳朵动了动,听到了军中求救的信号。家将知道自家公子的心思,小声说道:"公子还是早些进城吧,不要误了期限!"

"还来得及!"吴英回道,"你们也曾随家父征战沙场,在沙场上如若遇到同僚求救,也这样无动于衷吗?"

家将一时间哑口无言,自家的公子年纪虽不大,主意却不少。

"把我的银枪拿出来,还有神臂弓!我倒是要好好看看,天子脚下到底是谁有这么大的胆子?"

几只公牛冲进庭院,宋慈和孔武爬上一旁的院墙,余莲舟、谭峰、章勇以及十来名察子被一群蒙面人困在了庭落中各处,有几名察子已然中刀倒地,生死不知。

本来蒙面人已然占据上风,没想到几只疯狂的公牛冲进来却让他们乱了阵脚。余莲舟趁机将人聚在了一起，不过由于蒙面人太多，武功也高，还是被围在了角落处。院墙上孔武嘀咕道："看这帮人的身手好像是北方来的！"

宋慈诧异道："如果围攻的是金人，那么就是童眼布的局！那伙计是个棋子！"

"这些狗娘养的！"话音刚落，孔武就跳下院墙，挥舞起乌梢棒冲了过去。孔武功夫不错，受华岳提点后更精进了许多，然而双拳难敌四手，渐渐也落在下风，特别是蒙面人中有一位戴着弥勒佛面具的人，出刀又快又狠。不一会儿的工夫，孔武也被逼进了余莲舟等人所在的包围圈中。

余莲舟方才打斗时就觉得眼前的面具人眼熟，此时又看到他和孔武交手的样子，不由怒斥道："仇彦，原来是你！没想到你竟然成了金人的走狗！"

仇彦举手制住了手下，对余莲舟道："余姑娘，没想到我们这么快又见面了，大金在北方已然反攻，我带来的这批人又是北边的好手，这次你逃不掉了！"

说着仇彦又转身，对着院墙外说道："宋慈，还不快出来？莫非想要偷袭不成？看你那握弓的样子，好像有几分模样，不过在我这里却不值一提！"

宋慈被人看穿，也不遮掩，便从院墙外跳了进来，他手握着弓箭，对着仇彦说道："我没把握能伤着你，但是可以让你分神，届时余姑娘和孔武就能要你的狗命！"

"哈哈哈！"仇彦狂笑了几声，"宋公子进太学读书一年多，没想到越读越傻，我之所以不杀余莲舟就是等着你来！你和孔武只身而来，却不见有皇城司的人陪同，想必他已然回城搬救兵了吧！可是这一来一往至少要大半个时辰。这个光景，我可以让你们死三次了！"

"那你就试试！"宋慈手握弓箭上前几步道，"教我箭法的乃是华岳大哥，他的武艺比你要高上三筹！"

仇彦心中狂喜，这个傻子竟然自投罗网。余莲舟摇了摇头，宋慈的武艺他是知道的，一年前射人胸口的时候却成了射人眼珠，如今即使练了一年箭术，又能厉害到哪里去呢？

宋慈也知道胜算不多，但只要自己能多耗点儿光景，就能多增加几分胜算。故而他只能扯虎皮拉大旗，能拖一会是一会，只要手中的箭不放出去，仇彦就会有所顾忌。

仇彦也看出了宋慈心中的打算，虽然宋慈拉箭的姿势很稳，但是他怎么也不相信原来那个文弱书生箭术能有多高。打定主意后，仇彦手握长刀，照着宋慈就劈了过去。

宋慈没料到仇彦竟然就这样直接冲了过来，心中一惊，手中的箭不知放还是不放。待到仇彦再冲来几步，宋慈再无犹豫，左手举弓微抬，右手松了弓弦。但听嗖的一声，箭矢如闪电般直直向仇彦射去。见到此等景象，孔武和余莲舟微微松了一口气，这一年来宋慈的箭术精进了不少，纵使不能射杀仇彦，但是让他吃点苦头还是能的，仇彦还是托大了。

仇彦微微一愣，没想到宋慈真不是花架子。这一年仇彦为了报仇，一直也在苦练武艺。他将手中的长刀舞出了刀花，宋慈射来的箭矢便被格挡在地。

宋慈心中一沉，仇彦却咧嘴一笑。就当他要冲上来的时候，余莲舟和孔武两人使了个眼色，互相掩护，都来相救。仇彦等的就是这个机会，他要杀宋慈容易，要杀余莲舟却绝不简单。方才他就是把宋慈当成钓饵，让余莲舟露出破绽。一个燕子翻身，仇彦举刀回砍，唰唰几刀后把余莲舟逼入险地。眼看着余莲舟就要成为仇彦的刀下亡魂，仇彦耳中又听到了弓箭离弦的声音，心中不由鄙夷道："这个宋慈挺能耐，这么短时间就能射出第二支箭？"

仇彦不敢托大，急忙躲避。宋慈又射出了第三箭，这连珠箭一般是军中人才掌握的本领，没想到宋慈得华岳教导后，用了不到两年时间，竟然学到了七八分的精髓。

三箭逼走仇彦，宋慈到了余莲舟身侧，指着身后对她说道："去那座小楼！"

剩下的人交替掩护，到了楼前，章勇抽出腰刀，劈开了门锁，一行人退入了楼中。

进屋一看，几人都愣了，这阁楼里面摆放着各式各样的傀儡，大的如真人般大小，小的只有手掌一样大，那房子正中悬挂的骷髅傀儡甚至有一人半高。

宋慈嘀咕道："看来这里确实是刘余的老巢，所以才有这么多的傀儡，竟然比城内大瓦子傀儡楼中的傀儡还多。这个地方应当早被童眼找到了，刘余也早逃走了。"

余莲舟脸有愧色道："是我失察，连累大家了！"

"不怕，有这些傀儡做掩护，只要再拖一会，救兵就来了！"

一行人分散在傀儡身后隐蔽，仇彦的人冲了进来，见到满屋的傀儡也是一惊，就在愣神之时，傀儡后却纷纷冒出尖刀利刃，几名蒙面人立马中刀倒地。

仇彦的人手虽然众多，却被眼前的傀儡阻挡了视线，一时间也束手无策。

"大人，不如放火烧了此楼！"有蒙面人禀告道。

仇彦刚想说好，一道霹雳袭来，雨更大了。

"把眼前的傀儡都砍了！"仇彦大喝一声，让手下人清除障碍。

傀儡越来越少，余莲舟等人能藏身的地方越来越少，一番激斗之下就连宋慈也只剩下手中一支箭了。

仇彦看着这些人，忽然狂笑道："还不束手就擒？兴许会死得好看点儿！"

宋慈这边的人大多受了伤，就连余莲舟也伤了脚踝。仇彦大手一挥，便有五名蒙面人冲上前，章勇、谭峰急忙上前抵挡。仇彦再挥手，又有一波人上前，余莲舟和孔武又迎了上去。

此时此刻，就只有仇彦和宋慈没有动手。

"宋慈，我们的账该算算了，你认为手里那支箭能伤我分毫吗？"

宋慈自知不是仇彦的对手，却脸无惧色，孔武和余莲舟想过来救宋慈，却被一群蒙面人缠住。正当宋慈退无可退，仇彦拔出长刀要结果宋慈性命的时候，余莲舟抽出长鞭不顾一切朝仇彦甩了过来。

仇彦等的就是这个时机，他砍向宋慈的乃是虚招，实际是声东击西之举，就是为了让余莲舟露出破绽。

余莲舟何尝不知道这个道理？可是因为自己让宋慈陷入险境她又于心何忍？此番即使拼了性命，她也顾不了那么多了。

仇彦躲过长鞭，抽刀向余莲舟砍去，耳中却又听到了弓箭离弦的声音。方才出招时，他就选好了地方躲避，只要宋慈这一箭射出了，此人就将束手待毙。然而须臾之后身旁并没有箭矢掠过，头顶上却突然传来哗啦啦的声音。宋慈方才的箭没有射向仇彦，而是射向了屋子里悬挂于半空中的那具巨大的骷髅傀儡的悬绳。

悬绳中箭后立刻断开，骷髅傀儡直直地向仇彦砸去，四方的蒙面人也被突如其来的景象惊住，纷纷闪身躲避。

仇彦挥刀格挡，又连滚带爬，好不容易躲开砸下的傀儡，没想到余莲舟的鞭子又挥了过来。仇彦不得喘息，急忙用没有拿兵刃的左手格挡，虽挡住了鞭子，手臂中却传来钻心的痛。

方才宋慈射出的箭矢割破傀儡悬绳，又射到一旁的廊柱上。余莲舟用鞭子卷出那根箭矢，又向仇彦挥去，箭矢就扎在了他的手臂上。

仇彦受伤，其他蒙面人也被砸下来的傀儡惊扰，被孔武、章勇等人趁机杀了几个。

仇彦看了看左右，这个地方狭窄，他们人多，却施展不开，说了声："撤！"

见到仇彦撤走，宋慈等人微微松了一口气，只要再挨个一时半会，救兵就来了。

谁知还没等喘一口气，屋外又传来仇彦声音："余莲舟出来，若不然我就把你受伤的手下都杀了！"

方才一行人等进傀儡楼时，皇城司受伤的亲兵并没有跟进来，就在章勇、谭峰等人想阻止余莲舟的时候，仇彦腰刀挥出，一刀捅死了一名受伤的察子。

余莲舟耳听着手下凄厉的叫喊声,推开了挡在身前的两名干办,冲了出去。章勇和谭峰看了看宋慈,宋慈知晓余莲舟的脾气,并没有劝慰,只是跟在她的身旁,一同走了出去。

余莲舟看了宋慈一眼,道:"你跟着出去会死的!"

"死得其所!"

"是我拖累了你们!"余莲舟脸有愧色。

"没有余姑娘,在下已经死了多次了!"

一行人相互搀扶踉踉跄跄走了出去,此时大雨将停,地上泥泞一片,血水混着雨水,染红了地面。几名快要咽气的皇城司察子靠在树桩上说道:"提点,我们是将死之人,你不该出来的!"

"是我对不住你们!我乃大宋皇城司提点,断不会丢弃任何一名同僚!"余莲舟朝受伤的察子躬身行礼。

"放下兵刃,束手就擒!"仇彦喊了一声,见到余莲舟等人还有犹豫,一刀挥出,一个人头带着喷涌的血液急飞出去。

"你不得好死!"纵使是看上去坚强的余莲舟,此时也热泪盈眶,却啪的一声丢下了长鞭,其他人见状也放下了手中的兵刃。

仇彦带人上前,就要把这一行人拿住的时候,身后听到了砰砰几声,那几名受伤的察子竟然用尽最后一点儿力气,撞向了一旁的尖石。

"小六,小五!"余莲舟眼中冒火,拾起长鞭就朝仇彦拼命。

院子地方空阔,仇彦人又多,占尽了优势,就在余莲舟等人再无转圜余地的时候,空中又传来了箭矢破空的声音。

"宋慈还有箭?"仇彦略微迟疑,却发觉这箭如此强劲,绝不是宋慈发出的,难道短短时间皇城司就来了救兵不成?仇彦只好放过余莲舟转身躲挡,更让他想不到的是第一箭躲开后,紧接着第二箭又射了过来,他就地打滚狼狈地避开后,第三箭又射过来,这连珠箭比宋慈高明了一倍不止。仇彦有点儿懊悔,方才就该早动手先杀了余莲舟的,如今竟然来了如此扎手的人物,这下就麻烦了。

待到第三箭射过来,仇彦急忙把手中长刀打横放在了胸口,那箭簇当的一声打在刀背上。由于力道太大,仇彦不由向后跌倒,还没等仇彦缓过一口气,一杆银枪忽然而至。

"吾命休矣!"仇彦懊悔万分,来袭之人武功未必强过自己,但是自己受了伤,敌手又突然偷袭,让自己失了防备,这才会轻易丧命。就当仇彦闭目等死之际,离仇彦最近的蒙面人纵身一跃堵在了枪眼上。按金人的猛安谋克军法,若是主将死了,他们不仅自己会死,就连家人也会丧命。银枪穿过了蒙面人的胸口,力道尤未衰减,"唰"地一下又扎向了仇彦的肩膀。

刺啦一下,仇彦的肩头出现了半寸长的伤口,鲜血直流,但是好歹捡回来了一条性命。一旁的蒙面人急忙围了过来,护住了仇彦。此时仇彦才看清了来人的模样,此人一身锦衣,俊俏异常,手里拿着长枪,在晨风中威风凛凛。在他的身旁是几名家将打扮的男子,个个也都孔武有力,蒙面死士虽然围了上去,但是占不到分毫的便宜。

锦衣公子吴英手持银枪指着仇彦道:"我道是谁,原来是条金狗!"

蒙面死士听闻此话就要再度搏命,仇彦却听到不远处的马蹄声,皇城司的援兵就要来了。如今自己接连受伤,对方又有援兵到来,已经失去了战机,便使了一个眼色,对一旁的死士说了一声:"撤!"

临行之时，仇彦又看了吴英一眼道："我必杀你！"

仇彦想跑，哪里有这么容易？吴英、孔武、余莲舟等人都追了上前，岂料仇彦带的都是死士，断后的人都拼上了性命。半炷香的光景后，牛俊带着皇城司亲兵营的大队人马终于赶到，庭院里只留下十来具蒙面死士的尸首，仇彦等人却早已消失了踪影。

余莲舟看着死去的察子，伏地痛哭。

宋慈走了过来，安慰道："人死不能复生，节哀吧！"

余莲舟又哭了一阵，这才缓过一口气，走到吴英身前说道："多谢公子援手，不知公子如何称呼？"

听到了黄莺出谷般的声音，吴英醒悟过来，眼前这一身劲装的人竟然是一位女子。如此巾帼英豪，除了梁红玉之外，大宋几十年没出现过了。

虽然只是打了几个照面，但这惊鸿一瞥就让吴英心中起了波澜。由于打小生活在军营之中，吴英对会武艺的女子青睐有加，他有点儿唐突地看了余莲舟一眼，惊讶地问道："你可是余莲？余妹妹？"

余莲舟也有点儿诧异，说道："我已然改名叫余莲舟了，阁下是？"

"我是吴英啊！当年我们在洪老师傅门下学过武艺，怪不得方才看你的鞭法有点儿眼熟！"

"你是吴英？"余莲舟这才想起眼前这人。余莲舟从小喜欢舞枪弄棒，六岁就缠着爹娘找了个拳脚功夫不错的武师。那时候吴英家还在临安，两人曾经一起练过武。只不过很快家中突遭变故后，她就再也没见过这人了。

"多谢吴公子了！"余莲舟抱拳行礼道，"莲舟还要处理后事，日后再登门拜谢！"

"好！"吴英也是性情中人，他还要去城中面圣，便叫上了家将，转身离开。

跑了一里路后，家将吴闯对吴英说道："以服饰看他们是皇城司的人，听那些人的称呼，余姑娘好像是皇城司的提点！"

吴英感叹道："小小年纪就当了皇城司的提点，不简单！一个女子还有这样的武艺，更不简单！"

吴闯和吴英打小一起长大，很多话都敢说，便回道："而且还貌美如花，只可惜公子要娶公主了！"

"就你话多！"吴英打了一下吴闯的脑袋道，"进城收拾一下，明日一早就要觐见圣上！"

孔武看着远处回头张望的吴英说道："这小子武功不错，长得也俊俏，就是眼睛不老实，一直盯着那丫头看！"

"你说什么？"宋慈感叹方才几名察子的死，并没有留意孔武说什么。

"我说你媳妇……"孔武话音未落，余莲舟软鞭便打了过来，眼中满是怒火。

孔武知道这时候不能惹余莲舟，于是对宋慈说道："你除了断案厉害，其他事情上就是一个呆子。罢了，罢了，这样凶神恶煞的婆娘，不要也罢！两个闷葫芦在一起，永远碰不出一个响来！"

待到牛俊带人过来后，余莲舟一边带人给手下人收尸，一边派人搜索刘余的住处，到傍晚时分才回了城。

第七节
龙头大会

此番城外遇袭，连累下属惨死，余莲舟翌日就自请处分。不知为何，宁宗知晓此事后并没有怪罪，不仅好言相劝，还强制让其在家中休养了几天，其间吴英还来探访了一番。

这一日，余莲舟回了皇城司亲兵营大营，刘世亨、叶适、宋慈等人都端坐其中。

众人寒暄了一番，余莲舟打开了话匣子说道："我听到消息，如今临安城中混入了不少江湖人士，多和茶帮有关！传闻茶帮要选龙头！"

刘世亨喝了一口茶道："这几日城内金人探子销声匿迹，似在蛰伏，一副山雨欲来风满楼之势！"

宋慈拿出了一幅画卷，摊在众人面前，乃是一幅《货郎图》。余莲舟疑惑道："这幅图哪里得到的？"

"送来的！"宋慈苦笑道，"今日有箭矢射到斗斋中，箭杆上绑着就是这幅图。"

余莲舟仔仔细细在图上看了一番，指着一处枯树枝道："这里颇像是篆文。"

宋慈回道:"乃是龙井村庚子日酉时几个字。"

"就是今日?"

屋内几人互相看了一眼,送此图的十有八九就是刘余,可这到底会不会又是一个陷阱?

叶适打破了沉默,说道:"茶帮要选龙头,金人细作定会插手,断不能让他们得偿所愿。"

刘世亨叹了一口气道:"北方失利的消息就要传开了!"

众人都知道,茶帮有钱有粮又曾造反,若是让金人掌握这股力量,对大宋将是致命一击,因而不管这次有没有风险,在座的人却别无选择。

"混进去,里应外合。"余莲舟说道,"看来刘余控制不了局面了。"

屋内诸人都点了点头,开始谋划起来。

刘世亨让人送来了一个包裹,里面有几面令牌,一个茶壶,几个茶碗,还有易容用的胡须面泥等物。宋慈拿出其中一面令牌看了看,上面阳刻了茶壶的图案,另几个令牌上却只是茶碗。

刘世亨说道:"茶帮有五位长老,十八个茶把式,每个茶把式的令牌上都有一个茶壶,至于与茶壶对应的茶碗则是他的手下!"

宋慈看了看令牌,这些东西不像是假的,便问道:"这是谁的令牌?"

"广南东路茶把式甄涛的令牌,还没进城便被抓住,为了保命把这些东西交了出来。"

宋慈微微皱起了眉头。刘世亨又道:"此人什么都交代了,我等可以冒充他的身份,混入龙头会。"

余莲舟说道:"这是一个法子,我易容混进去,刘提点在外面接应如何?"

刘世亨刚想说什么,余莲舟却说道:"刘提点,此番莲舟不是为了争功,只是想为惨死的同僚讨一个公道!"

谭峰、牛俊、章勇等人也纷纷请命。

宋慈看了余莲舟一眼,有点儿担心她会意气用事,便说道:"我也去,多少有个照应。"

叶适点头道:"如此甚好,孔武也去,届时照看好宋慈,莫要让皇城司分心!"

站在一旁的孔武咧嘴一笑,方才生怕被排除在外,如今只要能去,其他都不在乎了。

几人又商议了一番,宋慈、余莲舟、孔武、谭峰四人混入龙头会,刘世亨则领兵在外埋伏伺机而动,叶适一旁协助。

不多时,便有人给他们易容,干办谭峰化妆成了一位花甲之年的老者,下巴处还贴上了痣。余莲舟装扮成了常年炒茶的中年农妇,宋慈扮成了种茶的茶农的模样。至于孔武依旧是武夫打扮,只是容貌改了许多,乌梢棒也换成了短刀。

快酉时的时候,宋慈四人骑马进了龙井村。此村和往常别无二致,只是村民多了几分警惕神色,谭峰不经意间露出腰间的茶壶腰牌,这些村民就再也没有搭理他们。

不多时,几人到了狮峰下的胡公庙中,守门的帮众查验过几人的腰牌后就把他们引到大殿前的广场。此时广场中已经燃了一堆堆篝火。有几人看到谭峰的容貌后有些诧异,谭峰礼貌地点了点头,又比了一个斟茶的手势,这些人就没再说什么了。

茶帮有五大长老，十八个茶把式，各种小头目更是不计其数。这些人各自坐在一方，也不说话，各有心思。许多年前，茶帮第一次举事的时候选出了龙头赖文政，第二次蠢蠢欲动的时候，又发生了内斗，长老和茶把式各自逃命，成了群龙无首的局面。虽说十年前几大长老曾经露面，谁知又再度沉寂。

此番不知是谁，竟然能召集众人再次聚会，难道是要再次选出龙头不成？而有能力召集众人聚会的人则只能是茶长老，有能力问鼎龙头宝座的也是茶长老。

众人正窃窃私语说着旧事，台上的五张太师椅上却依旧无人安坐，那把最上方的龙头椅更是引人注目。如今茶帮中接连发生几起灭门大案，让在场的人人人自危，噤若寒蝉。

天色已暗，有人给在场众人斟茶，每人都做着各种手势回礼，这是甄别是否是茶帮中人的最后一道考验。好在宋慈等人都有准备，没有露出什么破绽。

酉时已到，依旧没有主事的出来，一位长髯老者按捺不住，操着方言站起说道："大伙都来了，有什么事就露脸说，不要这么遮遮掩掩的！"

"是啊！"不少人附和道。

看到宋慈眼中的疑惑，谭峰低语道："看他的模样和口音，应该是夔州路的茶把式胡行舟，此人一直在西南山区贩茶，已然多年了。不过据说前几年洗手不干了，没想到今日也来了！"

诸人喧闹的时候，一位而立之年的汉子在十来个黑衣人的簇拥下走到了台上，在辜家的太师椅上坐了下来。霎时间，台下炸开了锅，开始议论纷纷。

胡行舟是直脾气，站起身来说道："你是谁？为何坐在辜家的位置上？辜一呢？"

那人把茶碗放到鼻前闻了一闻，又抿了一口道："我是辜如新，辜一乃是家父！"

"你说是就是？"胡行舟鄙夷道，"长老的位置虽是家传，但谁能证明你是辜家之后？"

听闻此话，台下众人纷纷点头称是，皆向辜如新投去了质疑的眼光。胡行舟又道："老夫虽然是远道而来的，但也听闻辜家一夜之间惨遭灭门！你是哪个歹人假扮的？莫要欺茶帮当下无人！"

说着，胡行舟便拔出了刀，其他茶把式也纷纷站了起来。辜家被灭门一案早已传得满城风雨，虽然还找不到辜家人的尸骨，但是几乎所有人都相信辜家被灭门了。

辜如新"啪"的一声把茶碗摔得粉碎指着胡行舟说道："好一个茶把式，竟然听信谣言，咒骂我辜家！"

此人如此镇定，在场其他人一时也没了主意。胡行舟怒喝道："辜、孔、张三家皆被灭门，刘家不知所踪。据传赖家人回来了。你是不是假扮的？想借辜家后人的名号当上龙头？"

辜如新眼中满是怒气，忽然间狂笑两声，质问道："你说我是假的就是假的？"

"难道不是？"胡行舟上前了一步，"三十年前茶帮举事，大伙好不容易从刀口下活过来。还没过上几年的安稳日子，就被那个贼子胁迫，准备造反。幸好当年刘、辜、孔、张几位长老当机立断，阻止了贼子的阴谋，若不然在座的各位多少是在乱葬岗里躺着的？当下传闻那人又回来了，他定然会复仇，辜、孔、张几位长老定是被他杀的，刘长老因为逃命，今日也不敢露面，这是为什么？定是那人想重掌龙头宝座控制茶帮，再度干那杀头的买卖！"

胡行舟说出了众人心中的疑虑，这么多年来，大多数人都由明转暗贩卖私茶，获利颇丰，再也不愿干那些提着脑袋的事情。

胡行舟继续道："那贼人自己不敢露面，因为知道大伙不会支持他，就推出你这个西贝货出来当傀儡。你说说看，你是不是也想当龙头？然后拉着大家一道送死？"

辜如新走了几步，到了胡行舟的面前道："你怎么一口咬定我是假的？又怎么一口咬定辜家被灭门？辜家一夜间人影全无，为何就不是为了躲避姓赖的追杀？"

"这还用说？临安城中谁不知道辜老爷登仙的故事？"

辜如新轻蔑道："市井之言如何当真？若是在下证明你所说的是假话怎么办？"

胡行舟对视着辜如新的目光道："黄口小儿，老夫活了大半辈子，不忍心茶帮毁在你这宵小之手！若是你真证明自己是辜家之后，老夫这条命就是你的了！"

"好！"辜如新转身坐到太师椅上道，"家父年老体衰，本不愿请他老人家出来，如今却不得不做这个不孝子了！"

宋慈和余莲舟互相看了一眼，辜如新的身形和仇彦类似，嗓音虽然更沙哑点，想必也是装的，就连肩膀也像是有伤的样子。

有几人推着轮椅出来，那轮椅之上坐着一名青衣老者，表情呆滞，眼珠还微微泛红。在场的老人都知道辜一有赤眸的异相，其他方面可以作假，这眼珠却难以作假。

"辜老！"胡行舟喊了一句。

辜一虽然没有回话，但也点了点头。辜如新迎过辜一，跪在了身前，轻声道："爹爹，我是辜如新！"

听到这声称呼，辜一眼珠动了动，顿时间老泪纵横。

见到此等景象，有不少人相信辜如新的话了。辜如新转过了身，对台下众人说道："不怕各位笑话，我是庶子。难道庶子就不能继承家业？就不能当茶帮的长老吗？"

台下有人叹了一口气，轻声道："这事我也知晓，辜老和府里的丫鬟有一个孩子，这孩子生下来后怕被正室欺凌，就送出府抚养。不过也是天意，二十年前那贼子对几位大长老痛下杀手时，辜老除了自己侥幸活命外，其他几个孩子都死了。没想到几十年后还能看到他的孩子，辜家命不该绝！"

说话的是荆湖北路的茶把式苏离，他这几年买卖做得挺大，有人甚至谣传他和金人也做买卖。有他这么作证，众人对辜如新的疑虑又少了几分。

胡行舟没想到辜如新有这么一手，一时间也不知该说什么。

孔武一下子糊涂了，低声道："不是说辜一死了吗？怎么突然到了台上？还认出了自己的孩子。"

宋慈低语道："这个辜一是真的，如今看来，当日他只是重伤，却未死，还被赖小五掳走了，至于辜家其他人则被焚尸灭迹！"

孔武叹道："陈唐的故事竟然是真的！辜一真的是被抓走的？可是辜一为何会配合他们？"

余莲舟回道："他被幻物谜了心窍，自然能被人摆弄！"

孔武又问道："要动手吗？我出去放响箭！"

"再等等！"

宋慈知道余莲舟是在等正主现身，于是点了点头，道："看看他们还有多少把戏！"

胡行舟仍不死心，指着轮椅上的辜一道："不是在下多事，但是辜老明显神志不清，阁下又面生，此番选龙头，关系到茶帮的生死存亡，光靠这点，你还不够！"

辜如新走到台前，看着台下众人问道："诸位大多是老人，你们可知当年内乱的内情吗？"

台下诸人交头接耳，当年事发突然，知道内情的人又闭口不谈，故而过了一二十年，此事还是一个悬案，有人不由喊道："那辜公子说说看！"

辜如新凝视前方道："那赖小五不仅是赖五之后，而且还有一个身份，诸位可知？"

台下一片寂静，当年赖小五很少露面，事情大多是让刘小四传达，几乎很少有人了解他的另一个身份。

有人吼了一声道："那你说说，他另一个身份是什么？"

辜如新冷笑一声，一字一顿道："赖小五就是当年的风云人物，遁一观的观主，大宋曾经的国师，赖省干！"

"什么？"台下顿时炸开了锅，茶帮怎么会和神棍有了关系。

宋慈和余莲舟对看了一眼，并没有惊讶之色。二十年之前临安府发生的大事，除了茶帮内斗，就是针对赖省干的"五子上书"一案，他也就是如今金人派入临安的细作大头目——童眼。这童眼两字就是少年之目之意，"少目"上下合在一起就是一个"省"字。

如若赖小五就是赖省干，也就是童眼，那么很多事情就都清楚了。以赖省干的狡诈，想出一招瞒天过海的计策，让刘四代替赖五

091

赴死并不是什么难事。

这之后赖省干和赖文政隐姓埋名，兴许过了几年，赖文政便死了。之后赖省干出山到泉州市舶司当了小吏。如今看来，赖省干当小吏的目的就是想从天竺僧人处得到索玛。得到此物后，他到了临安，成了卜师，暗地里还在收集各色人等的隐事，又靠着找到刘四之子刘余成功收买人心，当上了茶帮的龙头，其目的都是想继承其父赖文政遗志，再度起事，颠覆大宋。

过了许久，台下众人才安静下来。胡行舟颤声问道："此事当真？"

辜如新回道："千真万确！赖省干野心不小，一手掌握遁一观，一手掌握茶帮，二十年前便想在临安城中再度起事！帮内诸位兄弟当年都是吃不上饭才起事的，好不容易安稳了，怎么会让这厮胡来？"

台下诸人都点了点头，茶帮二十年前就打点好了朝野内外，做私茶乃是一本万利之事，犯不着铤而走险！

辜如新继续道："我父、孔叔父、张叔父不忍茶帮大好局面断送在那厮手下，便说动了刘小四长老，要清理门户。"

虽然众人都知道当年遁一观垮台之事，但是很多人不知道内情，有人便问道："当时究竟发生了什么事情？"

辜如新看了看说话之人，说道："赖省干做事小心，只有刘长老有机会能接触到他，于是给他下了点儿慢性毒药，想潜移默化之下结果此獠的性命。可惜就要大功告成之时，还是被那人发现了。当时局势惊险万分，刘小四长老又被赖省干看守，其他三位长老不得已做出了一些荒唐的举动！"

"什么举动?"

辜如新叹了一口气道:"三位长老绑架了一些良家女子,又四处传言,此事乃是遁一观妖道所为,终于引来了官府的注意!"

宋慈和余莲舟对看了一眼,终于明白了当年事的前因后果,这三位长老绑架的人中就有大儒许千秋的女儿许丽质,接着就发生了五子上书一事。

赖省干虽然被朝廷抓住,在狱中却一直坚称那些日子以来一直卧病在床,对抓人子女一事一无所知,是被冤枉的!后来不仅找来了人证,还请来当时的重臣赵汝愚为其作证。其后不久就被放了。

宋慈小声道:"如若赖省干真想造反,就不会做虏人子女的蠢事。看来此事确实是被嫁祸的!赵汝愚当年是能和韩侂胄掰手腕的大人物,赖省干能攀上他的门路,能耐不小!"

余莲舟回道:"如今看来仇彦投靠赖省干,也是为了复仇!若没有这三位茶帮长老,仇家不会沦落如此!看来此番定是赖省干设计,仇彦动手。"

台下有人又说道:"可是二十年前赖省干并没有垮台!"

辜如新点头道:"确实如此,得到赵汝愚支持后,赖省干出了狱,接着设计了一出科举舞弊案,他派人诬告礼部侍郎董邦国,说其向太学五子泄题,出钱资助他们的人正是茶帮的长老。"

"哎!"不少茶帮帮众低下了头。茶帮为了在朝中有人,确实做了不少资助学子之事,好让其发达后关照茶帮。赖省干此计一石二鸟,确实打了几位长老的七寸。

辜如新继续道:"当时赖省干在朝中颇有势力,咱们几家确实也有点儿手脚不干净,虽说资助的不是太学五子,但也资助了其他学子。故而百口莫辩，只好纷纷逃命了。"

那一年茶帮发生了内斗，加之事发突然，所以很多人都不知道前因后果，此番了解内情后不由得唏嘘感叹。

辜如新又道："此事之后，赖省干声势更胜，又逍遥了十年，成了临安城里的黑道霸王。好在老天开眼，十年前赖省干的后台赵汝愚垮台，他自己也因为一些事情得罪了天颜，在大宋已无安身之地，便从海路逃到了金国。据传几年前他检举了邱山，得到了金人的信任，便成了金人南面官密谍司的提举，此番还回到了临安城！"

"此贼竟然做了宋奸？着实可恶！"

辜如新看着台下众人说道："此贼回来后接连杀了孔长老和张长老，逼得刘长老不敢露面，就是我辜家也只是侥幸逃脱。今日我等若再选不出龙头，就会被此贼各个击破，届时诸位就再也没有这逍遥日子了。事到如今，诸位信我了吗？"

此等机密，辜一是不会对外人讲的，听完辜如新说此事，台下众人纷纷点头，相信辜如新是辜一之后。

胡行舟有点儿诧异地看着辜如新，他还是有点儿拿不定主意，不知道眼前这人究竟是不是真的。就在此时，辜如新走到了胡行舟的面前，咧嘴笑了笑问道："方才胡大茶把式自己说的话还记得吗？"

"我说了什么？"胡行舟额头上冒着冷汗，还没缓过神来，辜如新突然抽出短刀猛地刺入胡行舟的胸口。胡行舟根本没想到辜如新会杀他，他看了看流血的胸口，口中不断吐出血沫子，倒地而亡。

辜如新当众杀人，不少有血性的便抄家伙冲了上去，辜如新身边的黑衣人拔刀护在了他的身前，一时间两边剑拔弩张。

茶把式苏离走了上前，指着辜如新的鼻子怒喝道："姓辜的，你还没当上龙头，就杀人行凶！即使你真是辜长老的儿子，也要给我们一个交代！"

"杀人偿命！"不少人附和苏离。

辜如新从胡行舟身上拔出短刃，在袖口上擦拭了下血迹道："行走江湖，最看重的就是诺言。方才胡行舟说只要我证明是辜家之后，他就把命给我，如今我证明了，难道不能取他的性命？"

一时间众人哑口无言。不知是谁，又大喊了一声道："我不服！"

"是，我们不服！"更多人开始附和。

辜如新又坐回了太师椅上，摇着手中的短刀道："茶帮已有许多年没有龙头了，虽说大伙过得不错，可是都各自为政，做的买卖实在太小，是时候有个龙头了！再说你们就不怕赖省干找你们的麻烦吗？"

台上除了辜家的位置上有人坐着，其他几位长老的位置上都空空如也，辜如新说这话，又杀人立威，明摆着就是要当龙头。

苏离前行两步道："这几十年来，茶帮之所以散乱，就是在那件大事上摇摆不定。姓辜的，如果你当上龙头要怎样做？"

辜如新站起身，看着台上的众人道："茶帮混乱不堪就是因为太纠结那件事！我问诸位，当下你们真的过得好吗？"

看着沉默不语的众人，辜如新又道："朝廷为了北伐，抬高了茶引的价钱，增加了过税和住税。以前跑一趟买卖，好的光景能有两成利，不好的光景也有一成利。如今诸位能有五分利吗？若是碰到个天灾人祸，恐怕更是血本无归！"

一时叹息声四起。

辜如新又说道："不仅如此，为了争茶引，兄弟阋墙的事情还少吗？只要我做上了龙头，就不会让这样的事再发生，有什么事自家兄弟可以先商量好，再一起对付外人！"

不少人点了点头，辜如新俯瞰四周道："茶帮的兄弟遍布大江南北，只要拧成一股绳，这茶业的买卖不管走到哪里都是咱们的！"

苏离叹了一气道："这道理兄弟们都懂，可那件事还是得有个说法，当年就是没有了活路这才干的杀头的买卖。前几年世道好大伙过得还可以，当下世道又不好了，又该如何是好？"

"是！"有人在台下附和道："这些年来，大家都有家有口了，不能跟着你把命送了！"

"我们只是做买卖的，为何要拼命？大宋的买卖不好做，我们可以和北方做买卖！"辜如新笑道。

"与金人做买卖？朝廷知道要杀头的！"有人不安道。

"朝廷？"辜如新微微一笑道，"恐怕要自顾不暇了！"

"这是什么说法？"许多人迷惑不解。

辜如新端起茶碗吹了吹茶叶末道："诸位还不知吗？北方有消息了，中路军统帅皇甫斌先败于唐州，再败于蔡州，两淮主帅也兵败被撤。不仅如此，金人已经反攻占了真州，前锋已到了扬州城下！"

"什么，到了扬州了？"在场众人惊慌失措。有人走到苏离身前问道："你和北方打交道多，这事是真的吗？"

苏离叹了一口气道:"真的,我也是刚知道的消息,朝廷还在压着。"

台下的孔武听到此话,对宋慈说道:"虽说大宋战败不好,可是这不证明你那篇狗屁文章说的是对的?"

"战局不利的事不要宣扬!"宋慈脸有担忧之色。

"为什么?"

"若是人心不稳,局势会更乱!"

"你这书呆子,脑袋被驴踢了!"

台上台下所有人都被这个消息点燃,不少人不安道:"金人攻来了,这该如何是好?"

辜如新仰头喝了一口茶道:"咱们做买卖的,就好好做买卖,何人坐龙椅与我等何干?我们谁的买卖都做!大宋要是赢了,我们就继续贿赂那些狗官,卖私茶。要是大宋真的撑不住了,我等就再度起事,北人看在这份功劳上,也不会亏待我等!"

"这不仅要造反,还是要当宋奸!我不答应!"两浙西路茶把式高天赐站起身来,随他起身的还有其他茶把式。

认同辜如新话的也有不少人,也拔出了兵刃。

辜如新摇了摇头道:"我不指望弟兄们当下就明白,不过今日必须选出龙头,若不然等时局大变,我们想做什么事也来不及了!"

诸人一下愣住了,茶帮确实需要一个龙头。沉默了一会,苏离拿出茶碗,倒好了茶,送到辜如新的身前。辜如新接过茶碗品了一口,便放到了一旁的桌上。见到苏离如此,还有一些茶把式和大小头目也纷纷敬茶。

台下谭峰小声解释道:"这是茶帮选龙头的法子。"

不多时,辜如新身旁桌子上已有大大小小数十个茶碗,竟然三四成的人愿意选辜如新当龙头。不过有更多人却不为所动。

辜如新走到胡行舟的尸身前,踢了下他的身子说道:"我这人最记仇,有人得罪了我,我就喜欢杀他全家!"

听闻此话,台下有人坐不住了,就想上去敬茶。两浙西路茶把式高天赐知道这样下去,没人阻止得了辜如新,那苏离早就是辜如新的人了,两人一唱一和在收买人心。他看了看台上刘家的太师椅,心生一计,把自己手中的那杯茶送到了刘家的桌子上。

"高把式!你这是什么意思?"苏离问道。

"刘小四未死,他是长老,我选他当龙头!"

"对,我们选刘余!"一些人幡然领悟,也在刘余的桌子上献茶,不过还是有一些人把茶献给了辜如新。

半炷香的光景后,场中众人敬茶完毕,连宋慈等人也是如此。苏离和高天赐分别清点辜如新和刘余桌上的茶碗,辜如新得大茶碗十一个小茶碗五十九个,刘余得大茶碗七个小茶碗六十八个。虽说刘余得到的茶碗更多,但是大茶碗是茶把式所献的,一个大碗顶三个小茶碗,如此算下来还是辜如新得到的支持更多。

苏离走到了台前,对众人说道:"大小茶碗折算后,辜长老得到茶碗九十二个,刘长老得到茶碗八十九个,恭请辜长老登龙头位!"

高天赐等人眼中冒火,却又无从发作。

孔武轻声道:"要不要放响箭?"

余莲舟摇了摇头:"不急,还有人没出现!"

宋慈感叹道:"赖省干不出现也就罢了,刘余为何也不来?"

话音未落，有人在庙外喝道："我不答应！"

旋踵，一位青衫汉子带着几个随从从庙外走进来，他面容消瘦，目光炯炯有神，高天赐认得他的模样，颤声道："刘小四？"

刘余终于出现了，这是宋慈等人第一次看清楚他的容貌，他不像是个贼寇，也不像是个商人，倒像是一位不理世事的儒生。

"刘小四？"辜如新笑道，"你我皆是长老，难道都要给自己斟茶？"

刘余走到了台上，对茶帮众人问道："诸位记得《四字书》吗？"

"《四字书》？"听闻这几个字，所有人都擦亮了眼睛。

宋慈观察着场中的局势，对孔武说道："护好刘余，不要让他被暗箭所伤！"

余莲舟竖起了耳朵，《四字书》对她来说比茶寇案还要重要。

刘余等台下的议论声平息后，说道："天下人皆以为《四字书》是赖省干一个人写的，却不知这是多少人的功劳！只凭他一个神棍在那胡言乱语，又能套得出多少秘密？此事各位长老知道，各位茶把式想必也有所耳闻！"

辜如新冷笑一声道："刘余，你想说什么？"

刘余转身看着辜如新道："阁下知道吗？十年前，赖省干犯事，四大长老和十几位茶把式重聚临安立过一个誓言！"

"什么誓言？"

"谁能找回四字书中的《玄字书》，谁就是新的龙头！"

"确实有此誓言！"不少德高望重的茶把式都点了点头。

高天赐接话道："诸位也许不知，《玄字书》虽说记载的是三教九流的江湖事，但是却有半本记的却是茶帮各位兄弟的隐事！"

"为何?"有人不解问道。

"赖省干那狗贼为了再度控制茶帮,派人调查了我等的隐事!十年前姓赖的出逃,《四字书》却不知所踪,对我茶帮的兄弟来说,狗官的事、皇家的事都没自己的事重要,于是众兄弟商议,谁能把《玄字书》找出来,谁就是新的龙头!"

辜如新站起身来,走了几步,笑道:"好……好!如此说来,刘长老找到那本书了?"

"正是如此!"刘余答得很干脆,诸人都不相信自己的耳朵。刘余又回道:"这书十年前就在我这儿!"

台下有人不解问道:"你既然十年前就拿到了此书,为何不拿出来?为何不坐龙头?"

刘余伸手入怀,摸出了一本绢纸书,高举道:"刘某原本只是个演傀儡戏的艺人,只会摆弄傀儡,这辈子也只想干这件事。龙头的位置对我来说没有兴趣。之所以一直没有把《玄字书》拿出来,就是一直在等一个机会,可以在大伙的面前做一件事!"

"什么事?"

"把它烧了!"刘余翻到《玄字书》的一半说道,"这一页之前所写的都是帮中兄弟的隐事!"

若是烧了,自然少了心头大患。可是也有人嘀咕道:"那下半部《玄字书》还是留着为好!"

余莲舟和谭峰目光都定在《玄字书》上,只要刘余敢烧书,他们就要出手夺书。只是他们也明白了刘余为啥会有所隐瞒,皇城司只要知道赖小五就是赖省干,定会想到《四字书》,若是《玄字书》被官府所得,茶帮也就完了。方才辜如新步步紧逼,刘余没法，这才拿出了最后的杀手锏。

宋慈扫视着台上众人，总觉得自己忽略了什么。

在众人的注视中，刘余拿着书走到火盆旁。

"慢着！"辜如新制止道，"如何证明你手中的书就是《玄字书》？"

"这话问得好！"刘余转身看着辜如新，说道，"辜如新，辜一之子，丫鬟所生，出生后寄养于襄阳府农家。"

"英雄不问出处！"辜如新冷笑道，"我是丫鬟之子又如何？"

刘余摇了摇头道："只可惜真正的辜如新在淳熙十年（1183）就落水死了，此事很少有人知道，敢问阁下是谁？"

"一派胡言！"苏离挺身怒斥。

刘余转身看了看苏离道："辜如新的密事记在了这本书第三页上，你的事则记在了第九页上！苏离，淳熙六年（1179）你是否始乱终弃一名捕头之女？淳熙十年（1183）是否在勾栏院犯下了命案？还要我继续说下去吗？"

一时间场中寂静无声，所有人都想着自己是不是也有隐事记在了那本书上。

刘余走到了篝火前，说道："所有的这些事情都让它成为灰烬吧！"

余莲舟心中一急，忙对谭峰道："抢书！"

宋慈也急忙对孔武道："出去放响箭！"

在场的所有人都动了，正当刘余想把《玄字书》放到篝火中的时候，身旁不远处的"死尸"胡行舟突然弹地而起，辜如新也拿着佩刀刺了过去。

宋慈方才一直没明白自己忽略了什么，此时他恍然大悟，胡行舟也和辜如新是一伙的，他们一直在演戏，等的就是这一刻。

余莲舟同样也关注着场上的一举一动，软鞭早已在她手中。她挥出软鞭缠住刘余的脚踝，猛地一拉。然而胡行舟弹起得太突然，他的目标不是刘余，而是刘余手中的《玄字书》。刘余死死地紧握着手中的书，但听刺啦一声，《玄字书》在刘余和胡行舟的争夺下竟然被撕成了两半。

辜如新一击不中，竟然丢出了手中的匕首。余莲舟拉着刘余的身子后退，那匕首虽然错过了刘余的胸口，但还是扎到了他的身上。

众人混乱的当口，一支穿云箭冲天而起，远方立马传来了马蹄声。

胡行舟一击得手，瞅了瞅手中的半部《玄字书》，这里面记的乃是除茶帮外江湖人的秘事，便对辜如新、苏离等人说道："丢毒丸，走，上狮峰，刘余此人勾结了皇城司！"

一阵青烟之后，大殿里许多人脸上便露出了惶恐迷惑之色。宋慈和余莲舟知道，这就是索玛毒丸，急忙掩住了口鼻。

待到毒气消散，胡行舟等人已经消失了踪影，恰在此时刘世亨带着皇城司亲兵也冲了进来。

余莲舟有太多的事想问刘余，不能让他就这么死掉。她看着迷惑不解的刘世亨，指了指胡行舟等人逃离的方向。

茶帮帮众大多中毒沉迷在幻象之中，清醒的还没弄明白是怎么一回事，就被皇城司的亲兵和临安县的捕快围在了中间。

"和狗官们拼了！"也不知是谁吼了一声，茶帮帮众一个个都拔出了兵刃，准备拼命。

刘余虽然离毒雾最近，但是受伤流血，反而一直保持清醒，他看着就要玉石俱焚的茶帮帮众，对走过来的余莲舟说道："我知道你想问什么，我们可以做次买卖！"说着刘余艰难地挪动身子爬到篝火旁！

"你想烧掉这半本《玄字书》？"余莲舟没有阻止刘余。

"是！"刘余回道，"这本书落到你们手里，他们只会拼命！"

"值得吗？"

"值得，留下的这些人大多敬了我一碗茶，选我做龙头，我刘余虽是手艺人，却不能对不住他们！"

余莲舟转过了身，道："希望你记得说过什么。"

刘余看着台下的帮众，说道："我刘余原本只是演傀儡戏的小厮，身无长才，是诸位兄弟不嫌弃才让我当长老，今日又给我敬了一杯茶。余提点方才也见到了，诸位都是不愿背叛我大宋的子民，大伙放下刀，提点不会太为难我们的！"

余莲舟有意无意地点了点头，这些人确实不是大奸大恶之徒。

刘余松开了手，半本《玄字书》在火中熊熊燃烧。茶帮帮众，一个个放下了手中的兵刃。

叶适走了进来，身旁跟着临安县主簿。那主簿满脸堆笑地对茶帮帮众说："各位管事的都是大忙人。我廖某找了你们许久，也没找到你们的人。当下好了，大伙都在，要不就把欠朝廷的各种契税都交了？"

茶帮众人面面相觑，不过心头大患《玄字书》烧了，这保命的银子虽贵，却也不能不给。

余莲舟让牛俊看着刘余，便想追到狮峰捉拿辜如新等人。宋慈摇摇头道："那些人应该走了！"

"为何这么说？"余莲舟不解地看着宋慈。

"也许那半本《玄字书》对他们更有用。赖省干一向诡计多端，又哪里会不留退路？"

刘世亨带人追到了后庙，有一道小门直通狮峰。到了山顶，又见到有几条山藤绑在两旁的大树上，山藤的另一端则垂在山崖下。刚要叫人顺着山藤向下追，下方的山藤却冒出了火光，片刻后整条山藤就被点燃。等绕路下山再找时，那些贼人早已失去了踪迹。

第八节
百人上书

皇城司亲兵营大牢中,大夫给刘余上好了药后便转身离开,监牢里只剩下余莲舟和刘余两人。

"该兑现你的誓言了!"余莲舟再次看了看四周,确认没有任何人监视。

刘余坐在牢中,喝了一口稀粥道:"你是想听余状元的事?"

"你说呢?"余莲舟转过了身。

"好!"刘余也不含糊,开口道,"十年前,赖省干因为犯事被朝廷追拿,一时间他的遁一观乱成了一锅粥,所有人走的走逃的逃。姓赖的逃得匆忙,有些东西没有带走,于是我、孔志之、张宏亮、辜一还有很多人都来了!"

"那些没带走的东西是不是《四字书》?"

刘余微微一笑道:"除了那东西还有什么值得这么多人疯狂?我们几人分开寻找,我对赖省干最熟悉,所以找的地方也最隐蔽,因此……"说到这里,刘余放低了声音。

余莲舟轻声道:"外面都是我的人在把守,你放心说!"

刘余继续道:"我从一间非常隐蔽的密室中找到了很多东西,

最诡异的是一件机关盒。我摆弄过很多傀儡,对机关也略知一二。但是这件机关盒巧夺天工,没有大智慧是打不开的。盒子里有自毁的机关,若是硬来,里面的东西必然会毁掉。"

余莲舟眉毛一扬道:"那盒中究竟是什么东西?"

刘余摇摇头道:"不知,不过肯定比《玄字书》更重要!"

余莲舟正色道:"为什么这么说?"

"因为你的爹爹,余复!"

"我的爹爹?"余莲舟虽然早就猜到此事和自己父亲有关,但是当下亲耳听到,还是让她震撼不已。

刘余继续道:"我从密室里出来后,就见到了你的爹爹,他身边还带着武士,看起来像大内高手。没想到你的爹爹虽是状元,但也是个会家子。那日我带的人武功也不错,两边一番比斗后竟然不相上下!"

此事余复从来没和余莲舟说过,刹那间,余莲舟脑中涌出了无数个念头。

刘余喝完了稀粥,擦了擦嘴又说道:"就在此时,官府抄家的人要来了,你说怪不怪,衙门中的人来了,最紧张的不是我,而是你的爹爹,他竟然和我这样的贼寇做了一笔买卖!人生就是如此有趣,十几年前我和你爹爹做了买卖,十几年后我又和你做买卖。你爹爹做买卖实诚,所以我相信你也是!"

余莲舟有点儿糊涂了,听起来自个爹爹是偷偷来的,可是若是偷偷来的,怎么还带着大内高手?若是宫里派来的,为啥又不想见朝廷派来抄家的人?

刘余又给自己再盛了一碗稀粥,道:"这里面的玄机当年我不懂,当下也不想知道。那时你的爹爹对我说,可以用他手中的《玄字书》换我的机关盒。你想想看,能用《玄字书》交换的东西是什么?能惊动大内高手的事情又是什么?"

余莲舟已然有七八分相信那机关盒中不是《地字书》就是《天字书》了,只是怎么也想不明白自己的爹爹为何会牵扯到这件事上。

刘余喝完了第二碗粥,舔了舔陶碗说道:"你爹爹才是最精明的买卖人,当时我就猜到了我手中的机关盒十有八九装着《天字书》,这些皇家的秘密对我等小老百姓来说就是杀头之祸,而《玄字书》不一样,它有半本关系到帮中各位兄弟的性命。于是我们交换了彼此手中的东西。你爹爹没有骗我,我也没有骗他,我们都得到了自己想要的东西。"

余莲舟回想到孔志之将自己认错,心说道:"难道《玄字书》是爹爹从孔志之手中得到的?"

沉思了一会,余莲舟又问道:"还有呢?"

刘余摇摇头道:"其他的事情我就不知道了,换了手中的东西后,我便开始逃命。当时城里很乱,后来听说有公主死了,不久后连太上皇也薨了!"

"好了!"余莲舟制止刘余再说下去,临走之时,她转身问道,"你把《玄字书》都背下来了?"

"记住了一些,大多是帮中兄弟的事情,其他人的事不太关注!不过帮中兄弟的事情我是不会告诉你的!"

"好,那就是其他人的事可以说了?"

"那就要看我能记住多少!其实我这样的人最好是死了,要不然出去后说不定会遭到帮里兄弟的黑手,死在自己人手里的感觉不太好！"

余莲舟想了想道："我可以帮你'死'，不过其他人的事情你都要写出来！"

"成交，这笔买卖可以做！"

钱塘江边有一艘船，仇彦洗去身上的伪装，已经从辜如新变回了本来的模样，苏离则站在船的另一侧。不多时，船帘掀开了，一位老人从船篷中走出，看身形就是龙头会中诈死的胡行舟。

仇彦扶住老人的身子到了船头，轻声道："提举大人，好事被搅和了，茶帮回不来了！"

老人看着碧绿的江水道："长江后浪推前浪，浮事新人换旧人。这才多少年，临安城里就冒出这么多少年英才，是老夫大意了！这一战，算是输了半子！"

仇彦愤然道："宋慈、余莲舟，莫得意太早，总有一日我将手刃尔等！"

老人让船夫把船停在了一处僻静的河湾处，拿出了鱼竿，开口道："胜败乃兵家常事，莫要气馁！"

"大人，下一步我们该怎么做？"

"把临安舆图拿来，我要你去一个地方守着！"

宋慈把写好了的茶寇案卷宗交到了叶适的案桌前。此番虽未尽全功，但是阻止了赖省干控制茶帮的阴谋，让大宋的一场危机消弭于无形，宋慈心中微微松了一口气。叶适和主簿一道正忙着清点从茶帮帮众那收到的税银，如今北方战事吃紧，军费更加紧张。宋慈不仅阻止了茶帮生乱，又为北伐筹集了银两，乃是大功一件。

恰在此时，有衙役急急忙忙跑过来，说道："宋公子，不好了，孔捕快打人了！"

"打的谁？"

"都是太学的学子，打了好几个！"

宋慈请示叶适后，急忙离开了县衙，奔向了太学。

在崇化堂外，以董畅为首站着近百名太学学子，他们正对着前方怒目而视。孔武坐在崇化堂门槛上，一手拿着乌梢棒，一手拿着嗞嗞冒油的鸡腿，正在大快朵颐。在他的身前有几名太学学子正在地上打滚哀号。

宋慈来了，太学学子眼中冒火，却不像往常那样出言侮辱。

"这是怎么回事？"宋慈走到了孔武的身旁。

孔武打了一个饱嗝，拍了拍肚子道："这些人写了一篇乱七八糟的东西，说是拜完孔圣人后就一起按手印交给皇上，我不想让这些人的狗屁文章污了皇上的眼睛，所以谁要踏入这个门就打谁！谁敢骂你就打谁！"

宋慈知道这些人要联名上书逼自己走，可是为何选在这个日子？他对孔武道："谢了，可这不是个法子！"

"管它是不是法子，先打了再说！"孔武伸了个懒腰，站起了身来，一干太学学子惊恐地连连后退。他指着这群人说道："看你们的熊样？这么多人竟然会怕我一个，金人来了最先跪下的就是这些撮鸟！"

"莽夫，你知道什么！"一名学子刚要叫喊，就被另一人捂住了嘴巴。

孔武拿着乌梢棒指着众人道:"有不服的吗?不服的就放马过来,爷爷我打不死你!彭佐,方才喊话的是你吗?"

当孔武恐吓太学学子的当口,崇化堂中有人走了出来,竟然是多日不见的马永忠。今日他见到这些人要联名上书,便也跑来了,不过眼见孔武守在门口别人进不来,他也没什么事可做,就又犯了傻劲,到里面临摹作画去了。

见到了宋慈,马永忠说道:"北方有消息来了,战事不利!"

孔武听闻此话就气恼,怒道:"那这些人还跑来这里做什么?"

"你不知道!"马永忠叹了一口气道,"那些人说就是宋慈等人的文章乱了军心,前方才会吃败仗,所以变本加厉不仅要赶走宋慈,还要让他下狱!"

"这些狗娘养的!这事方才你怎么不说?看洒家打死他们!"孔武提着乌梢棒就冲了出去。

"孔武,算了,不值得和他们一般见识!公道自在人心!"

"放屁,公道哪里在人心?分明在洒家的乌梢棒下!"

马永忠却在一旁吼道:"孔武你放心去打人,打完了我再给你买烧鸡,宋慈给的一百文钱还没用完!"

孔武呵呵一乐,正想把为首的董畅打一顿。宋慈却喊道:"孔武,这样做无济于事,你在县衙做事,这会害了你,也会害了叶大人!"

"老子不怕被害!叶大人也不怕……"孔武想到了什么,站住了身形。

太学学子不知道宋慈要做什么,有些胆小的都跑了。

"都别跑了!"孔武昂首道,"老子要念词了,都竖起耳朵听着。"

这个莽夫要念词,乃是千古奇闻,有些人又定住了脚步。

孔武眉头动了动,念道:"千古江山,英雄无觅孙仲谋处。舞榭歌台,风流总被雨打风吹去。斜阳草树,寻常巷陌,人道寄奴曾住。想当年,金戈铁马,气吞万里如虎。

"元嘉草草,封狼居胥,赢得仓皇北顾。四十三年,望中犹记,烽火扬州路。可堪回首,佛狸祠下,一片神鸦社鼓。凭谁问、廉颇老矣,尚能饭否?"

念完最后一句时,孔武还大笑一声,从怀里拿出酒囊痛快地饮了一口。

"是这杀才作的词吗?"在场众人震惊不已,此词用词工整,用典准确,意境就更加深远,乃是能传世的佳作,他孔武能写出来?就连宋慈也没这样的本事。

有学子不解问道:"孔武,这是谁写的?"

"辛弃疾,辛将军写的,乃是送给宋慈的!你们知道词中的意思不?不知道的话,洒家告诉你们,就是……那什么马叫和狐狸叫什么的,奶奶的,洒家忘记了!"孔武拍了下脑袋道,"反正意思和我兄弟宋慈的狗屁文章说的差不多!"

在场的都是读书人,怎么会不知道词中的意思?如果这真是辛弃疾所写,那不是代表辛将军也赞同宋慈的看法?辛弃疾在大宋学子眼中是圣人一般的存在,如果他也认同宋慈,这联署的手印怎么按得下去?有人嘀咕道:"传闻辛将军没接枢密都承旨一职,他宁愿去前线当个杀敌的知府,你们说是不是因为这首词他和官家闹翻了?"

111

"唉！"有人叹了一口气道，"连辛将军也这么看，此事再考虑一下吧！"说着他对董畅拱拱手离开了，片刻的工夫，崇化堂前就走了大半人，连那些方才躺在地上哀号的人，也相互搀扶着走了。

董畅还要说什么，却见到凶神恶煞的孔武走了过来，他急忙把手中文书丢到一旁，壮着胆子喊道："孔武，董某定会找回这梁子，我这就去刑部找钱大人告状，说你殴打太学学子，辱没斯文！"

"去告！你不告，洒家就打死你！"说着孔武握紧了手中的乌梢棒，两只眼睛如牛眼一般瞪着董畅。董畅哪里还敢停留，转身就跑了。

让孔武杀人容易，让他背诗词难，宋慈满怀感激地拍了拍孔武的胳膊。

"拍洒家作甚？你又不是娇滴滴的小娘子！"孔武闪到一旁，把最后的烧鸡腿连忙塞到口中道，"拍我也没有吃的了，你这书呆子看着就来气，别想吃老子的烧鸡。快滚！要吃，自己买去！"突然间孔武又想到什么事情，问道，"宋慈，你要买雷击木吗？一两银子就可以了！"

宋慈原以为自己不在乎被赶出太学，可是见到此事有个圆满的解决，心中却长舒了一口气，不由在心中鄙夷自己道："宋慈啊宋慈，你也是放不下功名利禄的俗人！"

一旁的马永忠看到事情平息了，收拾东西想要离开，宋慈却叫住了他道："马兄，等一下，辛将军有东西让我转交给你！"

回到了斗斋，马永忠看到了信，竟然满脸泪流。这是二十年前马慕远写给辛弃疾的绝笔信，在信中马慕远说道，他本不愿意帮那些贼寇画假画，可是贼人却掳走他怀有身孕的妻子。为了妻子和未出生的孩子，他做了平生最违心的事。此事后，他没脸待在军中，便辞官回乡，没想到这件事还是被人查出来了。他没脸见辛弃疾，只好以死谢罪，求得辛弃疾的原谅。

宋慈安慰着马永忠，也看了那封信，说道："你爹爹是个好人。"

"可是他毕竟犯了错！虽然是为了我和娘！"

"那你更应该去县衙当画师！"

马永忠摇了摇头。

"你是不是不知道怎么面对叶大人？"

"不是，我心里有点儿乱，你让我再想想！"

"好！"宋慈宽慰道，"你若能帮助叶大人为民洗冤，想必马伯父定会含笑九泉。"

听完这话，马永忠一时怔住了。

几日后，在临安城一座不起眼的瓦舍中，正上演着傀儡戏《辛公平上仙记》，场子里传来了此起彼伏的欢笑声，操弄傀儡的人似乎也很开心。余莲舟看了一会后，招呼着牛俊等人离开了。

"提点，还要不要找人看着他？"

"不用了。这个岁数能做自己喜欢的事，还有什么不满足的？"

凤凰山皇宫，宁宗静静地坐在龙椅上看着窗外的月色，北方的贼人已经打到扬州城下了，他不停地自问道："朕究竟做错了什么？"

过了片刻,宁宗对身旁的肖公公问道:"吴家那孩子见过几位公主了吗?有主意了?"

宁宗听从韩侂胄,为了拉拢蜀中的吴曦,竟然让吴英自己挑选妻子,这是臣子从没有过的荣耀。肖公公脸色青白不定,过了一会壮着胆子说道:"吴小将军说他的意中人还是那位!"

"啪"的一声,宁宗将身旁的烟壶砸到地上,怒喝道:"好大的胆子,竟然连朕的女儿也看不上,吴家想要造反不成?"

"陛下息怒,那位也算是皇家儿女!"

宁宗靠在了龙椅上,喃喃自语道:"齐安,你会原谅朕吗?你的女儿会怪朕吗?"

——龙头案完

第六卷　洞房案

第一节
鬼宅悬尸

一个月后，是夜，八字桥外定民坊，灯火通明，推着浮铺的小贩走街串巷沿街叫卖。

只有一座宅子与周遭喧嚣的环境格格不入，它大门紧锁，上面贴着封条，整座院落没有一点儿光亮，夜枭的叫声不时传来，偶有冷风吹过，行人就瑟瑟发抖抱头鼠窜，这里便是传说中的临安鬼宅。

"噔——噔——"打更人路过，已是二更时分。从上个月开始，金人细作接连行凶，临安城陆续发生了几起灭门大案，惹得官家大怒。巡城司不敢怠慢，加强了巡逻。

正当一队兵士路过鬼宅之时，庭院里传来了几声刺耳的尖叫声，紧接着慌乱的脚步声从院落里传来。"嘭"的一声后，几名青皮砸开了院门，失魂落魄地跑了出来，他们见到寻常日子最不愿意碰见的巡城司兵士后竟然像看到救星一般，脸上露出劫后余生的笑容，身子一软，瘫倒在地。

宋慈是在半夜被叫醒的，一同醒来的还有孔武和马永忠，寻他们的人是临安县衙的曹博曹县尉。几日前，叶适领了圣旨去扬州城劳军，临安县的治安便由曹博负责。由于有了"辜老爷登仙"一案的教训，他每次断案都会叫上宋慈，以免自己因为疏忽断错了案，又要被训斥。

一行人等连夜去了定民坊鬼宅，等赶到之时天已然亮了。一眼望去，整座院子皆是断垣残瓦，四处窗棂跌落，蛛丝满院，看样子已经荒废了许久。马永忠看到周遭的景致，感叹道："这座宅子虽然破败不堪，但是细细打量却错落有致，地方也不小，以前住的定是大户人家。"

来到案发之地，院落中一棵老树上一名男子上吊而死，脚还在风中轻轻摇晃。曹县尉对宋慈使了一个眼色，示意其主导此案，自己则坐在一旁的太师椅上跷着二郎腿闭目养神，他掏出随身携带的姜豉，抛入口中，哼着小曲，让身旁捕快快一些干活。

宋慈站在了上风口处，叫来了报案人。这段时间以来，皇城司、巡城司以及临安、余杭两县县衙都在城中搜捕金人细作，整顿治安，不承想却殃及池鱼，让往日作威作福的青皮没有落脚之处，于是这些人便大着胆子把鬼宅当成藏身之所，只是没想到昨夜回到院落之时，却看到老树上的悬尸，加之想到鬼宅的传说，便受了惊吓，跑出来时又遇到了巡夜的兵士。

听完了叙述，宋慈疑惑道："这些人平日里作威作福、鱼肉乡里，怎么会被一具尸首吓成这样？"

邢捕头走了上前说道："宅子的主人以前犯了事，家人不想被凌辱，便在那棵老树上上了吊。说来也怪，打那以后，接连有人于此树上上吊。久而久之便有了吊死鬼勾魂的传说。"

"燃避秽丹，把人放下来，劳烦孙仵作验尸。"

"好，我等都听公子的。"

自从叶适离开后，城里接连发生的几起案子都是这么处理的，县衙中人也没有什么异议。

须臾，孙仵作说道："两眼合、唇口黑、皮开露齿，绳勒喉上，牙关紧、舌抵齿不出，有八字痕，粗看是自缢而死！"

宋慈对验状没有什么异议，只是问道："死者身份查明了吗？"

邢捕头走到身旁说道："也是一名青皮，人称卫泼三，平日里游手好闲，花销却不小，去赌场不说，据说还常去轻吟阁听曲。"

"轻吟阁听曲？"宋慈疑惑了下又问道，"他最近碰到什么烦心事？为何自缢？"

"据说在赌场欠下了不少银子，兴许这才想不开上吊的！"

宋慈摇摇头道："若是寻常人遇到此事兴许还会想不开，这样一个青皮，死猪不怕开水烫，断不会因为欠了些银子便上吊！他是什么地方人？此地可有亲人？"

"闽地宁德府人士，几年前逃荒到了这里，家中没有亲人。"

与此同时，曹县尉正指挥人在老树下挖土，待到挖了三尺后，一群人大喊道："找到了！找到了！果然有火炭！"

在一层黑色的腐土之下，有一块拳头大小的火炭在阳光下闪闪发光。

曹博起身用帕子包住火炭后说道："早听人说过，若是真自缢，在其所缢之地掘地三尺必得火炭，古人诚不欺我也！此火炭相传是上吊之人最后一口怨气所化，只要此炭还在，怨气就会引人上吊，本县尉今日就替冤死的孤魂砸了它！"说罢，曹县尉一铁锤下去，火炭碎成齑粉。

宋慈瞅了瞅火炭碎末，又看了看土坑，心中有了想法。曹县尉继续道："宋公子若没异议，我等就在《验状》和《验尸格目》上签字画押，了结此案！"

"大人且慢！"宋慈看着火炭碎末道，"还有蹊跷之处！"

曹县尉刚咧嘴开笑，突然又愣在原地，问道："难道他不是自缢的？"

"应该不是！"

曹县尉不可思议地看着宋慈。宋慈说道："卫泼三乃是闽北人，也是宋某的同乡。闽北有一风俗，若是土葬则有暖坑的习惯，此举意在营造一方热土，让逝者可以尽快投胎转世。自缢之人脚不沾地，到尸首解下时才落在地上，因此自缢前常在自缢地底下埋一块火炭，以取暖坑之意。"

曹县尉诧异地看着宋慈说道："那不是正好说明此人是自缢的吗？"

宋慈指着土坑说道："此炭是地面之下三尺处挖到的，开挖时也没看到最近有挖掘的迹象，那火炭上面满是黑色腐土，想必这块火炭埋在这里已然有些年头了！"

"你是说这是原来这间宅子的人埋的？"

"应当如此！想必这家的主人也是闽人，临死之前便埋了火炭！卫泼三若是自缢，定会在脚下埋下另一块火炭。此地也应该有动过土的痕迹！"

曹县尉不解道："可是尸身上却是自缢之像！"

宋慈指了指头上那棵老树对孔武和邢捕头道："劳烦二位去树上看看！"

"好！"孔武和邢捕头纵身一跃，上了树，查看了一番后，又跳下树来。宋慈问道："那树枝上绳索的勒痕有多长？"

两人回道："有一寸多长！勒痕很深，树皮已破，树汁都渗透出来了！"

宋慈围着老树走了一圈道："上吊的地方离地面颇高，周遭都没找到上吊用的垫脚石，一旁灌木丛中有被人踩踏过的痕迹，卫泼三若是自己上吊的，他是怎么上吊的？"

邢捕头断案多年，经验丰富，他想了想道："你是说卫泼三是被人勒死的？有人用绳圈套住卫泼三的脖子，接着牵着绳子跳到树上，又从另一头跳下落入灌木丛中，然后收紧绳索吊死了他？"

"邢捕头所说正是！"

得到了肯定，邢捕头继续说道："因为被人勒死，所以找不到垫脚石，树枝上勒痕比普通上吊的痕迹更深更长，灌木处才散落着歹人收绳索时碰断的枯枝。"

"应该如此了！"宋慈回道，"从尸身上只能得出此人是被吊死，却不能推断是自缢还是被人吊死！"

曹县尉脸上青一片白一片，连忙说："对……对，本县尉也是这么想的！"

宋慈不想让曹博为难，拱手道："这多靠县尉大人找到腐土下的火炭，晚生才能顺藤摸瓜查明真相！"

曹博有些尴尬，推却道："哪里，哪里！"

孔武走到宋慈身前，小声嘀咕道："你什么时候也这样了？"

"权宜之计罢了，叶大人不在这里，查案需要主官。对了，马永忠人呢？"

孔武嗤笑道："画呆子觉得这座宅子鬼气森森是个画画的好地方，就拿着画板走开了！"

"你觉得杀死卫泼三的人功夫如何？"

"身手不错！兴许比我还高！"孔武看着那又高又粗的树枝摇了摇头，接着又说了一声道，"卫泼三也是会家子，虎口的老茧挺厚。"

"为何要杀一名青皮？"

正当临安县衙在四周搜寻线索的时候，一群锦衣束带的兵士来到院中，打头一名女子对曹县尉出示了手中的令牌说道："曹县尉，得罪了，此案从此刻起就由我皇城司接手！"

来人正是余莲舟，曹县尉一来得罪不起皇城司，二来正好能丢掉这烫手的山芋，三来乐得清闲，立马满脸堆笑，连声称好。

余莲舟又指了指宋慈和孔武说道："他们两人还有马永忠，能否借给皇城司一用？"

"那是自然，鄙人这就不打扰了！"

待到临安县衙其他人离开，宋慈走到余莲舟身旁问道："卫泼三是你的暗子？"

"你如何知道？"

"你眼角湿润了！"

"又有人因我而死！"余莲舟心情有些低落，突然问道，"我是不是不配当一名提点？"

"你若不配，天下间就没人配当皇城司的提点了。不要责怪自己，干这事、入这行，有些事就是躲不开的！"

"陪我走走！"余莲舟轻叹了一声。

两人并肩到了池塘边，经历了傀儡楼刺杀事件后，余莲舟就因为下属的死时常内疚，如今又有一名察子因她而死，不由让她心生抑郁。

"除了方才你给曹博说的那些，还有什么发现？"余莲舟问了一句。

"你让卫泼三做了什么事情？"宋慈伸手入怀，摸出了一包蜜饯递过去道，"丰乐桥冷家做的果儿，比起蜜煎局做的也分毫不差！"

"你什么时候开始喜欢吃这些东西了？"余莲舟看了宋慈一眼，接过了蜜饯，取出一颗含入口中，心情似乎好了少许。过了片刻，这才说道，"我让卫三留意这所宅子，无论什么人到了这座院子里都要与我通报！"

宋慈抬眼望了望四周，道："宅子是谁的？"

"前太医局令秦济世的宅子。"

"哦？"宋慈似有所思。

余莲舟看着前方说道："秦太医乃是当世名医，治好过先皇还有我娘的病。当今圣上登基后，他便隐居于此。宪圣慈烈太后病重时召秦太医入宫治病，岂料太后的病积重难返，秦太医束手无策。太后大怒，在临死前赐死了秦太医，还下旨抄家灭族，秦家男丁一律斩首，女子成年的发配军妓营，未成年的充入教坊司。"

"不近人情，有点儿奇怪！"

"你也察觉到了？"

宋慈看了看左右道："宪圣慈烈太后吴氏乃是高宗之后，历经高、孝、光、宁四朝，在后位五十余年，是被人称道的贤后，数次挽大宋于危难，为何要对秦家这般仇恨？太后薨时已是耄耋之年，即使是大罗金仙来了恐怕也无力回天。再则秦太医离开了太医局后为何不告老还乡？还要待在临安城？"

余莲舟轻声道："此事我也是最近才知道的，确实古怪！当今圣上即位后，秦太医就辞官了，不过吴太后有令，秦太医无诏书不能离开临安城。"

"这是被软禁了！难道是秦太医医术高明，吴太后不想放他走？"

"兴许如此，太后几次病重都是靠秦太医妙手回春才渡过鬼门关的。"

"这样更没有杀秦太医的道理！"说到这里，宋慈想到了什么，问道，"这案子也发生在十三年前？"

余莲舟看着宋慈问道："你想到了什么？"

"十三年前赖省干出逃，秦太医被抄家灭族，那一年究竟发生了多少事情？这些事情之间是否有关联？"

余莲舟面露伤感之色道："我娘也是那一年离我而去的！"

宋慈轻声说道："不要给自己太大的压力，你从刘余那儿问出了什么？"

"他知道的也不多，只是猜测当年那些事的起源就是眼前这所宅子！你知否？如今圣上北伐，大赦天下，秦家却不在赦免之列！"

"秦家还有后人吗？"

"秦家男子都被斩首，女子身世坎坷，秦济世所收的弟子也一同被处斩，至于是否还有其他故友就不知晓了！"

"你让卫泼三守在这里，是不是想看看会不会还有躲过一劫的后人来到这里？近几日是不是秦家的忌日？"

"正是如此！"余莲舟没有隐瞒，说道，"我已派人四处搜查院子，兴许会有发现！"

不多时，皇城司派出去的察子都陆续返回，然而却没有任何发现。余莲舟秀眉微蹙，说道："难道卫三的事和秦家后人无关？"

马永忠背着画板走了回来，他看着众人愁眉不展的样子，问道："余姑娘你们在找什么？"

"在找痕迹，比如祭祀过的痕迹！"

"我知道个地方！跟我来！"

"你知道？"余莲舟有点儿诧异，跟在了马永忠的身后。

在后院之中有一块人迹罕至的地方，拨开表面的杂草，又挖了几下，一些香蜡纸烛和纸灰呈现在众人眼前。

孔武瞪大了眼睛对马永忠说道："你怎么发现的？"话音未落又恍然大悟道："你这个挖尸骨画骷髅的家伙，鼻头厉害，所以闻出了香蜡纸烛的味道？"

宋慈用手摸了摸泥土道："泥土还微微有些发热，想必是昨晚留下的！"

余莲舟凝眉道："你的意思是秦家后人昨夜来此祭奠先人，不巧被卫三看到，怕走漏风声，于是勒死了他，又做出其自缢的假象？"

"如今看来也只能如此推测了。"

孔武蹲下了身子，一眼瞅到火堆中的酒壶，他啧啧地舔着嘴巴，看样子是酒虫来了。

宋慈不解问道："这是什么酒？"

"蓝桥风月！御酒！看酒壶的制式有些年头了，酒家还没喝过这种酒！此酒有银子也买不到，前几日轻吟阁选花魁，据说采购了一些十年酿造的蓝桥风月，震惊了整座临安城。酒家若是有银子，定要去轻吟阁走一趟！"

宋慈虽然对酒了解不多，但还是听过蓝桥风月的名头，疑惑道："我听闻这酒是吴家造的？"

"是！"余莲舟点了点头道，"吴太后娘家吴府所酿的酒，坊间称之为国丈酒。"说到这里，余莲舟也想到了什么，看了看宋慈。

宋慈心里也是一样的想法，如若是秦家后人祭祀先人，那么他定不会用仇家所酿的酒，这里面到底发生了什么事情？

宋慈说道："这种御酒应当所产不多，查查最近哪些酒肆进过这种酒，兴许会有收获！"

余莲舟看着属下道："谭峰、牛俊，你们分头查查。章勇备车，去轻吟阁！"

第二节
芳心暗许

出了秦家老宅，一行人等分头行事，余莲舟一反常态没有避嫌，召宋慈进了同一辆马车。行了几里路，余莲舟一直沉默不语，只是漫不经心地掀开帘子看车窗外的风景。

"你有心事？"宋慈问道，"兴许我可以帮你。"

余莲舟转过了头，脸露迷茫之色道："你帮不了我，也不知道谁能帮我！"

宋慈想了想，说道："你被逼婚了吗？"

余莲舟诧异地转过了身，问道："你怎么知道的？"

"猜的！"宋慈叹了一口气道，"近来北伐将领之子都和皇室联姻了，吴英乃是西路军主帅吴曦之子，进京后却没听到任何公主和他婚配的消息。傀儡楼大战那日，他看你的眼神就有些特别，最近听闻他又数次去找你。"

"你也关心这些？"余莲舟从马车上抽出暗盒，拿出了果脯说道，"梅子，酸的，你该喜欢！"

宋慈没有推托，把梅子放入口中，感受到一阵浓浓的酸意，说道："你武艺高强又容貌靓丽，武人世家的吴英喜欢你也是情理之中。"

"唉,我倒希望没有这样的情理之中!"余莲舟又叹了一口气。

"官家此举的目的无非是为了北伐,吴英是信王吴璘曾孙,你是公主之女,说起来也算门当户对。你觉得吴英这人怎样?"

"挺好!"余莲舟也不掩饰,说道,"少年英才,又彬彬有礼,对我也有礼数,可是……"

宋慈盯着余莲舟眼睛道:"可是你不想这么早成婚,无论对方是谁!"

余莲舟直瞪瞪地看着宋慈,问道:"这你也知道?"

"你娘那件事没水落石出前,你是不愿成婚的,想必这也是你加入皇城司的缘由!"

"还是你懂我!"余莲舟从马车里拿出了一壶羊羔酒,给宋慈倒了一杯道,"你这人虽然看上去有点儿无趣,不过推事倒是挺靠谱的。不过我不想嫁人的缘由不止于此!"说着,余莲舟试探地看了看宋慈。

宋慈想了一想又道:"你才华、武艺、能力都不弱于男子,甚至比大多数男子更强,若是这么早就嫁了,之后只能在家中相夫教子,怎能心甘?"

余莲舟微微一笑,又给宋慈倒了一杯酒道:"这一杯我敬你!"

宋慈仰头喝了一杯酒道:"吴曦是西路军主将,是官家必须要笼络的人,如若吴英真的纠缠于你,此事不好办!"

余莲舟怅然所失,喝了一口闷酒道:"我又何尝不知呢?本以为晾他几天,他的心气过了,就不会招惹我,没想到他不仅没有收敛,还数次向圣上请求赐婚!"

宋慈心中一沉，神色有点儿不自然地问道："官家怎么说的？"

"圣上自然是乐意玉成此事，不过我以命相逼，又说起了我死去的娘，这才没下圣旨。"

宋慈松了一口气，继续道："北方战事不利，吴曦迟迟没有出兵，吴英又非你不娶，此事难办！"

余莲舟愁云满面道："不日后圣上将举办黄龙宴，说是邀请临安城中的少年英豪聚一聚。"

"官家这是找机会让你和吴英碰面，如若宴席上言语相逼，你便进退维谷了！"

"我也想到了这点，于是对圣上说你和孔武也是少年豪杰，要办黄龙宴，也得请你们。"

"把水搅浑？官家恩准了吗？"

"差不多吧！"余莲舟看了看窗外来来往往的行人道，"我找了杨皇后说情，想必不久就会有旨意下来。"说到这里余莲舟转过头来，说道，"我找你来不为别的，就想让你帮我想一想对策！"

宋慈沉思道："这御宴上十有八九会有逼婚之举！你若不想这么早成婚，兴许只有一个法子。"

"什么法子？"余莲舟瞪大了眼睛。

"找一个挡箭牌，让官家和吴英死心！"

余莲舟长吁了一口气道："和聪明人说话就是省事，我方才一直犹豫怎么对你开口。"

"你的意思是找我？"宋慈有些诧异。

"不找你找谁？"余莲舟丢了一颗梅子到口中道，"我朋友不多，同龄的除你之外也不认识别人，再则你这人也是无心婚事的样子，想必不会乘人之危。"

"这你也知道？"

"难道不是？"余莲舟笑道。

"算是吧！"宋慈苦笑道，"我打小随爹爹验尸，见过了太多的生离死别，总觉得情爱敌不过一抔黄土，所以并没有上心。再说看了这么多卷宗，有多少案子是夫妻反目成仇的！早早成亲，未必是一件好事！"

"如此甚好，不耽误你就行！"余莲舟如释重负道，"你帮我渡过这个难关，莲舟日后必会报答！"

"可是我们以前并没有任何亲近之举，若是仓促说此事，就怕别人不信！"

"这好办，就说我们暗自倾心许久好了！"

宋慈摇摇头道："没有凭证，估计还是没人相信的！"

余莲舟又变戏法一样从马车里拿出了笔墨纸砚，摊在了宋慈的身前。

"这是要做什么？"宋慈有点迷惑不解。

"交换生辰帖！他日有人问起，你就把生辰帖拿出来，不过先说好，我们只是逢场作戏而已，此事当不得真，你也不要有什么非分之想！"

"放心好了，我们都是无趣之人，在一起也会无趣，宋某不会有什么其他想法。"宋慈提笔在纸上写下了自己的名字和八字，吹干以后叠好放在小檀木盒中交到了余莲舟手中。

余莲舟听到宋慈方才那话，有点儿不悦，不过看到他把生辰帖交了过来，又眉开眼笑，把自己早准备好的生辰帖递了过去。

宋慈接过生辰帖，郑重地看了一眼，放入了怀中。

余莲舟如释重负，想了想又道："也许这会坏了你在官家心中的形象，对你以后的仕途有影响！"

宋慈笑道："自从写了《论北伐》的策对后，就不指望仕途了，只要从太学取了功名我就离开临安，去天高皇帝远的地方施展抱负。"

"好，以后我会帮你！"心中大事解决了，余莲舟终于笑了，如同三月里盛开的桃花。

宋慈从来没见过余莲舟有这样的小女子形态，一时之间竟有点儿心旌摇荡。

余莲舟见到宋慈这番样子，心中有点儿不安道："你不会当真了吧？"

"不会！"宋慈连忙摇摇头道，"这生辰帖不到万不得已我是不会拿出来的，此事我也不会与旁人说。"

"宋呆头你果然有义气！"余莲舟心情大好，和平日里的样子有如云泥之别。

就在此时，马车突然停了下来。余莲舟掀开车窗问道："怎么停了？"

驾车的章勇说道："郑公公在前面，说是奉了懿旨要给提点传话！"

"郑公公是皇后的人。"余莲舟脸色一变道，"皇后才思不亚于男子，要骗过她挺难，难道她是来当说客的？"

"十有八九便是如此！"

"宋慈！"余莲舟下车说道，"不要忘记之前我们所说的，轻吟阁就劳烦你去查了,当年那件事一日没有结果,我的心就一日静不下来!"

"好!打探出消息我就告诉你!"宋慈下了马车,站到了路旁。余莲舟上前和郑公公说了几句话后又上了马车,折返到南边凤凰山皇城的方向了。

待到余莲舟远去,孔武走了过来,围着宋慈看了三圈,又闻了闻他身上的味道,说道:"怪哉,两只呆头鹅竟然开窍了?月老难道开始干活了?"

马永忠也好奇问道:"宋慈,余姑娘和你说什么了?"

"没什么,就说了下案情!"

孔武又动了动鼻子说道:"你的眼睛没看着我们,不老实,谈论案情要喝酒吗?你们是不是躲起来换生辰帖了?还喝了交杯酒?"

马永忠急忙驳斥道:"孔武不要瞎说,他们怎能干出如此出格的事?这会坏了姑娘家名声的!"

"说够了吗?说够了我们去轻吟阁!"

"好啊!好啊!"孔武狂喜道,"我们是先喝花酒还是先找小娘子?带的银子够不够?那个地方待一晚上我们一个月的月钱就没了!"

"我们是去查案!"

"我知道,是一边喝花酒一边查案,还是一边和小娘子寻开心一边查案?"

三人到了轻吟阁中,透露了自己的身份,可是到轻吟阁的都是达官贵人,老鸨就没正眼看他们一眼。若不是这三人真有公文在身,说不定就要将他们轰出去了。

好在杜芊芊是老熟人,让丫鬟把三人引入了自己的闺阁。

给几人斟满酒又拿来了几碟干果后,杜芊芊轻笑着问道:"你们怎么到这里来了?查案的?找姑娘的?"

杜芊芊看宋慈的目光脉脉含情。孔武嘀咕道:"难道这书呆子真的撞了桃花运?先是娶妻,这就要纳妾了?"

宋慈喝了一口茶,道:"最近还好吗?"

"还好!"杜芊芊喜道,"听闻你最近破了不少大案,连官家都知道你的名字,百姓更说你是少年神探!"

"我倒是希望这些案子一个都不要发生!"

"小翠!"杜芊芊对丫鬟吩咐道,"让后厨做一罐'五味枸杞饮'。"

"不用那么麻烦了!"宋慈劝阻道。

"不麻烦,好不容易来一趟,要喝酒吗?"

孔武小声嘀咕道:"杜姑娘,我们没那么多银子!最近穷得都要当衣服了。"

杜芊芊瞥了孔武一眼道:"这是本姑娘请你们的!稍后还有好酒!"

不多时,五味枸杞饮送来了,杜芊芊亲手给三人倒了三碗。孔武和马永忠喝后连声叫好,说是不比三元楼的差,就连宋慈也点头称是。杜芊芊欢愉道:"这厨子就是请的三元楼的,每到旬日才来轻吟阁一次,平日里你们还吃不到这好东西,今日不是巧了吗?!"

三人在轻吟阁中又吃又喝了小半个时辰,说的都是轻松之事,不时还有丫鬟、小厮前来端茶送水,孔武不解地看着宋慈,心道:

"这家伙真的转了性了？不办正事，只喝花酒？"

又过了一炷香光景，宋慈知道不能再拖延了，思虑再三后，这才轻声问了一句："杜姑娘知道定民坊秦家吗？"

话音刚落，方才还欢歌笑语的闺房突然寂静无声，杜芊芊脸色大变，愣在了原地，如同一尊塑像，若不是这三人是旧识，就要把他们赶出去了。

孔武虽然愚钝，但也不傻，看到杜芊芊突然间冷若冰霜的样子，一下子也想到了什么。杜芊芊本名秦卿，又是罪臣之后，难道她就是前太医局令秦济世的女儿？

"三位官差大人想问什么？"杜芊芊态度和方才判若两人。

宋慈知道自己猜对了，硬着头皮说道："秦家老宅中吊死了一个人，宅子里也有人祭拜过的痕迹，此案兴许和秦家的后人有关！"

兴许是想起了往事，杜芊芊眼中的泪水在打转，拳起双手说道："宋大人若是怀疑奴家，那便把奴家抓走吧！"

宋慈安慰道："我知道不是你，我只是想问问秦家后人还有谁？"

杜芊芊掩泪道："还有谁？秦家上上下下二十八口，男丁上到古稀老人下到襁褓稚童皆没了性命。女眷不堪屈辱纷纷上吊，只有我这个不该活的人还活着！"

宋慈不想触碰杜芊芊的伤心处，可是此事又不得不问，给杜芊芊递过手帕后又问道："秦太医还有弟子吗？"

"呵！"杜芊芊把头昂起说道，"我爹爹弟子众多，不过全部遇害，外门弟子好像也有几个，宋大人难道还要赶尽杀绝吗？"

"姑娘误会了！"宋慈连忙解释道，"若是知晓秦老太医弟子的情况,劳烦姑娘告诉在下一声。"

"好!"杜芊芊端起了茶碗,有送客之意。

宋慈尴尬起身,说道:"轻吟阁有十年酿的蓝桥风月吗?"

"有!"杜芊芊回道,"凡花了五十两以上的恩客,轻吟阁都会送一瓶蓝桥风月,宋公子这是要照顾小女子生意吗?"

孔武心中一凉,愤然道:"竟然要五十两银子?"

"好,我明白了!你保重!"宋慈起身告别,走到了门口时又转身说道,"官家北伐,大赦天下,秦家为何不在赦免之列?"

杜芊芊再也忍不住心中的伤悲,眼泪如珍珠般落下,她抽泣着抬起头,看着宋慈问道:"宋公子,如若你有六千两银子你会做什么?"

宋慈正色道:"大宋北伐,粮饷匮乏,当捐国。"

"如若北伐不缺银子呢?"

"荆湖两路洪水泛滥,当赈济灾民。"

杜芊芊仍然不死心,又问道:"若灾民也有银子呢?"

宋慈知道杜芊芊的心意,说道:"当为你赎身!"

"好!好!"杜芊芊轻拭着眼角的泪痕说道,"排在社稷和黎民之后,秦卿已经很满足了!"

出了杜芊芊的闺房,孔武和马永忠又找来老鸨,询问有关蓝桥风月的事情。

此番事情做完后,三人才回了斗斋。

夜深时分,仇彦戴着斗笠出现在杜芊芊的闺房中,他还是像往常一样在帘子外的藤椅上躺着,只是让杜芊芊随意唱两首小曲。

今日杜芊芊的歌喉有点儿沙哑，又带着几分伤悲。仇彦举起了手道："你有心事？哭过？今夜你好好休息，我躺一会就走！"

"奴家让厨房准备了药膳，还有瓶蓝桥风月的十年佳酿也给公子留着。"

"那瓶酒你不是说要留着送人吗？"

"不送了！"杜芊芊摇摇头道，"他是清白之身，我是池塘烂泥，终不是一路人！"

"不是一路人？"仇彦嗤笑道，"很多时候不是不想走好路，而是根本没有其他路让你走！"

杜芊芊苦笑了一下，也许这个看起来像杀手的男子更懂得自己的心。不知为何，杜芊芊问了一句："若是你有六千两银子，你做什么？"

"赎你！"仇彦没有一丝犹豫。

"可是大宋粮饷匮乏、两湖洪水泛滥！"

"这与我何干？又不是我让他们兵戎相向，让洪水遍地的！"

杜芊芊笑了，起身把手放在了帘子上，仇彦却在藤椅上说道："你就坐在屋子里！"

"公子不需要奴家伺候吗？"

"不需要！再干几件事后六千两银子就凑够了，届时你再掀开帘子！"

"好！"杜芊芊心中涌出一股暖流。

不多时，药膳送来，仇彦一边吃着药膳，一边问道："你向任何人提起过我吗？"

"没有！"杜芊芊摇了摇头。

"给你的！"仇彦摸出一把步摇金钗道，"也不知你喜欢什么！她们说你一直没钗子。"

小翠掀开帘子，接过金钗，又交到杜芊芊手上，忍不住雀跃道："小姐，这是八字桥玉露坊的金步摇，上面还镶嵌宝玉呢！"

杜芊芊手拿金钗，忍不住眼角噙泪，道："谢谢了！"

"为什么哭了？"仇彦感到诧异，杜芊芊并不像戴不起金钗的人。

杜芊芊用绣帕擦了擦眼角的泪珠道："爹爹出事那年，本是我金钗之年，娘打好了一只金钗，本欲给我插到发髻上，可是爹爹怎么也不允许，他也不知道和娘说了什么，娘也就不给我戴金钗了。后来爹爹被抓进宫里了，家里也来人抄家，那些恶人说是要抓我走，说是要把我充入军妓营。"

说到这里，杜芊芊哽咽道："娘拼死护着我，说我头上没有插钗子，还没到金钗之年，按律法不能进军妓营。当时不知道娘为什么这么说，她只是让我无论什么人问，都要把年龄说小一岁，断不能承认到了金钗之年。后来我被送到教坊司才知道，若是到了金钗之年就要送到军妓营，不到金钗之年就送到教坊司，等学了歌舞技艺再送到各个青楼。两者虽然都是人间炼狱，但是这里总归比军妓营好多了。娘护了我之后，就……"

杜芊芊泣不成声，想到了家中的那棵老树，想到了不堪回首的过往。

"逼你的那些人，我都会杀掉！"

"别，你惹不起他们！"

两人都没再说什么，杜芊芊手捏着绣帕，脸颊微红，道："其实我还是清倌人！不过荣妈妈一直在逼我！"

"待会我就杀了她！"

"不要！"杜芊芊急忙出声阻止，又哀伤说道，"荣妈妈挺好的，她说我可以找自己喜欢的人……"

"你放心，我给你赎身！"

杜芊芊心中一紧，再清醒时却发现帘子外的人影消失了，桌子上只留下喝剩下药膳的碗，这个人就是这样来无影去无踪，每次只是来听听曲，偶尔说说话。但是就是这样一个人，却越来越牵动杜芊芊的芳心。

第三节
御宴逼婚

其后几日,卫三被害那案子依旧没什么进展,拥有十年酿造蓝桥风月的人也一一排查过了,都没有可疑之处。宋慈去了一座卫三时常去的大宅子,这所宅院正在出售,紧靠着火德星君庙,不过却没发现什么异常之处。

这一日宋慈正在临安县衙梳理案情,肖公公却来传旨了,说是邀请宋慈明日去集英殿夜宴,不过孔武却没在受邀之列,气得孔武在私底下骂娘。

翌日,宋慈穿好学子服,一大早就到了皇宫外等候。随同宋慈一同应诏的还有山东、京东招抚使郭倪的长子郭兴,建康府都统制李爽的嫡子李成,江州都统制王大节次子王汝成等人。这些人都是北伐将领的子弟,看到宋慈相互打探后才知晓这人正是写过《论北伐》策论的狂徒,王汝成一时气愤,出言挑衅道:"一个胆小如鼠的布衣,也能来参加御宴?"

"谁说不是呢?"郭兴朗声道,"听说他去年射箭,本想射人胸口却射到了人眼上,这准头!哈哈,也不知太学射圃的箭靶是不是歪的?"

李成走过来说道:"既然来英豪宴就要露几手武艺,宋慈你会什么?"

宋慈上上下下瞅了几人几眼道:"验尸!"

"你这鸟人!"李成刚想动手,王汝成便拉着他衣袖说道:"这是大内,出去再收拾他!"

不多时肖公公来了,将几位少年英豪引到了集英殿外。吴英早已在这里等候多时,正小心翼翼陪着身边一位红衫女子。

这是宋慈第一次看到余莲舟穿这样靓丽的女子服饰,她就像日出天边的红霞,让周遭的所有景致都黯然失色。

宋慈忍不住暗叹道:"没想到她穿女装时如此好看。"

几位贵公子也少见有这样的美人,三步并两步簇拥过去。余莲舟却甩开了众人的纠缠,不避嫌地走到宋慈的身边。

宋慈轻声道:"这次来的都是将门之子,你怎么让我来的?"

"求皇上和皇后的,若是你不来我也不来!"

"那几人的眼光都成刀子了,恨不得将我剁成肉糜!"

"不怕,本提点护着你!"

看着两人窃窃私语,李成几人恨不得将宋慈抽筋剥骨。吴英却十分大度,走上前,拱手道:"傀儡楼一别,宋公子好久不见!"

"当日多谢吴小将军援手了!"

"金人细作人人得而诛之,些末小事,不足挂齿,宋公子言重了。"

众人交谈时,华盖缓缓而来,宁宗和杨皇后在殿前司兵士和太监的簇拥下来到集英殿前,宁宗顿住身形接受诸人行礼后,便率步进入了殿中。

虽然是一场规模不大的御宴，但是该有的礼数一样也没少，四司六局的人鳞次栉比，端上了果蔬和菜肴。余莲舟刚想坐在宋慈身边，杨皇后便招手道："莲儿过来，你陪着本宫坐！"

虽然是御宴，但其实并不丰盛，甚至比城内许多大户人家的家宴还不如。宋慈听闻宁宗为了北伐在皇宫中缩衣减食，此番御宴想必已经比平时丰盛很多了。

宴会之中，宁宗除了偶尔称赞各将门子弟的武艺和忠心外，就是嘉许余莲舟，说其小小年纪，又是一名女子，短短几年就在皇城司破获了多场大案，着实让人刮目相看。

余莲舟耳听着称赞，急忙起身回道："圣上，这也不是莲舟一个人的功劳，皇城司上下也贡献良多，就连宋慈宋公子也对莲舟多有帮助，他断案如神又秉性正直，实乃国之栋梁！"

宁宗不屑地瞥了宋慈一眼，不知此子究竟有什么好的，竟让余莲舟对他青眼有加，若不是要笼络叶适、辛弃疾等人，想必早就把他赶出太学了。

宋慈连忙起身，连称不敢。

宁宗"嗯"了一声，让其坐下，不再搭理。

酒过三巡、菜过五味，杨皇后对宁宗道："官家，郭家小哥、王家小哥还有李家小哥都要成咱皇家的驸马了！为何吴家小哥没有？官家太偏心了！"

"不是朕偏心，是吴小将军喜欢的女子既要有容貌又要武艺高强，朕的女儿虽然个个貌美如花，但是说到武艺，哎！"

"官家这就是说笑了，你难道忘了莲儿吗？莲儿是齐安妹妹的女儿，是你的外甥女，又有一身武艺，不正是良配吗？"

郭兴、李成、王汝成何尝不知宁宗的心思，连忙起身道："臣等也觉得两人佳偶天成，还望官家赐婚，成全这段美好姻缘！"

宁宗听闻此话大喜，正要口出谕旨，余莲舟连忙起身回道："圣上！吴小将军一表人才，莲舟没有这个福分，再说莲舟早有心上人，也暗定了终身。"说着余莲舟脸颊潮红，露出了小女子神态。

"莲儿不必自谦！"宁宗话音刚落，立马回过神来，"你的心上人是谁？"

余莲舟看了宋慈一眼，却不言语。

宁宗狠狠盯着宋慈。郭兴在一旁说道："余姑娘你莫要被歹人骗了！"

看着余莲舟期盼的眼神，还有宁宗那如铡刀一般的眼神，宋慈知道当下自己退无可退，他起身行礼道："圣上，草民和余姑娘情投意合，已暗定终身！"

宁宗桌子下的手在发抖，此子三番两次挑衅皇威，定要将他斩了。杨皇后冷笑道："宋小公子莫要欺君！"

"草民不敢，这是草民和余姑娘互换的生辰帖！"宋慈伸手入怀，把生辰帖拿出，肖公公接了过去递给了杨皇后。

杨皇后看着生辰帖上的名字和八字，又看了看余莲舟，余莲舟怯生生地点了点头，又把自己手中的生辰帖递了过去。

交换了生成帖，两人便是有了婚约。宁宗即位以来最看重的就是名声，若是这样拆散一对情侣，于名声有损，不过余莲舟不嫁又不成，如今已成骑虎难下之局。

吴英神情恍惚，怅然若失，不知为何，他就是喜欢余莲舟，余莲舟越是拒绝他，他越是坚定了非她不娶的决心。几日前怕有意外，杨皇后早早就把余莲舟叫入皇宫，说是陪她说说话，实则乃是软禁。

郭兴知道此时宁宗和杨皇后不好开口，便对余莲舟说道："婚姻大事，需有父母之命，媒妁之言，余状元知道此事吗？"

"我爹爹修习心学，讲究的是万物随心，他说过我的婚事自己做主就可以，不需要旁人来操心！再则他已在赶往临安的路上了。"

"那就是还没有父母点头！"郭兴回道，"我觉得还是请示余状元为好，私定终身，不能作数的！"

"是，不能作数！"李成和王汝成也连番开口。

宁宗看着杨皇后，松了一口气，若不是皇后一早叫上这三个人，当下就不好办了。

郭兴一击得手，又说道："在下听闻余提点和宋公子虽然合作日久，也联手破过不少大案，但都是君子之交，从不见私情，为何突然情定终身了？"

宋慈回道："情若生时不自知，已知时却深陷其中。我和莲舟傀儡楼中经历生死后，方明白世事无常，有些事若不做决定必然会抱憾终生，故而在下斗胆向莲舟表明了心意。这是私事，故而大家并不知晓！"

郭兴咧嘴一笑道："既然宋公子情根深种，为何几日前又留恋轻吟阁？"

霎时间众人神色皆变，杨皇后皱起了眉头，心中却在暗赞郭兴，这个女婿看来是选对了。

余莲舟连忙说道："是我让宋慈去轻吟阁查案的！"

郭兴回道:"余姑娘可知?宋慈入了轻吟阁后,大半个时辰只和花魁杜芊芊谈论风月,却不说案情,末了时,宋慈还说若是有六千两银子,就要为杜芊芊赎身!"

此话掷地有声,就是余莲舟的眼神中也有一点儿埋怨。宋慈回道:"宋某说若是有六千两银子,先捐国,为北伐战士;再捐民,为荆湖百姓;这两者之下才是为芊芊姑娘赎身。而且即使赎身也不是有私情,只是不忍她再在烟花之地罢了!郭小将军既然知晓当日谈话,想必也知道那日我确实是查案,为何查案的事不说,只说这些?诸位若是不信,让芊芊姑娘来此问话便知!"

"罢了!"郭兴摆手道,"烟花女子怎能入大内?"

杨皇后蠕首轻点,对余莲舟道:"如今看来,宋慈的品性还有瑕疵,莲儿,你可要留点儿心,这种私定终身的事作不得数的。我是皇后,也是你的舅母,不如就让本宫给你定一门婚事如何?"

余莲舟何尝不知道这几人的心思,愤然从头上拔下一根玉钗,指着喉咙说道:"我爹爹说过,婚姻之事由我自己做主,若是我不能做主就是对爹爹不孝,这样的不孝女儿不如死了罢了!"说罢就朝自己咽喉刺去。

好在大殿中的护卫眼疾手快,抢先一步打掉余莲舟手中的钗子,不过即使这样,余莲舟雪白的脖颈上也出现了一道血痕,霎时间,鲜血就渗了出来。

宁宗一边吩咐御医救治余莲舟,一边埋怨道:"莲舟,你这孩子怎么和齐安一般秉性刚烈?皇后这么做也是为了你好!"

吴英不忍余莲舟再次受伤,正准备说什么。郭兴又道:"余提点喜欢豪杰,吴英和宋慈又对余提点一见倾心,微臣斗胆请吴英和宋慈比试武艺，为酒宴助兴！射箭乃六艺之一，宋慈曾经跟随华岳学箭，前些日子还因此在傀儡楼立功，不如就让他们二人在教武场比武如何？"

杨皇后知道郭兴这是要折辱宋慈，便顺水推舟道："这倒也不错！"

余莲舟不安地看着宋慈，她知道宋慈的射术万万不会是吴英的对手。

"好！"宋慈点头道。

诸人出了集英殿，走向校场时，余莲舟寻了个契机走到宋慈身边，问道："你为何答应这场比试？"

"躲过了这出，也有其他的暗算等着，与其这样，不如应了下来。再则我不想你做那种傻事！"说着指了指余莲舟的粉颈。

余莲舟心中有了暖意，回道："这法子虽笨，但是表明了死意和态度，圣上和皇后投鼠忌器，便不会逼我太紧。我是怕你输了后，他们会借机让你难堪！"

"无妨，生死之外，都是小事！"

到了靶场，郭兴自荐为裁判官，两人同时各射三箭，箭靶分别立于五十步、七十步和百步之外，以射中箭靶的情况区分高下。

吴英射箭之前对宋慈小声说道："这次比试，是我占便宜，不过实不相瞒，本将军想赢你！"

"吴小将军言重了，比试很公平，不存在谁占便宜之事！"

"好，宋公子也是爽快之人，若是愿意，我们结拜为兄弟如何？"

宋慈不解地看着吴英，这人脸上没有一点儿虚伪的表情，便回道："吴小将军折节下交，宋某本当从命，但是在下对余提点也是一见倾心，不想有所退让！"

"宋兄也是敞快人！这番比武后，我们比别的，比如兵法如何？"

"那是宋某的荣幸！"

在三个位置立好箭靶，宋慈和吴英两人也接过了弓箭。郭兴手中小旗落下后，两人同时射箭。

吴英射出的箭矢，力道强劲，有破空之声，转瞬之间，就射到了五十步外的箭靶上，"嘭"的一声正中红心。让诸人没想到的是，宋慈射出的箭，虽然力道没那么足，但是飞行得很平稳，也射在了靶心上。

余莲舟暗叹道："这一年多来，他真的一直在练习箭术！不过如此力道，要射中七十步和一百步的箭靶就难了。"

吴英朝宋慈点了点头，有赞许之意。

紧接着，二人再次同时发箭，吴英的箭又一次射中七十步外的靶心，宋慈射出的箭却力有不逮，虽射中了箭靶，却偏离了靶心的位置。

吴英收起了弓箭，对宋慈说道："宋公子对射箭的要领都掌握了，只是力道欠了点，这第三箭还比吗？"

宋慈看了看天上涌出的乌云道："既然入了靶场，就没有退却的缘由了！"

一旁的郭兴见此开怀道："宋慈，不如我们弄个彩头，此番比试你若是输了，我等也不让你离开太学，只是不要再纠缠余姑娘了如何？"

宋慈刚想答话，一旁的余莲舟说道："你们可是要同我比试射术吗？"

郭兴几人虽是将领之后，但是都习武不精，断不是余莲舟的对手。若是折在女子手下，日后定会被众人耻笑的，一时间都闭上了嘴。

吴英看了看天上的黑云道："起风，要下雨了，军中练习箭术，风雨不阻，此次箭靶又是百步外。宋兄，还比吗？"

"比，兴许这是老天爷的意思！"

郭兴又举起了手中的旗子，李成在一旁准备敲锣，当旗子落下锣声响起后，三息之内必须放箭，若不然就是输了。

俄顷，旗子落下，锣声响起。当宋慈和吴英两人再次放箭之时，一道惊雷响彻了云霄，随之而来的霹雳更是把天空照亮。

虽然受过训练，但是吴英射箭时还是受到了影响，手抖了一下，射出的箭虽然力道不减，但是却稍微偏离了方向，箭矢只落在箭靶的边缘，差一点儿就要脱靶了。

宋慈同样受到闪电的影响，但是手只是微微抖了一下，箭也射到了箭靶上，射中的位置比吴英更靠近靶心！

"这次不算！"郭兴急忙道，"再比试一箭。"

吴英却很耿直，回道："不用再比了，沙场上从来没有再试一次的机会。第一箭我和宋兄都射中了靶心，第二箭我比宋兄强点儿，第三箭宋兄比我强点儿，此番比试应当是我和宋兄平手！"

"吴小将军承让了！"宋慈拱手说道。

原本准备好的一场比试，不承想却是这么一个结果，若是再比试兵法什么的，吴英也没有必胜的把握。宁宗意兴阑珊，让宴席散了，他何尝不知外甥女的心意？可是他是天子，不能在意儿女私情。

回到了宫中，杨皇后不解地问道："官家，怎么就这么算了？"

"等下扬州的消息吧，叶适这人虽然不合时宜，但是能力还是有的，若是他督军能守住扬州城稳住战事，这场婚事就不急！"

杨皇后秀眉微蹙，似乎另有心思。

其后几日，宋慈依旧在调查卫三的案子，他又见过杜芊芊一次，不过此次杜芊芊却如同路人，对宋慈的态度冷冷冰冰，没有往日的热情。至于余莲舟，至今待在皇宫中没有出来。

这日夜里，宁宗端坐在皇宫之中，也在天人交战，北伐战局不利，还赔了皇家的女儿，让他心中不由愤懑。就在此时，肖公公进来禀报，枢相韩侂胄求见。

宁宗靠在了龙椅上问道："肖公公，什么时辰了？"

"快到子时了！"

"这个时辰传来了消息！"宁宗露出了痛苦之色道，"难道真的是天不佑我大宋吗？"

肖公公刚想说些什么，宁宗便摆摆手道："快传韩相进来！"

这一夜，无人知晓韩侂胄和宁宗说了些什么，只是天亮之时，有几匹快马急急出了皇城，其中一匹快马径直到了刑部，刑部尚书看到圣旨后，二话不说急忙让刑部侍郎钱鏊带队去了太学。

刚刚起身的宋慈、孔武和马永忠就被刑部的人堵在了房中，宋慈看到来人，好像知道了什么，没有反抗，束手就擒。孔武刚想拿起乌梢棒打人，宋慈却说道："孔武住手，此事躲不掉的，不用为难各位官差大哥了！"

进到刑部，诸人终于明白了是怎么一回事，大半月前董畅控告宋慈等人在崇化堂殴打太学学子，有辱斯文。这事发生快一个月了,状纸也早送来了,刑部一直没有搭理。不知为何,今日却突然对三人动手了。

孔武急忙道:"人是俺打的,冲洒家来,和他们两人无关!"

刑部侍郎钱鏊不理孔武的叫喊,只是打了三人板子,丢入了大牢。

进入了牢房中,三人趴在了草垛上,待到屁股处疼痛感稍微减轻,孔武说道:"哥哥我连累你们了!"

"与你无关!"宋慈侧转身子道,"那案子他们也不是专心要审,再说板子打得也不重。无非是借故关我们罢了!"

"为何这么说?"孔武诧异道。

"应当是官家发话了!"宋慈叹了一口气。

"你干啥了?"孔武瞪大了牛眼。

宋慈定了定心神,把御宴的事情说了一遍。

孔武听后不悲反喜道:"你这书呆子不错啊,竟然私定终身了!不错,这板子挨得值!"

三人议论纷纷的时候,右手边牢房里突然幽幽地传来一句话:"一群蠢材!"

宋慈转身望去,在隔壁的牢房中有一位头发花白的男子端坐在茅草堆上,看模样是一名儒师,他的身旁还有十来位神态不一的年轻男子,行弟子礼坐在儒师的周围。

"说什么?老头,你是不是要尝下洒家拳头的滋味?"孔武大嚷了一声。

宋慈制止了孔武,沉思了一会说道:"是我想得浅了,此事怕还是和余提点有关,这是要逼她就范!"

"不算很蠢！"儒师又说道。

宋慈想了想心中一惊，道："难道扬州城陷落了？"

孔武和马永忠惊讶道："宋慈你说什么，我们被关和扬州城陷落有什么关联？"

"扬州城陷落，金人兵锋直指大江，若是吴曦再不出兵，大宋危矣！官家想必是急了，所以抓了我等，刑部的人只打了我们二十板子，对案子却不审不问，想必是还在等余姑娘的答复。"

"若她不点头呢？"孔武问道。

宋慈苦笑道："兴许会先杀掉我们其中一人！"

孔武倒吸了一口凉气道："果真如此？为啥不抓余丫头的爹，只抓我们？你最多也只算是她的野汉子而已！"

此话说完，宋慈三人想到了什么，齐齐看向了隔壁的儒师。孔武试探道："老头，你就是那丫头的爹吗？何时抓进来的？他们又是什么借口？"

儒师闭口不答，弟子也不搭话。

宋慈想了想道："应当和学说有关，余状元辞官回乡后就不问朝廷之事，只是著书立说。此番被绑到这里，想必是早就领了皇命要入城。进城之后，北方战败的消息传来，上方便以学术不端之名打压，连同弟子也一起被抓到了这里！"

"这也可以？"孔武迷惑道。

宋慈等着狱卒走开后这才说道："庆元元年（1195），赵汝愚罢相，理学被定位'伪学'，理学大臣多被贬斥。余状元虽然是心学大儒，但和韩相的学说也不相符，加之又是余姑娘之父，被打压也是意料之中。只是没想到官家和韩相这么狠！"

一旁监牢中的儒师正是余复，前些日子他接到圣旨就从福建宁德快马赶来，谁知到了城中还没见到女儿的面，就被人丢到了大牢中。

他听着宋慈对局势的分析，终于正眼看了他两眼道："还算不蠢，不像是理学那些蠢材教出来的！"

宋慈面色尴尬，对余复拜了拜道："晚生宋慈拜见余状元！"

"为何拜我？"余复愤然道，"我可没答应做你的岳丈！"

宋慈不好意思说道："都是权宜之计，还望余状元海涵！"

"权宜之计？"余复瞅了宋慈两眼道，"不过比吴家那孩子好点儿，那孩子虽然不错，可是吴家却大逆不道！"

宋慈沉思了一会，回道："您是说吴家不该拥兵自重，用社稷安危谋个人私利？"

余复点了点头道："韩侂胄鼠目寸光，用此等人为将，必被反噬，只可怜我的莲儿！"

天下间，敢如此明目张胆骂韩侂胄的人不多，宋慈想到了什么，忧虑道："不知叶大人怎样了？"

"他还活着，刚到扬州城下时城就破了，接着逃回了建康府。那时建康知府出逃，叶适当机立断以钦差之名斩了建康知府稳住了溃兵。若不然你我想在这刑部大牢说话都不能！"

"叶大人必将会挡住金人！"宋慈朝北方拜了拜。

"叶适这人虽然马马虎虎，但是比其他人还是要强点儿，小子你为何不学他的事功学说？"余复问道。

"这要等出去之后了！"宋慈似乎想到了什么，心情不佳。

"等等！"孔武不解道，"你是说我们能出去？"

"十有八九会！"宋慈点了点头。

"为什么？"

宋慈叹气道："傀儡楼一战，数名察子惨死，余提点深感内疚。前几日卫三也死了，若是还有人因她而死……"

"是啊！她爹成阶下囚了，野男人也在牢里了，那小丫头没有选择的余地了！"

一旁的余复愤然道："这么多年了，这些人还是这么没出息，如此下作的事也做！"说着回头看了看宋慈道："小子，你为何要帮莲儿？"

"不想看她做不喜欢的事，更何况是婚姻大事！"

"就没有一点儿私心？莫非我女儿配不上你这验尸的呆子？"

"宋某不敢！"宋慈摇头道，"余姑娘天生丽质，又冰雪聪明，加之豪气万千，配任何人都是绰绰有余的！"

余复点头道："也是，天下的男子确实没有一个能配上莲儿的！"

孔武一下子被噎着了，余复说这话也不脸红，这心学的宗师和道貌岸然的理学宗师就是不一样。

宋慈继续道："只是余姑娘无心婚事，我也觉得婚事无趣，这才……"

突然之间，宋慈感到隔壁牢房如刀子一样的目光，急忙说道："宋某是对余姑娘颇有好感，只是觉得在下和余提点相差太远，这才不敢奢望。"

"嗯！"余复恢复镇定道，"孺子倒有自知之明，你的才气、容貌也许差了挺多，不过为莲儿做些车前马后端茶送水的事还是可以的！"

宋慈心中嘀咕道："余莲舟做事率性而为的根子原来在她爹这儿啊！"

其后几日宋慈等人一直在大牢之中，也没人提审他们，送来的还是好菜好饭，余复也时常考察宋慈的学识，虽然依旧是鄙夷之意，但是态度比起第一天已然好多了。

这一日，刑部侍郎钱鳌突然带人打开了牢房，又对余复抱拳赔罪。监牢中人皆兴奋不已，只有余复和宋慈如坠冰窟之中。

余复甩开钱鳌搀扶的手臂骂道："你这卖友求荣之人过来作甚？"

说罢又想起了什么，哀叹道："这个傻孩子！这个傻孩子！怎么答应了，这辈子恐怕要完了！韩老贼你还我女儿！"

宋慈好像被抽去了魂魄，他从来没有对余莲舟有什么非分之想，可是在这牢门打开的时候，心里却空空落落的，怅然若失。

余莲舟是刚烈之人，宁愿死也不要强加的婚事，此番她点头了，心中会有多大的苦楚？

第四节
公主大婚

丁丑日，宜婚配，宁宗封余莲舟为思齐公主，下嫁于四川宣抚副使吴曦之子吴英。

卯时初刻，吴英一大清早便穿着新郎喜服带着迎亲的队伍到了宫殿外。三日前，余复和宋慈接连下狱，余莲舟再也不愿意有人因为自己而受牵连，终于答应了这桩婚事。虽然只有短短三日，但是在宗正少卿梁成大的竭力操办下，大婚还是一切准备就绪。驸马府在征求余莲舟心意后，选中了离火德星君庙不远的一座大宅子。

卯时三刻，吴英到了和宁门后，换上了官服去了东华门，他用大雁、币帛等礼物作为聘礼，亲自到仁明殿中迎娶余莲舟。

余莲舟端坐铜镜前，寂静无声，就像是一尊塑像，更不让宫女给她梳妆打扮。过了一会，肖公公进到了屋中。

"我爹爹放出来了吗？"

"余状元出来了，好着呢，没受一点儿委屈！"

余莲舟冷笑一声道："宋慈他们呢？"

"也都好！"

余莲舟不再出声，肖公公做了个手势，宫女开始给她穿戴九翟四凤冠和绣着长尾山鸡浅红色袖的嫁衣。

一切都按部就班进行着，余莲舟坐上了华丽的鸾轿，美艳不可方物。吴英骑马在前方引导，整个迎亲队伍向着驸马府进发。一路上，余莲舟没有哭也没有笑，就像是参与一场与自己毫无关系的盛宴。

在鸾轿的前方有天文官开路，身后是手捧玉器头插钗子的八名童子，再之后是执方形扇子的四名宫女，执圆形扇子的四名宫女，提引障花的四名宫女，提宫灯的二十名宫女。轿子之后是杨皇后亲自送行，宗正寺其他送行人等更达百位之多。这是最近几十年来最隆重的一次皇家嫁女，其风头甚至盖过了真正的公主出嫁。

出了皇宫，整条御街都被清空，太常寺乐手鼓乐齐鸣，一派天下万民同乐的欢快景象。宫女撒了一些喜钱在道路两旁，那围观的百姓抢到铜钱后，欢快的叫喊声传遍了大街小巷。

宋慈换了常服，拿起自己的包裹出了大牢，茫然失措地走在大街上。为了阻止他们捣乱，钱鏊竟然派人守在他们身侧。

"真的出嫁了？"宋慈看到送亲的队伍款款而来，一时间心若死灰。

余复见到女儿出嫁，突然狂笑，高呼了一句："韩老贼误国，韩老贼误我女儿！"

一旁的官员大惊失色，上前两步，却被余复一脚踢开。余莲舟今日是以皇家女儿身份出嫁的，余复这个正派爹爹根本没有参与的资格，他扭头看着如呆头鹅一样的宋慈，骂道："懦夫！"

宋慈深吸了一口气，对身旁的孔武说道："帮我一把！"

"好！"孔武忽然护在了宋慈的身前，挡住了殿前司的兵士。

宋慈冲出阻拦，跑到迎亲队伍之前，张开双手说道："且慢！"

此番护卫公主出嫁的正是殿前司公事夏震，夏震见到宋慈冲出来，便拍马向前，抽出腰刀就要把宋慈斩于马下！宋慈闭上了眼睛，他二十年来没做过这么冲动的事，可是此时此刻却不后悔。

"慢着！"吴英喊了一声，他快马上前，下马走到宋慈身前道，"宋兄，一切已成定数，皇命难违！你让开吧，若不然宋家和余家皆将不保！"

宋慈睁开了眼，看着吴英沉声问道："你将如何待她？"

"吴某定会疼她、爱她，到蜀中后也不会让她吃一点点儿的苦，受一点点儿的委屈！"

宋慈面色一沉，郑重道："不要逼她做不愿意的事，如若可能让她做自己喜欢的事！"

"好！我答应你！"吴英笃定道。

宋慈想走到余莲舟轿前问话，却被吴英拦住，他摇摇头道："宋兄，这不能！"

见到宋慈执意上前，殿前司兵士抽刀围了上来。

"老夫要见见女儿！"余复走了上前。

夏震刚要阻拦，吴英却摇了摇头。

余复从来没有想到自己女儿出嫁是这番模样，他走到鸾轿前，说道："不要掀开帘子，爹爹想和你说几句话！"

"爹爹！"余莲舟声音哽咽。

"你想做什么就做什么，有什么打算爹爹都担着！不要担心爹爹，知道吗？"

"嗯！"余莲舟开始抽泣。

当余复余莲舟父女交心的时候，孔武把宋慈拉到了一旁，吴英的家将吴闯走了过来，拿出了六千两的银票说道："这银票是我家少主给你的，他说你可以给喜欢的姑娘赎身！"

宋慈嗤了一声，转身而去。

离开的宋慈却不愿回斗斋，转身去了路旁的酒肆。几杯热酒下肚后，便开始傻笑。他本以为对余莲舟没什么深厚的感情，可是如今眼睁睁看着她嫁人，自己却无能为力，恍然间他觉得自己是天下间最无用的人。

跟孔武和马永忠很快喝了三壶酒，酒桌前又坐了一个人，他拿过宋慈的酒壶就给自己的酒碗倒酒。

"余老爷子，余姑娘怎么说？"宋慈给余复斟满了一碗酒。

三碗酒下肚后余复问道："莲儿在你面前大哭过没有？"

"没有！"宋慈茫然地摇了摇头道，"余提点比一般男儿都要坚强，为何要在我面前哭？"

"蠢材！蠢材！莲儿虽然生性要强，但是她若是在你面前还没哭过，就是还没接受你！若是你曾经看到她哭过多好！"余复虽是心学大家，却忍不住老泪纵横。

"往日我无心婚事，也觉得配不上余提点！"宋慈小声回道。

"是配不上！"余复点头道，"你太迂腐，在太学连升舍都不能，只懂得一些验尸推案的小道。但即使如此，怎么也比嫁入吴家强！"

"吴家是蜀中名门，又手握重兵，三代忠良，论门第确实是门当户对！"

"哈——哈——"余复笑道，"若是忠良，又怎会迟迟不出兵大散关？做出了这番事，吴家迟早必败！只可惜我的莲儿！老夫不是惋惜你和莲儿，你即使不娶莲儿也是你的福气不够，只是她嫁入了吴家，危矣！危矣！若是早知道，就不该放她来临安！"

宋慈本来十分伤怀，到最后反而劝起余复来，这个老状元看着女儿出嫁，就好像是生离死别一样，痛心不已。

又喝了一点儿酒，余复终于醉了，弟子急忙过来搀扶。

"宋慈！"余复定住身形道，"你说这场婚事，它会平安吗？"

宋慈脸色一沉，如若这大婚完成，最不利的就是金国，如今金人细作在临安府潜行，他们会不会做出什么歹事？

心思此处，宋慈低声道："我过去看看！"

"嗯！若见到莲儿再帮我带句话，她想做什么就放手去做，天塌下来，有她爹爹扛着！"余复说完，在弟子的搀扶下离开了酒肆。

给自己浇了一点儿冷水，清醒了一下，问明驸马府的方向，宋慈挺身而去。孔武和马永忠对看了一眼，也跟在了他的身后。

三炷香的光景后，一行人等到了火德星君庙，这座宁宗皇帝的潜邸已成皇室的家庙。过了此庙，远远就看到两盏大红灯笼挂在一座硕大的宅院前，那大门前的石狮身上还缠着红球。

吴家的家将身穿锦衣，正在门前迎宾。

孔武拉着宋慈的胳膊说道："书呆子，真去吗？若是抢亲，人手不够啊！"

"我想进去看看！"宋慈坚定地向前走了几步。

"好，看看就看看，兄弟陪你去！"孔武扶住了宋慈。

吴家家将大多见过宋慈，生怕他前来闹事，马上跑回去禀告。不多时，吴英身着华服走了出来，他走到宋慈的身前恭敬道："宋兄是来喝喜酒的吗？快快请进！"

"我……"宋慈摸了摸包袱，身上只有几钱银子，也没有任何能拿得出手的东西。还好马永忠包袱里的东西不少，他拿出了几幅画权当贺礼。

宋慈感激地朝马永忠点了点头，又回头朝吴英说："让你见笑了！"

"宋兄这是哪里话？三位里面请！吴闯，照顾好三位公子！"

家将吴闯走到三人的身旁，防贼似的把他们领进了宅子，让他们坐在了一处不起眼的酒桌前。

吴英是信王吴璘的曾孙，定江军节度使吴挺的孙子，四川宣抚副使吴曦的儿子，一门四代皆是国之柱梁。余莲舟是新封的公主，母亲是光宗之女齐安公主，父亲是状元余复。在外人眼里，两人是郎才女貌、门当户对的一对。

今日公主大婚，朝廷文臣武将来了上百人，个个锦衣玉袍，吴英的小兄弟郭兴、李成、王汝成，更是忙里忙外，招呼宾客入座。宋慈三人本是无名小卒，穿的又是布衣，加之方才又当街拦轿，自然是无人愿意和他们同桌。

家将吴闯一直跟在他们三人左右，孔武听着吴闯的口音问道："听口音，你不是蜀中人，更像两浙路这边的？"

"嗯，十几年前家主被先皇召到临安，于路上救了我！"

孔武再问了几句，吴闯却闭口不答，背身站在了不远处。

宋慈坐在座位上，又喝了几口闷酒，脸有微醺之色道："吴英，其实不错！"

马永忠和孔武也点了点头，吴英虽是名将之后，却没有一点儿纨绔子弟的架子。过了一会，马永忠小声问道："你甘心吗？"

宋慈愣了一下，又一杯酒下肚道："还有一些话想问问余提点！"

"那就去问！"孔武爽快道，"兄弟陪你去！"

马永忠吓得看了看不远处的吴闯道："你们小声点儿，此事不可为也！"

这场大婚乃是宗正寺主持，殿前司担当守卫之责。当三人在酒席上交头接耳之时，早有虞候将消息禀告给了殿前司公事夏震。

坐在夏震身旁的宗正寺少卿梁成大给他倒了一杯酒，道："夏将军，要不要派人盯着他们？"

"此子若是再敢放肆，老夫不会给叶适面子，定要将其斩首！"

梁成大谄媚笑道："有将军在，谁敢在这里撒野？"

夏震点了点头后，倒也没说什么。

梁成大去年点了进士，却一直没有职缺外放，最近也不知走了什么门路，竟然当上了宗正寺的少卿，如今更来负责思齐公主的婚礼，已成朝廷的红人。

前些日子北方战报传来，金人先锋已然攻下了扬州城，朝野动荡，一时间是战是和争论不休。正当此时，梁成大小小的宗正寺少卿却站到了台前，力主求和，甚至和刑部侍郎钱鍪当庭吵了起来。韩侂胄当庭大怒，要不是宁宗发话，梁成大就要被发配到岭南烟瘴之地了。

夏震对朝中局势的变化了如指掌，却一直置身事外，从不参与其中，他向来只听皇上的号令。梁成大只是小小少卿，他自然不会放在眼里，不过此人竟然敢与韩侂胄的红人钱鍪作对，他背后的势力不可小觑。

梁成大又给夏震倒了一杯酒道:"听闻将军乃是绍熙年间的甲榜进士,后投笔从戎拿了武状元,是文武双全的大才。不仅功夫好、文章好,丹青之道也得画圣之真髓。下官前几日无意间得到了一幅吴道子的《十指钟馗图》,不知将军有没有兴趣到府上赏鉴一二?"

"多谢少卿好意,交完这场差事,夏某还得到皇上面前听差!"夏震谢绝了梁成大的拉拢。

梁成大尴尬笑了笑道:"是梁某欠考虑了,自罚一杯!"

在驸马府的另一边,宋慈一杯杯地喝着闷酒,酒劲再度上头,转过身对孔武问道:"你刚刚说什么?"

"洒家等你去抢亲!"

"好!我还是想亲口问问莲舟!"宋慈笃定地点了点头。

马永忠张嘴看着两人,问道:"你们是不是疯了?喝多了吗?真的要去?"

孔武瞪眼问道:"你这鸟人,就说愿不愿意一起去?"

马永忠咬了咬牙道:"去就去,怕什么?可是要怎么去?"

三人看看四周,吴闯不知何时已经被人叫走了,不过殿前司亲兵和吴家其他家将都守在四方,数十双眼睛都在盯着他们。正当他们苦恼之时,举杯狂欢的驸马府突然间安静了下来。众人抬头望去,原来是当朝宰相韩侂胄到了。

韩相来了,所有人都起身立迎。韩侂胄走进正堂,看了看群僚,又看了看一对新人,拿出了圣旨。

吴英虽然年少，却被宁宗封为了两浙东路观察使，此职虽是虚衔，却是武臣升迁必要的寄禄官，实能看出皇家对吴家的看重。余莲舟也得到了不少赏赐，其中还有一面斗宿星牌。

"斗宿星牌？"宋慈耳朵动了一下。据说此令牌可以开启天机阁。不过至于天机阁在什么地方，里面又藏了什么东西，却一直是个秘密。

吴英今日大婚，不仅娶了公主，还得了封赏，容光焕发，所有宾客都来给他道贺。

趁着正堂热闹的当口，宋慈三人借口小解消失在庭院之中。马永忠看着宋慈轻车熟路地在院落中东躲西藏，好奇问道："这地方你来过？"

"嗯，卫三曾经来过这所宅子，当时这宅子还在出售中，于是我便进来看了看！"

"你这样子不只是看了看！"

宋慈看了看一墙之外街道另一头的火德星君庙，没有说什么。

三人来到一片茂密的竹林，竹林另一头是一面两人高的红墙，宋慈转身对孔武说："你带我过去！"

"好！"孔武跃上墙头，又倒挂着把宋慈拉上了墙。马永忠急切问道："你们都上去了，我怎么办？"

孔武回道："你在这里望风，见到有人来了就学夜莺叫！"

"行，你们快点儿！要抢亲的话，我们人手不够，再说也得好好盘算一下！"

"就你事多！"孔武与宋慈从另一边跳了下去。

红墙里面就是内院，其中一座典雅僻静的小楼被碧水环绕，据说这里就是婚房。

两人到了庭院里，透过小楼的窗户可以看到二楼红烛下佳人朦胧的倩影，想必余莲舟比绕路的宋慈先到了这里。至于吴英，还要招待韩侂胄以及其他宾客，此时应当尚未回房。

宋慈站在了碧水前，满身的酒气化作了眼角的氤氲。

就在宋慈方才跳下墙的一刹那，一旁的高树上的树枝突然晃动了下，藏身此处的牛俊对身旁的章勇问道："勇哥，怎么办？宋慈来了，我们奉命在此保护提点的安危，要不要拿下他？"

"等下！"章勇叹道，"造化弄人，不过事不可为。宋公子若是在此被抓住就不好了！待会我们弄出声响提醒他，让他知难而退！此地只有我们皇城司的人，吴家的人在前院，殿前司的进不来，我等就担了这份责任吧！"

"就按勇哥说的办！这吴英虽然看起来对我们礼遇有加，但还是宋公子更亲切点，只不过两人有缘无分！"

"吴英在麒麟堂招待韩相，顶多有大半个时辰的光景，在半个时辰内宋慈不离开，我们就出声把他赶走！"

"好，就这么办！"

在小院中的宋慈尚不知道自己在层层的监视之中，他望着月光下的小楼以及小楼中的倩影久久不语。那楼中之人似乎也察觉到了他的存在，只是一言不发。

孔武敲了一下呆如木鸡的宋慈，问道："哑巴了？还说吗？不说我尿一下咱们就走！"

宋慈往水池前走了几步，身后的大树突然沙沙作响，不远处的大树也有了些响声。

宋慈沉默了许久后，这才喃喃说道："余姑娘，委屈你了，你还有什么话想跟我说吗？"

孔武摇了摇头，靠在了身后的大树干上，他在大瓦子听过许多才子佳人的戏，却没有一出戏中的才子是这么演的。

宋慈抬头看了看小楼的窗户，继续道："余姑娘，你在别人面前哭过吗？"

"呆鸟、蠢材！"孔武暗骂了一声。

宋慈长长叹了一口气道："宋某知道自己心意的时候太晚了！"

"那站着干啥？抢亲啊！"孔武又嘀咕了一句，恍然间头顶上的树叶从中传来了声响，抬头望去却什么也没看到。

"吴英少年英才，论武功、论家世、论对你的心意都是良配。不过我知道你若是不喜欢，这些再好也没用。"宋慈深吸了一口气，脸色涨得通红，终于带着三分醉意说道，"余姑娘若是后悔，不妨推开窗子，纵使是刀山火海宋慈也要陪你闯！如若这座小楼就是你的选择，你可否于窗前向我挥挥手？"

"这就完了？"孔武愣了一下嘀咕道，"不是抢亲吗？怎么这么婆婆妈妈的？"

庭院里一下安静了下来，所有人都翘首以待，不多时，屋中的女子站起了身，来到了窗台前。

宋慈身上的酒意都变成了热汗，心怦怦乱跳。

倩影把手放在了窗台边，既没有推窗，也没有挥手，只是轻轻地敲了敲窗棂。

"这是什么意思？"孔武瞪大了眼睛，宋慈一时间也糊涂了，庭院的某棵树上甚至传来了布谷鸟的叫声。

孔武忍不住喊了一声道:"成与不成你说句话啊!"

"孔武,小声点儿!"

整座院子的大树似乎都开始沙沙作响,异常怪异。就在此时,院墙外传来了夜莺的叫声。

"难道有人来了?"宋慈和孔武对视了一眼,两人还没决定要不要逃走的时候,小院的大门"嘭"的一声被人推开,近百名全副武装的兵士举着火把腰挎横刀,簇拥着夏震走了进来。

见到宋慈和孔武站在水潭前,夏震愣了一下,随即说道:"将此二人拿下!"

大树上唰唰跳下无数的身影,牛俊和章勇抢先到了两人身前。

"你们也在?"孔武看着两人,诧异问道。

"嗯!"牛俊和章勇抢先把宋慈和孔武绑了起来,由他们出手,这两人会少吃点儿苦头。

正当宋慈以为这群人的目标是自己的时候,夏震对小楼拱手道:"公主,夏震求见!"

经久之后,小楼没有一点儿声音。

"公主,吴将军中毒昏迷,生死不知!请公主明示!"

第五节
驸马之死

吴英中毒了！此事如同巨石落入水中一般惊起了巨大的波澜。宋慈最后一点儿酒意也化作了冷汗。

布谷鸟叫声再度响起，吱嘎一声后，房门推开了，身穿嫁衣的新娘走了出来。

"公主……"夏震还想说什么。

女人却掀开了头上的红盖头，所有人顿时瞠目结舌，她不是余莲舟，而是她身边的丫鬟果儿。

"汝乃何人？公主在哪儿？把这妖女拿下！"

无数的兵士提着兵刃向前，庭院里一棵大树上又传来一个声音："放开她，我在这儿！"

一道黑影从大树上跳下，她一身夜行衣，面带黑巾，正是余莲舟。

"公主，你这是？"夏震诧异地问了一句。

"夏大人，吴将军怎么了？"余莲舟连忙追问，脸上也是震惊之色。

夏震回道："吴将军昏睡不醒，微臣已然请御医了。"

"哦！"余莲舟出奇地冷静，指着果儿道，"她是我的丫鬟，不要难为她。"

"一切由公主做主！"夏震转身指着宋慈和孔武说道，"将这两名酒后误闯内宅的贼子拖出去斩了！"

"慢着！"余莲舟转身看着夏震说道，"放他们一条生路！"

夏震盯着余莲舟，余莲舟怒目回视。过了片刻，夏震哼了一声，示意手下将两人带下去。

就当众人僵持的时候，小院再次出现异动，梁成大也带人冲了进来，指着果儿便说道："来人啊，将此女拿下！"

"怎么回事？"夏震不明就里看着梁成大。梁成大小心赔着不是道："将军，大事不妙！"

吴家的家将吴闯哇的一声哭道："公子没气了，他之前就只喝了这妖女送的一碗醒酒汤！"

"吴小将军死了？"夏震头上冒出冷汗，余莲舟也露出了惊讶的表情。

霎时间，整个驸马府炸开了锅，所有人都知道这场婚姻对于朝廷的意义。如若手握重兵的吴曦知晓儿子就这么死了，那究竟会发生什么事情？就连刚刚离开驸马府的韩侂胄得到消息也急忙返回，带着一脸怒气。

吴英突然出事，所有人都震惊不已，首先有失职之罪的便是主婚使梁成大以及护卫此地的夏震，他们二人见到韩侂胄回来，连忙请罪，韩侂胄强压着心中的怒火，让两人立刻查找真凶。

一行人等先去里屋查验吴英的尸身，太医局的太医在一旁等候问话。在吴英的尸身旁，余莲舟看着眼前这个男人，心中有说不尽的哀伤,她即使有太多的不情愿,也不想这个男人死去,更何况他还成了自己名义上的夫君。

太医和仵作从来没见过这么大的阵仗,都战战兢兢,小心翼翼地回话,虽然有细微的分歧,他们都认为吴英是中毒而死的,而下毒的来源很可能是那碗醒酒汤。

众人又去了吴英出事的麒麟堂。韩侂胄亲自作为主审官审案,梁成大和夏震则在一旁协助。

看着韩侂胄坐在主位,梁成大变得惴惴不安,他本来就在发配边疆的边缘,如今又出了这样的大事,这将如何是好?虽说负责守护职责的夏震责任更大,但是他怎么也脱不了干系。

夏震依旧在震惊之中,此次公主大婚,他严查了所有来宾和府内所有人,层层设卡层层检查,怎么还出现了如此大的纰漏?

韩侂胄怒火中烧,他好不容易促成了此次联姻,眼看着吴家就要出兵大散关,北伐局势即将大变,没想到吴英却突然死了。

诸位长官坐定后,韩侂胄朝梁成大看了一眼,梁成大心领神会首先找来吴英的家将吴闯,今日他除了看守宋慈等人的一段光景外,大部分时间都陪伴在吴英身旁。

进入堂中的吴闯号啕大哭,努力平复心绪后这才说起了方才发生的事情。

大概大半个时辰前,有一名女子来到麒麟堂,自称是公主的女侍,来此地是奉公主之命给吴英送醒酒汤的。由于今日迎亲之时有不少人在公主身边见过她的身影,故而也没有人怀疑。

今日吴英吃过的所有东西吴闯都会先尝一遍。吴英送走韩侂胄后,端起醒酒汤,正准备喝下之时,吴闯却插话道:"公子,这汤虽好，就是喝后有点儿犯困！"

吴英听完此话，先是疑惑，不过转眼又释然，他微微叹了一口气，斥走所有的丫鬟和家将，说是喝完此汤后要独自沐浴，不需人侍候，所有人不得打搅他。

家将都守在了屋子外，快半个时辰过去了，屋子里却没有一点儿声音。吴闯担心吴英，便大着胆子走了进去，却见到吴英和衣躺在床上怎么叫也叫不醒。这一下惊呆了所有人，梁成大和夏震听闻消息后，一边去请御医，一边去请示公主。

谁知夏震还没走多久，昏睡不醒的吴英突然肚痛苏醒，接着七窍流血，还没说一句话便倒地身亡了。

吴闯讲完事情发生的经过，所有人的目光都注视在果儿身上，她是最大的嫌疑人。

余莲舟换了一身白衣也来到堂中，在韩侘胄的示意下梁成大问话道："公主，此人可是你大婚的女使？"

"她是我的贴身丫鬟！"余莲舟并没有狡辩。

屋子里一下寂静无声，余莲舟没有任何遮掩。梁成大又问道："可是公主让果儿送醒酒汤的？"

厅堂内再次寂静无声，所有人都竖起了耳朵，如果余莲舟承认了，也就洗不清嫌疑了。

余莲舟走下了椅子，拉起果儿的手道："苦了你了！"

大堂所有人都怔住了，难道是余莲舟谋害亲夫不成？韩侘胄眉头深皱，夏震也愁眉紧锁，不管怎样这是他们最不想见到的结果。如若皇上册封的公主杀死了驸马，那么吴家定然会震怒，说不定还会铤而走险。韩侘胄心知，在封锁驸马府前吴家已有家将去川中报信了。

夏震插话道:"果儿,老夫问你,这醒酒汤送到麒麟堂后你是否就离开了?"

"是!"果儿点了点头,此时她脑中也嗡嗡作响,根本没想到事情会发展到这样一步。

夏震话里的意思很明显,兴许这碗汤是在麒麟堂被其他人下的毒。

梁成大看了吴闯一眼,吴闯便把那时候到过麒麟堂的人都找了过来,连没喝完的汤药也端了过来。

细细盘问了小半个时辰,这些人似乎都没什么嫌疑,梁成大又把目光转向了果儿,问道:"你这送汤的一路上,可遇到过其他人?"

果儿知晓梁成大话中的意思,却答道:"未曾!"

"这?"不少人倒吸了一口凉气,如今最有可能的下毒人就是果儿,果儿的背后就是公主。吴闯等人望向果儿的眼神已然充满了杀气,就连对余莲舟也缺少了一份恭敬之心。

韩侘胄知道此事必须快刀斩乱麻找出真相,便又对梁成大点了点头。

梁成大得到首肯,紧盯着果儿,怒道:"吴将军可是你下毒害死的?"

果儿昂起了头,回道:"不是!"

"好!传仵作!"

不多时,仵作向三郎到了。

梁成大问道:"向三郎,本官问你,吴将军因何而死?"

"吴将军死于中毒!"

"死于何种毒药？"

"这……"向三郎沉吟了一番后，回道，"尚不能断出来，此毒十分罕见，请大人再给小的一点儿时间！"

"速速查出来。本官再问你一句，吴将军是怎么中的毒？"

向三郎沉思道："吴将军身上没有外伤，只有七窍流血，应当是……毒从口入！"

"你先站到一旁候着。"梁成大又说道，"传太医！"

太医林远来到堂中，梁成大问道："那碗醒酒汤查过了吗？可有异样之处？"

林远看了看堂上众位大人，又看了看公主，知道自己话语的分量，心中盘算了半天后，终于下了决心开口道："这醒酒汤和一般的药汤有些区别，似乎多了几味药物！"

霎时间堂中所有人齐刷刷看着果儿，梁成大追问道："到底是什么药物？这药物有什么用？"

"有百合、酸枣仁、天麻、冬虫夏草等物，这颇像是太医局中的安神药方，不过还有没有别的药物，下官也不知！"

夏震不解道："只是加了让人安睡的药物？"

林远道："当是如此，但下官也不能断定醒酒汤里只有这些药物！"

"这些药物可会置人于死地？"

"这……"林远看了看余莲舟和韩侂胄，回道，"若是只有这些药物，不会，不过臣也不敢断定醒酒汤中只有这些东西。"

梁成大转头看着果儿道："这安睡的药物可是你下的？"

所有人的目光都望向了果儿，余莲舟一旁接话道："是我让她下的！"

夏震甚至韩侂胄脸上都是冷汗，余莲舟没有任何推托之举，让自己站到了悬崖边上，如若这样下去，有人再落井下石，一切就难以挽回了。

主审的韩侂胄心在狂跳，这案子这样下去就完了，若是圣上亲封的公主杀了戍边大将之子，朝局将如何动荡？不过他怎么也不相信余莲舟会这么干，不是因为她不愿意，而是因为她不会这么蠢！

忽然之间，韩侂胄想到宋慈，此子虽然着实可恶，但也是断案的奇才。余莲舟即使再有一百个不愿意，也不会杀了吴英。即使要杀也不会选在这个时候。心思于此，他招来身边小厮问道："宋慈在哪里？"

"还在外面押着！"

"把他带进来！"

"小的明白！"

余莲舟看着林远问道："林太医，绍熙三年（1192）太医局重印的《太平惠民和剂局方》中加了三十八种民间方剂，你可知其中第十六种方剂是什么？"

林远脸色惨白，对于这方剂是什么他竟然不知。

"林太医不记得了吗？这方剂便是'四时安神汤'，其用药就是林太医所说的百合、酸枣仁、天麻、冬虫夏草等物。这版本的《太平惠民和剂局方》如今就在皇城司放着，林太医若不信可派人去取！"

"这？"林远犹豫了一下。

余莲舟又道："吴将军今日劳累，我让丫鬟在醒酒汤中加入此汤剂，也只是想缓解吴将军的疲劳之感罢了！"

林太医身为太医局令，竟被别人质疑不知药方，即使这个人是公主，他心中也不由大怒，回道："此版的《局方》乃是时任太医令秦济世主持编撰，然而不过三年，此人便误诊了吴太后的病灶被赐死。如此庸医编撰的局方，如何可信？公主又是如何找到这版本的《局方》的？"

余莲舟为了调查秦家，曾找了很多相关的史料，这本《局方》也是其中之一，此时却不好将此中的缘由吐露。

梁成大疑惑道："林太医，若真的只是加了'四时安神汤'，会有什么后果？"

林太医再度沉思道："若只是如此，喝了此汤后再睡一两个时辰便无大碍！不过'醒酒汤'中混入'四时安神汤'后，药性必会相冲，此时再加入其他药物就难以查明了。"

林太医是铁了心地一条路走到黑。此时若是被旁人驳倒，他也不用在太医局里待着了。

梁成大等人看着余莲舟，心中还有另一个想法，如若真如余莲舟所说的那样只加了'四时安神汤'，那么吴英最多是沉睡一两个时辰。可是今日乃是洞房花烛夜，余莲舟为何这么做？她被人发现时还穿着夜行衣，丫鬟在假扮她，这其中又藏着什么样的秘密？

梁成大心中拿不定主意，对韩侂胄拱手道："韩相，如此僵局也不是法子，公主定然是被丫鬟蒙蔽，下官认为这女子不动大刑是不行的！"

韩侂胄本是杀伐果断之人，对他来说谁是真凶不重要，重要的是谁当凶手既可以保住朝廷颜面，又可以让吴家接受。

"谁敢？"余莲舟挺身而出护住了果儿。

眼见公主耍狠，梁成大一时间没了主意，不知该如何是好。一旁的夏震冷笑道："公主，圣上一直在盯着此事。若不动大刑，如何能查明真相？公主再拦着，微臣就只有去请圣旨了！难道公主对吴小将军一点情谊都没有？"

夏震也想早点让案子有个结果，即使将丫鬟屈打成招了又如何？就在此时，堂外有个虚弱的声音传来："草民有一法，可断那碗汤药是不是毒药？"

众人抬头望去，宋慈趴在木板上被殿前司的人抬到了堂中。

"这？"梁成大望向了夏震。

夏震又看了一眼韩侂胄，明白韩相的心意，回道："此子虽然酒后失德，但应当与此案无关。"

牛俊、章勇还有皇城司其他察子纷纷抱拳说道："我等愿为宋公子作证！"

诸人大多知道宋慈方才在干啥，虽荒唐，但应该没有对吴英下毒的机会。夏震对坐在主位的韩侂胄拱手说道："韩相，此子在推案上有长才，不妨让他试试？"

吴家家将吴闯等人虽然冲动，但也不是傻子，宋慈验尸推案的本事临安城中尽人皆知，便退了一步。韩侂胄见到吴家人也没有异议，便应了一声。

梁成大看着趴在木板上的宋慈问道："宋慈，你有什么法子？"

宋慈方才虽然只是被打了几板子，但是臀部还是隐隐生疼。好在方才被人抬进大堂时，已然有人给他说了刚刚发生的事情，他看了看堂中众人道："不知那碗醒酒汤可还有剩下的？"

"这……"众人都不解其意。

梁成大瞅了瞅仵作,仵作上前一步道:"醒酒汤还剩有不少,小的把醒酒汤灌了一些给猫狗,如今猫狗都昏睡不醒,不知待会将怎样!"

梁成大又看了看林远,林远回道:"人若是喝了此汤,要昏迷一两个时辰。猫狗喝后最起码要五六个时辰方能苏醒。不过即使猫狗没事,也不代表人喝了没事。"

宋慈接话道:"可否把剩下的醒酒汤再拿出来,分成两份?"

梁成大点了点头。不多时,有人把醒酒汤端了出来分成了两碗。宋慈端起一碗道:"想必吴小将军就喝了这样一碗醒酒汤吧?"

吴家家将点了点头。

余莲舟有点不安地问道:"宋慈你要干什么?"

其他人也诧异地看着他。喝药试毒不是没有人想过,可是却没人愿意这么干。纵使余莲舟愿意喝这汤,别人也会认为她事先喝了解药,所以根本不会相信。

宋慈端起药碗,咕咕地喝入肚中。余莲舟看着没有任何犹豫的宋慈,心中有了别样的思绪。

不多时,宋慈身体就有了异样的感觉,眼皮不停打架。不过好在刚才被打了板子,身体受痛,还能保持清醒。虽然如此,此汤的药力也太过霸道,困意还是阵阵袭来,宋慈连忙咬了咬舌尖,这才喊道:"给我浇一盆冷水!"

俄顷,一盆冷水淋到宋慈身上。有了痛意和冷水的刺激,宋慈再度清醒,他朗声道:"如若在下这一两个时辰没死,此药就不是毒药了！"

一炷香时间过去了，宋慈再一次淋了一盆冷水，又咬破几次嘴唇，但是除了精神有些倦怠外，却一点儿事都没有。如此看来那药汤真的没有毒。不过此案关系重大，不能放过任何一点儿线索，梁成大看着余莲舟问道："公主，微臣有一事不知当问不当问？"

"梁大人，请说！"

梁成大想了想道："方才公主穿着夜行衣去了何处？你的丫鬟为何在小楼穿着嫁衣？"

此事也是很多人想问的。方才驸马府中所有人都在皇城司和殿前司的眼皮底下，除了金蝉脱壳的余莲舟。有人甚至想到，余莲舟让果儿给吴英送醒酒汤的目的也是为了让他睡个把时辰，这里面又藏着什么玄机？

余莲舟抬起头看着堂中众人，又看了看梁成大，冷笑道："此事与本案无关！"

梁成大深知此案关系到他的仕途，横下一条心说道："公主一身武艺，又是皇城司提点，懂得追踪和隐藏之道，能神不知鬼不觉在府中出没。微臣奉命侦查此案，斗胆请公主明示方才去了什么地方。"

诸人听了此话，都望向了余莲舟。梁成大的话虽然没有说透，但是大家都明白了，众人都知道余莲舟是被逼婚的，不是心甘情愿，既然她可以这么神不知鬼不觉地出没，自然可以神不知鬼不觉地下毒，特别是对喝了药后昏睡不醒的吴英。但真是她做的吗？

余莲舟明白众人心中所想，却只冷言回了一句："梁大人，那个地方你不该问！"

宋慈知晓余莲舟的脾气，她不想自己的事情被人知晓，可是此时不说又会有莫大的嫌疑，于是插话道："草民知道余提点去什么地方了。"

"你如何知道？"夏震也好奇地看着他。

"若我所料非错，此事不能为外人道也！"

韩侂胄本来闭眼养神，此时却睁开了眼睛。宋慈迎着韩相的目光，笃定地说了四个字："斗宿星牌！"

听闻这几个字，韩侂胄急忙喝阻道："够了！此事不必再说！"

斗宿星牌可以开启天机阁，而天机阁关系到社稷的安危。余莲舟这次被逼婚是韩侂胄主导，两方的讨价还价他也最清楚。余莲舟不想嫁人的原因之一是不想离开皇城司，韩侂胄知道她的心思，于是建议皇上给余莲舟斗宿星牌用七日，七日后收回。至于天机阁所在之处，也会在大婚次日告诉余莲舟。

没想到余莲舟已然猜到了天机阁的所在，它就藏在宁宗的潜邸，即如今的火德星君庙的后院中，想必这也是余莲舟选这所宅子当驸马府的缘由。更让韩侂胄没想到的是，余莲舟如此心急，拿到斗宿星牌立即就要亲自去天机阁，片刻也不愿多等。

余莲舟此番作为是为什么？难道不想与吴英洞房？在天机阁找到自己想找的东西后，就伺机逃婚？此女的性格还真和当年的齐安公主一样刚烈。

想明白其中的道理，韩侂胄叫来了随从，在其耳旁低语道："你去找掌灯道人，打探情况！"

宋慈自然也明白了余莲舟心中所想，不知为何，心中有了莫名的宽慰。

天机阁是朝廷机密，韩侂胄断不会让这秘密公开，故而喝阻了宋慈。梁成大和夏震也是老江湖，一下子也缄口不言。

宋慈又想到若不是自己翻入后院，引来了殿前司的人，想必余莲舟已然神不知鬼不觉地回来了，是自己坏了她的好事。难道余莲舟回来时一直躲在树上？那么他那些话语余莲舟也听到了？想到这里宋慈又有些难为情。

宋慈神色的变化，余莲舟都看在了眼里，她明白宋慈已然猜出前因后果。忽然间宋慈再次抬头看着她，似乎在问："在天机阁里查出了什么没有？"

余莲舟微微摇了摇头。

宋慈不由叹息了一声。

余莲舟心中一阵悸动，这场婚姻虽然是被逼无奈之举，但是她心中依旧抱着一丝希望，如今这一丝希望也破灭了，自己名义上的夫君又身遭大难，老天爷为何如此捉弄人？

没过多久，被韩侂胄派出的随从回来了，确认余莲舟真的去了天机阁。韩侂胄又低问了几句，得到答复后，方才放下了心。到了此时，韩侂胄开口说道："公主出去另有密事，此事不必再查！"

听到韩相发话后，梁成大自然不敢造次。如若果儿和余莲舟都没有嫌疑，那么吴英又是被谁毒死的？

宋慈也明白诸人的忧虑，于是轻声道："草民想去吊唁下吴小将军。"

宋慈与其说是去吊唁，不如说是去验尸，众人对此都心知肚明。作为未亡人的余莲舟也点了点头，韩侂胄想早点查清此案，也没有反对，吴闯等人犹豫片刻后也闪身让路。

177

这场大婚，一转眼就从喜事变丧事。吴英静静地躺在那里，眼睛一直睁着，带着太多的不舍和遗憾。余莲舟走了过去，这个男子她虽然不喜欢，但也不讨厌，她不想嫁给他，但也不想他不明不白地死去。

"你安心地去吧，我定会为你找到真凶！"说着余莲舟为吴英合上了双眼。

虽说吴英的尸身已然被人清洗，但是面部紫黑，口角嘴鼻还有血丝渗出，身体也渐渐有了青黑色，这些都是中毒的迹象。

这种毒不是宋慈以前见过的砒霜、虫毒或者金蚕蛊毒、野葛毒等等毒素，而是一种未知的毒物。

夏震看着迷惑不解的宋慈问道："看得出来是中了什么毒吗？"

宋慈摇了摇头，小声道："暂时还不知道，虽然过了一两个时辰，但是还可以闻到一股腥臭味，进而让整间屋子见不到蚊蝇，此毒着实厉害！"

"如何下的毒？"

"吴小将军身上的毒气从内向外而发，应当是毒从口入！"

韩侂胄看着宋慈，此子的推案本领他是领教过的，于是说道："宋慈，本相给你十二个时辰协助夏震、梁成大查明此案。若查出真相，你就将功抵过，不追究失礼之罪。若查不出，你就不用回太学了！"

"草民明白！"宋慈接着说道，"不过草民想向大人求一块令牌，可以让草民盘问府中所有人！"

"准了！"韩侂胄让兵士给了他一块令牌，又说道，"府内皇城司提点以下、殿前司公事以下以及机速房所有人你都可以调配，公主、夏大人、梁大人，可有异议？"

三者皆摇了摇头。

夏震叫人送来了一辆软垫轮椅，就连孔武和马永忠也放了出来，让宋慈指挥。事情安排妥当后，几位大人便在府中房间歇息等候。宋慈开始调查此案，皇城司、殿前司还有机速房都派人跟随宋慈左右。

宋慈再次来到麒麟堂，这是吴英中毒的地方。那房中浴盆中的洗澡水还没倒去，洗澡水用猫狗实验后并没有异样，吴英休憩的床上还有吐出的毒血。

宋慈推开了一旁的窗户，窗户外面是一座开阔的庭院。这里乃是三楼，离地七八米。若是有人从窗户外爬进来，断不能瞒过所有人的眼睛。院落里只有一些半人高的花草树木，没有藏身之处。

孔武将乌梢棒当成拐杖，踉踉跄跄走到宋慈身旁问道："该从何处查起？"

宋慈转身看着身旁两司一房的各位官差道："诸位大哥，能否帮在下查下吴小将军今日吃过什么菜，又喝过什么酒，见过什么人？"

"好！公子稍等！"一行人领命之后，就吩咐各自人手调查去了。

吴闯眼睛赤红，脸有忧伤，走到宋慈身边问道："宋公子，我等能干何事？"

宋慈盯着吴闯问道："你今日一直跟在吴小将军身边，能否将今日发生的事再说一遍！"

"所有的都说吗？"

"都说，不要有一丁点儿的遗漏！"

"好！"吴闯也是耿直之人，竟然从早上迎亲开始说起。宋慈耳听着那些喜庆事，心中却不是滋味。

当吴闯讲到吴英喝醒酒汤的时候，宋慈问道："等等，你对吴小将军说过此汤喝后有点儿犯困？"

"嗯！"吴闯笃定地点了点头。

"吴小将军知道后，不仅没拒绝，而且还支走了身旁所有人？"

"确实如此！"

"这？"宋慈心中叹了一声，心道："吴英是个好人，他心里已然有猜疑，却没有点破余莲舟的心思，甘愿受骗。如此深情，不是每个人都能做到的！"

宋慈回想着整件事，又对吴闯问道："吴小将军今日入口的每样东西你都试过毒？"

吴闯点头道："小的虽然愚钝，但是也知道少爷这场婚姻有很多人看着，不少歹人也不想这场婚事能成，故而每一样东西都替少爷尝过！可是少爷为何会……"吴闯说着，又忍不住落泪。

宋慈又盘问起吴英身边的家将，这些人多是临安或者川中人，无一不受吴家的恩惠，在吴英身边最起码有五年。他们都是两三人一起行动，互相监视，要动手脚几乎不可能。

"你们都彼此搜过身？"宋慈问了一句。

"是的！"吴闯回道，"我们彼此搜过身，就怕身上带着不该带的东西，殿前司的人不信任我们，也搜过我们一次，为次还差点儿动手。最后还是少主发声，让我们和殿前司的人彼此搜身后这才了事！"

"那毒药真的不会是你们身上带的？"

"宋公子,你这话是什么意思?"吴闯狠狠地看着宋慈,宋慈安抚道:"首先要排除你们的嫌疑,才能请你们做事!劳烦阁下帮我把人都叫来吧!"

不多时,皇城司、殿前司、机速房的人都来了,吴英今日婚宴用人,参照的是皇家的四司六局,四司指帐设司、厨司、茶酒司、台盘司,六局指果子局、蜜煎局、菜蔬局、油烛局、香药局、排办局。这前前后后和婚宴有关的人不下三百人。

这么多人,宋慈难以一一讯问,只是拎出和吴英入口食物有关的人等百来人,让两司一房的人前去排查。三炷香的光景过去了,事情却没有任何进展,宋慈准备再去拜访余莲舟。

第六节
开枝散叶汤

余莲舟似乎知道宋慈要来，一直在客堂里等他。待到宋慈坐定后，两人沉默了许久。余莲舟开口问道："他是不是知道那碗汤有问题？"

宋慈没有隐瞒，点头道："是的！"

"他是个好人！只是不该娶我，是我害了他！"余莲舟一直强自镇定的情绪起了变化，眼角有了泪水。

跟在宋慈身后的吴阊有些诧异，但立马明白了余莲舟话语里的意思。吴英若不是喝了那碗汤，歹人也不会这么容易下毒。

余莲舟轻拭眼角的泪痕，道："他今日对我说，会尊重我，不会逼我做任何不想做的事情。本以为是敷衍之语，没想到……"再次哽咽的余莲舟平复了心绪道："今日的事情我会事无巨细都告诉你！"

"好！"宋慈不知如何安慰余莲舟，只是在一旁静静地听着。

余莲舟说起了今日之事，说话的语气慢慢从一个局外人，变成了一个局内人。宋慈心中五味杂陈，他能体会到余莲舟内心的不甘、愤懑、惊讶和惋惜。哪个女子一天之中会经历如此多的巨变，从被迫出嫁，到要嫁之人暴毙，再到知晓名义上的夫君对自己情深义重。

"宋公子，若没有什么再问的，莲舟就回房去了。若还有疑问，可以问我的丫鬟果儿。"

宋慈抬头看着有些陌生的余莲舟，此刻的余莲舟似乎和当时一心拒婚的那个女子已截然不同。宋慈沉默了一会，说道："余状元让我带一句话。"

"爹爹让你说什么？"余莲舟脸上又有了一丝生气。

"余状元说，你想做什么就做什么，天塌下来有他顶着！"

听闻宋慈的转述，余莲舟再也压抑不住内心的情绪，眼角落泪道："爹爹早知道会有这个结局了吗？"

"也许没想到这么早就出现！"宋慈不想隐瞒道，"他担心的原本不是吴小将军！"

"我知道了！"余莲舟知道余复说的是吴家。

"你保重，我会查出真相的！"

"多谢宋公子！"余莲舟朝宋慈深深鞠了一躬。

宋慈离开了，今日即使在余莲舟拜堂成亲时他都没有感觉这么失落，但是接受了余莲舟一拜后，心中却空荡荡的，好像两人之间突然隔了一座无形的大山。待到宋慈刚走出房门时，余莲舟对身旁丫鬟说道："把孝服拿出来！"

宋慈走出了房门，拒绝了拐杖，跟跟跄跄地走着。

当小楼院门关上的一刹那，宋慈回过了身，看到了阁楼上一身素衣抬头远望的余莲舟，心中一片黯然。

努力平静了自己的心绪，宋慈又去拜访梁成大。梁成大是此次大婚的主婚使，由于时间紧迫，驸马府很多人手都是临时招募而来。佣人大多是与吴家交好的故旧送来的，婚宴的厨子则是请的城中三元楼、楼外楼、胜樊楼等大酒楼中最好的厨子。虽然人员成分驳杂，但是每一个人梁成大都派人审查过，加之殿前司又层层把关，层层设防，可以说做到了滴水不漏的地步。

"若是有人在食材上运毒进来，可能吗？"

梁成大回道："每道食材都会被机速房、殿前司、皇城司的人检查三次，重要的食材连吴家也会亲自过问，要想把毒物带进来，千难万难！"

宋慈又问了一些心中的疑虑，梁成大都知无不言言无不尽，甚至很多宋慈没问到的，他也说了。当宋慈问完所有事情走出梁成大房间之时，夏震早已等候他多时。

今日驸马府的安防乃是夏震的职责，整座驸马府人员出入都登记在册，表面上没有任何纰漏。

如今所有的人都盘问了，事情还是没有丝毫进展，孔武在一旁问道："当下该怎么办？"

"帮我把林太医请来！"

顷刻，太医林远来了，他看着宋慈问道："你怀疑老夫？"

"不敢，宋某只是想让太医帮个忙！"

"帮什么忙？"

宋慈正色问道："若是有人中毒，可以从脉象上查出吗？"

"当然可以！"林远不解地看着宋慈。

"那好，有劳太医了！"

宋慈转身看着孔武，让其把跟随在吴英身边的家将都叫了过来。这些人听闻要被摸脉后，一个个都瞪大了牛眼嗷嗷直叫，恨不得把宋慈抽筋剥皮，好在吴闯及时出面，安抚众人道："大伙跟在少爷身边多年了，若说咱们之中有贼子，我吴闯第一个不相信！可是咱们自己人都不查清白，怎能查别人？又怎能向川中的老爷交代？"

听了吴闯一席话，吴家家将终于安静下来，一个个安静地等着林远号脉。不多时除了吴闯外，其他人都查过了，皆没有发现异象。轮到吴闯被摸脉时，林远微微皱眉，吴闯的舌苔少，脉搏又细，加之额头冒着虚汗，面红耳赤，但这些都不是显著的中毒迹象。

宋慈在一旁问道："你可喝过壮阳的补药？"

"喝过！"吴闯点头道，"临安人成婚时，大多会在洞房前喝一碗开枝散叶汤。这汤送给少爷前，我喝过两口！可有问题？"

林远道："有没有问题马上就知道了！"说着和宋慈耳语了两句。

宋慈点了点头，转身让皇城司的人去找东西。

少顷，章勇递过来一本小册子，吴闯摊开一看，竟然是一幅春宫图，霎时间口干舌燥，全身燥热。宋慈又逼着他把整本春宫图都看完，就在此时，吴闯大叫了一声，鼻子里流出了黑血，眼角也微微有血丝。

林远拿出一颗准备好的安心静气的药丸给吴闯服用，又吩咐他出去冲下凉水清醒下。

宋慈弯着身子闻了闻吴闯方才流出的那几滴黑血道："有点儿腥臭，是毒！难道真是那碗开枝散叶汤的问题？"

"应当是了!"林远想了想又道,"怪了!若是这么下毒,剂量不够啊!"愣了一会,他恍然大悟道,"我明白了。"

宋慈想了想也猜到了其中的关窍,问道:"是不是此毒在人血脉偾张时最容易发作?也就是在洞房花烛时最容易要人性命?"

"确实如此!"林远应了一声。

宋慈有点儿佩服贼子的心机,如若一切真的像贼子料想的那样发展,那么吴英会在洞房圆房之时才会毒发身亡,假如那样,贼子早就走了。不仅如此,寻常的仵作也会认为吴英是马上风死的,根本不会联想到中毒。

为了验证自己的判断,宋慈又闻了闻这滴腥臭的血液,这气味和吴英口角流出黑血的气味十分相似。

"吴英体内的毒为何提前发作了?"

林远猜测道:"兴许是四时安神汤的原因,这汤的药物和毒物相冲,压制了毒药,当四时安神汤的药性快过去之时,毒性一下子冒出来了。这就如同大坝拦水,大坝虽然拦住了洪水,却会让水位越来越高,当大坝再也撑不住的时候,便决堤暴发了。不过我也只是猜测而已,若要印证是否如此,需要找出是何毒物才行。不过这毒物究竟是什么东西?竟然连老夫也猜不出!"

"有这可能,不过我总觉得不会这么巧!其中定还有我没想清楚的事情!"

听说案情有进展,夏震、梁成大甚至韩侂胄得到属下通禀都过来了。夏震走到宋慈面前问道:"确定吗?"

宋慈把掌握的线索又捋了一遍道:"如今看来,出问题的十有八九就是那碗开枝散叶汤!"

听完此话，夏震转身对身后兵士道："把后厨所有厨子以及传菜的侍者都带到麒麟堂中！"

韩侂胄看了看宋慈，暗自嘉许了几句，此子虽然不识时务，但是推案的本领还是有的，这才过了两个时辰，案子便有了突破。

夏震让殿前司的人首先拷问做开枝散叶汤的几位厨子，可是这几人纵使遭受皮肉之苦也咬牙不承认。看那神情，都不像装的。

宋慈不忍无辜人受苦，就把林远找来，让他给几人号脉。按规矩这些厨子做完药膳后，也会先尝几口，如若汤有毒，身体必有中毒的迹象。

过了片刻，林远摇了摇头，这些人没有一个人中毒。

"难道开枝散叶汤没毒？是自己想错了？"宋慈额头上不由冒出冷汗。

麒麟堂中所有人的目光都齐刷刷看着宋慈。宋慈又对吴闯问道："吴小将军喝过这汤没有？"

吴闯愣了下道："这碗汤和醒酒汤是前后脚送来的，我把汤端给少爷的时候，恰好韩大人也来了。当韩大人走后，我再去少爷房间的时候，那碗汤已然见底了。"

"吴小将军当时兴致如何？"

"少爷当时满脸喜色！"

"竟然没人看见吴英喝那碗汤？不过吴英和吴闯中的是同一种毒，这如何解释？他到底喝了没有？"

想到这里，宋慈再次问道："这碗汤是在'四时安神汤'之前还是之后送到的！"

堂中都是聪明人，立马想到若是之后送到，吴英知道了余莲舟的心意，兴许就不喝了。"

吴闯回道："之前送到的，那时候少爷心情还很好！"

"为何这几位厨子没事？难道是汤做好后再有人下毒不成？如若这样，那人很可能就在后厨之中！"宋慈再次扫视着满屋的厨子。忽然之间，他好像想到了什么。

为了验证心中的猜测，他找到了韩侂胄，躬身问道："韩相，我想问下十年前秦太医的事！"

"你问此事作甚？"韩侂胄不由动怒，正要训斥宋慈时，宋慈回道："那件事不问清楚，眼前就找不到真凶！"

"哦？"韩侂胄转念一想，想到了什么，回道，"你想问什么就问吧，老夫能说的都告诉你！"

盏茶时分后，宋慈验证了心中的猜测，他把孔武、马永忠、牛俊、章勇等人都找了过来，吩咐他们好好盯着这满屋的厨子和侍者，又让所有人安静，接着他走到夏震的身边道："大人，草民知道毒害吴小将军的人是谁了！"

夏震不解问道："是谁？"

宋慈全神贯注地看向跪在下面的所有人一字一顿道："那人就在轻吟阁中！"

听闻轻吟阁这三个字，所有人都是一愣，有些人还抬起头四下张望，就是章勇等人也诧异宋慈为何说凶手就在轻吟阁。

方才所有人的表现都被孔武、马永忠等人看在了眼里，宋慈问道："找到了吗？"

"找到了！"两人都点了点头，指着下面道，"这几个人有异常！"

188

不多时，五名方才听到轻吟阁三个字没有任何反应的人被拖了出来，其中有两人早就尿了裤子，询问了一番便放了出去。还有两人全身冷汗，脉搏狂跳，也不像是贼人。最后剩下了一个人，他异常地平静，却像个傻子，是三元楼的厨子，擅长做药膳。

三元楼的掌柜见到是自己的厨子出了问题，吓得双脚打颤。宋慈对掌柜问道："他是何人？何时来三元楼的？"

"回官爷的话，他叫荀志，一年前来的，虽然看起来有点儿木讷，可是做药膳的本领却不错。这次本来是让他做开枝散叶汤的，他却打死不愿意。真的是这个杀才干的歹事不成？"说着掌柜的站起身来，狠狠踢了荀志一脚。荀志胸口结结实实地挨了一脚，却一直傻笑，也不言语。

宋慈走到荀志身旁，问道："你是秦太医的弟子吗？"

荀志依旧看着宋慈傻乐。

秦太医？屋子里有些知道当年那件事的人醍醐灌顶。当年吴曦从蜀中被召来，一直监督修建吴太后的园陵以及光宗的陵寝，为了早日一展宏图，他投靠了韩侂胄，成了韩侂胄手中的一把刀。抄家秦家就是吴曦投靠韩侂胄后干的第一件事，那时秦家的男丁都被绑到刑场斩首，女眷则被充入了军妓营和教坊司。

兴许是想到这些女子都要去那种地方，抄家的兵士有些便来了兽性，当场就抓着秦府的女眷奸污。吴曦为了收买人心，对此事也睁一只眼闭一只眼。秦府的女眷受此屈辱，纷纷上吊，男丁拼命的也转眼死在刀下。那卫三吊死的树枝上就齐齐上吊了三名女子，其中包括秦家的主母，秦卿的母亲黎氏。

就因为当年冤死的人太多，秦家自此之后才成了"鬼宅"！在秦家后人的眼里，吴家确实是助纣为虐的凶手！

如若荀志是秦太医的弟子，恩师家如此抄家灭族的大恨确实可以让他痛下杀手。

宋慈继续道："你是何时回临安的？卫三也是你杀的吗？"

荀志呆呆一笑，道："要喝汤吗？我做的汤最好！"

"此时再装疯卖傻，已然晚了！"

宋慈找来了掌柜，掌柜说荀志由于汤做得好，每到旬日都会被轻吟阁请去做汤。

到了此时，宋慈对此人就是凶手的认定已有七八分，正迟疑怎么再次问话的时候，牛俊、章勇上前道："宋公子，此人一直装疯卖傻，不给点儿颜色是不会老实交代的，审问的事还是我等来！"

宋慈还想说什么，夏震却说道："那就让他们审吧！不伤及性命就可以！"

话音未落，荀志就被人拖走了。

"哎！"宋慈微微叹了一口气，转身离开了麒麟堂，果儿紧紧跟在了身后。

行了百来步，果儿对宋慈叩谢道："多谢宋公子为小姐洗刷冤屈！"

宋慈站定身形说道："如若吴小将军喝下了开枝散叶汤，那么此事就和四时安神汤无关了！"

果儿明白宋慈话中的意思，于是说道："我去和主子说，让她不必如此介怀！"

"多谢姑娘！"宋慈目送果儿远去，虽然抓住了荀志，也相信他就是凶手，但总觉得事情没有那么简单。

两炷香的光景后，牛俊找到了还在院里沉思的宋慈，说道："荀志这杀才骨头还挺硬，虽受刑却一直装傻充愣，若是他不肯招供，此事还是不能给吴家一个交代。"

"是夏大人让你来找我的？"

牛俊没有隐瞒，应了一声。

宋慈随牛俊又回到了麒麟堂，对夏震、梁成大两人说道："让他招供不难，不过我需要先和此人单独谈谈，此间不能有任何旁人在场！"

"宋慈，你这是何意？"梁成大不解地看着宋慈。

夏震打圆场道："就让他去吧，韩相交代过，只要荀志能开口就行！"

"希望如此吧！"梁成大也想此事快点儿有着落，便点了点头。

宋慈来到关押荀志的房间，看着荀志身上的道道血痕道："你去轻吟阁是去找她的？那瓶十年酿的蓝桥风月也是她给你的？"

绑在架子上的荀志虽然没有回话，但是身子微微动了一下。宋慈叹了一口气道："你和她的关系迟早会被查出来，此时再不招认，会害了她！"

听闻此话，荀志抬起了头，缓缓睁开了眼睛。

"当年那事过了十年，为何今日才复仇？是不是圣上北伐大赦天下，秦家没在赦免之列？"

荀志没有再傻笑，眼神恢复正常，直瞪瞪地看着宋慈。

宋慈叹了一口气道："我会照顾好秦卿的！"

"真的？"荀志冷笑道，"可是你的银子不是要给北伐兵士和两湖灾民吗？"

"你连这也知道？"

荀志又笑道："吴小贼给你的六千两银子，你为何不收下？"

宋慈沉默不语，若是手里有六千两银子，他定会为秦卿赎身，可是吴英的银子他却不能要。

荀志笑道："若是我，我会要，自己的颜面比不上小师妹的自由身！"

"你把此事的前因后果告诉我，若是与秦卿无关，我担保她没事。日后我若是有六千两银子，也定会为她赎身！你考虑清楚，若是再不开口，秦卿定会被押来问话，此案我做不了主，届时会发生什么事，没有人能知道！"

荀志闭上了眼睛，沉默了一会后，问道："你想知道什么？"

"所有的，从十三年前说起！"

"好！此事我若是不说，想必很多事情就再也没人能知道了！"

第七节
外门弟子

宋慈给荀志倒了一碗水，他喝了几口润了润喉咙后，终于说起了往事。

十多年前，他本是天目山中于悬崖峭壁间采药的游医，虽然医术不错，但是缺乏名师指点，只是站在了岐黄之术的门槛上。

就在此时他遇到一个采药时受伤的老人，随同老人一同来的还有他的小女儿。荀志救治了老者，这才知道他就是当时的太医令秦济世，来天目山是为了找一味罕见的药材竹节人参，至于小女儿则名叫秦卿，是随爹爹到天目山中散心的。

荀志熟知草药，又会攀岩走壁的功夫，所以便自告奋勇帮秦济世采药。就这样，经过一番努力，荀志终于在山崖上采到了秦济世需要的药材。

秦济世见荀志人品不错，又懂医理，就将之收为徒弟，传其医术。临走之时，又想把他带回临安城，准备日后也让其当一名御医。

不承想，荀志听闻要当御医却摇了摇头，他的心愿是为百姓看病，若是当御医就只能为权贵看病了。

秦济世听闻此话，不怒反喜，称赞荀志有医者仁心，留下了医书给他，并在夏初、秋末两个时节都会来天目山一趟，一边采药一边教导荀志。

这一年夏初，秦济世在山中却等不到恩师的到来，便下了山去了临安城。到那儿一打听，才知道秦济世致仕了，不过却不能离开临安城，只能在城中隐居。秦济世好不容易打探到恩师的住所，还没等进院子看望恩师，就被护院的赶出来，他们还说秦济世说过，没有荀志这样一个弟子，以前没有，当下没有，之后更没有。

荀志不解恩师为何会如此绝情，跪在了秦家门前，这当中很多莫名其妙的人还过来盘问过他，可是护院的却说像他这样的无赖很多，每年都有七八个，都是想拜在秦济世门下，不如愿就撒泼的无赖。

一连跪拜了三日后，荀志终于晕倒，再醒来的时候已在一间客栈中，他的床外有一人背身而立，看身形正是翘首以盼的恩师秦济世。

还没等荀志开口，秦济世便说道："什么都不要问，问了就有杀身之祸，你只要记住一点——你从来都不是我的弟子，就可以了！"

荀志不甘心，只是痛哭。秦济世叹了一口气道："也许只有你能让秦家留下一点儿血脉了，不过此事却有巨大的风险！"

荀志毫不犹豫磕头，说愿意帮助恩师。秦济世思索了一会后，给荀志留下了一张当票，并说日后若是秦家遇到了巨大的灾难，就拿当票去长生铺拿回某样东西，然后将这东西交给当朝驸马余复。若是能救下秦卿，他就能含笑九泉了。

听到这里,宋慈诧异道:"你是说要去找余状元?"

荀志看了看左右,点了点头道:"老师还说,余状元无论问什么,都要知无不言言无不尽!"

"那接下来发生了什么事情?"

荀志叹了一口气,又说了下去。那件事后,秦济世让荀志再也不要来联系自己,也不要对人说是他的弟子,若有人问起在秦府门前跪拜的事,就说自己是攀附富贵,两人之间没有任何关系。

荀志虽然不知道为什么,还是这么做了,又回到了天目山中,他靠着天赋和努力,以及秦济世留下的医书,成了远近闻名的名医。

也就在此时,秦济世被关在太皇太后府的消息传来了,秦家的血亲和弟子也被抓了,荀志至此才明白恩师一直不认他就是为了保护他。

荀志马不停蹄到了临安,他想到师父的嘱托,便拿着当票去长生库。长生库皆是依附寺庙而开,秦济世所选的这家长生库也是如此,它依托的是城中的一座小道庙。拿到当票后,那掌柜的看了当票一眼,诧异地看了看荀志,在荀志反复催付下,掌柜的才把所典当的东西拿来,那是一个普通的木盒子,上了锁。

荀志不敢住客栈,只是找了城外一座破败的庙宇,他打开木盒,里面是一个巧夺天工的机关盒。荀志想尽法子也找不到破解机关盒的方法。万般无奈之下,他准备在破庙将就一晚,翌日就带着机关盒去找余复。

谁知半夜里,他闻到了一股奇怪的味道,接着便昏睡了过去,好在他一直采药,抗药性强,没有多久就醒来了,不过脑袋却嗡嗡的,包袱里的机关盒也不知所踪。荀志一时间面如死灰,根本想不到歹人是怎么跟随来的。

　　他又找寻了许久，最后只好硬着头皮去找余复。余复听闻此事大惊，问了问机关盒的模样，便猜到这是皇家工匠雷家所造的东西，若是想强行打开，里面的东西也会自毁。秦济世对雷家有恩，救过雷家家主，他拜托雷家造此东西，应当也是水到渠成。

　　余复带人同荀志去了那个长生库，这个小庙已然人去楼空。后来得知，这个小庙早被遁一观吞并，而遁一观则是当时天师赖省干的庙宇。余复猜测，估计是当票上有秦济世的笔迹，虽然是假名，但还是被人识破。歹人知道错失了东西后，就连夜找到了荀志，并偷回了他手中的东西。

　　余复让荀志等消息，他会尽力帮秦家，不过当务之急是找到那机关盒。就在荀志等待的时候，秦家被抄家的消息传来了，吴曦放纵手下侮辱妇孺的消息，更让荀志痛不欲生。秦家男丁皆死，女眷上吊了大半，就连秦卿也不知所踪。

　　荀志花光了所有的积蓄前去调查，先去了军妓营，却发觉她不在那里。接着又去了教坊司，找到了秦卿。荀志是知道小师妹年岁的，和小师妹见面后，终于知道了其中的缘由。

　　听到这里，宋慈说道："去军妓营后生不如死，到了教坊司不到年龄不会接客，只是学习一些歌舞技艺。老太医应该预料到此事，所以一直不给秦姑娘插上金钗。"

　　"是的！"荀志哀叹一声道，"小师妹改小了一岁，就可以多几年光景的缓冲，只可惜我荀某无能，用了几年的工夫依旧不能将小师妹拉出火坑，如今更让她成了清倌人！"

　　"当年你找秦姑娘问了什么话？"

荀志继续说道:"小师妹虽然躲过了歹人的凌辱,但是已呈现出死志。我让她别死,说她死后秦家就无人复仇了。"

"你问了机关盒吗?"

"问了!不过小师妹对此却毫不知情。对怎么开机关盒更是一无所知!"

"你继续说说接下来的事情吧!"

荀志定了定心神,又说了下去,接下来的日子,大事接连发生,先是赖省干事败,遁一观被查抄,接着齐安公主薨,太上皇光宗驾崩。

余复辞官离京之前还见过荀志一面,表达了愧疚之意,说自己救不了秦家,并让他快些离开,他的身份已经被人知道了。

君子报仇,十年不晚。不久后,官府悬赏捉拿秦家逃跑的弟子和亲朋的告示就贴在了城门四处,好在见过荀志的人不多,画像和他并不相像。荀志偷偷出了城,接着浪迹天涯,以采药为生。

听到这里,宋慈问道:"荀志不是你的本名吧?"

荀志苦笑道:"不用那海捕文书的名字已然十多年了!"

"最近为何又来了临安?"

"官家北伐,大赦天下,秦家却不被赦免!这十多年,我一直在想恩师究竟犯了什么错,能让那些人痛下杀手?加之那件事如今也淡了,见过我的模样的人不多,便易容回到了临安城,打探小师妹的下落!"

宋慈接话道:"于是你找到了秦卿?"

"嗯!"荀志面露苦色道,"小师妹在教坊司学了几年的舞艺和琴艺,然后被卖到了轻吟阁,成了清倌人。宋慈,你知道小师妹过得多痛苦吗？她本该是世家闺秀，如今却每天强颜卖笑！"顿了一会，静了静心神，荀志又道："为了和小师妹多接触，又不引人怀疑，我便应聘做了三元楼的药膳厨子，又接手旬日到轻吟阁做药膳的活，做这些无非也是为了多见见小师妹罢了！"

"你是什么时候对吴英起杀心的？"

"就在听闻吴英要当驸马的时候！"荀志笑道，"多么可笑，恩师一生坦荡，医人无数，却落得这般下场，那姓吴的放纵属下干出丧尽天良的事，子女却要永享富贵，还要当驸马！天理何在！"

"可是余提点是余状元的女儿！"

"所以我没要她的性命，只是杀了吴英罢了！"

"真是你下的毒？"宋慈苦涩地摇了摇头，心道："荀志此人也有一番胆色，只是选错了报仇的方法。"

"不下毒怎么杀他？他已成当朝驸马，他的爹爹手握重兵！"

"驸马府看守这么森严，你孤身一人，势单力薄，怎么下手的？"

荀志脸上露出一丝得意之色道："兴许是上天助我，当我想报仇的时候，机会就来了。吴英这场婚事办得仓促，便请了城内各大酒楼的厨子前去帮厨，我也在其中，后来我打探到吴英必定会喝开枝散叶汤，便想到了一个法子。"

"什么法子？"

"驸马府查得十分严密，根本带不进任何毒药，不过他们却忽略了一点。"

"食材？"

"对，就是食材，后厨需要鳝鱼，恰好我在院子里池塘中看到了一尾望月鳝！"

"望月鳝？"宋慈似有所悟。

荀志接话道："这种鳝鱼比较罕见，喜食腐尸，身子较为粗壮，与一般鳝鱼在外表上没有明显的差别，只是每到月圆之时，望月鳝就会游出洞穴，抬头望月，一直到月落。此鳝奇毒无比，尤其是鳝血，不过微量的鳝肉也有起阳助兴的作用，让人血脉偾张。"

宋慈感叹道："没想到驸马府中会有这样的奇物！"

"所以是上天助我！"荀志道，"我抓住了这条鳝鱼，偷偷藏了起来。今天后厨要炖开枝散叶汤，其中就需要鳝鱼片，于是我找了个机会，汤做好后，在里面放了一块有毒的鳝片。本来按照剂量，吴家那小子也只会在颠鸾倒凤的时候一命呜呼，没想到会突然死了。"

宋慈疑问道："四时安神汤能让毒素提前发作吗？"

"君臣佐使，这四时安神汤能做药引？没想到啊，若是有法子真想验证一下！"荀志说起了做药，又换了一番模样，忍不住手舞足蹈。

"若你只是个医者，该有多好！"

荀志兴奋的神情黯淡了下来，说道："没有恩师，我窥探不到岐黄之道的精髓，做此事我不后悔！不过这样也好！吴家那小子进洞房前就见了阎王。报应，这就是报应！这也算报答了余状元的恩情！"

宋慈回忆着荀志说过的每一句话，他相信此人应当没有说谎，但是总觉得遗漏了什么。

"是你杀了卫三吗？秦府忌日，你去秦府拜祭，恰巧碰见卫三，为了不让身份暴露，所以你杀了他？你采药攀岩多年，所以翻上树干吊死卫三并不是难事！"

荀志声音弱了下来道："我本不想杀他！"

宋慈还想问问细节，就在此时，牢房的门被推开，皇城司、殿前司、机速房两司一房的人走了进来，牛俊上前一步问道："宋公子，荀志招了吧？韩相在麒麟堂一直等着回话。"

宋慈看了看荀志，没有说话。

荀志却无所谓道："能让吴家那小子陪我去地府，我这条性命也算是值了！宋公子不要忘记你的承诺，帮我照顾她！若不然我做鬼也不会放过你的，若有银子，你要替她赎身！"

"这件事她一点儿都不知晓？"

荀志摇摇头道："小师妹这样一个纯净的人，不该被这些事情污了耳目！"

"好，受人之托，忠人之事，她的事你放心！我定会竭尽所能帮她！"

宋慈本想留下来随同殿前司、皇城司以及机速房的人审案，但是却被两司一房的人礼貌地请了出去。

出了院落，宋慈伫立在庭院之中，久久不愿离开，孔武站在他身边问道："还在等什么？"

"在等扎口词，此事远没有看上去那么简单！"

审问十分顺利，荀志没做任何挣扎，把自己所做的事情都招了。宋慈本想翻阅荀志的扎口词，却被两司一房的人婉言谢绝。

抓到真凶了！困在驸马府上的大小官员都松了一口气，翘首以盼等着殿前司打开驸马府的大门。听到这个消息，宋慈大惊，荀志这么轻松地毒杀了吴英,这事太顺利了,或许他还有言犹未尽之处,此刻万万不能打开大门。想到此点,宋慈立即求见了夏震。

坐在房中的夏震心情不错,喝了一口茶对宋慈说道:"你做得不错,此番将功补过,欠下的板子就不用打了,你可以走了!"

"夏大人,草民斗胆想看看苟志的扎口词!"

夏震把扎口词丢给了宋慈道:"你自己看看吧!这里面可有什么错漏?"

宋慈仔仔细细看了几遍,双手送还给夏震道:"应当没有,有些内容比苟志告诉我的还详细!"

听到宋慈这么说,夏震松了一口气,道:"那就好,那就打开……"

夏震刚想下令,宋慈却急忙阻止道:"大人!还不能打开驸马府,此案还有蹊跷之处,此时若放人可能会放走真正的贼子!"

"真正的贼子?宋慈!"夏震突然怒道,"你知道当朝有多少文臣武将困在驸马府中?"

"草民不知!"宋慈摇了摇头。

"老夫告诉你,中书、枢密、三司、六曹、二十四司中三品官衔以上官员共计十五人、五品官衔以上共计四十三人,其他官衔者不计其数!你要困他们到何时?难道让陛下也不能上朝?各衙门都闭门谢客不成?你可知就连韩相也说可以放人了!"

"草民不敢,可是此时放人,也许会让真正的贼人借机逃走!"

"宋慈我再问你,苟志可亲口承认他下毒杀人?"

"他是下了毒,可是不一定杀了人!"

"吴小将军可是中了望月鳝毒？荀志可是下了望月鳝毒？秦家和吴家可是有深仇大恨？荀志下毒可是被人所逼？"

"虽然如此，此案还有很多不解之处，吴小将军为何会提前七窍流血身亡？"

"宋慈，无数双眼睛在盯着这桩案子，韩相和圣上正等着回复。这案子最多只是有些瑕疵，你明白吗？"

吴英身亡，夏震本就失职，此番迅速破案，也算将功补过。宋慈竟然节外生枝，这让夏震如何不生气？

"可是真相……"宋慈还想说什么，夏震对左右道："来人啊，把此子轰出驸马府！"

"大人，不能草草结案！"

"竖子，不足与谋！"夏震转过了身，原本还对这名后生青眼有加，没想到却如此不识抬举。

"宋公子，得罪了！"几名殿前司的虞候把宋慈送了出去。

第八节
真相迷离

  一行人等把宋慈三人赶出了驸马府,有虞候还不放心,径直把宋慈押回了斗斋并进行看守,直到数日后才离开。

  等监视的虞候终于撤去,宋慈出了门,他看着黑压压的天空,知道一切已经尘埃落定。他本以为夏震是和叶适、华岳一样的锦绣人物,没想到涉及自身地位和安危时,却明哲保身、装聋作哑。

  宋慈又一次来到驸马府,告诉了余莲舟他从荀志那儿打探出的消息,余莲舟听到后点了点头道:"多谢宋公子了!莲舟乃是未亡人,不方便留公子在此停留!"

  宋慈苦涩地笑了笑,余莲舟好像变了,这偌大的临安城变得如此冰冷和陌生。

  回到斗斋时,庭院里出现了一道熟悉的身影。宋慈揉了揉眼睛,并不是自己眼花,虽然眼前这人多了几分沧桑,但正是斗斋的斋长华岳。

  "华大哥!"宋慈开怀道,"你出来了?"

  "回来了!"华岳心事重重地看了看南斗房又道,"我马上就要走了,真州、扬州已被金人攻占,叶大人以参谋军事一职整合溃兵固守建康。"

"金人打到长江边了？"宋慈虽然早知道了这个消息，但是确认之后身子还是退了几步，没想到北边的攻势如此迅猛，如果金人渡过长江就能攻陷建康府，届时到临安就是数日的路程，整个大宋已经到了生死存亡的时刻。

华岳继续道："圣上让叶大人领了建康知府一职并兼任淮南东路观察使，统领江南军事。叶大人在韩相那儿点了我的将，把我从建宁大牢中要了出来。这次来斗斋，就是为了见一见你们，待会我就要走了。"

孔武、马永忠也从各自房中走出，抱拳说道："我等愿随华大哥一同投军，以我热血，保我山河！"

"其志可嘉，但是不必！"华岳摇头道，"临安城内暗流涌动，金人细作横行，吴曦之子又死得蹊跷，你们如若能让临安城安稳，那就胜过百万雄兵。"

"可是……"孔武叹了一口气道，"叶大人虽然严厉，但好歹是个好官。他走后，这临安县衙不知要来什么人，干下去还有啥意思？"

"这点叶大人自有安排！我走了，你们保重！"华岳转身走出了院门。

宋慈冲着他的背影说道："华大哥，保重！"

华岳翻身上马扬了扬马鞭道："华某此生就是为了保家卫国！若是我和叶大人在北边败了，宋慈你也得拿起弓箭，捍卫临安！"

"宋慈自当如此，马革裹尸，不负少年！"

骏马撩起马蹄绝尘而去，只留下华岳义无反顾的身影。曾经最反对此时北伐的叶适和华岳，此时却站在了抗金的最前线。

"叶大人和华大哥能挡住金人吗？"马永忠有点儿疑惑。

"除非金人跨过他们的尸体！若是金人打到临安，我宋慈虽是文弱书生，也当奋勇杀敌！"

当华岳离开后，斗斋又来了两名访客，这两人宋慈在监牢中见过，乃是余复的两名弟子。他们是兄弟，哥哥名叫李好古，弟弟名叫李好义。

宋慈急忙把两人迎回了斗斋，兄弟俩交给了他一封信说道："这是恩师让我们给你的！"

宋慈拆开信封，信纸上只有两个大字："蠢材！"

孔武憋不住笑出声来，宋慈常以聪明人自居，如今被人骂蠢材，让他如何不开怀？

李好古开口道："师父说如果宋公子看信后沉默无声，就让我们再说几句话！"

"什么话？"宋慈转身不解地看着哥俩。

李好古继续道："师父说宋公子眼界太窄，只盯着私仇，兴许还会错怪好人。如若还是如此糊涂，不如退了太学，以免日后为官，害了百姓！"

宋慈听闻此话不怒反喜，忽然间想明白了什么，对着院墙外拱手道："晚生多谢余状元提醒！"

李好古又道："恩师还说，如若宋公子想明白什么了，就可以拿着他另一封手书再去公主府，若是宋公子一个人去定会被赶出来的。"

宋慈身上寒毛耸立，如果说叶适是个老怪物的话，那余复就是个老狐狸，他甚至能看明白许多宋慈还没想到的事情。

一行人等再次来到驸马府，牛俊守在门前正要拒绝，李好古却走了上前把余复的手书递了过去，不多时，牛俊再次回来道："宋公子请，余提点说身体不适，就不陪伴公子了，有什么吩咐，你使唤我就可以了！"

"牛大哥说笑了，我想再去一下麒麟堂！"

"好！"公子这边请。

到了麒麟堂中，这里已经空空荡荡。宋慈不解地问道："吴家的人已经走了？"

"走了！"牛俊回道，"吴老将军快马回信，要让小将军的尸骸回益州路老家安葬。"

"余提点没跟着去？"宋慈有些惊讶。

牛俊苦笑道："没有，吴家本来要公主去，圣上却不愿意！"

宋慈明白，这是宁宗和吴曦之间的博弈，宁宗不愿余莲舟成为吴曦手上的棋子，即使这个公主是刚封的。

牛俊和宋慈是旧识，此时看了看左右，见到没有不相关的人，便低声道："韩相向圣上提议，让提点改嫁给吴英的弟弟吴雄！"

"欺人太甚！"宋慈忍不住怒骂道，"在他们眼里余提点就如同货物一般送来送去吗？"

"哎！"牛俊叹了一口气道，"吴家家将吴闯护着吴小将军的遗骸已经走了三天了，据传吴小将军安葬之日，就是苟志要行刑之时。"

"苟志也许不是凶手！"宋慈走进了吴英当日休息的房中，又推开了窗户，眼前就是一个花园，种着几十株月季。

牛俊不解问道:"宋公子为何如此说?"

"这个院子你们查过吗?"

"案发那天就查过了!没有任何异象!"

宋慈转身下楼,想去院子里看一看,皇城司干办章勇上了楼,手中的提篮里还有一具猫尸。

"这是?"宋慈疑惑地看了看章勇。

章勇回道:"提点让我查的。这只猫经常在院子里出没,不过有几日没见到踪影了。方才我在院外草丛中找到了它的尸体,死了有几天了,但尸体一直没被虫蚁啃噬!"

宋慈看了看猫身,眼角嘴角也有乌血的痕迹,猫尸上也有一股熟悉的味道,应当就是望月鳝毒!

霎时间,宋慈一身冷汗,再次站到房间窗口前道:"两位干办大哥,你们可记得吴闯当日是怎么说的?"

牛俊回道:"吴闯说他把开枝散叶汤端给了吴小将军,可是当时韩相来了,便走了。再回来时开枝散叶汤的汤碗已经干了!"

"就是没人见到吴英喝那碗汤。"宋慈嘴角露出了苦笑,缓缓道,"吴英确实对提点很好!他是不是对提点说过,不会勉强她做任何事?"

牛俊、章勇点了点头道:"是,吴小将军事事都顺着提点。"

不远处的小楼有一道孤独的身影临窗眺望远方。宋慈身子微微发抖,吴英的深情也许超过了宋慈的想象,余莲舟初始时还把这场婚事当成交易,如今却真真切切当起了未亡人。

马永忠想明白了什么,插话道:"宋慈,你的意思是吴英没喝那碗汤?而是泼到了庭院中,结果被野猫吃了?"

"应当如此了！"宋慈叹了一口气道，"吴小将军应当明白余提点的心思，所以不想喝这碗汤。又不想此事被人识破，所以便趁无人的时候把这碗汤洒在了庭院中。"

"可是如果吴英没喝这碗汤？那他又怎么会中了望月鳝之毒？"

"自始至终，苟志都是被找来的一个替死鬼！"宋慈苦笑了下。

孔武摸摸后脑勺道："这到底是怎么一回事？"

"如果我所料不差的话，所有的事情都要从卫三案说起。"

"那起案子和这起案子有什么关联？"

"一直以来，我认为那是一人犯案，如今看来杀卫三的至少有两人！"

"为什么这么说？"孔武不解问道。

"苟志虽然善攀爬，但终不是练武之人，他要杀卫三太难。再则那祭品堆中怎会有一瓶蓝桥风月？"

"你的意思是说苟志还有同伙？"

"是，我问苟志话时，他只说过本不想杀人，并没有承认杀人！想必是苟志祭拜秦家时被卫三发现，苟志不想杀人，但是同伙却杀了卫三。此时恰好惊动了青皮，他们便匆匆掩埋好祭祀处，那瓶蓝桥风月也是同伙丢下的！想必是同伙不知道此酒和吴皇后以及秦家的关系，所以随手当成祭祀用的酒壶丢了下来！"

"那为什么苟志从来没有提起此人？"马永忠不解道。

宋慈叹了一口气道："十年酿的蓝桥风月，如今只有轻吟阁才有，那人定是认识秦姑娘。无论苟志是怕那人伤害秦姑娘也好，还是那人答应苟志照顾秦姑娘也罢，总之苟志为了秦姑娘，都不愿说出此人的存在！"

"荀志的同伙也参与毒杀吴英吗？"

"这个，我还不太清楚！"宋慈思索道，"荀志想复仇，三元楼的厨子恰好就能去婚宴帮厨，天下间哪里有这样的巧事？"

牛俊和章勇神色严峻，让三元楼的厨子去婚宴，这不是什么人都可以做到的。

宋慈继续道："进了驸马府的荀志一直在那些人的眼皮底下做事，荀志没有毒药，他们就帮他弄到。若不然这驸马府的池塘怎么恰好有望月鳝出现？又恰巧被他看到？荀志抓住望月鳝，又偷偷养起来，还能成功下毒，这当中只要有一个环节出现差错，就成不了事。"

牛俊不安道："你的意思是，有很多人在暗中帮荀志？驸马府中有吴家的人、皇城司的人、殿前司的人、宗正寺的人、机速房的人，还有外面找来的人，这些人中到底是谁在捣鬼？也就是说驸马府中还有奸细？"

孔武看着宋慈道："吴英最后为何还是中了望月鳝的毒？这怎么解释？"

宋慈推测道："你们还记得吗？吴小将军在这屋子被人发现时只是昏迷不醒，没有中毒，最后突然毒发身亡！"

"你的意思是？"牛俊看着宋慈。

宋慈在房间走了几步，道："歹人一直等着吴小将军毒发身亡，可是他们再见到吴小将军时，却发觉他只喝了四时安神汤，根本没喝开枝散叶汤，于是便在殿前司的人离开时，一不做二不休给昏迷中的吴英下了毒！"

这样石破天惊的推断，让牛俊和章勇面面相觑。

宋慈想了想又道："吴英突然毒发，又七窍流血而亡，这毒下得很猛烈。我粗通药理，这样的毒性用膳肉是不成的，必须用鳝血才行！鳝血丸和鳝肉的毒性相差太大，鳝肉之毒会让人情欲高昂时身死，鳝血丸却立刻会让人死于非命！不过两者中毒后的表象十分接近。"

牛俊不解道："如果下毒的另有其人，那会是谁？当时吴小将军出事时，很多人都来过这间屋子！"

宋慈沉思了一会道："吴英昏迷不醒时，夏震带着人来了小楼找余提点，那时候守在吴小将军身边的人是谁？"

"是吴家的家将、宗正寺的人以及机速房的人！"

如今这件案子已经越来越复杂，荀志只是摆在明面上的棋子，背后不知藏着多少人，这件事要查清楚，就要闹翻天。

章勇明白宋慈的意思，说道："一直守在吴英身边的，都是他的家将，可是那些人已经走了。"

几人推测案情的时候，干办谭峰进了驸马府，见过余莲舟后又径直来到麒麟堂。牛俊和章勇连忙问道："发生什么事了？"

谭峰正色道："吴闯死了！"

屋中之人齐齐看着他，问道："怎么死的？"

"吴家子弟护着吴英的灵柩过太湖时，吴闯突然号啕大哭，他跪在吴英棺椁前说没有做好护卫之责，辜负吴曦的救命之恩，磕完三个响头后，便投湖自尽。吴家另一名家将吴猛也一同自杀殉主！"

"吴闯的尸首找到了吗？吴家的人呢？"

"已经找到了。吴家护着吴英的尸首继续回川，说是怕金人突然渡江！"

宋慈猜测道："这毒十有八九就是吴闯和吴猛下的。"

章勇疑惑道："这两人作为吴家的家将已经近十年了，为何突然背主？"

谭峰回道："提点让我查了，吴闯本名廖闯，他和他弟弟廖勇乃是青皮，十几年前在临安城里打架出了人命案，后被吴曦所救！"

"还有吴猛也是那时进入吴家的。"牛俊回道。

"吴闯为人如何？是个孝子吗？"

谭峰接话道："吴闯虽然惹是生非，但确实是个孝子。还有人传闻当时伤人性命的不是他而是他的弟弟廖勇，他是为他弟弟顶罪！"

宋慈叹道："吴闯的弟弟如今娶妻生子，又侍奉双亲。如果有人以他弟弟和父母的安危作为威胁，你们说他会不会给吴英下毒？"

孔武接话道："吴闯自杀，是因为觉得有负吴家的恩情？可是他们身上哪里来的鳝血毒丸？不是说都互相搜过身吗？"

宋慈苦笑道："毒丸怎么来的，确实是个谜！那些人知道这件事瞒不了多久，所以吴闯必须死。吴闯若是自己死了，他的弟弟和父母还能保全性命。所以他不得不自杀！吴猛也应当是如此。"

"背后到底是什么人？竟然有这么大的能量？"

宋慈苦笑道："余复大人说我眼界太低，确实一语中的。这最希望吴英死的人就是金人，只要吴英一死，吴曦出兵大散关一事就会有变数。没有川中的牵制，金人在两淮和两湖就能无所顾忌！"

"宋公子的意思是幕后黑手是赖省干？"

211

"肯定有他的谋划！不过这布局仅仅靠他的力量还远远不够。即使是他通过《玄字书》或者其他方式控制住了吴闯和吴猛。"

宋慈的意思很清楚，能让苟志这么轻松进入驸马府又轻松下毒的人定然和官府有牵连。

谭峰叹了一口气道："其实提点也是这么想的！只不过吴闯和吴猛又死了，我们没有任何的证据！"

"还有苟志，必须先救下苟志！"宋慈急切道，"我要见提点，只有提点可以让苟志暂且不死！"

谭峰面露苦色道："苟志一个时辰前死了！"

"死了？"宋慈身子微微晃了晃。

"死了，据传是畏罪吊死于大牢！"

"哈——哈——"宋慈苦笑道，"好手段！好手段！这苍天之下就没有王法了吗？我要告御状！定不能让这些人枉死！"

"宋公子要怎么把状纸递上去？"

"我找叶大人！不，此时不能麻烦他。找夏大人，算了……"宋慈一时之间有如泥塑。

"宋公子！"谭峰拱手道，"来此地前提点给了我一面令牌，说可以凭此令牌见到肖公公。"

宋慈走到了窗前，看着听涛水榭的方向，想必那个阁楼中的人也猜到了真相。

片刻后宋慈回过了身，道："谭大人稍候，我写一张状纸，劳烦你交给肖公公。如今也只有肖公公可以把状纸呈给圣上了！"

"好！"谭峰叫人送来了笔墨纸砚。

三炷香的光景后，宋慈离开了驸马府。那小楼中的人自始至终都没有出现。宋慈走出大门的一刹那，再度回过了身，然而扑面而来的却是阵阵冷风。

章勇送宋慈上了马车，低声尴尬地说了一句："宋公子，提点的意思是，以后就不要来这里了！"

宋慈唇角微微动了动，他知道吴英终究是因为那碗醒酒汤而死的，吴英若不是喝了那碗汤就不会昏睡，也就不会被歹人下毒。总而言之，这件事已经成了余莲舟的心结。更让余莲舟不能释怀的是吴英之所以喝醒酒汤，只是因为不想让余莲舟难堪。这就正如他不想喝开枝散叶汤的缘由一样，都是尊重余莲舟。自始至终，吴英对余莲舟都是一片深情。

宋慈知道余莲舟已经走进了自己设置的心牢，这牢房也只有她自己才能走出。沉默了一会后，他点了点头道："好！你转告余提点，希望她一切安好，若有需要，宋慈定会回来！"

公主府关上了大门，宋慈上了马车，静静地坐在马车中，他怨恨自己的懦弱和胆怯，有些人一旦错过，再难挽回。

李好古看着宋慈，说道："师父说山河已危，个人的小情小爱都要放到一旁！"

宋慈长叹了一口气道："余大人教训得是！"

几日后，黄昏酉时。

一所僻静庭院的小湖中，一位青衣老人在湖畔垂钓，不远处仇彦等人持刀守卫。须臾，又有不透风的马车驶来，一位身着黑衣戴着斗笠的男子下了马车，他接过仆人递来的钓竿，在青衣老人身旁不远处寻了个位置抛下了鱼钩。

两边的仆人都各自散开，在五十步外隐蔽。

黑衣人提了提手中的鱼竿道："投名状有了，赖大人该相信在下和谈的诚意了！"

"梁成大一早就是你的人了？"

"多年郁郁不得志的人不难掌控！"

"韩侂胄势大，你和那女人能主导朝局吗？"

"当年姓韩的能胜了你和赵大人，是因为吴太后。如今他北伐失利，又折损了吴曦这一助力。今时已经不同于往日了！"

水中的鱼线动了动，赖省干提了提鱼竿，拎起一只肥硕的金黄鲤鱼道："鱼上钩了。叶适稳住了建康局面，加之有华岳相助，已经三战三捷。韩侂胄的位置又稳了。据说宋人皇帝准备让吴曦的二儿子进京？"

"吃了一次亏，吴曦是嫌他儿子多吗？"黑衣人从怀中摸出一张状纸道，"这张状纸是抄录的，宋慈那小子胆子不小，看得也挺清楚。"

赖省干接过状纸看了看道："年纪轻轻，就有如此才能，了不得！"

"此子不除，必成大患！"

"当下还不用动他，宋慈神探之名已传到川西四路。此子名声越大，对我们越有利。"

黑衣人微微一笑道："荀志是宋慈找到的，所以他就是凶手，此人是凶手对我们最为有利。朝廷保护吴英不周，吴家必有怨言，不会出兵大散关了。只要他不出兵，归根到底就会是和谈之局！"

"不要小看叶适、毕再遇和华岳！再则，扳不倒韩侂胄，你们始终不能和大金和谈！"赖省干把钓到的鲤鱼又丢到了水中。

黑衣人撒了一把鱼饵，缓缓道："压倒韩侂胄只差最后一根稻草！赖大人钓的是鲻鱼？"

赖省干冷言道："不过首先要找到这根稻草。"

"会有的！"黑衣人说完转身上了马车，在护卫守护下消失于暮色之中。仇彦走到赖省干身边道："大人，那些事都处理干净了！"

"干得不错！"赖省干点了点头，道："当日有没有人留意到你？"

"没有！"仇彦摇头道，"当日宾客众多，眼睛都盯在别人身上，我扮成宗正寺小厮，跟在梁成大身旁。夏震带殿前司的人去小楼的时候，我在梁成大的掩护下从窗户中进入了麒麟堂。那时正是吴闯和吴猛看护吴英，我将鳝血丸拿出，让这两人给吴英喂下，只不过这两人打死不肯。此时事态紧急，我便亲自给吴英喂药了。"

"好！"赖省干点头道，"这两人知道内情是必须死的！天下人都以为吴英是被荀志毒死的，那些所谓的知情人都以为吴英是被吴闯和吴猛毒死的，却无人知道真正杀他的是你仇彦！"

"吴英这人在傀儡楼中坏我好事，早该死了！"

"你在秦家老宅掉了一个酒壶？十年酿的蓝桥风月？"

仇彦心中一惊道："是属下疏忽，请大人处罚！"

"罢了！看住轻吟阁的那个女子，她身上藏着大秘密！"

"好！"仇彦应了一声。

"还有！"赖省干道，"你是干大事的人，千万不能动儿女私情！"

"属下知道了。"

说话之间，赖省干提笔在宋慈的状纸上画了几笔道："派人去川中，除了我画的那些段落外，把其他的消息都放出去！"

仇彦疑惑道："这是让吴家知道荀志不是凶手？"

"荀志不是凶手，朝廷又不愿彻查此案，你说吴曦会作何感想？"

"大人英明，吴家二儿子定不会来临安！"

"此人想做蜀王，就帮他去做，这天下越乱越好！"

"属下明白！"仇彦领命而去，赖省干又把鱼线抛向了水中。金宋大战，再加上蜀中生变，对他来说就是最好的结局。如今吴英死了，北边对他更为信任，越来越多的隐藏势力也交到了他的手上。此时只要天下大乱，大事可期！

宋慈的上书再次石沉大海，但是他相信宁宗见到了。因为宗正寺少卿梁成大被贬，到了资善堂听差。两名殿前司虞候被杖责，于狱中自尽。这三人都是公主大婚中的关键人物。夏震上了请罪的折子，准备辞官归隐，宁宗虽然不准，却罚了夏震三年的俸禄。

由于叶适、华岳、毕再遇等人在江南殊死抵抗，金人一直不能过江，局势再次稳定下来，临安城又恢复了灯火通明。

又过了几日，宋慈在斗斋之中正温习功课准备今年的升舍考试，屋外却来了一群不速之客。他们不由分说就把宋慈、孔武、马永忠三人捆了起来丢到了马车中，孔武甚至来不及挣扎。

待马车停下，三人下了车，看到眼前的屋子，立刻惊得目瞪口呆。这里竟然就是临安县衙，抓他们的人是一群以前没见过的衙役。

这群人把三人押到了刑房，齐声威武后，就要抡板子打人。孔武怒道："你们是谁？竟然敢打爷爷板子！"

有衙役回道："尔等虽在太学、武学和画学，但是也是拿衙门银子给衙门办事的人。你看看这日子，都十日过去了，却没有一人到衙门听差！我们老爷生气了，便让我们把尔等捉来打板子！"

孔武哀号道："我们不是不干了吗？前几日我就把我们三人不想干的文书送来了！"

衙役高举手中的板子道："你们说不干了就不干了，眼里还有王法吗？我们老爷准你们不干了吗？"

宋慈一直冷眼旁观，此时忽然想到了什么，问道："新来的县令老爷是谁？"

马永忠也急忙道："我们也不是不想干，是不知道新老爷什么时候来啊！"

三人的身后走来了新来县令老爷的身影，他哼了一声道："还好不算太蠢！"

衙役放下了作势欲打的板子，对新来的县令老爷行礼。

宋慈脑袋嗡嗡作响，看着这新来的县令大老爷，说道："余大人，怎么是你？"

"老夫当不了这小小的临安县令吗？若不是叶适这人多事，老夫也不愿蹚这浑水！"

三人都明白了，是叶适保举余复当临安县令的。如今叶适在前方抵抗金兵，他的上书只要不过分，圣上都会批的。

孔武气道："余老头，你想打我们板子，是想给我们下马威不成？我们和余提点乃是过命的交情！"

"来人啊，给我狠狠地打！"听到孔武提起余莲舟，余复心里更有气，说道，"若不是你们三个蠢材，莲儿也不会……"

马永忠心有不甘道："余提点主意这么多，我们也劝不住……"

"嗯？"余复哼了一声。

宋慈抱拳道："大人，按《大宋刑统》，我等三人最多只是错不是罪，只能罚，不能打！"

"你还知道《大宋刑统》？"余复笑道。

"晚生不仅在太学查阅过《大宋刑统》，而且还知道大人在太学曾经当过律科博士，讲授过《大宋刑统》，更著有《大宋刑统释文》一书！此书已然被人借阅多次，因为是用小竹纸写的，所以有些纸张还有点儿折损。晚生不才，曾修补过一二。"

余复对宋慈终于刮目相看，道："虽然迂腐了点儿，不过还是看了几本书。既然你也知道要罚，那本官就罚你好了！"说着，余复指着身前桌案上的书稿道："这有一些老夫的读书心得，你替老夫抄阅一遍，并整理成册！"

宋慈应了一声，走了上前，看了两眼书稿后，心生闷气。余复的所读的书是《象山先生文集》，陆象山就是陆九渊，心学的开山宗师。宋慈是理学弟子，却要为余复抄写、整理这些书稿，让他如何不生气。

余复看着宋慈吃瘪的样子，心中暗自一喜，他也知道自己的女儿对这人青睐有加，可是自己的女儿怎能嫁给一个理学的迂腐人？先让他抄抄书，看看此人是否真是不可救药。

孔武看到宋慈被罚了,拉着马永忠就想溜走。

余复朗声道:"谁让你们走的?孔武你去把县衙的院墙修修,马永忠去整理县衙的海捕文书,凡有在逃案犯图像不清或丢失的,你就补上。若是办不好,可别怪本官翻脸无情!"

等宋慈等人离开后,刚进门的李好古对余复问道:"师父为何一定要罚他们?"

"不挫挫他们的锐气,怎能好好查案?"

"师父!"李好古上前一步道,"川中会不会生变?"

余复沉默了一会后道:"你们兄弟二人立刻进川,见机行事!"

宋慈回到斗斋,一眼便见到了老家来的家仆宋全。

"宋全,你怎么来了?"

"公子,老爷准备参加此次恩科,让我先来临安打个前哨。"

"爹爹怎么想通了?"宋慈疑惑道。

"叶大人来了一封信,余复先前也找过老爷,他们俩还吵了一架。"

"为何吵架?"

宋全不安地看了宋慈一眼道:"余大人埋怨老爷,说老爷……迂腐的性子传给了少爷,若是少爷不那么少年老成,寡情少爱,他女儿就不会身入险地!"

"这事能怪我吗?能怪我爹爹吗?"宋慈心中嘀咕道,"莲舟的臭脾气果真是随她爹的!"

秋天的天气，说变就变。方才还晴空万里，如今便电闪雷鸣。宋慈抬头看着乌压压的天空，口中喃喃道："要变天了，这临安城就没有一天能消停的！"

——洞房案完

第七卷　太学案

第一节
暗阁藏尸

入秋已经有些时日,然而暑气并未散尽,整座临安城还像笼罩在大蒸笼中一般,闷热异常。太学今年与往昔有些不同,高树之上、矮树丛中处处可听见鸣蝉声,斗斋中尤胜,甚至到了傍晚时分,依旧响个不停。

宋慈不堪秋蝉滋扰,加之前段时间县衙累积的案件颇多,这几日便横下一条心,以县衙为家,安心查案。

黎明时分,宋慈处理完卷宗中最后一起井中沉尸案后,便合上了《验状》与《验尸格目》等卷宗,靠在椅子上小憩。一旁的孔武早已四仰八叉倒在藤椅上,鼾声雷动。到了辰时,天色已明,马永忠神色慌张地闯了进来,进屋之后,一个趔趄,勾在了孔武的脚踝处,跌跌撞撞又碰到了宋慈。

"哪个鸟贼在踢洒家?不要命了?"孔武怒吼一声,站起身来,看清楚来人模样后,怒喝道,"你这画呆子,不在院子里画小虫,跑这里干什么?"

斗斋蝉多,宋慈和孔武都不堪其扰,只有马永忠甘之如饴。画院前些年留下了许多关于知了的画作,马永忠便都借了出来,一边临摹其神韵，一边观察知了的神态。

"马兄，为何如此惊慌？"宋慈招呼着马永忠坐下，给他倒了一杯茶。

马永忠坐在了椅子上，喘着粗气，歇息了一会后，从袖口拿出一节几乎通体漆黑的骨头，神色凝重地交到宋慈手上。

接过骨头，放到鼻前闻了一闻，有一股腐气，骨头上有很多小孔，宋慈脸色一变问道："确定吗？"

马永忠端起茶漱了一口水，又吐出，擦了擦额头上的汗说道："舔过，黏舌。"

孔武丈二和尚摸不着头脑，问道："猪骨还是牛骨？你这呆货最近口里淡出鸟来了？连这种没肉的骨头也啃？"说着孔武把骨头拿过去，放到了手中把玩。

宋慈起身来问道："这骨头哪里找到的？"

"斗斋！"

"果真？"宋慈神色凝重地对孔武说道，"你拿着肋骨去见曹县尉，让他寻孙仵作来，我和马兄先过去。"

"找他干什么？这是什么骨头？"孔武又把鼻子向前凑了凑。

"人骨！"

"是这东西！"孔武急忙把黑骨丢出，想了想又捡了起来，去找县尉曹博。

宋慈和马永忠急忙回到了斗斋，黑狗虎子听到了熟悉了脚步声，老远就开始嗷嗷直叫。马永忠则在一旁解释方才发生的事情。

这几日，宋慈和孔武不在斗斋，马永忠忙于作画也忘了给黑狗喂食，这黑狗不知怎的在院子里刨出了一根骨头。

马永忠画骷髅多年,对各种人骨都有几分了解,黑虎口中的骨头多孔,大小也和人的肋骨差不多,加之舔了舔后黏舌,便认定十有八九便是人骨,于是找到了宋慈。

"虎子!"宋慈摸了摸狗头柔声问道,"你挖的狗洞在哪里?"

黑狗兴许是听懂了人话,摇着尾巴便跑到了南斗房的背面,在房檐之下,有个刚打出的狗洞。

"南斗房!"宋慈看着布满藤蔓的老房子,皱起了眉头。这间屋子一直被锁着,不知道有多少个年头,他曾问过华岳其中的缘由,华岳只是说屋子里以前出过事,为了避免麻烦就锁上了。

不多时,县尉曹博领着皂吏、衙役以及仵作到了斗斋,太学里的儒生也不知道哪里得到的消息,一下子都涌了进来。

待到孙仵作确认那节黑骨是人骨后,曹博便叮嘱几名衙役在狗洞处挖洞,自己则领人站在了南斗房门前。

"钥匙!"曹博朝宋慈伸出了手。

宋慈回道:"钥匙只有华学长有,把门锁砸了吧!"未几,房门被砸开。推门进屋后,一股呛人的霉味迎面而来,屋子里面灰尘满地,蜘蛛网散布角落各处。

太学学子见到这番景象,一下子如中了进士一样兴奋了起来,有人嚷道:"不得了了,鬼屋被打开了!"

"鬼屋?我怎么没听说过?"

"那是你来得晚,我在太学待了四五载了,自然知道这间屋子的故事。"

"蒋兄,你说说看,这是怎么一回事?"霎时间太学学子都围在了那名名叫蒋布的学子身旁。

"这斗斋一直空了许多年，没人敢住！后来华岳来了，这院门才打开。那时也有其他不怕死的人住进了斗斋，可是你猜猜怎么着？进来没多久就怪事频发，住南斗斋的人还说看见了鬼影，听见了吱嘎吱嘎的怪响，就好像有人在棺材里面抓着棺材板要爬出来一样，华岳胆大不信邪，住了进去。你别说，这莽汉火气重八字硬，打那后什么怪事都没有发生过。可是没想到住其他房的人却接连见鬼。没过多久，其他人都陆续逃出了斗斋，只有华岳还安安稳稳住在这里。当然这两年斗斋里也住进了其他八字硬的家伙！"说着蒋布指了指宋慈等人。

在曹博示意下，皂吏搜查房屋。这是一间普普通通的斋房，和斗斋中其他房间并无二致，只是更为破败点儿而已。

一番查找后，找不到任何可疑之处，宋慈便让皂吏把屋子里的家当都搬了出来，然后往地面泼水。未几，原来摆放木床的地面有渗水的迹象。

宋慈又看了看在窗外不远处狗洞挖土的衙役，指了指脚下道："从这地方开始挖吧！"

兴许是常年无人居住的原因，房间地板已经朽烂，挖掘起来并不费力，掀开木板，衙役开始清理下面的杂物，大约半尺深后便看到地底下的一道木门。

"这是暗阁吗？"孔武在一旁嘀咕道。

宋慈观察了一会，回道："木板有些年份，太学本是岳王爷旧宅改造而成，有暗阁也是情理之中的事，只是寻常人不知道罢了！"

掀开木板，扑面而来的是一股让人避之不及的腐臭味，整个暗阁就像是一个放在地下的大柜子一样，又像是一具几人宽的大棺材。定睛一看，暗格里面是一摞堆在一起已经黑化的枯骨。其中一只手臂骨还微微抬起，似乎临死前也向上抓着头顶的木板。地柜的一角已经损坏，露出一个洞口，一些枯骨散落在洞口处。隐约还可以听到洞口另一处的掘土声。

南斗房发现尸骸了，这一下子让太学炸开了锅，斗斋也坐实了鬼宅之名。

曹博急忙让贤，坐到了一旁的藤椅上，跷着二郎腿，吃着仁和坊花家做的姜豉，示意宋慈接手处理此案。

宋慈把孔武找来，让他把看热闹的太学学子都赶远点儿，又让屋外挖狗洞的衙役不要停手继续挖，一定要把洞内散落的枯骨都收集起来。

宋慈翻开了地板门，看了看背面，虽然过去了多年，但是还是可以看到几道清晰的抓痕，想必有人在地柜之中时并未立即死去，临死前还抓挠过木门。在地柜之中，有一些腐烂的衣服碎片，地柜四周有一些乌黑色的污水。

宋慈扬声道："烧火盆，燃避秽丹，清理尸骸。"

孙仵作已经非常老练，虽然骸骨杂乱不堪，但是他还是井然有序地进行整理。在宋慈的指挥下，孙仵作找到了四具头颅，便把骸骨分成了四份，用麻绳串讫，又对各个骨头进行标记，在纸片上写上甲号尾蛆骨、乙号肋骨等，放到对应骨头的旁边。

有太学生议论道："骨头都发黑了，是多久之前发生的事情？死的又是什么人？"

"肯定是太学学子，真惨啊！"

"不见得，或许是岳王府中人！"

此时也不知谁嘀咕了一句："兴许和华岳有关，尸首埋在这个地方四五年也能成这样。"

孔武刚捏着拳头想打人，宋慈却对他摇了摇头，能堵住悠悠众口的只有证据。

枯骨上的衣服早已腐烂不堪，难以从衣服上确定身份，一旁藤椅上的曹博问道："孙仵作，能知晓死了多少年吗？"

孙仵作听闻此话，皱起了眉头，支支吾吾道："不是小的无能，这实在是说不准，南斗房常年无人居住，暗阁中又进了水，可能死了三五年，或者七八年，也许十几年都有可能……"说话之间，盼救星一样看了看宋慈。

"你个蠢材说的是什么浑话？"曹县尉刚要动怒，却一眼瞅到宋慈蹲在地上全神贯注地盯着脚下的尸骸。

"有什么发现？"

宋慈转过了身道："马兄，把你从画院借的画都拿出来！"

"哦？好，可是看那些画做什么？"

太学里大多数人还是第一次看宋慈断案，有些人迷惑不解，有些人脸露不屑，有些人鄙夷道："什么断案奇才，我看也是浪得虚名，都什么时候了，却有心思看画！"

顷刻，马永忠把画拿了出来，宋慈仔仔细细把所有的画都翻看了一遍，这才把画放到了一旁。

曹博试探问道："宋慈，看出什么了吗？"

宋慈指着尸骸道："这四人应该死于庆元元年（1195），也就是十三年前！"

"为何这么说？"曹博从藤椅上跳了起来，不解地看着宋慈，太学中其他学子也翘首以盼看着他。

"尸骸中两具尸骸的胸骨上有蝉茧，而且这些蝉马上就要破茧而出了。"说着宋慈拨开其中一个蝉茧，弄出了一只已经成型的蝉。

"这也不能说明什么！"有些太学学子摇了摇头。

"蝉在地下蛰伏都有固定的年限，或三年、或五年、或七年、十一年、十三年、十七年，有的甚至在地下能待上二十三年！"

"那为何不是五年、七年或十一年的蝉？"

"今年太学里的鸣蝉颇多，想必都是同一批破土而出的，我打探过，十年内都没有这种现象发生。画院与太学比邻，图上有蝉的画作落款大多是庆元元年，想必那一年也有此等景象。故而推断，这批蝉都是当年那些蝉的幼虫孵化而成！"

听到这里有些人点了点头，不过也有人嘀咕道："还是有纰漏！"

宋慈继续道："十三年蝉的形态和其他年份的蝉有所不同，从蝉翼的纹路就可以看出。诸位若是不信，可以在庭院里捉几只蝉，再和画院中庆元元年所画的蝉的蝉翼比较，看看是否相同。然后再比较其他年份的蝉的画作，就一目了然了。"

太学中好事者不少，有人真的在庭院里捉了蝉，然后和庆元元年以及其他年份画作中的蝉进行比较，最后得出结论，今年太学中的蝉的确是十三年蝉！

见到旁人不再质疑，宋慈继续道："这些尸骸被埋入之时，恰好有蝉的幼虫孵化。今年年份到了，蝉便纷纷从地下破土而出。由于出土的蝉多了,泥土松动,遇到了大雨,地面便形成了孔洞,加之黑狗虎子在此打洞,尸骸便这么阴差阳错地重见天日!"

根据小小的蝉就能判定尸骨死亡的年份,这太匪夷所思,围观的太学学子开始将信将疑。

恰在此时,挖狗洞的衙役大喊了一声:"宋公子,发现了一块玉佩!"

宋慈接过了玉佩,是太学上舍学子所特有的鱼龙佩。在场的太学学子有人眼尖,立马道:"这些年来,斗斋除了华岳外没住过上舍的学子,看来他们真的是十多年前死的!可是他们又是谁?又是谁敢在太学杀人?"

宋慈走到曹博面前,正色道:"劳烦大人去太学取下斗斋的《起居格目》,兴许就能弄清这些人的身份!"

曹博点了点头,临走时又说道:"查查他们的死因!"

"宋某定会尽力而为!"宋慈微微松了一口气,尸骸是十三年前的,也就说明此事和华岳无关。他看了看孙仵作道:"蒸骨!"

衙役在斗斋之中挖出了一个长五尺、宽三尺、深两尺的地窖,在地窖里面放上了柴炭,接着将地窖四壁烧红,此时再除去炭火,泼入好酒二升、酸醋五升。霎时间,地窖里腾腾地冒出热气,几位衙役把尸骨放到了地窖中,盖上了草垫。

做完了这些事情后,宋慈抬头望了望门外,算算光景曹博应该把斗斋的《起居格目》拿来了,怎么到了当下还不见踪影?

又等了一会,地窖的尸骨已经蒸透,宋慈让人取出了尸骨,放在了明亮处。

"他要干什么?"太学学子迷惑不解。

宋慈回到了自己住处，取出了一把红油纸伞，让马永忠在尸骨处迎着阳光撑了起来，他蹲在尸骨前对一旁的孙仵作说道："让尸骨隔着红伞照射阳光，骨头上若是出现红色的线影，那么就是生前受过伤。若尸骨上无血荫，只有损折，那就是死后产生的痕迹而已！"

孙仵作验尸多年，却从来没有听说过这样验尸的方法，知晓宋慈是在指点自己，连忙称谢。

过了片刻，宋慈站起身来，亲自去查看尸骨。

孔武凑了过来，问道："是被打死的吗？"

宋慈摇了摇头道："骨头上没有血荫！"

"那是怎么死的？闷死的？"

宋慈指着蒸骨的草垫对孙仵作说道："把草垫剁碎、浸水，然后用一些活物试试！"

小半个时辰后，孙仵作回道："小人用猫狗试过，皆气绝而亡！"

"好狠的毒，这么多年了，毒素竟然还没完全消散。尔等待会都要好好净手！"宋慈看着四具尸骸又道，"这些人中有人当场被毒死，有人当时尚未断气，临死前还在木板上留下了抓痕！"

围观的太学学子都是一个心思，斗斋里曾经死过这么多人，可是为何从来没听人说起过？

宋慈抬头看了看院门外，孔武心知肚明说道："曹县尉为何还没来？洒家去看看是怎么回事！"

"速去速回！"宋慈点了点头道，"若是厨库案、杂案那里也有相关卷宗，也一并拿来！"

孔武应了一声，转身离去。宋慈看了看斗斋的各个斋房，又看了看脚边的尸骸，愁眉不展。马永忠不解地问道："你在想什么？"

"东南西北中，斗斋有五间斋房，可是衙役们挖了这么久，却只找到了四具尸骸。太学里的斋院从来都是人满为患，当年不会只住四人！"

马永忠跟着宋慈看过的案子也多了，猜测道："尸骨上没有殴打的痕迹，又是中毒而死，十有八九是熟人作案。第五人的尸骸迟迟没有出现，所以这第五人可能就是凶手？"

"目前看来就是如此！"宋慈点头道，"尸骸差不多都清理干净了，你帮我画画这四具尸骸生前的模样！"

"举手之劳！"马永忠在桌案上铺上宣纸，一边观摩尸骸，一边作画，不多时四名身穿太学学子服、腰间佩戴鱼龙玉佩的学子形象跃然于纸面。

宋慈看着画作，问道："有几分把握？"

"怎么说也有七八分，太学里只要是上舍学子都会在杂案留图，待会曹县尉把文书拿来你就知道了！"

"有劳了，待会请你吃羊肉饼！"

不多时，县尉曹博回来了，脸有愠色。孔武跟在身后，嘴里还骂骂咧咧。

"怎么回事？曹县尉，卷宗拿来了吗？"

曹博没说什么，孔武却拍了拍胸前的包袱道："洒家出马，自然手到擒来！"

听闻此话，曹博却埋怨道："鲁莽了，事大了！"

宋慈再问了两句，方明白是怎么一回事。太学乃是国之重地，太学正是正九品，太学博士是正六品，祭酒是从五品，而县尉只是小小的正九品。曹博品秩不高，加之又是武人，去了几个地方，竟然四处碰壁，都说太学里的卷宗不能轻易示人。

孔武找去后，根本没和这些人讲道理，捏起拳头就要打人，口里还骂骂咧咧说道："洒家连苏师旦都敢打，还怕你们这些鸟人？"

太学里杂役都是欺软怕硬的，还没等孔武上手，老老实实地就把卷宗都交了出来。

宋慈听完此事后，微微一笑，接过孔武手中的包袱，不过看了一会却眉头紧锁。马永忠察觉到不对，也翻看了一下卷宗，把其中四幅学子图都拿了出来，和自己的画一一比对后，说道："陶通、牛敖、胡行云、郑宪。四人都对上了，这几幅画和我画的画虽然有所差异，但是面容特征都符合，你看看陶通是不是高额头？胡行云是不是个塌鼻子？"

宋慈摇头道："为何只有四个人？"

孔武和马永忠都知道宋慈话中的意思，他们把斗斋十几年前的《起居格目》，杂案的监碟，厨库案有关的记录，还有其他杂七杂八的卷宗都翻了开来，但找来找去就只有四人的记录。

马永忠小心问道："是不是我们想错了？当时斗斋真的只住了四个人？"

宋慈看着孔武还鼓鼓囊囊的包袱道："里面还有卷宗吗？"

"有，不过是其他斋院的，洒家也不知道有没有用，就全部抢来了，哦，不对，是全部借来了！"

"给我看看！"

"快看，快看！待会他们就会找人来要了！"

宋慈翻看了诚意斋、养正斋等学斋的《起居格目》，这些学斋住的都是上舍学子，每个学斋里住的都是五个人，便更加坚信自己的判断。他又翻看了其他卷宗，忽然"咦"了一声。

马永忠不解问道："有什么发现？"

"这些卷宗有些是用澄心堂纸写的，有些是小竹纸写的！"

马永忠对纸张也颇为了解，口中咕哝道："竟然用澄心堂纸记录这些杂事，可惜了，为何不用来作画？"

孔武一旁不屑道："一些破纸，能看出什么究竟？"

宋慈微微闭上眼睛，正寻思到底是怎么一回事，县尉曹博突然大喊了起来："糟了糟了！外面来人了，都穿着官府，定是孔武这杀才坏了大事了，太学岂是可以乱来的地方，这可怎么好啊？"

孔武眼睛一瞪道："怕什么，大不了把这些破卷宗还回去就是！他们还敢怎样？"

未几，一行人等进了斋院，不是太学中人，而是朝廷中三法司刑部、大理寺和督察院的官吏。

那打头一人宋慈也认识，还不到不惑之年，在官场上风头正劲，正是将自己关入过大牢的刑部侍郎钱鏊。

钱鏊扫视了下众人，然后对县尉曹博道："太学乃国之重地，上舍学子皆是国之栋梁。奉韩相口令，本案从此刻起由三法司接管。所有卷宗，包括《验状》《验尸格目》、尸骸画卷以及太学卷宗在内都要交出来！"

"大人稍等，下官这就吩咐他们做事！"曹博屁颠屁颠地跑了过去。

辛苦了许久，却是为他人做了嫁衣，孔武刚想喊什么却被宋慈拉住了。曹博按着胸口走回来,在一旁小声说道:"还好,还好,无事一身轻,万事大吉,没有找我等的麻烦,这就是好事。此事牵扯甚大,交给三法司正好!"

得到办案文书后,钱鏊说道:"斗斋暂时封闭,在案件水落石出之前,住在此处的学子自寻其他地方暂住,所有人不经允许不能进入此地!违者大刑伺候!"

一阵棍棒恐吓之下,宋慈和其他人一道都被赶出了斗斋。孔武瞪大了铜铃眼,握住乌梢棒就想打架。就连看热闹的太学学子也愤愤不平。

曹博松了一口气道:"本官先回去给余大人禀告此事!"说着就带着衙役和皂吏消失得无影无踪。

马永忠看着宋慈问道:"这个案子还查吗?"

没等宋慈开口,蒋布带着其他太学学子走了上前,说道:"宋慈,太学的学子不能就这样惨死,无论如何也得查出个真相!"

宋慈故意说道:"可是三法司已经接手了此案!"

"三法司?"蒋布冷笑一声,"若是其他地方的案子兴许还能真相大白,可是这里是太学,三法司接管不就是……"

"不就是什么?"

蒋布是太学上舍生,在太学的时间最长,资格也最老。他欲言又止,最后摇了摇头,转身离去。

看着蒋布离去的背影,马永忠又问道:"你有什么想法?"

"你们先回去,我还有事!"

"什么事?"孔武来了兴趣,问道,"你是要去轻吟阁喝花酒不成?洒家也去!"

"我是要去找恩师真德秀！"

"那你还不快滚？黑虎，跟洒家走，洒家带你去县衙玩玩！不要和这呆子在一起，免得你也变傻了。"孔武鄙夷地看着宋慈，招呼着跟在身后的黑犬。

第二节
消失的人

真德秀是太学博士,也是宋慈在太学里的授业恩师,平日里对他颇多照顾。当他知晓宋慈的来意后,眉头微微皱起,疑问道:"为何一口笃定斗斋里有第五个人?"

"纸!"宋慈回道,"撰写斗斋卷宗用的都是澄心堂纸。"

真德秀微微一笑,又问道:"这有什么问题?"

"澄心堂纸珍贵,一纸可抵百钱,弟子在崇化堂借阅过不少书,发现有些书是用小竹纸写的,有些书是用澄心堂纸写的,心生不解,便问了学长,这才知道,庆元元年八月上丁日,圣上于太学祭孔时赏赐了一批澄心堂纸,所以这之后太学重要的卷宗和书籍都是用澄心堂纸书写的。"

"还有呢?"

"庆元元年就是十三年前,斗斋四子也是当年遇害的,他们都是上舍生,算起来入太学已有几年的光景。怎么所有的卷宗都在用此后几年才能用上的澄心堂纸书写,这不符合常理。"

真德秀神色有些凝重,似乎想起了一些往事,道:"据老夫所知,当年太学里起了内乱,存卷宗的浩然堂起了大火,许多卷宗都是日后补的。"

宋慈又道:"此点学生也想到了。可是学生又翻看了诚意斋、养正斋等斋院的卷宗。这些斋院的卷宗有的是澄心堂纸写的,有的是小竹纸写的,那就说明其他斋院原本的卷宗没有全部被烧毁。为何只有斗斋的卷宗全部被烧毁了?天下间哪里有这样的巧事?"

真德秀微微闭上了眼睛,似乎在回忆往事。

"恩师,当年究竟发生了什么事情?"

"这!"真德秀叹了一口气道,"当年的事情,为师也不太清楚。庆元元年时,老夫尚未中举,也没进太学,还在家中寒窗苦读!"

"太学里其他博士大人还有祭酒大人也不知道吗?"

真德秀思索了下道:"这有点儿怪了,当下太学里还真没有庆元元年的老人!"

宋慈怀疑之情更浓,如若事情一直有巧合,那么就绝对不是巧合。

正当宋慈失落的时候,真德秀说道:"不过有一人必然知道当年发生的事情。"

"请恩师明示!"

真德秀脸上露出鄙夷之色,道:"余复,他是当年的太学博士!"

宋慈猛然醒悟,正准备告辞之时,真德秀又问道:"听说三法司接手此案了?"

"是的,已要去了此案的所有卷宗!"

"你还要继续查案吗?"

"查!"宋慈的语气很坚定。

"为何?"

"太学里不能有冤屈!"

"好,那就要让此案水落石出!"

"弟子定会做到!"宋慈点了点头。

出了太学,宋慈到了临安县衙。余复听闻宋慈是从真德秀那里过来后,不屑道:"真德秀让你来找老夫的?"

"是的!"

"你告诉他三法司接手了此案,他仍然让你继续查案?"

"是!"宋慈不明白余复为什么这么问。

"果真是个伪人!"余复笑了笑。

宋慈脸上露出不悦的神色。

余复继续道:"老夫十三年前的确在太学里当过太学博士,不过却无缘看见八月发生的事情,故而并不知道当日发生了什么事情。"

宋慈有些诧异,余复说道:"怎么?不服气?以为老夫故意不说?你可知道老夫当年是怎么离开太学的?"

宋慈老老实实地摇了摇头,如今理学的大儒包括真德秀在内,对余复要么咬牙切齿,要么一脸不屑,但是都不愿提及当年发生的事情。

余复问道:"你知道老夫是状元,可是否知道老夫曾是理学的学子,还拜过朱熹为师?真德秀站在我面前,也得喊我一声师叔!"

宋慈愣了一下,回道:"不知道!"

余复看了看窗外轻声道:"当年老夫中了状元后,又娶了莲舟的娘,一时间春风得意,便带着她游山玩水去了。要回临安的时候,路过象山书院，一时书生意气，便进了书院，拜会了象山先生！"

宋慈知道象山先生就是陆九渊，心学的开山祖师，便好奇问道："大人赢了吗？"

余复看着窗外，似乎想起了当年的峥嵘岁月，说道："我和象山先生辩论了一天一夜，最后听到了象山先生的一席话：'吾心即宇宙、宇宙即吾心，若违背本心，只知道克己复礼，又怎算光明磊落？'令我震惊不已！当我回临安后，已决定改换门庭，拜在象山先生门下，领悟心学！"

宋慈心中一惊，余复是状元，还是朱熹弟子，他要改换门庭，这就是欺师灭祖的行径，怪不得如今的理学大儒对余复是这番姿态。

余复喝了一口茶说道："余某回到临安后，到太学充任博士一职，那时候赵韩党争，太学首当其冲，两边都在惺惺作态，老夫一时气恼，便在太学里讲起了心学。可还没讲几个月，就被几名太学学子伏阙告了御状，说老夫误人子弟。简直岂有此理！老夫不想教导这些朽木，便辞去了太学博士之位去了象山一趟，自然也不知道之后发生了什么事。"

宋慈想了想问道："大人是否记得斗斋中到底有几人？"

"老夫哪里记得这些琐事？"

宋慈沉默不语，想必从余复这再也打探不出什么。余复好像读懂了宋慈的心思，说道："好好查案，真德秀是真心希望你可以将此案查得水落石出！"

宋慈不解地望了过来。

余复轻笑道："因为他们想翻案！"

"翻案？"宋慈心中思虑万千。

"你走吧！"余复摆了摆手，"一看到你，好像就看到真德秀那些迂腐之人！一肚子气！"

宋慈应了一声，前脚刚踏出门槛，余复在身后又说道："此案牵连甚广，你怎么做本官不管，不过万万不能牵连到莲儿！若不然老夫定将你的狗腿打断！"

宋慈后背一阵冰凉，急忙告退。

回到县衙中的住所，孔武和马永忠正在给黑狗喂食，宋慈躺在了藤椅上，回溯着案情。

马永忠给黑狗喂了一根骨头，嘀咕道："我真想买一些澄心堂纸，再吃几个冒油的羊肉饼，可是算上要发下来的月钱也不够啊！"

孔武拍拍肚子道："我肚子里的酒虫都要叫了，要是能买一壶蓝桥风月就好了！要是刘克庄这臭小子还在斗斋就好了。"

"你们心思就在这些事物上？"

"若不然呢？不想吃的喝的以及俊俏的姑娘，此生还有什么乐趣？"孔武转念一想道，"你若是还要查案，不妨找余姑娘帮忙，那丫头的鬼点子不比你少！"

宋慈叹了一口气道："我听闻前些日子余提点想回皇城司，不过圣上却不准许！"

"为什么？"马永忠摸了摸狗头，孔武见状也想摸宋慈的头。

宋慈挡开孔武的脏手，说道："兴许是在意吴家的感受吧！再说余大人也让我不要去找余姑娘，怕余姑娘被牵连进来！"

孔武一时来了气，骂道："你这鸟人就是这么婆婆妈妈的，明明想去找那丫头，却又扭扭捏捏。洒家明日就去找她，大不了打板子啊，怎么，你怕了？"

宋慈拍了拍孔武的肩膀道："就等你这句话，我这就去写信。"

翌日，不出宋慈的意料，余莲舟并不想见他，不过还是让章勇出面，代替自己与宋慈会面。

两人约好在保和坊的一间小酒肆碰面，走进酒肆，宋慈一眼就看到坐在窗前喝闷酒的章勇。今日的章勇神情有些落寞，沉默寡言。

宋慈坐在章勇身前，看他又喝了两盅酒后，说道："章大人这样喝，不怕误了皇城司的大事？"

"没有提点的皇城司能办什么大事？"

章勇口中的提点，自然是余莲舟，虽然余莲舟不能回皇城司，但是皇城司探事司上上下下还是唯余莲舟马首是瞻。

宋慈安慰道："此事当从长计议！"

"不瞒宋公子，章某当初进皇城司只是为了余提点。如今余提点不能回来，这皇城司还有什么可待的？"

宋慈也来了兴趣，问道："当年章大人为何要进皇城司？"

章勇脸露苦涩之色道："当年的事不提也罢！宋公子，你是章某遇见过的最聪明的人，和咱家提点一样，你说说看提点这样的日子何时是个头？"

宋慈神色凝重，余莲舟的处境他仔细想过，沉默了一会后，说道："当下恐怕还不是最难的时候，吴家迟迟不出兵大散关，这不符合常理。"

章勇突然酒醒，问道："你是说吴家拥兵自重？"

"就怕比这还严重！"

章勇额头上冒出几颗冷汗，问道："难道吴家还敢造反不成？"

宋慈把酒碗放在嘴边,并未说话。

章勇心知如若吴家真的铤而走险,那么名义上还是吴家儿媳的余莲舟必会受到牵连。愣了一会,章勇又问道:"此事宋公子有几成把握?"

"余大人的弟子李好古和李好义兄弟已经去了蜀中!"

"余大人也是这么想的?要防患于未然?"章勇又仰头饮了一杯酒,有些焦急地问道,"宋公子,你想打听什么事情?斗斋的事不是交给三法司了吗?"

"皇城司里有没有当年的卷宗?斗斋里到底有没有第五人?那一年究竟发生了什么事情?"

章勇深吸了一口气,不过早有准备,从怀中拿出几本卷宗,道:"这是提点让我提前准备的,如今探事司不比从前提点在的时候,是冰井务的刘世亨在管事。这卷宗你就在这里看,看完后我还得拿回去!"

"有劳了!"宋慈接过了卷宗,只看了几眼就心惊肉跳。陶通、牛敖、胡行云、郑宪四人的卷宗真的入了探事司的《探案格目》。

章勇低声道:"当年皇城司查过这四人失踪之事,不过后来不了了之!"

"为什么?"

"你知道当年皇城司的提举是谁?"

皇城司是皇帝的耳目,一般都由皇族人充当,宋慈想了想道:"难道是赵汝愚?他是宗室。"

章勇摇了摇头。

宋慈一下想明白了,小声说道:"是韩侂胄,他是外戚,也能得到皇族的信任！"

"嗯！"章勇点头道，"此事也是提点告诉我的，韩相一直兼任皇城司的提举，进了相位后，为了自证清白，才辞去了提举一职。当年韩赵两党相斗，太学生大多是同情赵汝愚的，他被贬时，太学生杨宏中等人还上疏圣上求情。故而那些闹得最欢的太学生，在皇城司都有卷宗！"

宋慈心中不悦道："公器私用，皇城司威严何在？"

"谁说不是呢？"章勇又道，"如今的提举朱大人是个不管事的，常年抱病在床。皇城司的六个提点都直接听命于圣上！"

一时间很多念头都涌入宋慈的心头，他好像抓住了什么，可是又好像什么都没抓住。看完四人的卷宗，宋慈问道："斗斋里真的没有第五个人吗？"

"没有！"章勇摇头道，"至少卷宗里没有提及过这个人！"

宋慈又翻了翻其他的卷宗，对当年太学发生的事，只有一本卷宗上有短短的一句话："圣上于太学祭拜孔圣人，太学生伏阙，帝大怒！"

宋慈闭上了眼睛，大宋的太学生最喜欢伏阙告御状，从陈东开始已经很多年了。这些太学生所告何事？宁宗为何大怒？皇城司的卷宗里也没有那第五个人，难道真的是自己多想了？

"宋公子，看完了吗？"章勇问了一句。

宋慈把所有卷宗推到了章勇身前，道："多谢！"

章勇收起卷宗，正要离去，宋慈犹豫了一下道："等一下！"

"宋公子还有什么事情要吩咐？"

宋慈伸手入怀，摸出一包蜜饯道："提点要是心烦，就吃些这

243

些东西！"

章勇看着油纸道："丰乐桥冷家的？"

"章大人也知道这家的蜜饯？"

"这油纸看着眼熟，提点没什么喜好，就是喜欢甜食，以前给她带过几次！"

"麻烦了！"宋慈把蜜饯放到了章勇的手中。

当两人离开酒肆之时，已是傍晚酉时，天空中半是乌云半是晚霞，一声惊雷后，雨点噼里啪啦地落下。章勇朝宋慈拱了拱手，翻身上马，于风雨之中迎着天边的红霞绝尘而去。

其后几日，斗斋尸骸案依旧没有什么进展，刑部封了斗斋，不让任何人出入。不过此事发生在太学，又有四具骸骨出现，加之被太学学子撞见，一下子传得满城皆知。

这日辰时，余复办完公务后，让宋慈到了堂中。

见到宋慈进来，余复吹了吹手中茶碗中的浮沫，问道："还在查那起案子？"

"是！"

"还不死心？三法司不是接手了吗？"余复喝了一口茶，把茶碗放到了一旁。

"太学学子这样惨死！而我却眼睁睁地看着，什么都不做？！"

"少年气盛！就不怕届时无路可走？"

"人命大过天！再说不查清楚案子，我怎么回斗斋？"

"好！还算有点儿骨气！"余复看着宋慈一副欲言又止的样子，问道，"你想问什么？"

宋慈看了看左右，确认四下无人后，回道："大人，这案子究竟牵涉到什么人？"

余复听闻此话，捋须轻笑道："十多年了，又见到一头犟驴。"

"请大人明示！"

余复捋须道："就八个字，'绍熙内禅，韩赵党争！'"

"原来是这样！"一时间宋慈醍醐灌顶，好像明白了什么。

余复又道："我不阻止你查案，但是你要知道此案不是县衙让你查的，你更不能因此牵连到莲儿！"

宋慈点了点头，壮着胆子问道："余大人，当时你站哪一边？"

余复听闻此话，气得眼冒金星，看了看桌案，又没有趁手的东西。宋慈也察觉到方才那句话问得唐突。余复乃是光宗的驸马，是光宗的人，怎么会参与到宁宗朝堂上的政争？

"竖子，滚出去！"

余复对一般人还以礼相待，但是对宋慈却从来不假以辞色，要骂就骂，要打就打。

"大人保重！"

离开了堂屋，还没走出多远，就看见孔武领着皇城司干办牛俊在路旁早已等候多时。

宋慈走上前，说道："让牛大人久等了！我还以为是章大人来找我。"

牛俊脸上露出尴尬之色，领着宋慈和孔武出了临安县衙才说道："章大人不在皇城司了。"

"这是怎么回事？"宋慈顿住了身形。

牛俊解释道："章大人拿卷宗的事情被刘世亨大人知道了，便训斥了他几句，没想到这人竟然犯了驴脾气，辞官了！"

"是我害了他！"宋慈心生歉意，又问道，"章大人当下身在何处？"

"离开临安了，没人知道他去了哪里。不过临走之时，留了一封书信，说此事和宋公子无关，让公子莫要因此内疚，他只是在衙门里待得不舒服想重回江湖罢了！"

"重回江湖？"

牛俊呵呵一笑道："章勇原本只是一名镖师，若不是余提点，断不会进皇城司的。"

"哦，此事倒没有听说过！"

"走，我们边走边说。"

从牛俊口中得知，几年前余莲舟和父亲余复闹翻了，一个人逃出了家准备去临安。由于余莲舟生得貌美，加之独身一人，路上便招惹了不少歹人。章勇那时乃是镖师，正押镖去临安，见到余莲舟被人欺凌，便挺身而出，和余莲舟一道打跑了贼人。

章勇混迹江湖多年，便建议余莲舟换作男装打扮，和自己结伴同行。余莲舟乃是江湖儿女性格，当即答应，就这样两人相识。余莲舟之后也一直男装打扮。

到了临安后，余莲舟鬼使神差地进了皇城司，几次想让章勇也进皇城司，可是章勇都以在衙门里待得不自在为由拒绝了。

章勇这人虽然仗义，但是好赌，手里有点儿银子，就会送给赌场。有好几次章勇在赌场里欠下了银两，都是余莲舟帮他还的。

有一次章勇又欠了钱，一共一百两银子，万般无奈之下又找到了余莲舟，可是余莲舟却说章勇赌性不改，借他再多的银了也是无用，这一次就不替他还了，欠账之事让他自己解决。

章勇一时气恼，当即和余莲舟割袍断义，然而他这次寻遍了所有人，却没有人帮他，屋漏偏逢连夜雨，就连镖局也把他赶出了门外。

当时债主逼门，还以章勇家人的性命相要挟，章勇走投无路，一时伤了心神，来到了西湖边准备投湖自尽。

听到这里，宋慈问道："谁救的他？"

牛俊咧嘴一笑，指了指自己，又说了下去。牛俊救起了章勇，然而章勇却并不领情还想自杀，此时牛俊建议，章勇先去镖局，镖局里有一宗大买卖，只是路途遥远，道上山贼又多，无人敢接镖。只要他接到了镖，自然就能让债主宽限一些时日，届时押镖回来，还可以把赌账还上。

章勇一听，是这个理，便按牛俊所说的法子去做了，结果真的接到了镖，而且还得到了债主的时日宽限。这一趟镖，果然异常凶险，好在章勇一路上都逢凶化吉，最危险之时又偶遇出门办案的余莲舟和牛俊，帮他赶走了山贼。

章勇虽然是个粗人，但也看出了端倪，他找到了牛俊，死缠烂打之下终于明白了是怎么一回事。原来余莲舟早和镖局以及赌场疏通好了，所以章勇做事才能这么顺利。章勇被牛俊所救也不是巧合，而是余莲舟和牛俊一直跟在他身后。就连这次打跑山贼，也是余莲舟寻了个由头，带着皇城司的人出来暗地里帮他。

章勇此时才知道自己错怪了余莲舟，她不是不帮他，而是想让他痛定思痛，戒掉赌瘾。回到了临安，交完差事后，章勇便辞去了镖师一职，死皮赖脸地去了皇城司，跟在余莲舟身边做了一个小小的皇城司察子。

说完这件事后，牛俊一脸春风得意之色，可是宋慈并没有想象中吃惊的样子。

"宋公子，此事你难道一点儿都不惊讶吗？"

"惊讶什么？你救章勇时说的法子，断然不是你想出来的，幕后一定是余提点在出谋划策。"

"和你这样的聪明人说事就是无趣！"

宋慈明白了章勇的心意，他只是为了余莲舟进皇城司，如今余莲舟都回不去皇城司了，加之顶头上司成了刘世亨，他在皇城司待着又有什么意思？

不知不觉间，三人来到一座废弃的宅院。这一路上孔武和往日有所不同，一句话也不说，只是竖着耳朵在听。宋慈也没有多想，抬头一看，正是临安城中有名的鬼宅，太医秦济世曾经的府邸。

"这里？"宋慈疑惑问道。

牛俊点了点头，抢先走了进去，大半个月前，废宅里又出了人命官司后，这里就更没有人敢来，虽是大白天，里面连一个人影都看不到。

行了百来步，宋慈终于见到一道熟悉的身影，她一身白衣，落寞地站在凉亭中。

宋慈虽然猜到是余莲舟约自己见面，但是看到她人影的那一刻，还是忍不住放慢了脚步。

定了定心神，宋慈柔声问道："最近还好吗？"

余莲舟身子微微抖了抖，转过身来，她脸上虽然戴着面纱，但是依旧强颜欢笑道："还好！"

宋慈知道，余莲舟如今被人监视，所以只能到"鬼宅"见面。

两人互相凝视了许久，余莲舟问道："你一直认为斗斋里还有第五个人？"

"是的！"宋慈点了点头，"只是我不知道为什么这人会在所有的卷宗中消失！"

余莲舟侧过了身，轻声道："也许我找到了这个人！"

"在哪里？"

余莲舟没有直接回答他，只是问道："十三年前，有什么大事发生？"

"自然是绍熙内禅和赵韩党争！只是我了解得并不多！"

"那你知道多少？"

这几日宋慈查了不少当年的卷宗，于是说道："淳熙十六年（1189）二月初二，孝宗皇帝禅位于先帝，先帝尊孝宗为寿皇圣帝，人称寿皇。传言先帝偏爱李皇后……"说到这里宋慈看了看余莲舟，先帝光宗就是余莲舟的外公，李皇后李凤娘就是余莲舟的外祖母，可是余莲舟脸上却没有看到任何喜怒变化。

顿了一会后，宋慈又道："李皇后不被寿皇所喜，夹在寿皇与皇后之间的先帝左右为难，后来渐渐疏离了寿皇，甚至寿皇驾崩后也以有病在身为由不去主持葬礼。此事让满朝文武颇为不满，后来大臣赵汝愚以及韩侂胄得到太皇太后吴氏的支持，发动了政变，逼光宗禅位于嘉王，也就是如今的圣上。这就是绍熙内禅。"

若眼前的人不是余莲舟，宋慈断不会议论这等皇家秘辛。若是这些话传出去，说不定会人头落地。

余莲舟叹了一口气道："坊间传闻就是如此了，虽说传闻并不都是真的。"

宋慈又道:"圣上能登上皇位,赵汝愚和韩侂胄的功劳最大,不过不久之后这两人又开始党争。韩侂胄出生于梅花韩氏,是名相韩琦之后,太皇太后的外甥,关键时刻是他说动了太皇太后吴氏,绍熙内禅才能成功,功劳颇大,按理说应当升官。不过赵汝愚却以'外戚不可言功'为由,阻止韩侂胄升任节度使。韩侂胄因此大为气恼。

"赵汝愚乃是大宋宗室,太宗皇帝的八世孙,是当时宰相,又得到朝臣的支持,所以在两人斗争中,一直处于上风。只不过到庆元元年秋天的时候,局势却发生了不可思议的逆转。

"自上丁日祭孔之后,赵汝愚开始节节败退,韩侂胄渐渐得势,到最后韩侂胄以'宗室不可为相'为由,逼迫赵汝愚辞相,最后赵汝愚死在了贬官的路上。"

余莲舟又问道:"你知道当年最支持赵相的是谁?"

宋慈是朱熹的弟子,对于此点他自然心知肚明,便正色道:"是在下的师祖朱熹,是理学,是太学!"

余莲舟回道:"所以当时太学学子都是支持赵相的人?"

"应当如此!"

"可是我查过当年的卷宗,有几名太学学子在庆元元年九月得到了圣上了赏赐,他们皆以太学上舍生的身份出仕做了官!"

宋慈凝眉沉思,余莲舟为何能查出此事?这是从皇城司打探出的消息,还是从肖公公那知道的?宋慈想了想,道:"庆元元年九月,祭孔日已经过了,朝堂里是韩侂胄占据了上风。这些学子能得到圣上的赏赐,还能做官,只能是一个缘由!"

余莲舟接话道:"那就是一早就投靠了韩侂胄!"

"正是如此！"

余莲舟又说道："这些学子中，有一个人你也认识！"

"谁？"宋慈问道。

"如今的刑部侍郎钱鏊！"

"是他？就是他接手了斗斋的案子！"

"当年他是太学诚意斋的学子！"

宋慈疑惑道："这才不过十几年，钱鏊就从一名太学学子成为正三品朝廷大员，其升迁之快，实属罕见！"

"你可知道当年钱鏊外放为衡州知州时做了什么？"

对于这点，宋慈确实不知。

"赵相被贬永州，路过衡州时突然病重，不久便暴卒而亡，天下闻而冤之！"

"是钱鏊动的手？那么他升迁之快就不难理解了！"

余莲舟继续道："当年九月时，钱鏊得到的赏赐也是那些人中最多的。我查过这些学子的赏金总数，出库的白银总共五千两，黄金三百两。不过将钱鏊等人的赏赐加起来，也不过白银四千两，黄金二百两。还有一千两白银、一百两黄金没找到出处！"

宋慈忍不住为余莲舟拍手叫好，这些人的赏赐作不得假，府库出银的数量也作不得假。虽然两边单独看都没有什么问题，但是合起来看就不对了，那些人即使销毁了所有的卷宗，但还是露出了破绽。

宋慈想了想，又道："你是说当年领赏赐的还有一个人，可是这个人的卷宗被毁掉了。他就是斗斋中消失的第五个人？"

"应当如此！"余莲舟回道，"这人得到的赏赐比钱鏊还高，想必当年在太学里立的功劳比钱鏊还大！"

"他做了什么事？难道就是毒杀斗斋其他四人？这四人怎能威胁到韩侂胄？"

余莲舟叹了一口气道："这就不得而知了。这人的卷宗为什么突然消失了？我想了许久也没想明白，直到今日才想到一种可能。"

宋慈是极聪慧之人，得到提示后，立即猜道："是机速房和皇城司，只有在这些地方做最机密之事，卷宗才需要在一般人眼里消失！"

余莲舟看着山边的明月道："如果那人真在这一司一房，那么今日的地位必然不低，在皇城司兴许是提点位置，在机速房也是首脑之人。以钱鏊等人的年龄推测，那人的岁数应当在而立之年与不惑之年之间。可是我把皇城司所有可疑人一一比较过，没有一个人符合条件。机速房那边明面上的人也调查过，也不符合。这人真的藏在这一司一房中吗？"

宋慈接话道："若我是那人，必不会进入这一司一房！若进去，也不会待十几年！"

"你说得有理，以太学学子的心性看，怎会安心于暗处做事，难道我们想错了？"

宋慈在凉亭里走了几步，忽然说道："我有个法子，兴许管用！"

余莲舟明眸顾盼，问道："你有什么法子？"

宋慈把自己的法子说了一番后，余莲舟点了点头，道："我这就派人去准备，一有发现就联络你！"

"多谢姑娘了！"宋慈点头答应道，"若有需要，我们就在这里碰面！"

余莲舟嘴唇翕动了下，点了点头，说道."还有一件事！"

"什么事?"宋慈转过了身。

余莲舟顿了下道:"谢谢你的蜜饯,但……不用再送了!"

"怎么?不喜欢吗?"

余莲舟语气有些落寞道:"喜欢,可是如今不合适了!"

宋慈心中怅然若失,叹了一口气道:"好,我明白了!"

说完了此话,宋慈再没有回头,甚至没和身旁的牛俊告别,径直走了出去。守候在一旁的孔武也急忙跟在他身后。

余莲舟愣在了原地,有些话她不忍心说,可是又不得不说。

离开了秦家老宅,宋慈和孔武一路上躲躲藏藏,回到了县衙。但还没等宋慈收拾完心情,就被余复的弟子王威抓进了大堂。

第三节
攒馆推案

进入公堂，余复正伏案批改卷宗，他头也没抬，只是指了指身旁一摞堆成山的文书说道："把这些书都抄写一遍！"

孔武和马永忠得到消息，急忙赶来相救，宋慈却摆摆手，示意他们不必多言。不出所料，桌案上的文书依旧是心学的经典。宋慈虽然不赞同心学的观点，不过读了之后也有所启发。

不多时，余复改完手中的卷宗，又轰走了所有不相干的人，这才对宋慈问道："不服？"

宋慈放下了狼毫笔，揉了揉手腕道："大人这是派人跟踪我了？"

余复不置可否，只是问道："为何让莲儿牵涉到此事？"

"这次是余姑娘主动找我的！"

"竖子还有理了？"余复勃然大怒，"你知道这个案子水有多深吗？要知道此案一个不小心，就会让莲儿陷入万劫不复之地！"

宋慈抬起头说道："大人，大家都说您手下的能人多，什么样的奇才都有。您老不妨再指点晚生一二。若不然宋某稀里糊涂地横冲直撞，定会连累余姑娘的！"

"竖子张狂！"余复气得手直哆嗦，说道，"好小子，竟然学会和老夫讨价还价了！是想打板子吗？"

宋慈没有退缩，继续道："大人，你是明理之人，此案发生在圣上登基那一年，余姑娘对那几年发生的事情都不会放过。与其让她冒险，不如让我好好查案。宋某犯险总比余姑娘身处险地为好！"

"岂有此理！"余复气得满脸通红，不过想了想后又平静下来说道，"不过说得也是，死蠢驴不死闺女，说吧，你还想知道什么？"

"您还没告诉我的事我都想知道！"

"竖子可恶！"余复怒道，"你没发觉此案已经传遍临安了吗？怎么这么快就到街头巷尾妇孺皆知的地步？"

宋慈得到提醒，说道："大人的意思是有人在推波助澜？"

"滚出去！眼光不要只局限于案子！"余复骂了一句道，"建阳来人了，还拿走了你屋子里的东西，你去看看吧！"

走出大堂，孔武和马永忠已经等候多时，见到宋慈首尾俱全后，都欢呼雀跃。宋慈虽然为人清冷，此时此刻还是为两人的情谊所感动。

与两人告别后，宋慈出了县衙，一眼就瞅见在拴马石旁焦急等待的宋全。见到宋慈来了，宋全泪眼纵横，扑通一声跪下说道："公子，小的可算等到你了！"

宋慈急忙扶起宋全，问道："爹爹来临安了吗？"

"老爷来了！"宋全老老实实回道，"我们本来想去斗斋的，不承想那里被封了！"

宋慈露出为难的神情，道："斗斋本是最好的备考之地，只是我也没想到那里会发现尸骸！县衙我只是借宿，里面还住着孔武和马永忠！"

"少爷不必说，你的难处小的明白，老爷也明白，再说老爷也不想和余大人住一起！"

"恩科开考，城里来了不少考生，虽说客栈不好找，不过多花点儿银子的话，应该也能找到好的！"

听闻此话，宋全脸上露出古怪的神色，说道："少爷跟我来，老爷已经找到地方了，不过借了少爷的一些东西！"

"什么东西？你什么时候拿的？"

宋全一脸不安，只是在前方带路。两人出了城门，径直来到城外五里墩一处荒僻之地，宋慈看了看周遭的景致，又看了看前方不远处的櫕馆，不解道："怎么选了这个地方？"

宋全支支吾吾，过了半晌终于说出此中的缘由。这对主仆入城后好不容易找到了落脚地，结果还没坐下来喝口热茶，就有士子认出了宋巩，说其是当今少年神探宋慈之父。更有福建路考生说，宋巩和宋慈一样擅长断案，更擅长验尸。验尸是件作之活，一直被认为是贱业，加之要接触尸体，故而让人觉得晦气。客栈里投宿的大多都是准备考试的儒生，求的就是个吉利，一时间就喧嚣起来，宋巩不忍店家为难，便出了客栈。可是谁知道客栈中发生的事情一下子在城里传开了，竟然没有一家客栈愿意接纳他们。

山穷水尽之时，宋巩偶遇当年临安县衙的同僚老仵作楚老汉。楚老汉几年前就告老离开了县衙，当时的县令怜悯楚老汉多年来为官府出力，便给他谋了一个城外看守櫕馆的活计。

这几日楚老汉的老妻重病在床，需人照顾，楚老汉城里城外奔波，甚是劳累。

宋巩和楚老汉一合计，便由他帮着楚老汉看守櫕馆一段时日。

这样一来，楚老汉可以在城内安心照顾老妻，宋巩也有个住处，两全其美。

进了槛馆，一眼就看到在桌案前擦拭柳木箱的宋巩。这个柳木箱宋慈很熟悉，正是他从家离开时，宋巩送给他的那个。如今宋巩借住槛馆，免不了验尸之事，就让宋全去宋慈住处把柳木箱拿过来了。

"爹，你来了！"宋慈走了上前，行礼道。

宋巩擦完柳木箱表面上的灰尘，打开了箱子，把银探子，能折叠的小锄头和铲子都拿了出来。看了一眼后，有些不满道："箱子上有些灰尘了，锄头和铲子也是许久没用了！"

宋慈知道，宋巩对他的期许一直就是做一个能验尸推案的推官，便回道："有些案子确实是要掘土的，不过有衙役和仵作在，这些东西就没怎么用上。"

"事必躬亲才好，若不然定会错失一些藏在泥土中的线索！"

宋慈不知说什么，只好恭敬地站在一旁。

宋巩把锄头和铲子擦拭后，又拿出了抵御尸臭的布条、蒜、姜和醋瓶子。看了一眼道："布条经常清洗过，蒜、姜和醋也是新鲜的，这几日查过案？"

"是，斗斋挖出了尸骸！"

宋巩点了点头，这事他进城就听说了。看了看避秽丹以及皂角、苍术等物的数量，宋巩说道："这些东西一定要备足，以备不时之需！"

"爹爹，此番科举，是上丁日开考吗？"

宋巩没有理会宋慈，拿出了箱子里的皮褡裢。里面装有小刀、小锤、小锥子等物，说道："这些东西还算锋利、干净，工欲善其事必先利其器！若没有这柳木箱子，不知有多少人一直蒙冤！"

听闻此话宋慈深受触动，看了看宋巩几乎全白的头发。

宋巩又拿出了柳木箱中的一小块磁石道："即使是这一块小小的石头，也能关系着一条人命！"说着，宋巩把验尸工具小心翼翼地放入柳木箱中，脸上露出了欣慰的笑容道："你在临安办过几起案子，爹爹也听说过了，办得不错，很好！"

"可是……"宋慈神情有些低落道，"还是有很多恶人逍遥法外。验尸推案真的有用吗？"

宋巩给柳木箱子带子打了打石蜡道："如果连验尸推案都不做，你还能做什么？一屋不扫何以扫天下？那逍遥法外的最大的恶人又是谁？"

"是赖省干！"宋慈没有一丝犹豫道，"他本是宋人，用邪物蒙骗世人后又叛逃金国。这两年回到临安后接连作恶，吴英被害一案也有他的影子！"

"此人不除，大宋难安！"宋巩脸露忧色。又把擦拭整理好的柳木箱子交还给宋慈道，"楚老汉在欑馆还留有一套工具，这柳木箱子爹爹用不着，还给你！"

宋慈看着锃亮的柳木箱子，心中思绪万千。宋巩看到宋慈脸上还有犹豫之色，有点儿愠怒。就在此时，宋慈接过柳木箱子，道："谢过爹爹！"

宋巩脸上露出了会心的微笑，长舒了一口气道："老百姓看不到朝堂上的暗流涌动，也看不到边境的血雨腥风，很多事情他们都看不到。但是他们能看到这柳木箱子，只要这箱子常新，又不会被人乱用，他们就看到了希望。慈儿，你懂吗？"

这几句话醍醐灌顶，让宋慈盘桓在心中几日的乌云终于散去，宋慈声音有些颤抖，回道："孩儿懂了！"

宋巩走出了屋子，看着天边的红霞道："天色不早了，你回去吧！"

许多年来，宋慈在宋巩身边都如坐针毡，不过今日不知为何，他想多陪爹爹一会。

恰在此时，宋全跑过来，道："老爷，有官差来了，说是给櫕馆送棺椁的！"

楚老汉先前已经和上面的人打过招呼，所以官差见到宋巩后并不意外，询问了几句后，就准备交接事宜。宋巩办事严谨，棺椁要入櫕馆，就必须要开棺查验。官差执拗不过他，打开了四具棺木，里面竟然是斗斋中发现的四具尸骸。宋慈把柳木箱拿了过去，宋巩摆了摆手，又拿了另外一个柳木箱。仔细查验过尸骸后，才在相应的文书上签字画押。

等到官差离去，宋慈叹道："斗斋中的尸骸竟然鬼使神差地送到了这里！"

"斗斋的案子结案前，尸骸都会存放在櫕馆中！结案后尸亲才能把尸骸接走。"

"案子真能水落石出吗？"宋慈自然知晓官府的办案流程，不过也感知到了隐藏在此案背后的庞大势力。

宋巩一边给新到的尸骸登记入册，一边说道："为父送你六个字：不要怕，不要悔！"

天色慢慢暗了，再等会城门就要关了，宋巩催促宋慈快些回去，又让宋全拿出了果脯蜜饯。

259

宋慈接过蜜饯道:"是黄花梨做的蜜饯。爹,这一路上舟车劳顿,不用带这些东西来的!"

宋巩摆摆手道:"说来惭愧,这么多年来,也不知道你喜欢吃什么。上次宋全回来,说你经常买蜜饯,便带了点儿家乡的东西!"

宋慈脸上一热,他其实并不太喜欢吃这种太甜的东西,但也不好说出其中的缘由,于是把东西收到了怀中,起身告辞。

回到了县衙,马永忠和孔武前来告喜,宋慈追问之下才知道,自己公试已经过关,从翌日起就是内舍生了。自此不用再交斋用钱,而由朝廷负担了。

黑狗虎子见到马永忠和孔武恭喜的模样,也有样学样,拳起狗爪祝贺。宋慈说道:"算算日子,衙门的月钱应该结了,你们等下,我去拿月钱,今日出门吃宋嫂鱼羹!"

听闻此话,孔武和马永忠却以同情的眼光看着他。宋慈不解道:"难道没发月钱吗?"

"发了!"

"那为何这番模样?"

马永忠答道:"可是没有你的!"

"为何?"宋慈不解。

孔武回道:"余大人扣下了,说你要是不服气就抄两箱子书,这钱就还给你!"

"老贼可恶!哪里有一点儿长者的样子?"宋慈忍不住骂了一句,知道余复是因为余莲舟被牵扯进来这件事惩罚他。

其后几日,斗斋尸骸案愈传愈烈,朝野内外议论纷纷,矛头直指韩侂胄。就连斗斋第五人的猜测也被寻常百姓知晓,还有人说斗斋第五人杀了其他人,接着又被某个大人物灭口了,不过也有人说那第五人还没死,只要找到这个人,真相就可以水落石出。

宋慈不知这些消息是怎么传出去的,但是肯定有一伙人在推波助澜。项庄舞剑,意在沛公。他们想斗倒的正是当朝宰辅韩侂胄。

这一日,宋慈和马永忠刚出县衙,就看到了一辆马车,牛俊压低了帽檐,正在路旁等着他。宋慈走了上前,问道:"那件事办成了?"

牛俊轻轻点了点头,说道:"提点让我接你!"

"好!你等一下!"宋慈转身回去,拿出一包蜜饯交到牛俊手里说道,"就当是你买的,明白吗?"

"宋公子有心了,请上车!"

马永忠准备上车,却被牛俊拒绝了,说余莲舟只想见宋慈一人。

宋慈在车上闭目小憩了一会,再睁开眼睛时却听到了窗外的波涛声,掀开窗帘一看,不远处就是西湖。

"牛俊,你怎么带我到这里了?不是去秦家老宅吗?"

旋踵,马车停在了宋巩投宿的槛馆前,宋慈下了马车,看到马车之前坐了两个人,一个是干办牛俊,另一个是余复的弟子王威。

牛俊拱了拱手,不好意思说道:"马车被人跟踪了,幸好王兄弟提醒,余大人也派人通知了提点,她待会就来这里会合!"

宋慈无可奈何,早就料到余复会派人一直跟着他。不多时,谭峰驾着马车也来了,余莲舟戴着面纱下了马车,牛俊和谭峰又去马车上搬下了几个木箱子。

进了槛馆,宋巩正盘腿坐在矮木桌前喝着米酒吃着羊肉羹,余复却在一旁自顾自饮着茶,两人都视对方如无物。

余复见到宋慈来了,说道:"你看看你爹爹,这也是待客之道?老夫既然来了,他也不请我喝酒,连茶都是我自己带的!"

宋巩抹了抹嘴角的酒珠道:"槛馆屋小,容不下你这尊心学大儒!"

余莲舟见到余复,神情有些扭捏,但还是老老实实地上去行礼,喊了一声爹,然后问道:"爹爹,你怎么在这里?"

余复哼了一声道:"我怎么不能来?你难道不知这槛馆也归属临安县衙管辖,这个宋老头如今就是爹爹的属下!"

"姓余的!"宋巩怒道,"且不提我是暂住此地,再说槛馆当下被县衙管着吗?我怎听闻被刑部接手了呢?"

"刑部那是暂管!过几日不就回来了吗?"

"过几日宋某还会在这里吗?"

……

余复和宋巩多年不见面,一见面就如孩童一样斗嘴。余莲舟摇了摇头,挥手让牛俊和谭峰把木箱子搬了进来。众人掀开箱子一看,里面是各式各样的文书和纸条。

余复来了兴趣,走到木箱前,随意翻看了几张纸条问道:"这些纸条出自何人之手?"

余莲舟回道:"共收集到皇城司中十七人笔迹,机速房中十四人笔迹!"

"你收集这些东西干什么?难道是?"余复好像想到了什么。

宋巩放下了筷子,走到木箱前,方才余复和他也提及了斗斋案的细节,便说道:"你们难道怀疑斗斋第五人藏在这一司一房中?"

余复笑道:"怎么了?老巩头,你也有兴趣查案?"

宋巩冷笑了一声道:"科考我兴许不如你,但是这查案你却不如我!"

"那你说说看,这些文书和纸条有什么用?"

"这还不简单!"宋巩看了看一旁的儿子宋慈,说道,"看看谁的书法是科体就可以!"

余复是状元,当然知道科体是什么。大宋学子科举时第一道门槛就是书法,若字写得不好看,就入不了主考官的法眼,届时文章写得再好也是徒劳。如今的学子,大多学的是苏轼、黄庭坚、米芾、蔡襄四人的书法,这四家的书法,便是如今最流行的科体。

宋巩继续道:"斗斋的第五人在太学多年,自然临摹了多年的科体,虽说人的身份可以隐藏,但是写字的习惯却难以改变。这一司一房中读书人不多,只要找到写科体字的人,自然也就能找出那人了!"

宋慈与余莲舟对看了一眼,心中都是同样的意思:他们这是要喧宾夺主了?

余复看着两人道:"还愣着干什么?还不把那些文书都拿出来?"

"是!"宋慈和余莲舟老老实实地把文书都倒了出来,本来这事只有宋慈一个人能做,如今宋巩和余复愿意代劳,他们也乐得清闲。

如今暑气尚未散尽,站在櫶馆前屋还可以闻到后院的异味,余莲舟微微蹙起了眉头。牛俊把见状把怀中的蜜饯摸出,递了过去。

吃了两口后,余莲舟疑惑道:"这是黄花梨干,和我在建阳吃过的一样！"说着，她看了看宋慈。

宋慈侧转了身，把手放在了身后，又用余光瞅了瞅一旁的宋巩。

正在翻看文书的宋巩耳朵动了动，嘴角边露出古怪的笑意道："原来如此！"

余复正在全心全意地看着手里的东西，没留意到发生了什么事情，问道："原来如此什么？有何发现？"

"没有！"宋巩摇头道，"这些人的字写得如同蚯蚓一样，连个会书法的人都没有，更何况是懂科体字的人！你那边呢？"

"我这边也没有！难道那第五人不在一司一房中？"

"我孩儿说在，就一定在，你再找找！"

"你孩儿说在就一定在？"

"那你说在不在？"

"在！"宋巩怒瞪着余复。余复回道："看我干什么？我闺女说在，就一定在！你孩儿的话不可靠，我闺女的话才可信！我闺女是提点，你孩儿只是个推司。"

"你闺女的提点已被罢黜了！"

"宋老头！信不信我马上就把你孩儿的推司给罢了！"

"罢就罢！等我孩儿有了功名，又岂止是个小小的推司，最起码也是推官！不，连推官也小了，是大宋提刑官！"

两位老人如同小孩一样吵个不停，牛俊也知道方才鲁莽了，于是拿出一张符咒出来说道："宋公子，你看看这符咒，是我从火德星君庙求来的！章勇这莽汉也不知道去哪了，总觉得有点儿不安，给他求个平安符，保平安！"

"火德星君庙的平安符？"宋慈依旧在检查那些文书的笔迹。

牛俊把黄符拿在手中道："这张符外面是求不到的，若不是那个老道士不在，小道士也不会卖给我。"

宋慈放下了手中的活，看向余莲舟问道："天机阁在火德星君庙中吗？"

"是！"余莲舟也不隐瞒，说道，"火德星君庙中的能人不少，会武艺的道人也不少。那日我刚进入天机阁附近，就被掌灯道人发现，若不是拿出了斗宿星牌，他定然不会放过我！"

宋慈心中一动道："掌灯道人是什么人？"

"天机阁的看门人，武功高强，据传从圣上的潜邸改为火德星君庙那一日起就在那里了。庙里所有人包括观主在内都对他敬畏有加，还有数名道士由他差遣。此人很少离开火德星君庙，每日就是炼丹、画符、练剑！"

"你很留意此人！"

"火德星君庙的看门人，怎能不让人留意？"

宋慈想了想道："他多大的岁数？"

"此人满头白发，面色阴冷，应当古稀之年！"

"那就不会是他了！"宋慈摇了摇头。

余莲舟回道："若不是他模样苍老，我也早怀疑他了！"

余复把手中的文书都看了一遍，又看了看宋巩看过的那一摞文书，依旧没有什么发现，正愤懑之时，却一眼瞥到牛俊手中的符咒。

"子不语乱离乱神，一张符咒有什么好张扬的！"说话之间，余复突然愣住了，一旁的宋巩也放下了手中的文书。

265

宋慈留意到两个老人的变化，转过了身，接过了牛俊手中的黄符。这张黄符乃是平安符，上书'太乙真人赐令家人平安'几个大字。

余莲舟也是聪明绝顶之人，走过来问道："这字体是科体吗？"

"不是！"宋慈摇了摇头。

"那为什么？"余莲舟不解地看着这三个男人，她书法不如这三人，不知其中的玄妙。

宋慈轻声道："运笔灵动，笔迹瘦劲，时常显露笔锋，这是徽宗皇帝的瘦金体。"

瘦金体是宋徽宗所创的书法，不过士子多认为徽宗是葬送大宋半壁江山的罪人，故而学他书法的人不多。

余莲舟又说道："火德星君庙是皇室家庙，会不会与此有关？"

一旁的余复插话道："这符上的书法十分老到，没有一二十年的功力写不出来的！"

宋巩点头道："以这人的功力看，既然能写出瘦金体，写出科体也不是难事，说不定是先学的科体后学的瘦金体！"

余复想了想道："这人以前说不定为圣上写过青词！"

所谓青词，是道教举行斋醮时献给上天的奏章祝文。一般为骈俪体，用红色颜料写在青藤纸上。

宋慈和余莲舟对以前的事知道得并不多，露出了不解之色。余复解释道："当今皇上登基时，崇敬道教，不仅将潜邸改为火德星君庙，还常在皇宫做斋醮仪式，让大臣书写青词。当时有识之士怕圣上重蹈徽宗皇帝覆辙，进行死谏，经多次之后，才将此事压了下去。不过后来听闻圣上只是缩小了斋醮的范围而已，并没有停止。"

听闻此事，宋慈和余莲舟同时猜测道："会不会是他？"

宋巩不解道："你们想到了什么？"

宋慈回道："余姑娘查出那斗斋第五人曾经得到圣上召见，还得过赏赐，只是在卷宗里没有记载。如果那人入仕后，在圣上身边当了近臣，负责写青词，那么一切就可以解释通了。圣上怕群臣议论，所以并没把这个专门为他写青词的人暴露出来。由于写的是青词，所以必定要学徽宗皇帝的字体。"

余莲舟也点了点头，说道："可是此人年岁上却对不上，掌灯道人一头白发，斗斋的第五人满打满算最多不惑之年，模样上相差很大。而且他为何甘心真的做一名道士？"

余复对掌灯道人也有几分了解，说道："兴许真的是他！莫要忘了伍子胥一夜白头。"

宋巩追问道："有什么事会让他一夜白头？"

宋慈把所有事情串了起来，说道："斗斋第五人害了四名同窗，有人当场未死，在门板上留下了抓痕，若是寻常人等定然会产生心魔。此人受心魔侵扰，再次受到刺激后，一夜白头也不是不可能！"

余莲舟接话道："他本是天子近臣，在那几名被赏赐的学子中仕途最为光明。可是为何突然在火德星君庙当了十来年道士？兴许就是跟在圣上身边时受心魔侵扰，突然发疯，不得已只能离开皇宫。圣上又怜悯此人，故而让其在火德星君庙中修行。"

"应当如此了！"宋慈回道，"有心魔的人在道观修行确实会让心境更平和点。天机阁是机密之地，圣上也必须找心腹和武功高强的人看守此地。想必掌灯道人进庙后，旧病不再复发，圣上就把天机阁的看守重任交给了他！这也就是为什么他的卷宗怎么也查不到的缘由。"

余莲舟苦笑了一下道："原来我们所找的人不仅是韩相的人，还是圣上的心腹！"

宋慈转过了身，看着牛俊道："掌灯道人还在火德星君庙吗？"

牛俊瞪大眼睛说道："不在了！要不然我怎么能从他身旁小道人那儿得到这张符？"

其他几人不约而同上前一步，问道："他不在火德星君庙了？"

"是啊！"牛俊回道，"三日前就消失了！"

余莲舟不安道："火德星君庙如今是什么情况？"

牛俊躬身道："所有道士都三缄其口，庙里都是殿前司和皇城司冰井务的人，我并不知道他们要做什么。"

"你怎么从那名小道人手里拿到这张符的？"

牛俊回道："那名小道人道号青尘，来火德星君庙几年，一直跟在掌灯道人身边照顾他的生活起居。"

"然后呢？"余莲舟追问道。

牛俊想了想回道："提点让我留意火德星君庙中人，所以我就给了他一些银两，多问了几句话。三日前临安一场大雨，电闪雷鸣。青尘正在厢房熟睡，不知何时听到了一阵刺耳的抓木头的声音。青尘壮着胆子，起身点燃了油灯，却见到房梁上不知何时窜来一只黑猫，正在横梁上磨爪子！正当青尘想回床安睡的时候，却瞥见窗外有一人，再定睛一看，原来正是掌灯道人。他一身道袍、手持桃木剑、口中念念有词，像个疯子一样在雨中走着驱鬼的罡步。青尘刚想上前看得更清楚点儿，掌灯道人猛地转过了身，吓得青尘急忙关上了房门。"

听到这里,余莲舟猜测道:"兴许十几年前也是一个雷雨夜!"

宋慈点头道:"斗斋的事情传得沸沸扬扬,掌灯道人必然也知道了!牛干办,后来发生了什么事情?"

牛俊定了定心神又说道:"青尘说,第二日清晨一大早,掌灯道人就找到了他和另一名小道人青云。他又恢复了正常,不过好像忘记了昨晚的事,只是让青尘出去买朱砂、黑狗血、黄纸等物。又让青云去了另一个地方!"

余莲舟插话道:"掌灯道人让青云去了哪里?"

"这个就不知道了,掌灯道人是分别吩咐他们做事的。"

"后来发生了什么事情?"

"青尘把东西买来后,也很好奇,于是半夜时分便去掌灯道人的屋外偷窥。不承想,却吓得一佛出世二佛升天!"

"他看到了什么?"

牛俊回道:"血人!青尘见到掌灯道人背对着他,站在浴盆前,由于屋子里水汽氤氲,所以看得并不真切,不过还是看到掌灯道人全身都是血。青尘受到惊吓,急忙出逃。第二日清晨再去掌灯道人屋子的时候,却发觉掌灯道人消失了,地上也看不到任何的血迹。"

宋慈和余莲舟对看了一眼,都是一个心思:掌灯道人难道被灭口了?

牛俊口干,喝了口水后说道:"掌灯道人的符咒颇为灵验,寻常日子即使是达官贵人来求,也求不到一张符。青尘等了两天,见掌灯道人还没回来,就认为他死了或者跑了,不过不管如何,是不会再回来了。于是便到掌灯道人的屋子里偷了一些他留下的符咒!"

宋慈疑惑道:"青尘就这么容易把符咒卖给你了,还告诉你这么多事情?"

牛俊笑了下,捏了捏拳头道:"当然也用了些手段,不过最后也给了他一两银子!"

余莲舟想了想,又问道:"青尘那里有什么符咒?"

"平安符、安宅符、桃花符、五鬼运财符等等好几种!提点要吗?我再去抢?不,我再去求!"

"有驱鬼的符咒吗?"

牛俊想了想,正色道:"没有!"

余莲舟看了一眼宋慈道:"看来得去火德星君庙一趟!"

听闻此话,余复在一旁怒喝道:"你去干什么?还嫌自己身上的麻烦事少吗?让宋慈这个呆子去!"

第四节
香消玉殒

出了欑馆,牛俊和王威驾车,径直驶向了火德星君庙。尚未到庙门前,远远地就看到一队殿前司兵士守在了街口处。牛俊花了点儿银子,终于明白了是怎么一回事,火德星君庙从今日起封庙,严禁人员进出,就连皇城司的牛俊也别想再进去。

宋慈疑惑道:"难道和掌灯道人的失踪有关?"

王威向牛俊拱了拱手道:"牛兄,你先送宋公子回县衙,我还有事要办!"

未几,宋慈回到了县衙,却一直等不到王威出现。几日后,余复把宋慈叫了过去,又斥退了旁人。

宋慈见到四下无人,问道:"大人,可是打探出了消息?"

"倒茶!"

宋慈老老实实地给余复倒了茶,余复喝了一口后,这才说道:"掌灯道人失踪了,照顾他的小道士青尘和青云也失踪了。"

"这?"宋慈不安道,"是谁封的火德星君庙?"

"圣上和韩老贼!"

宋慈叹了一口气道:"线索又断了吗?"

余复示意宋慈再一次给自己斟茶后，说道："不过打探出了其他一些消息，那日青云去了锦体社，还买了不少花针！"

宋慈脸露诧异之色道："锦体社是文身的团社，花针是文身用的针，掌灯道人要这些东西干什么？"说话之间，宋慈想到了什么，又说道："那日青尘见到掌灯道人浑身是血，难道是想在身上刺符不成？"

余复疑惑道："他究竟是有多大的心魔？不过一个人即使再强，也不能给自己后背刺符！所以老夫让王威等人又去锦体社探查，发现有一名针笔师傅已经失踪几日了。"

宋慈猜测道："此人给掌灯道人后背刺符？接着被灭口了？既然我们能查出掌灯道人就是当年的斗斋第五人，那么别人自然也可以。我让余姑娘收集一司一房的文书，想必已经打草惊蛇。"

"别人是谁？"余复睁开了假寐的眼睛。

"太学案牵扯到了韩相，主张议和的人自然会关注，金人也定会关注！"

"赖省干出手了！"余复脸色一变道，"怪不得此事看上去那么诡异，北伐受挫后韩老贼的威望已经受损，吴英被刺后又加剧了事态的变化，如今出了斗斋案，他定然如坐针毡。如若说一年前韩老贼的地位还稳如泰山，那么当下他的境遇就风雨飘摇了。"

说起韩侂胄，宋慈并没有太多的好感。他先是打压理学，接着又阻扰自己升舍，还逼迫余莲舟嫁人。不过不管如何，他还是大宋的宰执，正在主持北伐大局，这时候倒台了，对大宋有百害而无一利。

想到这里，宋慈正色道："这案子必须早日水落石出，大宋经不起这样的动荡！"

"你这小子也有清醒的时候！"余复回道，"此案你好好查，哪一方的人手先找到了掌灯道人，哪一方就掌握了先机！"

宋慈沉思道："这案子肯定还有我们没发现的玄机，若不然不会引得这么多人关注！"

余复目光如炬道："此事你去办，但不能让莲儿蹚这浑水。"

出了大堂，宋慈不由腹诽，余复不像其他儒家大佬那样把什么事都装在肚里，这样虽好，不过总有点儿老无赖的样子。

信步走出县衙，一眼就瞥到藏在大杨树后面的牛俊。宋慈快步走了过去，牛俊一把把他拉到隐蔽处，这才说道："马车在街那头拐角处，提点要见你！"

"为何如此谨慎？我先和马永忠、孔武说一声。"

"提点特意提过，说此事你一个人知道就可以了，别人不用告诉！"

"好吧！"宋慈与牛俊从柳树后一前一后走了出来，行了三百来步到了街角，看到了一辆马车。

登上马车，便见到余莲舟正在查看临安城的舆图。

"有什么发现？"宋慈把马车帘子放了下来。

余莲舟指着舆图上的孝仁坊说道："前日这里发生了械斗，殿前司十大高手合力围捕一名道人，不过还是让他跑了！"

宋慈扫视着舆图，说道："孝仁坊靠近和宁门，背后就是禁宫大内，此人想干什么？"

"宫中传闻，他已进入了大内，最近处离勤政殿亦不远，若不是皇上正在与韩相议事，周遭守卫森严，后果不可想象！"

"你的意思是说这人就是掌灯道人？他进入皇宫目的何在？武

功有这么高吗？"

"若他是天机阁的看守人，武功必然不低，兴许只有华岳有和他一战之力，连我也不是对手。"

"这么多人都没留下他？"

"争斗中他右手受了伤，但还是跑了。"

"等等！"宋慈说道，"你方才提过，围捕掌灯道人的是殿前司的高手，为何没有大内高手参与？"

"据传大内高手追到皇宫边便停止了，若不然掌灯道人插翅难飞！"

宋慈敏锐地捕捉到什么，说道："你说会不会是韩相想捉拿此人，圣上不愿意！"

余莲舟眼中一亮道："兴许圣上还想和此人见面，不过被韩相阻止了！"

这个猜想石破惊天，里面必然藏着天大的秘密。余莲舟柔荑微微移动了下，又指向了轻吟阁所在的报恩坊附近说道："昨夜轻吟阁倚红楼再次出现这名道人的身影。"

倚红楼是轻吟阁历任花魁的住所，如今的主人正是杜芊芊。宋慈疑惑道："他去这个地方干什么？"

余莲舟回道："他想掳走杜芊芊，不过先是有轻吟阁护院拼死护卫，危急之时又出现铜面人，这才逼走了掌灯道人。

"一日去皇宫，又一日去青楼，如果这人真的是消失的掌灯道人，他目的何在？"宋慈想了想，又说道，"掌灯道人消失了三日，第一日他去了哪里？"

"还没查出来，不过钱鏊三日前于自己府中消失，至今不见踪影!"

"这三者有什么联系?"宋慈再聪慧,短时间内也没想明白。

"钱鏊的下落我一直让谭峰在查,孝仁坊那儿也放了暗子,一有消息就会通知我!"

宋慈掀开了马车窗帘一角道:"这是快到轻吟阁了吧!"

"你和杜姑娘有旧,她对别人不愿说的话兴许会对你说。"

不多时,到了轻吟阁门前,余莲舟不方便出去便守在了马车中,宋慈和牛俊则一道去青楼中打探消息。

刚走进轻吟阁大门,老鸨荣妈妈就看到宋慈这个穷鬼和麻烦鬼,心中鄙夷道:"又来了,这个灾星又来了!他去年来了几次,接着顾小冉就赎身了;今年又来了几次,杜芊芊又想赎身,老身到底招谁惹谁了?"

宋慈走了上前,问道:"荣妈妈,我想去倚红楼看下杜姑娘!"

老鸨正眼都不想看宋慈一眼,撇嘴道:"那个爱惹事的丫头不住在那里了!"

"哦?"宋慈有点儿诧异,牛俊把皇城司的腰牌亮出,在荣妈妈面前晃了几下。老鸨不想惹麻烦,迫不得已说出其中的缘由。昨日掌灯道人在倚红楼出现,伤了好几个护院,还把阁楼里许多精致的家具和花瓶都打坏了,心疼得老鸨叉腰骂了三个时辰。这段时间以来,杜芊芊总是慢待贵客,还一心想赎身,让轻吟阁少赚了不少银子。这番她惹了祸事,老鸨不想再护着她,便有了换花魁的想法。

潘巧儿比杜芊芊年轻,歌喉舞艺也不弱于她,加之有不少富家公子捧场,老鸨就狠下一条心,逼杜芊芊从倚红楼搬到了一旁的翠柳楼。今日宋慈来了,老鸨还以为他是来给杜芊芊撑场子来的。

当宋慈还在向老鸨打探消息的时候,翠柳楼中来了熟悉的客人。那人还是如往常一样,戴着斗笠和铜面具隔着帘子躺在了外面的藤椅上。

"你来了?伤好了吗?"杜芊芊有些激动地摸着头上的金钗,甚至想出去看看。

"贱命不足惜,还死不了!"仇彦咳嗽了几声,杜芊芊连忙让丫鬟送上了润肺的雪梨汤。

"那人很厉害吗?"

"很厉害!"仇彦正色道,"若不是他身上有很多旧伤,又被护院拖住,我根本逼不走他!"

"听他们说……"杜芊芊声音低了下来,带着一些惶恐不安还有一点儿羞涩道,"昨日你是拼了性命护我!用的都是不要命的两败俱伤的招式!"

"不是为了你。与那种高手相斗,若是存了惜命之心,必然会死!"

虽说仇彦否认,但是杜芊芊心中还是涌出一股暖意,她想了想,下了很大的决心,内心万般挣扎后说道:"今夜……你就留下吧!"

说完最后一个字时,杜芊芊的声音在颤抖。

"我还得回去!"

"为什么?"杜芊芊急促道,"你嫌弃我了吗?我虽然是清倌人,但还是清白……之身!"

"我只是一个拿钱卖命的刀客,哪里能嫌弃别人?"兴许是方才说话太过用力的缘由,仇彦扯动了身上的伤口,微微"哼"

了一声。

"都是我不好！"杜芊芊想打开帘子，又怕眼前的男人走了。

"与你无关，近日我遇到一个贵人，他会给我六千两银子！届时给你赎身！"

杜芊芊心中涌出一股暖流，热泪盈眶，又担忧问道："为什么给你六千两银子？这事一定很危险，你还是不要做了！"

"还好，只是让我找一个盒子。你在这里的境遇一日不如一日，那个老鸨一直也在逼你接客！要不要我杀了她？"

"不要，其实住在翠柳楼挺好，少了许多无聊人的滋扰！"

仇彦喝完了雪梨汤说道："我要走了，昨日的事，宋慈必定会找你问话。能说的你都说，只是不要提到我！"

"好的！给你弹首曲子你再走好吗？"

杜芊芊刚想让丫鬟把琴拿出来，帘子外的人却消失了踪影，那人就是这样，每次只是隔着帘子来说说话，接着就消失得无影无踪。

杜芊芊从来没有这样怅然若失过，若说以前遇见宋慈时，是年少无知时的春心萌动，那么当下见到这个奇怪的男人，就是她今生躲不开的情劫。

伤怀之时，丫鬟说道："宋公子、牛大人来了！"

"请他们进来吧！"杜芊芊擦了擦眼角的泪珠，想到了什么，又说道，"等一下！"

杜芊芊把发髻上的金步摇拔了下来，让小翠放到了一旁的首饰盒中。

"小姐，为何把钗子取下来了？"

"金钗是他送给我的，我只想让他看到我插金钗的样子！"

宋慈走进了翠柳楼，来到杜芊芊的屋子，接过丫鬟递来的茶水后问道："昨日没伤着吧？"

"还好！"杜芊芊努力笑了笑，以前她不知道怎么和宋慈相处，但是今日好像没有这个负担了。

"这间阁楼比原来的倚红楼小点儿！"

"阁楼大小无所谓，我倒是想早点儿离开那里。"

小翠在一旁嘀咕道："就是搬家好折腾人，搜出了好多瓶瓶罐罐，还有平日里都没怎么见过的怪东西！不过小翠都搬过来了！"

宋慈走到了阁楼边，不远处就是轻吟阁中最好的花魁楼倚红楼。酒令声和歌舞声不时从阁楼中传来，甚是热闹，想必来轻吟阁的贵客，首选都是那里。

"小翠！"杜芊芊喊了一声道，"给二位大人上酒！"

"小姐，是上蓝桥风月还是八月花开？"

宋慈转过了身，露出疑虑之色，当下有什么酒还能和蓝桥风月一争高下？牛俊疑惑道："八月花开是什么酒？"

杜芊芊轻笑道："最近才传开的，说是产自两浙东路的深山中，其味道香醇悠远，回味无穷。如今来轻吟阁的客人，都是在两种酒中选其一。"

"那就八月花开吧！"宋慈从怀中摸出为数不多的银子放在了桌上，杜芊芊并未拒绝，只是随手赏给了丫鬟小翠。

八月花开端了上来，宋慈喝了一口，不由暗叫了一声"妙"！此酒入口后回味无穷，不同于临安城中任何酒坊所产的酒，若是孔武来了定然能品出更多的味道。

三杯酒下肚后，宋慈问道："昨日袭击你的人是个道士？"

"是。马脸，白发，武功很高！"

"他为什么要找你？"

"我也不知道！"杜芊芊摇了摇头，"他只是问我是不是爹爹的女儿？我犹豫了一下，不知道该不该承认，他就想抓走我！"

"若是不想承认，就不该犹豫，你犹豫了，他就知道答案了。你曾经见过他吗？打过交道？"

"没有！秦卿从没见过此人，更不知道他为什么要抓我。我听闻这名道人身上有很多伤口。兴许他以为我是爹爹的女儿就会岐黄之术，所以要抓我去给他疗伤？"

宋慈陷入了沉思，他也没想明白掌灯道人的目的。沉默了一会后，宋慈又问道："那个铜面人是谁？据说不是轻吟阁的护院！"

这事宋慈还是问出口了，杜芊芊叹了一口气道："秦卿可以不说吗？荀志师兄死了，我不想其他人也因小女子被牵连。"

宋慈于心有些不忍，秦济世的记名弟子和外门弟子众多，有一些人暗地里保护他的女儿也是情理之中的事。

花魁楼那边又传来了琴音，小翠眼中有羡慕之色，如今小姐的客人少了，她的打赏自然也就少了许多。

宋慈动了动耳朵，又看向了不远处的阁楼，恰在此时倚红楼中传来了一声巨响，接着传来了阵阵的打斗声。

"何人如此大胆？"宋慈走到了窗口边，旋踵，护院护着贵客逃了出来。

宋慈看了一眼，其中一人他也认识，正是写了《北伐诏书》的直学士李璧，另一人好像是刑部尚书钱象祖，其他几人则不怎么熟悉，不过这几人都是韩侂胄的心腹。不多时，又有一拨人从另一个出口离去，由于隔得太远，看不清楚他们的容貌。

宋慈心中不由愤然道，韩侂胄处境堪忧，北伐也接连失利，这几人却集体来此狎妓，大宋焉能不败？

"嘭"的一声后，一名道士冲破房梁上的瓦片站到了房顶上，他马脸白发，正是杜芊芊口中的那名道人。

宋慈远眺道："这就是掌灯道人？"

几名衙门高手和轻吟阁的高手也接连跳了上去。

掌灯道人身上的伤还没有好，特别是右手，一直垂着。一直在用左手持剑，右手轻易不会出招。即使被迫格挡了一下，也立即用左手挥剑掩护。

不过即使这样，掌灯道人还是游刃有余，在众人围攻的时候，但见银光一闪，他手中飞出了数根花针，伤了几人后，转身逃出了轻吟阁。

"宋公子，我去看看！"牛俊打了一声招呼，从窗口跳了出去。

"牛干办小心！"

在轻吟阁外等候的余莲舟和谭峰等人也察觉到了里面的异动，追向了掌灯道人逃离的方向。

轻吟阁再次安静了下来，不多时又传来了荣妈妈的叫骂声。宋慈转身看了看杜芊芊，杜芊芊似乎读懂了宋慈眼中的意思，说道："他是来找我的吗？"

"兴许是吧！"宋慈轻声道，"这些日子小心点儿，说不定他还会再来！"

"多谢宋公子提醒！"杜芊芊万福行礼。

"我走了，若是有需要就来找我！"

"秦卿多谢宋公子！"

宋慈走了，杜芊芊站在了窗口，她看着这个男人远去的背影。不知为何眼中却出现了那个铜面男子的身影，渐渐地，铜面男子的身影将宋慈的身影覆盖。

"小姐，回去吧，小心着凉！"小翠刚说完这句话，身后有人手中闪过一道白光，刺中了她的咽喉。

"小翠，你怎么了？"杜芊芊转过了身，看到有个人影在身后，而一道银光已刺向了她的太阳穴处。

回到了县衙，宋慈把自己关在了房中，这一天发生了太多的事情，每一件事都让他头疼不已。孔武围着宋慈转了两圈，怒问道："哪里去了，是不是偷偷喝花酒了？"

马永忠鼻子灵敏，嗅了嗅道："有脂粉味还有酒味，应该是去轻吟阁了！"

"你这杀才！"孔武叫道，"喝花酒为何不带我，你还是兄弟吗？亏我二人还担心了你许久。你想想看，这个月你没有月钱，是谁请你吃饭的？没想到你竟然还有闲钱去喝花酒！"

"明日带你去，那八月花开酒有些特别，兴许你能品出门道！"

"好啊！好啊！暂且不和你割袍断义了。"孔武乐得满脸开花。

就在此时，县衙里冲进了无数官差。

"何人敢如此放肆？"孔武拿起乌梢棒就要揍人。

打头那人道："谁是宋慈？"

宋慈看了看来人的行头，是刑部的，于是问道："我就是宋慈，这位大人来此所为何事？"

"来人啊！将宋慈拿下！"

孔武一下也蒙了，问道："他干啥事了？"

"干啥事了？你难道不知吗？宋慈杀人了！"

"谁死了？"宋慈一时间也不知道发生了什么事。

"轻吟阁的杜芊芊姑娘和她的丫鬟小翠！"

霎时间，宋慈的脑袋嗡嗡作响，方才还活生生的两位妙龄女子，如今竟然死了！

孔武一下子也面若死灰，看到官差要给宋慈上枷锁，又握紧了手中的棒子。

宋慈连忙道："不要鲁莽，你去找余大人。"

小半个时辰后，宋慈被人领到了刑部衙门，也知道了发生了什么事。他走后，翠柳楼就没人上去过，房门也是反锁着。过了一个时辰，龟奴怎么也等不到人出来，便破门而入，一眼就看到了倒在血泊中的杜芊芊和小翠。由于宋慈是最后见到这对主仆的人，加之房门一直被锁着，故而被当成了嫌犯。

当时刑部尚书钱象祖尚在轻吟阁，荣妈妈便把此案告到了钱象祖处，刑部便接手了此案。

在牢房之中的宋慈，依旧处在震惊之中，杜芊芊怎么死了？难道掌灯道人折而复返？恍然间宋慈又想起了她和杜芊芊第一次见面时的情形，在西湖边再次相遇时的情形，以及林林总总的相处过程。她曾是宋慈知慕少艾时第一个心动的女子，如今竟然死于非命，心中顿时空空荡荡的，好像有什么东西堵在了喉咙处，想吐却吐不出来。

翌日，钱象祖亲自提审宋慈，告他的人竟然是荣妈妈。

钱象祖看了看荣妈妈道："荣氏你可要想清楚了，宋慈乃是太学内舍学子，功名在身。若是诬告，本官定不会饶你！"

荣妈妈哇的一声哭了出来，哀号道："我女儿的命好苦啊，宋慈这个杀千刀的，求爱不成就把她杀了！"

宋慈纵使脾气再好，此时也不由怒了，问道："荣氏，话不可乱讲。宋某昨日只是见过芊芊，却没有杀她。我走时，她还是好好的！"

荣妈妈跪在地上道："可是你走后翠柳楼就没人上去，不是你杀的是谁？"

宋慈愤然道："武功高强的人可以飞檐走壁，杀人后从窗户逃走也不是不可能！你难道忘了那马脸道人了吗？"

荣妈妈一时语塞，不知该说什么。她咬定宋慈是杀人凶手，一来另有隐情，二来也是因为太痛恨宋慈这个灾星。这人一来，轻吟阁两个当红姑娘，就一个走一个死了。

兴许是宋慈的身份特殊，刑部大堂外涌进了许多太学的学子。他们指指点点，不过相信宋慈杀人的人倒不占多数，只是有些人幸灾乐祸道："这个宋慈平日里道貌岸然，想不到却是个喜欢逛青楼的风流浪子！真是个衣冠禽兽！"

宋慈没理会旁人的议论，说道："再说我为何要杀芊芊姑娘？她是我的好友。我护着她都来不及，为何要杀她？"

荣妈妈眼中放光，想到了什么，说道："你是求爱不成，就因爱生恨，故而杀了她！"

听审的太学学子一下炸开了锅，都兴奋了起来。

宋慈愣了一下，问道："此话从何谈起？"

荣妈妈拿出了平日里骂街的气势问道："你是不是中意杜芊芊姑娘？你们曾经青梅竹马，还说过若是有钱就为她赎身？"

"是啊！"有学子附和道，"此事据说连圣上都听过！"

荣妈妈所说的这件事传得很广，宋慈也不想抵赖，只是说道："我只是觉得芊芊姑娘身世可怜，不忍她再待在烟花地！"

荣妈妈一击得中，又说道："你喜欢芊芊，还有人也喜欢她。那人不像你，他不管北边的事也不管两湖的事，有钱就要给她赎身，这事轻吟阁的人都知道。再者你知道吗？杜芊芊从来不插头钗，如今头上却有根金钗，据说也是那人送的！"

有人追求杜芊芊，这是宋慈所忽略的，不过心中并没有太大的激荡，兴许他对杜芊芊的感情真的只是发乎于情止乎于礼。

荣妈妈二击得手，开始乘胜追击道："我手底下小厮说昨日芊芊戴着发钗见了那人，不过见你时却取了下来，想必你知道此事，便因爱生恨，气恼之下就用发钗刺死了芊芊还有她的丫鬟小翠！"

"一派胡言！"宋慈转身看着主审官钱象祖道，"大人，晚生想验芊芊姑娘的尸身！"

"不行！"荣妈妈阻拦道，"宋慈杀人了，怎能让他验尸？"

钱象祖看了看堂下道："传仵作！"

未几，仵作来了。钱象祖问道："郑仵作，杜芊芊是怎么死的？"

"回大人的话，乃是被利物刺中太阳穴而死。"

"什么样的利物？"

"细而长的硬物！"

钱象祖让人呈上了一把金钗道："这把钗子可以做利物吗？"

郑仵作点头道："可以，不过金钗是在首饰盒里被找到的，而且表面没有血迹。"

荣妈妈怒道："就不可以擦拭完血迹再放回去吗？宋慈这么狡诈，做这事很难吗？"

宋慈的杀人动机有了，凶器也有了，一时间有些太学学子还真相信宋慈杀人了。就在此时一道满头白发的身影迈进了门槛，他站在大堂中，对钱象祖拱手道："钱大人，宋某有法子验证这根金钗是不是杀人凶器！"

钱象祖瞪大了眼睛，此人他也认识，曾经是太学同窗，正是宋慈的爹爹宋巩。钱象祖劝慰道："宋巩，你即将参加科举，此时不该做这等仵作之事。"

在大宋仵作被看作贱业，不仅仵作而且连仵作的儿子都不能参与科举，宋巩在科举前做这事，随时可能断了科举之路。

宋慈也深知这个道理，急忙道："爹爹，孩儿没有杀人！此案终究会水落石出，你还是不要插手此事了！"

宋巩挎着柳木箱走到宋慈身边，说道："慈儿，你觉得爹爹考取功名是为了什么？"

"是为了给百姓洗冤，是为了天下无冤！"

"如果连自己孩儿的冤屈都不能洗刷，要这功名又有何用？"

"爹爹，你好不容易才等到这次机会！"

"好了，不要再说了！爹爹自有主意！"宋巩转过了身，对钱象祖说道，"请大人恩准，让草民验一验凶器！只要一炷香的工夫就好！"

钱象祖早知宋巩验尸推案的能力，点了点头。

时间转瞬即逝，宋巩又到了大堂上，他的左手臂上还多了道刚包扎好的伤口。

宋慈猜到了宋巩方才做了什么，不忍道："爹爹你为何要伤害自己，过几日你还得去礼部考场，手臂伤了怎么行？"

"不碍事，只是左手，还在胳膊上，过几日就好了！"

不多时有衙役端上了托盘，上面摆放着七八根看上去十分相似的金步摇。

宋巩走到荣氏面前问道："你知道哪根是杜芊芊的金钗吗？"

"这是什么道理？它们这么相似，老身怎么能分辨得出？"

"你再看看，它们都是洗干净的吗？"宋巩再问道。

"是的！"荣氏回道。

宋巩让衙役把托盘放在了空旷处，除了宋慈外，没人知道他要干什么。钱象祖问道："宋巩你这是何意？"

"大人等等看就知道了！"

不多时，大堂里飞来了苍蝇，围着托盘上的金钗不停地飞舞。过了一会后，有几只苍蝇停在了托盘中某几根金钗之上。

宋巩又对荣氏问道："如今你知道哪根是杜芊芊姑娘的金钗吗？"

此时有聪慧的太学学子说道："我知道了，苍蝇最喜血腥味，金钗即使被洗干净了，还有一些残留血气。那苍蝇停住的金钗就是沾惹过鲜血的金钗！"

荣氏急忙指着其中一根苍蝇最多的金钗道："是这根！"

宋巩摇了摇头。荣氏又指了向了其他几根，但都不是。

宋巩拿起了托盘上一根没有任何苍蝇的金钗朝四周展示了下道:"这根才是杜姑娘的金钗,因为这根金钗上有一个小小的杜姑娘的本姓秦字。"

说着,宋巩又转过了身,对钱象祖说道:"大人,方才草民割破左臂,用血淋在了其中几根金钗上,又让衙役好好清洗了几遍,不过即使如此,这几根金钗还是吸引了苍蝇。杜姑娘的金钗若是凶器,上面的血气更浓,即使被洗过也会有苍蝇停留,为何方才一只苍蝇也没有?这样的金钗真的是凶器吗?"

"不是!"也不知是谁先起了个头,外面响起了此起彼伏的否定声。

荣妈妈脸色巨变,她本想挟私报复,没想到这么快就没了余地,眼珠子一翻便瘫软在地,身子不停地打颤。

钱象祖问道:"宋巩,杜芊芊身亡的致命凶器是什么?"

"草民恳请验尸!"

"可!"

杜芊芊的尸身被人抬上来了,昨日杜芊芊还是一个美丽、灵动的妙龄女子,今日她却只能冰冷地躺在尸床上。

宋巩对钱象祖拱手道:"既然金钗不是凶器,宋慈就不会是凶手,草民恳请犬子一同验尸。"

"这?"钱象祖面露犹豫之色。听审的太学学子却挥臂道:"让宋慈验!让宋慈验!"

"打开宋慈身上的枷锁。"

解开枷锁后,宋慈站起身来,走到秦卿的尸身旁,哀声道:"秦姑娘,我来看你了!"

眼前这个女子，美丽、聪慧、善良，她本该有着美好的一生，不过却经历了太多的磨难。被抄家，被迫入青楼，如今命也没了。上天为何如此不公？让好人不得平安。

"杜姑娘，你走好！"宋巩戴上了鹿皮手套。

"爹！"宋慈站到宋巩身旁轻声道，"叫她秦姑娘吧！"

"好！"宋巩明白宋慈话语中的含义，秦卿不喜欢杜芊芊这个艺名，更不喜欢青楼女子这个身份，便对秦卿的尸身说道："秦姑娘，老夫不是有意冒犯姑娘，只是想帮你找到真凶！"

宋巩拔开了秦卿的发梢，看到了致命伤口，和郑仵作所说的一样，这伤口确实是被又细又长的利物所伤。

"把柳木箱子打开！"宋巩轻声说了一句。

这件柳木箱子宋巩前几日才擦拭过，没想到这么快就用上了。递过了几个工具后，宋慈又拿出了磁石。

没用多久，磁石真的有了感应，宋巩用镊子从伤口处夹出了一根铁制的文身用的花针。

"是花针！"钱象祖身旁侍卫说道，"好像是掌灯道人的花针！"

"原来是他！"钱象祖释然道，"此人曾经想掳走杜芊芊，他若是凶手，一切谜题就可以迎刃而解。"

所有围观的太学学子也露出了恍然大悟的神情。

小半个时辰后，宋慈无罪释放，和宋巩一道离开了刑部大牢。

等走到四处无人的地方后，宋慈说道："爹爹，这件事我总觉得有点儿不对，此案并不难查，为何是刑部尚书钱象祖主审？他难道看不出荣氏是诬告吗？"

宋巩点头道："掌灯道人昨日去了轻吟阁，他是凶嫌的可能性比你大。"

"等一下！"宋慈站住了身形问道，"爹爹，秦姑娘太阳穴上的伤口是不是从右向左刺进去的！"

"以伤口看是右手近身刺入的毒针！"

"这不对！"宋慈摇头道，"我亲眼看过掌灯道人打斗，他的右手伤了，一直都是用左手御敌。再说他昨日一直被余提点他们追赶，哪里还有机会折返杀人？"

"不是他杀的又会是谁？"

第五节
满城风雨

父子俩信步走到了余杭门前,送信的斥候骑着快马拿着令牌从城门中呼啸而过。

一名明事的老儒生看到此等情景诧异道:"这是八百里快骑,看装束像是建康府的兵士。"

老者身旁一名长衫男子说道:"更早的时候还有斥候到了,说是蜀中的兵士。"

"多事之秋啊!究竟发生什么事了?"

宋巩离城门百来步站定了身形,目送斥候离去,对侧后方的宋慈小声问道:"知道朝廷派人去北方议和了吗?"

"孩儿有所耳闻!"宋慈回道,"吴英死后,圣上经不起梁成大等人的鼓动,派出萧山县丞方信孺作为信使出使北方,金人竟然狮子大开口,提出割让两淮、增加岁币等条件,大宋焉能答应?"

宋巩叹了一口气道:"为父在朝中还有一些故旧,打听到除了这几项外,北虏还提出一件大言不惭之事!"

"什么事?"

宋巩压低了声音道:"金人要韩侂胄的头颅才能议和!"

宋慈脸色一变道："韩侂胄虽然打压理学，但也是堂堂的大宋宰辅，岂能以他的头颅作为议和的前提？再说若是真议和，也不能是城下之盟！"

"议和党最近风头不小，也不知背后是谁主使。此番会试，圣上若是再以北伐为策问题目，老夫定要好好写一番！"

宋慈本想说什么，但是转念一想，自己也是这个倔脾气，即使没了功名，也要直抒胸臆，便闭口不言。

余杭门就在眼前，宋巩说道："不用再送了，出城门五里地就是槛馆。孔武和马永忠给我送信后说要去找余姑娘，如今他们都没有现身，恐怕是有了变故，你去看看。"

宋慈知道孔武一向仗义，今日竟然没出现在大堂上，这不符合常理，于是便和宋巩告别，转身走向了公主府。

公主府，也就是以前的驸马府，一墙之隔就是火德星君庙。宋慈刚来到府门前，就发现气氛不对，殿前司的士兵数百人把府邸围得水泄不通，不让任何人出入。一群百姓在大门外叫嚣不停，碎砖头、烂菜叶如箭矢般砸入府中。若不是有士兵阻拦，他们恨不得冲进院落将里面的人杀得一干二净。

"到底发生什么事了？"宋慈嘀咕了一句。

身旁一位老丈把手中的拐杖砸向地面道："吴曦反了，吴曦的儿媳妇也不得好死！"

"真的反了？"虽然宋慈心里早有猜测，但听闻这个消息还是震撼不已。紧接着更多的信息传来，吴曦准备割让蜀中数州之地向金国称臣，又自称蜀王。圣上听此消息后大怒，令余莲舟于家中禁足，若有违反，严惩不贷。

也不知谁喊了一声："除逆贼，杀奸妇，叛国之贼，人人得而诛之！"百姓又蜂拥向前。

"此事和余莲舟有何关系？她才是受害者！"宋慈抱怨了一句，转念又想到百姓哪里知道其中的缘由，他们只看到公主风光大嫁，哪能看到公主在轿中流泪？

老丈蹒跚着也要向前，眼看着就要跌倒，宋慈急忙扶住他问道："老丈，你可看到一个武夫还有一个画师到了此地？"

"怎么没看到？提起这两个杀才老夫就气血上头。"

"他们做什么了，让您老这么生气？"

"那二人见到公主府被封后便破口大骂，说我等百姓糊涂，要砸就去砸韩相的门，莫要欺负无辜女子，简直岂有此理！"

"后来呢？"

"那莽夫打人后还想冲进府中救人，结果被官府的人抓走了，真是大快人心，天道好轮回！"

"这两个夯货！"宋慈摇了摇头，如今余莲舟暂时没有危险，那就得先救救那两人。他们是被韩相的人抓走的，此事还得余复出面才行。

临走之时，宋慈转身又看了看公主府的方向，说道："苦了你了！若是蜀地之事不可收拾，我拼着性命也要把你带走！"

话音刚落，身旁就响起了咳嗽声，牛俊不知什么时候站在了他的身旁。

"提点知道你要来，便让我在此地等你，这是她给你的信。提点说，圣上和韩相对吴曦还心存幻想，暂时她还不会有事！"

宋慈尴尬地接过牛俊的信，牛俊又说道："提点还盼咐我办点儿事，就此别过。公主府如今被严加看守，我也是花了银子进行疏通才能和提点搭上话，宋公子你可不要意气用事。"

"牛大人放心，这点宋慈明白！"

须臾，牛俊消失在街角，宋慈也打开了信。信中所写乃是余莲舟这几日对案情调查的收获。

按信中所说掌灯道人的真名可能叫周衍，乃是不举子。所谓不举子，也叫生子不举。大宋时规，男子二十岁成丁，届时就要缴纳身丁钱。穷苦人家因为缴纳不起这笔钱，所以最多只会生两个男孩和一个女孩，再有孩子出生，无论男女都会溺死或丢掉。

周衍出生后，被放于盆中，弃之于小溪，其伯父不忍心其溺死，便将之救起，唤之为盆儿，将其抚养长大。由于童年的经历，周衍便只和伯父亲近，对亲生父母避而远之，就连亲生父母过世时也没有回去守丧。

庆元元年九月，宁宗提拔数名太学学子为官，周衍也是其中之一。只可惜任命还未下达，便有监察御史集体上书，说不侍奉双亲的人不能在朝堂为官。

宁宗不堪其扰，便收回成命，转而让周衍当了身边的近臣。本来知道这事的人都闭口不言，相关的卷宗也被毁灭。不过其中一名监察御史将此事写成了家书，劝告老家的儿女，辗转又被余莲舟寻到。

"原来如此！"宋慈转念一想，宁宗虽然是皇帝，但是因为绍熙内禅一事一直被人诟病，说其不孝，抢了父亲光宗的皇位。他碰到同病相怜的周衍，对其生出怜悯之心也就在情理之中了。兴许这也就是为什么周衍在宁宗身边发疯后，不仅没被惩罚，反而还让他去天机阁当守门人的原因。周衍因为不孝的罪名，故而也只能待在皇城司，不能入朝为官。

当宋慈收好余莲舟的书信，于隐蔽处烧毁后，临安城大街小巷骚动了起来，不少大户人家携妻带女涌向了城门，普通百姓家也闻风而动竞相出逃。

宋慈拉住一个人问道："发生什么事了？"

"快跑吧！金人要渡江了，长江边密密麻麻的都是金人的战船。"

宋慈皱起了眉头，无论是吴曦反叛还是金人南渡都是机密大事，怎么会几个时辰就传得满城风雨？

令人目瞪口呆的事不仅如此，太学学子竟然集体出动，黑压压地走上街，要去凤凰山皇宫伏阙，弹劾韩侂胄误国，其引爆点就是宋慈被抓。

也不知道谁说的，说斗斋的四具尸骸是当年韩侂胄派人害的。几日前尸骸被人发现，韩侂胄便让心腹钱鏊接手此案，其目的就是不让宋慈查案。宋慈不死心，背地里查明了真相，还掌握了证据要控告韩侂胄。结果韩侂胄派心腹杀了杜芊芊，又嫁祸宋慈，做了这么多事就是为了阻止宋慈揭露真相。若不是恰好宋巩在京城，宋慈就要冤死狱中了。更有甚者说韩侂胄已派人追杀宋慈，若是再不伏阙，明日的宋慈就是一具尸骸。

宋慈虽然对韩侂胄没有好感，但也知道事情并不是这么简单。他拉住正好路过的太学学子蒋布说道："此事要不要再等等，真相也许并非如此！"

"还等啥？吴曦反了，金人就要南渡，再让韩老贼祸害朝堂，大宋就要完了！我等一心报国，区区性命何足惜？宋慈，要不是看在我们还有交情，我早就打死你了。要知道，当下一个死的宋慈比一个活的宋慈更好！"

蒋布的话提醒了其他学子，如若宋慈死了，大家都众口一词说是韩侂胄害的，那伏阙之事就会事半功倍。

宋慈看着变成虎狼的昔日同窗，知道此时不是讲道理的时候，转身便跑。身后的太学学子也追了过来。若不是入太学以来被华岳所逼每日跑步锻炼了脚力，宋慈怕是早就血溅五步了。

跑过了几个巷口，终于甩开了那些疯狂的学子，宋慈稳了稳心神，正要向县衙走去。却看到苏师旦领人堵在了街口处，身后还放着一顶轿子。

宋慈看了看身后，身后的去路也被人封住了。

"宋慈，跟我走一趟吧！"苏师旦指了指身后的轿子。

宋慈脑子飞快地转动，须臾后反而不再心乱，镇定自若地走上前，坐到了轿子里。

一炷香的光景后，轿子停下来了，宋慈掀开了轿帘，这是一所华丽而又安静的庭院。前方凉亭处一位浓眉白发的老者正伏案改着文书。

宋慈走上前，微微拱手后，站到了一旁。

待批完一摞文书后，韩侂胄问道："宋慈！你还是认为不该北伐吗？"

"不是不该北伐，而是时机不对！"

"那当下议和呢？"

"也不该议和！金人内部也是危机重重，他们能打到长江边已是强弩之末，再说建康城有叶大人、毕再遇将军以及华岳大哥，金人必败！"

"你对他们竟然如此信心满满？"

"与其说是对几位大人的信心，不如说是金人自己的问题太大。金国承平近百年，锐气已失，进取不足。几十年前他们尚不能攻陷采石矶，何况当下！"

"可是吴曦反叛了！"

"蜀人最有血性，断不会追随吴曦叛国。吴曦看起来势大，却是外强中干，只要有义士振臂一呼，吴曦定然事败！"

韩侂胄笑了声道："满朝文武都吓破了胆，只有你宋慈一人能在老夫面前侃侃而谈！为何不去伏阙？"

"荣氏诬陷我杀人的手法如此粗陋，若是韩相谋划，绝不会是这个结果，加之今日太学生伏阙，背后那些人的目的就不言而喻了。"

"还算有点儿眼界，金人南渡如何？吴曦反叛如何？太学生伏阙又如何？岂能斗垮老夫！"

"大人！"宋慈正色道，"晚生相信轻吟阁案与你无关，可是太学尸骸案你真的一点儿都不知晓吗？"

韩侂胄目光如刀，盯着宋慈道："狂徒，就不怕死在这里？"

"纵使是死！草民也想将此案查个水落石出！"宋慈迎着韩侂胄的眼光看过去，没有一点儿退让。

韩侂胄怒目圆睁，一脸怒气，过了一会，却又大笑道："好胆识！说吧，你想问什么？"

"斗斋四子，是不是你让钱鏊和周衍杀的？"

"查出周衍了？余家那个丫头也不省心，若不是本相心慈手软，今日她已经在大牢里了！"

"韩相！"宋慈狠下了一条心，说道，"余姑娘落到今日这个地步，你说是谁害的？"

"大胆！竖子猖狂！你知道你在说什么吗？"韩侂胄震怒道，"你真以为本相不敢杀你吗？"

"大人若是要杀草民，早就杀了，何必等到当下？草民还是想问太学斗斋案是不是与你有关？"

此时的宋慈不像是一名太学学子，也不像是一名推司或者推官，而像是一位执着于真相的大宋提刑官。不管面对的是谁，对方是何等职位，他都毫不退缩。

"好，好！"韩侂胄捋须道，"是个獬豸之才！本相就如你所愿！十三年前，老夫确实叮嘱过那二人做事，却没让他们杀人。太祖皇帝尚不杀上书言事者，又何况本相？"

宋慈脑子转得飞快道："也就是说杀人是他们自己的意思？是钱鏊还是周衍？"

"无论是钱鏊还是周衍都失踪了，这就要你去查了。"

"大人的意思是我还可以查案？"

"太学案和青楼案都会发还给临安县衙处置，本相不要求别的，只要你秉公处理，早日查出真相便可！"

宋慈心知这两件案子查清楚可以安抚人心，对韩侂胄大大有利，于是又说道："韩相，晚生查案还需帮手！"

"你是说那两个莽夫？"韩侂胄冷笑道，"老夫一同给你，不仅如此，老夫再给你一名女子。"

须臾,相府外多了两辆马车,一辆马车坐着宋慈以及孔武和马永忠,另一辆马车则坐着一位女子。

马车驶进了县衙,相府的人都已离去,只留下马车。三人掀开了第二辆马车,里面竟然是被封口、捆绑的轻吟阁的老鸨——荣妈妈。

余复看到几人也不言语,只是示意衙役把审讯房借给了三人。

待到孔武和马永忠恢复了点儿元气,也来到审讯房后,宋慈说道:"马永忠你来记扎口词。孔武,眼前的女子过会若有半点儿迟疑,你就一棒打下去。放心地打,打死了有韩相兜着!"

"好!"孔武乐道,"虽说洒家不打女人,但是这逼良为娼的女人不打不行!"

马永忠扯掉了荣氏口中的布条,又解开了她身上的绳索。还没等三人说什么,荣氏便扑通一声跪在地上,哀号道:"大人们行行好,别打死老身,我什么都说,比在苏大人那说得都多!"

宋慈微微一笑道:"谁让你诬告我的?"

荣氏脸色一阵青一阵白,回道:"宋公子这话是从何说起,老身只是想错了,并不是有意诬告你的!"

孔武捏着棒子哼了一声,荣氏吓得腿软,说道:"我说,我都说,我收了阮六郎五百两银子,是他让我诬告你的,还说官府有人护着老身,断不会有事的。"

"荣氏!"宋慈怒道,"五百两银子你就要诬告一条人命,你眼里还有王法吗?"

"老身也是迫不得已,倚红楼都砸烂了,花魁也死的死、走的走,再说宋公子你不是还好好的吗?"

宋慈忍住怒气问道:"阮六郎是什么人?"

"老身也不知,只是常来轻吟阁,出手豪阔!"

宋慈心知,他和杜芊芊其实都是棋子,杜芊芊被杀是为了嫁祸于他,他被嫁祸是为了扳倒韩侂胄,所以这背后的人定然与议和党有关,甚至与金人有关。

"芊芊姑娘被杀那日,花魁楼中发生了什么事情?"

"这?"荣氏面露难色道,"这关系到好几位大人啊!"

宋慈看着孔武道:"我这个兄弟下手可没有轻重,轻吟阁也不知备好棺材没有。"

孔武作势要打,荣氏急忙道:"别打,老身说就是!那日也没有什么特别的事情,就是李大人、钱大人还有几位大人让潘巧儿弹曲作陪!"

"就只有他们几个人吗?"

"还有一位花公子,生得甚是俊俏,就连寻常女子也不及他的美貌。这人一直请几位大人喝酒,可是大人们就是不喝。"

宋慈眉头一扬,问道:"那个花公子是怎么劝酒的?"

"花公子说,各位大人是喝蓝桥风月还是八月花开呀?几位大人迟迟不语。最后不知道他们又说了些什么,大人们终于点了八月花开。接着潘巧儿便开始起舞助兴,然后那个怪道士突然来了,接着大人们就走了!"

宋慈嘀咕道:"蓝桥风月,八月花开?"

孔武却眼睛放光,道:"八月花开是什么好酒?竟然能和蓝桥风月并称!"

"回孔公子,是近来才出现的好酒!"

"孔武！"宋慈开口道，"你送荣氏回去，并买两壶酒，一壶蓝桥风月，一壶八月花开。"

"为啥要买？"孔武瞪着荣氏。

荣氏急忙道："老身送酒赔罪！"

等到孔武和荣氏离开后，马永忠问道："你问花魁楼的事情，是怀疑秦卿姑娘的死和那边有关？"

"秦姑娘死于高手之手，当日除了周衍就是那栋楼中的高手最多！"

就在此时，王威传话道："宋公子，老爷找你！"

宋慈回了县衙，今日的余复与往日不同，神色凝重地站在川西四路的舆图前。

"大人，还在担心蜀中之事？"

余复叹了口气道："圣上和韩老贼执迷不悟，竟想封吴曦为蜀王，拉拢吴曦。"

"就是吴曦向金国提出的要求，他们全盘接收？"

余复转过身道："韩老贼太过自负，和吴曦一样，势不久矣！"

宋慈定了定心神，问出了心中所想道："大人，朝中议和派的首脑究竟是谁？"

"怎么？被他们阴了一道，想复仇了？"

"不仅仅是！"宋慈摇头道，"韩相当下还不能垮，不知道敌手是谁，轻吟阁命案难以查明真相！"

余复似乎被宋慈说动，沉思片刻道："你知道得越多，就越处于漩涡之中。以你的性格，将来在官场上将寸步难行，甚至能不能取得功名，也是未知之数。"

这几句话推心置腹，宋慈也深受触动，想了想回道："大人，我还可以验尸推案，这或许在他人看来是晦气之事，但是在宋慈看来，这是为大宋孕育浩然正气，为百姓撷取光明！"

余复终于正眼看了看宋慈，心中嘀咕道："莲舟那孩子，倒也不傻！"

"大人，烦请告之朝堂之异动！"宋慈再次恳求。

余复叹了一口气道："你见过杨皇后吗？"

"见过，上次御宴的时候，莲舟说皇后能力不亚于男子！"

"嗯！"余复点头道，"皇后本名杨桂枝，年少时以姿容入宫，一直服侍太皇太后。后被太皇太后赐给了皇上。几年前圣上要立杨氏为后，韩老贼以杨皇后博览群书、通晓古今、能谋善断为由阻挠，请圣上另立性格温顺的曹美人，不过圣上没有将此话听进去。"

"这是杨皇后和韩侂胄结仇的缘由？"

"杨皇后服侍太皇太后吴氏多年，处处以太皇太后为师！"

宋慈知道太皇太后吴氏乃是高宗的皇后，几十年来左右大宋政局，就连宁宗登基也是靠吴氏扶持。杨皇后以她为师，野心可想而知。

想了一会，宋慈又说道："皇后虽然有能力搅动朝局，但是她毕竟身处后宫之中！"

余复颔首道："所以朝中必须有她的同党，这人地位不能低。月前梁成大等人奏请议和，必是她党羽之一，只不过此人分量还不够。她身边还有执棋人，这人每一步棋下得都很稳。太学案的推动，甚至吴英案，这些案子的背后都有这名执棋人的影子！"

"我只是一名小小的太学学子,要面对的一边是当朝权相,一边竟然是皇后!"

"怎么,怕了?"

"不怕!大人,周衍这人的行为十分诡异,虽说半疯半傻,但是每做一件事似乎都有目的。"

"他身上藏着大秘密,你可想出法子拿他?"

宋慈沉吟了一下道:"晚生有个法子可以试试!"

"哦?"余复诧异道,"你有什么法子?"

"不过先得把我爹爹接到县衙才行!"

余复眼睛一瞪道:"竖子可恶,本官为何要让那个老顽固过来?"

"大人莫急,还真得把他接来才行!"

余复剑眉一扬,直直地看着宋慈。

宋慈走了上前,把自己的想法细细说了一遍。余复听后,又想了一番,这才点头道:"法子倒也值得一试,你需要什么样的人手跟老夫说一声就行!"

"晚生明白!我只需王威、孔武、牛俊、谭峰几人相助即可!"

第六节
道人安魂

恍然间又过了几日，明日就是上丁日，即是孔夫子诞辰，也是宁宗钦定今年恩科会试的日子。会试一般在春天举行，又称春试或春闱。不过今年是恩科，加之北伐特殊时期，事急从权，就改在了秋天。将进行三场考试，每场三日，考生不能离开，吃喝拉撒都在礼部考场中。

今日一早余复就亲自登门拜访，请宋巩到县衙，说明日如果由县衙进礼部考场，就误不了时辰。可是宋巩却是个牛脾气，打死不愿意到县衙来，宁愿明日大清早去城门前排队。两人拉锯许久，余复动怒，说若是不来就要打宋慈的板子。宋巩知道这老贼什么坏事都做得出，只好勉强答应，不过还是给了余复几两银子，权当住宿的费用。至于槛馆则交给宋慈打理。

当晚，宋慈、孔武、马永忠等人躲在了槛馆外，王威、牛俊、谭峰等人则藏在了其他隐蔽处。

不知不觉间，众人已守了两个时辰，孔武质疑道："书呆子！你确定掌灯那牛鼻子会来吗？"

"十之八九要来，如今子时已过，到上丁日了。十三年前圣上于上丁日祭拜孔圣人，这一日斗斋四子也同时失踪。换句话说，今日就是斗斋四子的祭日！"

"你不是说那牛鼻子有心魔吗？既然是他害死的人，又怎么会到此地？"

"尸骸重见天日后，掌灯道人心魔再起，他若是想再睡个安稳觉，必然要在此作法安魂才行！"

"姑且信了你这书呆子！"说着，孔武伸手入怀，摸出了一壶酒，咕咕地喝了两口。宋慈鼻子灵敏，问道："轻吟阁拿的？"

孔武一时心惊，支支吾吾道："起风了，要变天了，喝点儿酒暖暖身子。蓝桥风月，要喝吗？"

"不要喝酒误事！"宋慈低语了一句，"这几日你喝了不少好酒，无论是蓝桥风月还是八月花开。荣氏虽然诬陷于我，但你也不能欺之太甚！"

"这老鸨贪财如命。只送了一壶蓝桥风月和一壶八月花开，剩下几壶是我自己买的。"

"你哪里有这么多月钱？"

"嘿嘿，哈哈！"孔武奇怪地笑了几声。

宋慈又道："让你品品八月花开和其他酒究竟有何不同？你品出来了吗？"

"快了，再喝两壶就知道了！"

恰在此时，马永忠肚子里传来咕噜咕噜的声响，便从包袱里拿出了手掌大的羊肉饼。孔武瞪了他一眼，马永忠老老实实地掏出另一块饼子递了过去。兴许是心中过意不去，马永忠变戏法似的又把第三块羊肉饼放到了宋慈手上。

宋慈再次疑惑道:"你的月钱不是都买澄心堂画纸了吗?怎么还有钱买这么多肉饼?"

马永忠咬了一口羊肉饼满嘴流油道:"最近得了一笔小钱!"

"我怎么没有?"

孔武敲了下马永忠脑袋道:"你真是一个夯货,这么说不是让宋慈都知道了吗?余大人不是嘱咐过要守口如瓶吗?"

"嘱咐什么?"宋慈感觉被两人坑了,旋即醒悟道,"前些日子是不是余大人让你们监视我的?怪不得我去哪里他都知道!我还以为这老贼派了多厉害的人跟踪,原来是你们这两个叛徒!"

马永忠不安道:"我们若是不答应就要挨板子!"

"是啊!"孔武说道,"不管怎样,你反正要见那丫头的。不管怎样,你都是要挨板子的。与其这样不如让我们赚点儿钱,要不然你的月钱不是就被那老贼吞了?"

"我被扣下的月钱,就是那老贼给你们的赏钱?"

"对啊!"孔武说道,"你的月钱凭什么比我们多!洒家会打人你会打吗?马永忠会画骷髅你会画吗?"

宋慈气道:"我的月钱还有剩吗?"

孔武摇摇头道:"没了,我们得到后就花光了,就是怕你要回来!反正你是内舍生了,可以在太学白吃白喝,饿不死!"

宋慈气得七窍生烟,他自认聪明,却被这两个夯货耍了。愤怒之下,一下抢过孔武手中酒,咕咕了喝了几口,又把手中的羊肉饼狼吞虎咽地吞下。

"你干吗?"马永忠不解地看着宋慈。

"这是我的月钱换的东西,你说我干吗?"

正当几人互相埋怨的时候,槚馆里突然传出了声响,须臾有亮光射出。三人连忙屏住了呼吸。透过窗户,隐隐地看到斗斋四子的棺椁上都摆上了一盏油灯,每盏油灯的灯脚上都缠上了两根红绳,一根红绳向外穿过窗户,缠绕在屋外的树梢上,红绳上还拴有三个大铃铛、七个小铃铛。另一个红绳向内,和其他油灯上向内的红绳纠缠在一起,并打了一个结,结下拴着一个草人。一位满头白发的马脸老道,身穿道袍,脚踩罡步,手持桃木剑,口中念念有词,于法坛前做着法事。

"真的来了?"孔武轻声道,"这是什么阵法,像蜘蛛网一样,看起来挺唬人!"

马永忠嘀咕道:"我知道,安魂阵!"

宋慈和孔武齐齐看着马永忠。

马永忠咬了一口羊肉饼又道:"你们看看就明白了!"

掌灯道人手舞桃木剑,又烧了两张黄符,向外的四根红绳上的大小铃铛便开始晃动,发出了叮叮当当的声响。

马永忠小声道:"三个大铃铛代表三魂,七个小铃铛代表七魄。十个铃铛都响,就说明尸骸的三魂七魄都来了。"

孔武疑惑道:"那不是风吹的铃铛响吗?"

马永忠不满道:"大个子,你好歹有点儿敬畏之心!"

霎时间,四盏油灯上的灯火突然明亮起来,向上蹿起了一寸高的火焰。马永忠又道:"到天明之时,若油灯不灭,这法事就成了!"

"你什么时候懂得这些乱七八糟的东西?"

"以前我挖尸骸时,时常担忧招惹了不该招惹的东西,便四处寻了些道人学了些法术。"马永忠小声地回道。

孔武低声问道："书呆子，动手不？还是再看下戏？"

"再等下！"宋慈低声道，"传闻掌灯道人在火德星君庙十余年中除了画符、炼丹外就是练剑，加之他是天机阁的守门人，功夫不会弱！等他累了再说！再则你们也听说了，连大内高手也留不住他！"

"你什么时候这么阴险了？是不是和余复那老贼学的？不过这道人好像受了伤，手脚不那么听使唤。"

宋慈回道："如不是如此，我也不敢只带你们几人就抓他！"

"除了我们几个，你找得到其他人吗？"孔武嗤之以鼻道。

掌灯道人走完罡步后，又摇起了手中的铜铃，点燃了黄符，不过片刻的工夫额头上就满是汗珠。也不知为何，方才还是洒满月光的夜空，突然间黑云密布，一阵阵阴风从四面八方吹来，钻入了攒馆里，四具棺椁上的油灯在冷风中忽明忽暗，好像随时都要熄灭一样。掌灯道人喘着粗气，大喝一声，右脚一跺，手拿桃木剑，指着四盏油灯，口中念念有词，脸上青筋暴突。

"搞得好像真的一样！我怎么没看到冤魂？"孔武揶揄了一句，兴许是方才吃的肉饼太多的缘由，不由放了一个响屁。宋慈和马永忠急忙捏住鼻子，掌灯道人耳朵动了动，目光扫到了三人藏身的方向。

"孔武，动手！马永忠，守在这里！"宋慈连忙说道。

"嘭"的一声后，孔武跳入了攒馆，王威、牛俊、谭峰三人也从躲藏处现身，这四人站在东西南北四个方向，手拿兵刃堵住了掌灯道人逃命的方向。

掌灯道人见到几人来了,并没有惊慌,依旧守在法阵之前。宋慈背着短弓,走进了榄馆,拱手道:"阁下就是掌灯道人周衍?"

周衍看了看围住自己的四个人,又看了看刚过弱冠年华的宋慈,说道:"你就是临安城的少年神探?宋慈?"

周衍看样子并没有发疯,宋慈提升了警惕心道:"神探两字,愧不敢当!师兄这些年过得好吗?"

掌灯道人目光炯炯地看着宋慈,忽然仰天笑道:"这么多年了,还是第一次有人称我为师兄!"

"你就是斗斋第五人?是你杀了陶通、牛敖、胡行云、郑宪?"

"没有,我没有杀他们!"方才还镇定自若的周衍,一下子变得惶恐不安。

"为何要杀他们?"宋慈逼问道。

周衍满头大汗,手脚哆嗦,突然间眼中放红光,好像又恢复了镇静,手拿着木剑指着众人说道:"尔等乳臭未干,不配知道!速速离开此地,否则格杀勿论!"

孔武是个暴脾气,听闻此话,话不多说,舞起乌梢棒就冲了过去。掌灯道人虽然满头白发,拿的也是桃木剑,还有伤在身,但是武艺却出奇的高强,一闪一拨就避开了孔武的开山三棒,唰唰几下就逼得孔武手忙脚乱。牛俊、谭峰、王威三人见状,连忙也拿出了手中的兵刃,上前围攻。

宋慈知道掌灯道人的功夫不错,可是没有想到如此厉害。他虽是带伤之身,加之被孔武四人联手围攻,但是十几个回合之后,就占据了上风。眼见四人渐渐不支,宋慈拿起了短弓,张弓搭箭准备射周衍的手臂。

谁知周衍似乎有八只眼睛,随手丢出一根令旗,啪的一声就击中宋慈手中弓箭的弓弦,方才还拉满的短弓就这么毁了。

宋慈愣在了原地,方才这令旗若是射向他,他早没了性命,自己屡立奇功的箭术,如今没了用武之地。周衍虽然功夫高强,但是似乎没有取人性命的心思,孔武等人虽然受伤,但都是不致命的小伤。

就在此时,马永忠啃着肉饼,从屋外走了进来。

"你来这里干什么?"宋慈弓箭毁了后正在找趁手的防身工具。

"起风了,要下雨了!包袱里有澄心堂纸,怕淋雨!"

兴许是孔武等人拼了性命让掌灯道人杀红了眼,他从布囊里拿出了一把铁剑,一招打退众人后说道:"不要逼贫道杀人!"

方才被桃木剑刺中,还不会伤及性命,如今掌灯道人换了铁剑,才没过几招,孔武等人身上就开始接连流血了。

马永忠咬着肉饼,指着四具棺椁上的油灯道:"挺厉害啊,油灯竟然没灭!"

宋慈得到提醒,急忙道:"快,灭油灯!"

周衍武艺虽然高强,可是要面对四人,此时又多了四盏油灯,免不得顾此失彼。转瞬间,局势一下又扭转过来,不过一炷香的工夫,身上就中了孔武一棒,王威一掌。

"你立功了!"宋慈对马永忠说了一句。

马永忠看着櫕馆中的比斗场面,像着魔一样,拿出包袱里的画笔和澄心堂纸就要作画。

"你疯了?"宋慈大喝道,"当下不是画画的时候!"

"我心有所感！"

"你再要画画，就把我的月钱还回来！"

"给你就给你，若是心境没了，定然抱憾终生！"

掌灯道人也是绝顶聪明之人，他扫视了下屋内众人，打定了主意，先是虚晃一剑刺向了孔武，接着蹬地而起刺向了孔武身后的宋慈。

"宋慈小心！"马永忠丢了手中的澄心堂纸，奔了过去。

孔武急得满脸涨红，不顾自身都是破绽，舞起乌梢棒就杀向了周衍。其他人等，也连忙施救，不过所有人似乎都慢了一步。

宋慈下意识地后退，但是掌灯道人的铁剑却如闪电一般，刺向了他的咽喉。

"一时大意，就要命丧于此！"宋慈闭上了眼睛，心中满是不甘和怨恨。就在此时，一条软鞭突然飞出，缠住了宋慈的腰身，猛地把他拉了过去。

"你怎么来了？"得救后的宋慈看着手持软鞭突然出现的余莲舟。

"蠢才！你认为牛俊和谭峰会将此事瞒着我吗？"

"围在公主府附近的人呢？"

"韩相撤走了一半的人马！"

宋慈知道韩侂胄是在暗助自己。只要他抓住了周衍，又证明此事和韩侂胄关系不大，就可平息太学学子的怒火。

掌灯道人一击不中，立马又攻向另一人，举剑刺向了奔过来的马永忠。其他几人见状，再度护了过去。

马永忠直呆呆地愣在原地，羊肉饼"嘭"的一声落在地上，心中只有一个心思:"为啥杀我?我只是个画画的?你不是说不杀人吗?"

狂风卷起了乌云,一道闪电钻出天际劈向了大地,紧接着如狮吼一般的雷鸣声接踵而来。天如同漏了一般,哗哗地下着大雨。

天象的变化让掌灯道人着了魔,他听到雷声立马丢下了手中的铁剑,双手抱住了头,蹲在了地上。又畏惧地看了看四具棺材,口中哆嗦道:"这么多年,你们还是来索命了!我没有杀你们!"

马永忠在阎王殿前走了一个来回,深吸了一口气,捡起掉在地上的羊肉饼,拍了拍灰,咬了一口后,走到宋慈身旁说道:"还好肉饼没怎么脏!不过损失了好几张澄心堂纸,你得赔我!"

余莲舟、孔武等五人围住了掌灯道人,此时的周衍像变了一个人一样,没有理会他们,只是对着四具棺材说道:"我不想杀你们,下的也只是蒙汗药,我不知道你们为什么死了!"

宋慈在一旁猜测道:"是不是钱鏊在蒙汗药里又加了毒药,害死了他们?"

"是,一定是他!不是我杀的你们!"周衍露出了如释重负的神情,看神情处于半疯半醒之间。孔武想要上前围攻,余莲舟却摇了摇头。

宋慈轻声问道:"韩侂胄让你做什么事?"

周衍脑袋歪了一下道:"他知道我是不举子,逼我去偷一本书。"

"为什么要偷书,那是什么书?"

周衍神情呆滞,想了想道:"赵相那时还相信我,说祭孔日韩侂胄要将《伪学逆党籍》呈给圣上,我们必须要有所行动!若不然理学就完了！"

宋慈是理学学子，自然知道《伪学逆党籍》是什么，这本书罗列了赵汝愚、朱熹等五十几名理学大儒所犯的罪过，比如朱熹引诱尼姑做了小妾等等，是韩侂胄打压赵汝愚和理学的最有力"证据"。

余莲舟眼睛放光道："你们的反制举措是什么？"

周衍努力搜索着记忆，说道："那是赵相和一个道士一起弄的，好像叫《地字书》！赵相将《地字书》给了斗斋，让我等翌日伏阙告御状。"

听到《地字书》三个字，宋慈一下子都明白了，和赵相一起的那个道士必定是赖省干。赵汝愚是大宋宗室，定然也崇敬道教。二十年前，赖省干因为五子上书案，身陷囹圄。当时有朝中大臣救了他，这人必定是赵汝愚。韩侂胄收集赵汝愚党羽的黑资料，赵汝愚也一定会对着干，他是当时宰相，赖省干拥有幻物，是当时鼎鼎大名的卜师。两人合作，定然也能找到韩侂胄党羽人员的机密隐事。传闻《地字书》记载的是官员的秘事，这也与此事吻合。加之让太学学子伏阙告御状，杀伤力则更大。

困扰了宋慈多日的迷雾终于散去，当年朝堂上的党争，竟然让四名斗斋学子命丧黄泉。

余莲舟也想明白了此事的原委，问道："那《地字书》哪里去了？"

周衍回忆着往事道："我用蒙汗药把陶通他们迷晕后，就把《地字书》给了钱鍪，可是再回去时他们就中毒而死了。钱鍪当杂案书吏时无意间知道南斗房有暗阁，让我把他们藏在暗阁里，免得被人发现。

"我们将他们四人放入暗阁后，钱鏊还说若是别人看到我安然无恙，就会怀疑。所以也让我躲在里面。当天的雨好大，雷声好大，他们就躺在我身边，我听见了胡行云临死前喉咙里发出的哀号声，陶通还不停地用手抓着木板！

"一夜过去了，外面有了阳光，可是钱鏊还没按约定来救我。还好我会武功，撑开了暗门。钱鏊就站在暗阁旁惊讶地看着我。他说他刚来，本来要打开暗门救我的，没想到我就出来了。接着我俩又把暗阁门关上，盖上了土，又把床搬过来，压住地面。

余莲舟不由冷笑，钱鏊当年恐怕也想把周衍杀了。那本《地字书》定然交给了韩侂胄。这种东西，韩侂胄十有八九不会留，得到后就会毁了。

说完这些事，周衍长舒了一口气，多年来压在心头的石头好像放下了。他跪在地上，对四具棺材叩头道："陶兄、牛兄、胡兄、郑兄，我周衍没有杀你们，韩相也只是说困住你们，拿到《地字书》即可，是钱鏊杀的你们。你们知不知道，这些年来我过得好痛苦，总是梦到你们来找我索命，更害怕雷雨天。

"十几年前我在圣上面前写青词，忽然间电闪雷鸣，我好像又看到了你们，于是将勤政殿弄得一团糟。韩相怕我坏事，要杀我，是陛下留了我一条性命。

"十几年来，我躲在了火德星君庙，一边修道一边为尔等祈福，终于没看到你们了。我本以为你们不会再来找我了，可是前几日你们的尸骸被发现，在大雨中我又看到了你们的身影。我知道你们一直没有放过我。

"今日我就给你们安魂，你们放过我好吗？"

说着周衍一边念着咒语，一边在油灯前打着安魂的手势。棺材上的一盏煤油灯在风中摇晃了下，一滴灯油溅了出来，带着火星引燃了周衍的道袍。

"你们还不安心吗？还要杀我？"周衍发疯似的狂叫，把道袍唰唰地脱下。就在此刻，周衍通过一旁的八卦镜看到了自己的身体，他的身上无论是胸前还是后背都文上了驱鬼的符咒。

"哈哈……哈哈！"周衍看着身上的符咒狂笑道，"我身上都是符咒，你们杀不了我！你们杀不了我！"

"周衍又变了！"宋慈和余莲舟对看了一眼。如今的周衍好像是两个人，一个是心怀愧疚想要赎罪的太学学子，一个是感激圣上救命之恩但杀伐果断的道人。

孔武几人还没弄清楚是怎么一回事，这周衍一会发狂一会懦弱，看上去着实古怪。

突然间，周衍转过了身，看着宋慈等人说道："尔等是谁？你们来干什么？是不是要来抢贫道的盒子？那盒子只能给圣上，尔等休想得到！"

宋慈一时间也被周衍弄得稀里糊涂，他怎么又提到了圣上，还提到了盒子？盒子是什么东西？装《地字书》的吗？那不是早被韩侂胄毁了吗？

还没等几人缓过神来，发疯的周衍便挥剑刺了过来。如今的掌灯道人比方才忏悔时更加难以对付，招招都是不要命的杀招。电光石火间，五人接连中招。

窗外的雨越下越大，风声呜呜作响。闪电不时袭来，攒馆里忽明忽暗。只有那四盏油灯不知为何依旧顽强地燃烧着。

一盏茶的工夫，几人接连受伤，宋慈退到了一具棺材后。身旁的马永忠问道："怎么办？"

宋慈看了看棺材板，有了主意，伸手在上面狠狠地抓了一下。刺耳的声音传遍了攒馆。

听到这种声音，掌灯道人面红耳赤，变得更加疯狂，不管不顾地刺向了宋慈，口中嘀咕道："陶通你不要爬出来！不要爬出来！"孔武等人也不是傻子，都伸手抓起了身旁的棺材板。

"不要再抓了！不要再抓了！我不想杀你们！"掌灯道人抱着脑袋，扑通一声跪在了地上，撕心裂肺地喊着。

余莲舟趁此机会，走到四具棺椁前，用软鞭指着棺材上的油灯说道："掌灯道人，或者说周衍，你束手就擒吧！"

周衍站了起来，痴痴地看着余莲舟，好像在想着什么。未几，他看到余莲舟灯火下的影子，开怀道："你们是人，不是鬼！你们不是来杀我的，你们是来抢盒子的，那盒子贫道是不会给你们的，哈……哈，盒子要给圣上！"

"盒子？把盒子拿来！"余莲舟秀眉一扬，把软鞭握在了手中。

暴雨来得快，去得也快，还没过多久就渐渐平息了。远处传来了鸡鸣声，天已经微微亮了。就在此时四盏油灯同时倾倒，火苗顺着内红绳烧到了打结处，紧接着红结下的稻草人也烧着了，隐隐的还可以看到稻草人腹中黄符正在燃烧。

周衍露出了如释重负的神情，就连神智好像也清醒了，又变成了天机阁的掌灯道人，他好像忘了方才做了什么事，又说过什么话，定了定心神说道："今日贫道便放过了你们，后会有期！"说着用天女散花的手法，将手中文身用的花针都打了出去。

宋慈一直留意掌灯道人的举动，见到他丢出花针后，急忙把身旁的马永忠拉到一旁，躲在了棺材后面。孔武等人也用手中的武器挡开了花针。余莲舟秀腰一扭，闪过了暗器，又把手中的软鞭挥了过去。

掌灯道人跳到窗前，肩膀硬生生地抗了一鞭，破窗而出，转瞬的工夫，便消失在了密林之中。

"追！"余莲舟喊了一声，孔武等人急忙追了出去。

马永忠站在原地，看着已经熄灭的油灯和烧完的稻草人，说道："他做法成功了？"

兴许是受到了刺激，马永忠拿出了画笔和澄心堂纸，铺在了棺材盖上，又挑亮一盏已经熄灭的油灯，开始作画。

"你还要画？"

"心有所感，自然是作画！如若能画出一幅《道士驱魔图》，说不定李嵩画师就会收我为徒！"

"我看你也疯了！"宋慈走到被烧成灰烬的稻草人面前，问道，"这稻草人有啥用？"

马永忠回道："这种稻草人都是替死鬼，里面装有替死鬼的毛发以及写有名字和八字的黄纸。"

不多时，追出去的几人都回来了，王威、牛俊、谭峰三人身上多了几道伤口。此番战罢，参与围攻的几人都不同程度受了伤，却依旧留不住周衍。

宋慈诧异道："掌灯道人如此厉害？"

孔武点头道："估计只有华岳大哥有和他一战之力！"

余莲舟不安道:"周衍情绪不对,随时可能发疯,若找不到他,还要死很多人。"

"先回县衙吧!"

"好!"余莲舟一身劲装,戴上斗笠,也跟在了几人的身后。

第七节
函首议和

一行人等回到县衙,已到了晌午时分。余复听完众人的叙述后,又看着身上有伤的余莲舟,不由动怒道:"谁叫你跟着去的?爹爹的话也不听了吗?"

余莲舟把头一歪,也不说什么。

余复不想再责怪自己的女儿,却把气撒在了宋慈身上,骂道:"成事不足,败事有余!念你正在查案,板子先记着。不过这个月的月钱没了!"

一旁的孔武接话道:"大人,宋慈这个月的月钱早就扣没了,不如扣他下个月的!他这次又把余姑娘拖下水了,着实可恨!"

说着孔武又用手肘碰了下还在一旁发呆的马永忠。

马永忠心领神会道:"是的,大人得多扣他几个月月钱!"

"好!"余复回道,"既然孔捕快和马画师也这么说,那就把宋慈下个月的月钱扣了!你们二人办事得力,待会去徐主簿那儿拿赏钱。"

"多谢大人!"孔武和马永忠脸上都是窃喜之色。

宋慈看了看自己的袖口,只可惜身旁没有趁手的小刀,要不然就把这两个家伙宰了，即使不杀他们，也要当场割袍断义。

出了大堂，还没等宋慈动怒，孔武和马永忠一溜烟似的消失不见。

宋慈回到了屋子里，一番清洗后，坐到了凳子上，他总觉得错过了什么。不知过了多久，余莲舟走到了屋中问道："你还在想着周衍？"

"是的，原来我以为周衍不会是杀害秦卿的凶手，可是你也看到了，他的神志不清，兴许自己都不知道到底杀没杀人。"

"嗯！"余莲舟说道，"我感觉周衍变成了三个人，一个是守护天机阁的掌灯道人，一个是要安魂的太学学士，还有一个是害怕别人抢他盒子的怪人！这盒子究竟是什么东西？他还说要献给皇上，难道当日他去皇宫就是要交出这个盒子？"

宋慈得到提醒后说道："你说去轻吟阁的是哪个周衍？"

"不会是守护天机阁的周衍，也不是安魂的周衍，那就是与盒子有关的周衍！"说到这里，两人都想到了什么，余莲舟说道："盒子、秦卿、秦济世、圣上……他怎么得到那盒子的？我们要抢在别人之前找到周衍！他在哪里？"

宋慈看了看窗外，急忙冲出去把在暗处窥视的马永忠抓了回来。

"宋慈你放手，月钱还给你就是！我不告状了。"

"我问你，那稻草人里面除了八字和名字外还有什么东西？"

"还有被施法人的指甲和毛发啊！若不然怎么能行？"

余莲舟也是聪慧之辈，道："钱鳌失踪许久，那八字十有八九就是钱鳌的。周衍拿到了钱鳌的毛发，也就是抓住了他！"

宋慈低声道:"上丁日还没过,所以周衍的法事还没做完,剩下的事情必定和钱鏊有关。周衍今日定要杀钱鏊,可是他们人在哪里?"

余莲舟和宋慈两人愣了一下,过了片刻后同时开口道:"一定是那里!"

马永忠被两人搞得稀里糊涂,说道:"那里是哪里?"

宋慈不管马永忠,对余莲舟说道:"我去管余大人借人。"

余莲舟也回道:"我让牛俊、谭峰多调点儿人手过来!"

马永忠慌乱道:"那我呢?"

宋慈哼了一声道:"把那个方才丢下你逃走的家伙抓来!有正事要办!"

黄昏时分,一行人等进入了太学,撕了斗斋大门的封条后,冲了进去。自打前些日子这里被封后,斗斋就没有人来过。

"四处找找看!"宋慈吩咐道。

未几,众人都涌向了南斗房。牛俊、谭峰撬开了地板,暗阁门大开着,钱鏊的尸身出现在众人的眼前,他身体呈现黄白色,眼睛深塌,口齿露出,上下唇缩,腹肚瘪塌。在钱鏊的身旁,则是浑身发抖亦已中毒的周衍。

牛俊刚想把周衍拉出来,宋慈急忙道:"别碰他,他中毒了!"

"什么毒?"

"从症状看和钱鏊一样,中的都是金蚕蛊毒!"说着,宋慈看了看身旁的孔武。孔武心领神会,用乌梢棒挑起周衍的腰带,把他提了出来。

余莲舟看着迷糊状态的周衍，问道："你怎么中的毒？钱鋆是被你抓的吗？"

周衍呆呆地看着宋慈，回道："陶通他们还没放过我，又来索命了吗？"

宋慈心知，此时的周衍是一心想赎罪的周衍，于是说道："你安心回我的话，我答应你，一定帮你安魂！让你此生没有心结和遗憾！"

"真的？"

宋慈拉住马永忠和孔武道："你看清这两个家伙的模样，他们一个什么法术都会，一个什么恶鬼都不怕。他们会替你做此事！你若是死了，他们没有为你安魂，就去找他们报仇好了！"

马永忠气急道："宋慈，你不能这样害我！"

"怕什么，你给他们安魂便是！"

马永忠最敬畏鬼神，朝周衍点了点头。

周衍得到肯定的答复后，终于松了一口气。宋慈问道："钱鋆是你抓来的吗？你是想在櫕馆安魂后，就结果此人的性命？"

"是！"周衍回道，"钱鋆该死，当年不仅杀了他们，还想杀我！"

"你又怎么中的毒？"

"斗斋被封了，没人注意这里。这几日我一直把钱鋆关在南斗房，想在櫕馆安魂后，就杀了他替陶通他们报仇。可我回到南斗房时，钱鋆却消失了。当我打开暗阁时，一股毒气喷涌而出。再睁眼时就躺在了这里！"

宋慈不由气恼，螳螂捕蝉黄雀在后，有人早知道钱鋆被关在斗斋中，也早知道周衍要去安魂。他们趁周衍去槛馆的时候，毒杀了钱鎏，又用钱鎏的尸身作为媒介毒倒了周衍。能办成此事的是议和党还是赖省干？

定了定心神，宋慈又问道："秦卿是不是你杀的？你找秦卿所为何事？"

"不是我杀的，我不会杀她。找她是为了？"说到这里，周衍却陷入了冥思苦想之中。

余莲舟一旁问道："你为什么要去找圣上，那个盒子你是怎么得到的？盒子里是什么东西？"

"盒子？"周衍摸了摸腰身，哀声道，"盒子不见了！那盒子有什么用？我为什么又要找圣上？我记不清了，我为何记不清了？"

此时的周衍在发疯的边缘，宋慈也知道这个状态的周衍是记不清那些事的，只能指望另一个周衍记清楚这些事。

忽然间周衍眼睛变得通红，像换了一个人一样，他看着宋慈等人道："你们也想来找盒子？可是晚了。那盒子除了官家没人能打开。官家，周衍十多年来不能报你知遇之恩，如今盒子偷出来了，你该安心了。哈哈，秦卿也死了，这世上再没有人知道打开盒子的方法！"

话音刚落，周衍口角流出污血，抽搐了一下，就此死去。

孔武诧异道："他死了吗？"

宋慈命人找来了银钗，探了探周衍和钱鎏的尸身，银针变成了黄绿色。又用皂角水洗了下，却也洗不干净，说道："死了，他和钱鎏都死了，中的都是金蚕蛊毒！"

钱鎏是当朝大员，三法司的人又来了。孔武和马永忠答应过周衍，于是剪了他一些毛发和指甲后又去欑馆做法事了。

待到法事做完，马永忠气愤道："宋慈这人心胸狭窄，不是豪杰所为！"

孔武回应道："确实如此，猪狗不如。画呆子，你还想买澄心堂纸作画吗？"

"想啊！不过钱还不够！你的钱不都买蓝桥风月和八月花开了吗？"

提起了酒，孔武两眼放红，说道："要不我们再去余大人那儿告状？宋慈和余姑娘在斗斋眉来眼去，丢人现眼！"

"这样好吗？"马永忠有点儿犹豫。

"有什么不好的，反正宋慈的银子又拿不到手上，我们不拿谁拿？"

"有道理啊，我们其实是为了宋慈好，免得他惹上情劫。"

"是啊！像我们这样的好兄弟，宋慈哪里去找？"

"孔武，我觉得还是把月钱还给宋慈吧！这样不好！"

"不还！酒家可以为他两肋插刀，但是钱打死不还！"

"对，为宋慈卖命可以，还钱不行！"

恩科的会试终于考完了，宋巩面色不错，似乎胸有成竹。

这日酉时，一名骑士扛着露布捷报冲进了艮山城门，那杆大旗上明晃晃只有两个大字：大捷！

不多时，消息传遍了大街小巷。金人南渡，在大江中被华岳所阻，金人船只被焚毁无数，偶尔有金兵冲到建康城下也被叶适派人悉数围歼。此番作战，金人损失上万人，船只损失更是无数，短时间已经没有南侵之力。

又一日,又有捷报传来。兴州合江仓官杨巨源以及余复的弟子李好义、李好古等义士共计七十人,于日前趁夜色攻入吴曦的宫殿,砍下他的头颅,蜀乱已平。

手握十万精兵的吴曦,筹划了许久的叛乱,就被这几十人平息。这七十义士中有三分之一的人是余复派去蜀中的弟子,更让人想不到的是章勇也在这七十义士的行列。

宋慈负责调查的太学尸骸案也告一段落,杀害当年斗斋四子的是钱鏊,周衍则为帮凶,韩侂胄不知情。

这三件事让朝中的局势又发生了大逆转,太学学子不再伏阙,议和党偃旗息鼓,韩侂胄重新控制朝堂。宋慈推断太学案的结果让太学学子颇为不满,认为他投奔了韩侂胄,对其鄙夷之情更甚。然而宋慈却宣称,斗斋四子虽不是韩侂胄杀的,却因韩侂胄而起,所以他也担着罪责。虽然这就是事情的真相,但是理学和韩党却都把宋慈视作了仇寇。

如今宋慈的手里只剩下轻吟阁秦卿的案子了,她到底是被谁所杀?杀她的目的只是为了嫁祸宋慈?

正当宋慈困于案情的时候,余莲舟来了,今日圣上解除了她和吴英的婚事,并恢复了她的提点之职。

"还在为秦卿的事烦心?"

"是!"宋慈点头道,"她是我的挚友,我却不能为她申冤,既找不到杀她的凶手,也不能判定歹人杀她的真正缘由。"

余莲舟说道:"如果议和党或者是赖省干的人杀了她,就是为了嫁祸你针对韩侂胄?"

"嗯！"宋慈又点了点头，"不过这也不好查！赖省干在临安城作恶多端，我定要捉拿此人归案！"

余莲舟拎上来了一壶酒，又拿出了一些羊肉饼，给宋慈满上道："喝！"

宋慈喝了一口后，道："醇香浓郁，是八月花开！你去轻吟阁了？"

"我总觉得那日发生的事情没有这么简单！"余莲舟也给自己倒了一碗酒。

当两人一边饮酒一边推演案情的时候，窗外传来了酒嗝声和口水声。

宋慈说道："我不认识这两人，你不用请他们！"

"我们认识你啊！咱们都是兄弟，不要说那些气话！"说着孔武和马永忠走了进来，一边自来熟倒酒，一边吃羊肉饼。

"好酒！"孔武大喊了一声道，"比上河村的酒还好！"

听闻上河村三个字，宋慈和余莲舟眼中都是一亮。余莲舟问道："孔武你是说此酒的味道和上河村的酒相同？"

"也不尽相同！"孔武摇头道，"比上河村的酒还要浓郁十倍！"

上河村是宋慈来临安入太学时路过的村庄，还在此破获了军粮酿酒案。回忆着往事，宋慈对余莲舟问道："你答应过帮上河村人卖酒，后来这事怎么处置了？"

"圣上同意上河村的酒卖到临安，不过上河村酿造的酒量不小，一般商人吃不下，最后还是国舅杨次山大人出面买下了所有酒，还说以后上河村的酒都送到他那！"

话刚一说出口,宋慈和余莲舟脸色同时巨变。宋慈说道:"杨次山是不是杨皇后的兄长?"

余莲舟点了点头。

"如若把上河村的酒反复蒸酿,会不会就变成了八月花开?"

余莲舟低声道:"皇后的本名就是杨桂枝,八月桂花开!"

宋慈说道:"蓝桥风月是太皇太后吴氏娘家所酿,是国丈酒。韩侂胄是吴氏的外甥,所以蓝桥风月指代的就是韩侂胄!"

余莲舟接话道:"八月花开是国舅酒,代表的就是皇后!"

"他们当日让李璧、钱象祖选择喝哪种酒,就是逼迫他们做出选择。是选皇后,还是韩侂胄!韩侂胄主张的是北伐,难道皇后竟然主张议和?"

余莲舟继续道:"当日宴请李璧和钱象祖的是一名美得如同女人的男子,颇像是皇后身边的花公公!"

宋慈暗叫一声道:"遭了,李璧和钱象祖本是韩侂胄的心腹,如今却投奔到皇后门下,这会不会有什么变故?"

"吴曦反叛被平息,金人渡江被阻,韩侂胄的局势又稳了!"

"他们会不会铤而走险?"

两人所谈的事情,已经超出了他们的掌控范围。余莲舟起身道:"得和爹爹说下!"

旋踵,宋慈和余莲舟起身走出了房间,孔武和马永忠依旧喝着酒,吃着肉饼。

余复听完宋慈和余莲舟的分析后,也感觉事态严重。虽说韩侂胄结党营私,但此时此刻北伐大局还不能缺了他。故而对两人说道:"这事我知道了,会派人给相府送信。"

总有一些事,出乎所有人的意料,余复派去的人没有见到韩侂胄。

这日戌时,李璧替圣上手书,钱象祖亲自传旨,宣韩侂胄于玉津园议事,商讨恩科殿试的策问题目。

韩侂胄看到圣旨上盖着大印,经手的又是自己的心腹李璧和钱象祖,不疑有他,奔赴了玉津园。到了玉津园中,中军统制、权管殿前司公事夏震突然杀出,割下了韩侂胄的首级。

宁宗翌日起身时得到奏报,他甚至不敢相信这事是真的,愣了许久后,这才哀叹道:"尔等竟然矫诏,杀了堂堂大宋宰执!"

余复也是震惊不已,他知道能偷到宁宗大印的只有杨皇后,议和党背后果然站着皇后。

韩侂胄死了,李璧、钱象祖倒戈,朝堂上成了议和党把持的局面。宁宗本就性格软弱,看到大局如此,便默认了此事,他将年号开禧改为嘉定,又起复了诸多理学大儒,杀了苏师旦,将他的头颅和韩侂胄的头颅一起送到了北方,开始了嘉定和谈。

宋慈眼看着时局一天天在变,却无可奈何,好在若是议和成功,叶适和华岳就要回来,如若再加上老谋深算的驸马余复,大宋还有救。

这一日,天微冷,余莲舟来到了临安城外,她戴着黑纱,眺望远方,问道:"来了吗?"

牛俊回道:"提点,再等等,就要来了!"

从黎明等到黄昏,那人终于回来了。李好古、李好义驾着马车，护送棺椁回来了。余莲舟走到马车前，手扶着马车上的棺椁，再也忍不住心中涌出的悲伤，呜咽地抽泣。

宋慈走了上前，对棺椁深鞠一躬道："章干办，宋慈来接你了！"

半个月前，七十义士围攻吴曦府邸，章勇奋勇直前，率先攻入了府邸。吴曦惊慌之下从后门逃出，章勇提刀赶上。吴曦乃是沙场猛将，武艺高超，章勇虽然不是对手，却抱着必死之心。他临死不退，虽然身中数刀，还是死死地抱住了吴曦的脚踝。当其他义士冲过来将吴曦斩首的时候，章勇却再也站不起来了。

章勇早有死志，早早写下遗书。他在遗书中说是奉了余莲舟之命前来诛杀恶贼，到死的那一刻还记挂着他的提点。

余莲舟扶着棺椁哭了，她想到了和章勇相逢相识的种种经过，想到了章勇和她并肩作战的一幕幕场景。那个戒掉赌瘾、偷偷给她买蜜饯的热血男子，却再也不能和她说话了。

在西湖的另一侧，有一座新坟，那是宋慈为秦卿立的坟墓。一位戴着斗笠的男子站到了坟前。

"那日，我不该这么早走的。不管是谁杀了你，我都会杀了他全家！"仇彦握紧了手中的刀。

一把七弦琴放到了火中，噼里啪啦地烧着，好像是秦卿最后一次给他弹曲。仇彦把步摇金钗插到了坟头上，说道："我该亲手给你插上的！"

接着又拿出了一张卖身契丢到了火盆中，他对着秦卿墓说道："我得到了盒子，交给了那个人，拿到了六千两银子，终于能为你赎身。荣氏说你虽然走了，但卖身契还是值六千两，我没有说什么，在我眼里你何止万金？可是荣氏还说，你命不好，不能为她赚钱了。我不能忍这个老妪一直欺辱你，今日就让她来陪你！"

仇彦将包袱中的荣氏头颅丢到了火堆中，那头颅在烈火的炙烤下，似乎睁开了眼睛。

夕阳西下，仇彦走了，他曾遇到一个可以说内心话的人，可是又失去了。

宋慈和余莲舟扶着章勇的灵柩进了艮山门，远远看到有铁骑疾驰而来，华岳回来了，脸上带着伤疤。

临安城似乎永远都会有风雨，也似乎永远会有一群迎着风雨勇敢前行的人。

——太学案完

第八卷 天机案

第一节
诡异夜葬

临安城外，宝石镇。

子时已过，方才还星光灿烂的夜空，当下却乌云密布，整个大地只能听到呜呜的冷风声和夜枭的啼鸣。

忽然间，刺耳的破瓦声划破了人间的寂静。

"破瓦升棺，送乔老爷上路！"

天工坊内，道士一身黄袍，摇着铜铃，撒着纸钱，弱小的孝子扛着高高的招魂幡，八名壮汉抬着阴沉木大棺材，十六名下人打着白灯笼，三十二名弟子提着纸人纸马和各种冥器出了乔家大院。

整个宝石镇都关门闭户，熄了灯火，皆不敢打扰这送葬的队伍。

一棵老槐树上，藏着三个黑衣人，其中一名身材偏瘦的男子低声道："韩三郎，他娘的这就是你说的大买卖？乔兴只是个木匠老头，他陪葬的东西有什么好偷的？"

"段九郎，你这个泥腿子懂什么？知道不？纵得罪官门，不得罪木匠。这高门大户要建宅子哪个不是把木匠师父伺候得好好的？还像祖宗一样供着？若不然房梁正不正都是小事，若是被施了厌镇之术就要家宅不宁甚至祸及子孙了！所以别看乔家只是手艺人，家里的银子可不少！"

槐树上第三个蒙面人道："乔家老汉突然暴毙，乔府竟然选择夜葬，这里面有什么说道？"

"朱六郎，你堪舆之术最强，说说看这是他娘的怎么回事？"

"你们啥都不知道吗？选择夜葬无外乎三个字，即偷、借、遮。偷是指偷天时，借是指借风水气运，至于遮字则最难。"

"别磨磨唧唧了，遮字有什么说道？"段九郎来了兴趣。

"遮是指遮蔽天机。无论是偷、借还是遮，都是逆天之事，皆要贿赂鬼神，哈哈，陪葬的冥器必定丰厚！"

"好！"段九郎喜上眉梢道，"就干这票，俺娘还等着俺娶媳妇呢！"

"跟过去看看，这等夜葬不同于寻常下葬，兴许坟头都不会起！"

出了宝石镇，大概十余里地后，送葬队伍到了青木峰下。天上依旧黑云密布，道人左手拿出寻龙尺，站在原地纹丝不动。过了一会，道人右手把烧着的黄符甩向天空，口中念念有词，黑云终于散去了，月光和星光照耀天际。

旋踵，道人再度拿出寻龙尺，来来回回走了几圈后终于选定了大概的方位。此时孝子提着一盏油灯，一人在谷底行走，兴许是年岁太小的原因，身子不停地打颤，时不时地抽泣。突然间，油灯熄灭了，孝子顿时大哭了起来。道士让孝子站在原地不要走动，他走了过去，将一杆令旗插到油灯熄灭之地，说道："吉穴就是这里了！"

道士又烧了黄纸，向冥府买了此地的地契，接着念了安魂咒，最后让孝子挖了第一铲土。此后，乔家近百号人在道士的指点下开始挖葬坑。一个时辰过去，葬坑挖好了，道士撒了铜钱碎银又烧纸钱暖坑，这才命乔家人把棺椁放了进去。

一切都按部就班地进行着，到天亮时分，葬礼完成。

韩三郎、朱六郎、段九郎三人躲在远处看完了全过程，韩三郎说道："两个撮鸟看到没有，陪葬的东西不少吧？连葬坑里撒的都是真银子，不是纸钱，那棺椁中值钱的东西肯定更多！"

"我们今夜就来！"朱六郎和段九郎同声说道。

当天夜里，三人又来到乔老爷墓地前，韩三郎说道："挖盗洞，这墓穴不小，直接挖的话一晚上都来不及！"

一个时辰后，深入墓坑的盗洞已经挖好。韩三郎拿出了一根绳索，三人为了表示相互信任都拴在了腰身上。

"段九郎，绳索都打了死结。你身材最为瘦小，你进去，我和朱六郎在外面看着。我等有福同享有难同当！"

"好！"段九郎手拿一盏小小的煤油灯进了盗洞中，又翻进了葬坑里。

"发财了！好多值钱的宝贝。"段九郎在盗洞里面喊了一声。

不多时，段九郎从里面拿出了几个陶罐和银壶，不过上面都被黄符封住了壶口。

"打开看看？"段九郎瞅了一眼身旁两人。

"小心为妙！"朱六郎不安道，"上面都有符咒，会不会碰到邪祟的事情？"

"我们来是为了发财的，怎怕这种鸟事？"韩三郎吼了一声。

"也是！有什么可怕的！"段九郎啪地一下撕开了封条，陶罐里面装的都是满满的铜钱，银壶里面都是银锭。

"娶媳妇的银子有了！"段九郎高兴得热泪盈眶。

"开棺！"韩三郎说道，"棺椁中说不定有金子！"

朱六郎此时也不怕了，说道："段九郎，我和你一起进去。"

不多时，两人钻入了盗洞，进到了墓坑中。这是一具用阴沉木打造的棺材，十分精致，棺材盖上还镶嵌着七颗珍珠，呈现出北斗七星的形状。

"好棺材！"朱六郎叹道，"这棺材放到棺材铺里售卖，就能在临安城换回一栋房子！"

段九郎忍不住就要去抠棺材盖上的珍珠，可是这珍珠已经嵌入了阴沉木板中，一时半会还拿不出来。

"脚踏七星，魂归北斗！"朱六郎感叹道，"这乔老爷只是小小的木匠师傅，没想到这么有钱！段九郎，别慌着弄珍珠了，棺材里肯定还有宝石。"

两人互看了一眼，在棺材板边一起用力想把棺材盖推开，可以许久之后棺材盖却纹丝不动。段九郎不死心，出了盗洞，拿了一根撬杆回来。他和朱六郎两人一前一后，开始撬棺材。

"嘭"的一声后，棺材板撬开了。段九郎刚探出了头，突然间，棺材中猛地射出了数根毒针，还有银色的东西一同喷出。段九郎哪里料到会有这种变化，躲闪不及，脸上就中了几根毒针，身上也被怪水喷到。霎时间脸色发黑，头吐白沫，一下子瘫倒在地，不省人事。

朱六郎虽然站在段九郎身后有了遮挡，但是胳膊还是被一根毒针擦过，身上也溅了一些银色怪水。眨眼的工夫，整个手臂都麻了。不仅如此，鼻头好像还闻到了什么，开始恶心想吐，浑身酸痛。

"救我!"朱六郎拉了拉身上的绳索。

守在墓外的韩三郎急忙拉动绳索,却不知不觉间喉咙发痒,开始不停地咳嗽,整个人也变得烦躁不安起来。

废了九牛二虎之力,朱六郎终于爬出了墓穴,身子被绳子最末头的段九郎拖住。一阵山风吹过,朱六郎像变了一个人一样,双目通红,喘着粗气,一下子扑向了韩三郎。

"朱六郎!你怎么了?下面发生了什么事?段九郎呢?"

朱六郎张开了嘴,韩三郎闻到了一股恶臭。

"难道被恶鬼附身了?"韩三郎此时也没了发财的心思,急忙把朱六郎推开,可是他们三人都捆在了一根绳上,还打了死结。

韩三郎急忙想解绳扣,朱六郎又扑了过来。

"别过来!"韩三郎坐在地上,手撑着地,急忙向后退,又一口咬在绳扣上。不过此绳被桐油浸泡过,十分坚韧,根本咬不断。幸好韩三郎绑脚处还藏着一把匕首,他将匕首抽出,用力割着绳子。

朱六郎如同疯狂了一样,再次扑了过来。韩三郎大喝了一声,割断了绳子,转身就跑。可是背部还是被朱六郎抓了一下,留下了道道血印。

这日,宋慈三人搬回了斗斋。辰时,院子还没打扫干净,县尉曹博就来了。

"宋公子,宝石镇出了大案,尸变了,余大人让你去一趟。孔少侠和马公子也来,这事少不了你们出力。"

孔武和马永忠正歪在斋室的藤椅上享受久违的闲适，纷纷不情愿地说："今日休沐，不去不去。"

宋慈看着两人的模样，也故意坐在石凳上抱怨道："不去！连月钱也领不到，还去干吗？"

孔武和马永忠一听来了精神："去啊，为啥不去？"两人一左一右架着宋慈道，"你领不到，我们领得到啊！"

宋慈看着身旁这两个夯货道："你们会把月钱还给我吗？"

"跟我们谈什么钱？我们可是兄弟！"

一行人等出了余杭门，路过西湖旁的宝石峰，便到了宝石镇外十里地的一处环山抱水的风水宝地。

前方不远处是一座刚建好的大坟，衙役早已封锁了周遭。令人称奇的是寻常这种案子发生后，都会有不少乡民围观看热闹，今日却连一个人都没有。即使地上还有很多散落的铜钱和银锭，也没有闲人碰一下。

问了一旁的曹博，宋慈才知道，原来埋在这里的是宝石镇天工坊的乔老爷，世人皆传乔兴乔老爷的木匠手艺巧夺天工，是鬼神之术，有神灵护佑。若有人打扰他的安宁，定会被乔老爷的英灵惩戒，故而四周的乡邻也不敢来。

宋慈眺望不远处猜测道："这难道是一起发冢案？"

孔武不解地看了看宋慈，又转身对马永忠问道："撮鸟，考考你，什么是发冢案？"

马永忠老实回道："所谓发冢案一般是盗墓案，查案时要调查被掘的坟冢是什么山向，坟围的长阔各是多少，坟土的狼藉情况，开挖有多深，有没有开棺等等。"

孔武瞪眼道:"画呆子,这不是你的老本行吗?说说是不是你干的?"

马永忠急道:"孔武,你不要瞎说,会害我吃板子的!"

宋慈来到了上风口处,被挖掘的坟墓是一座新坟,坟冢侧后方有一个一尺多宽的盗洞。离盗洞七八步处有一具尸体仆倒在地,尸体的腰间绑有一根绳索,绳索的另一头还在盗洞里面。想必这就是那具传说中尸变的尸体。

曹博还是老样子,让衙役搬来了一把藤椅,跷着二郎腿躺在上面,一边哼着淫曲小调,一边从怀中摸出了姜豉,一颗颗地丢到口中。

"宋慈,这里交给你了,届时弄好《验状》和《验尸格目》等文书,便找我来签字画押。"

"好。"宋慈转过了身,对孙仵作说道,"烧皂角、苍术,燃避秽丹,准备验尸!"

一行人都轻车熟路,井然有序地进行着,死亡的盗墓贼一身黑衣,肌肉紧致。孙仵作验完尸体背面的情况后,又把尸体翻了过来。

"好臭!"一旁写《验状》的书吏叫了一声,连经常验尸的孙仵作也忍受不住这气味,作势欲呕。

宋慈颇感诧异,按道理这人死了还没多久,尸体不会发臭才对。他从柳木箱中拿出了生姜含在口中,又用面巾蒙住口鼻,走到了尸体前。这具尸体的恶臭主要是从口中发出的,有一股铁腥味。宋慈撬开了尸体的嘴,口腔有溃烂之态,牙龈出血,牙齿松动,在一处牙龈脱落的地方还有一条蓝色的如同头发丝大小的细线,尸体的右臂则是乌黑一片。

"快散开!"宋慈大喊了一声,"都到上风处歇息一下!"

方才在墓穴旁的几人几乎同时有点儿头晕目眩,到了风口处休息了许久,这才缓过神来。

孔武不解道:"什么毒,这么厉害?"

"他手臂中了毒,虽剂量不大,没当场即死,但却是致死的缘由。至于口齿之中,乃是中铅精之毒的迹象。铅精即是水银,容易挥发,闻多了能让人发疯!"

"铅精?还有这种东西?"孔武看了看不远处的坟冢。

宋慈又对马永忠说道:"给曹县尉说,让尸亲签字画押,我们得把坟墓挖开!"

曹博探案时对宋慈都是言听计从,只要不耽误他吃姜豉就行。未几,尸亲被带到,穿着孝服白晃晃地跪了一排。乔兴虽快到花甲之年,但是大儿子才八九岁,小儿子也才三四岁,幸好还有一群跟了许多年的徒弟。只是这些人听闻要挖掘坟墓,便开始哭天喊地,打死不愿意,更有甚者当场就要拼命。

曹县尉被眼前的景象吓住,走到宋慈身边,小声问道:"真的要挖吗?掘人祖坟好比杀人爹娘,这是解不开的大仇啊!"

宋慈看了看曹博,又看了看乔家人,朗声道:"你们看看盗洞中的那根绳索,如果没猜错的话,盗洞里面还有一具盗墓贼的尸体,尔等忍心看见先人和盗墓贼一起长眠于此?"

"这?"乔家几人面面相觑。一人大着胆子叫道:"师父尸骨未寒,你们就要挖坟曝尸,天理不难容啊,定会遭天谴的!"

另一人接口道:"是啊,盗墓贼就是这样死的,你们还敢挖墓？"

第三人说道："若是墓中没有另一具盗墓贼尸体又如何？"

"是啊！又如何？"乔家人齐声附和道。

宋慈看了看几人道："若是墓穴里没有另一具盗墓贼尸体，尔等就可以将我押到县衙，宋慈甘愿受罚！"

虽然宋慈话都说到这个份上，但是乔家人依旧不情不愿。孔武急了，拉着一个乔家人走到盗洞前，道："那你就拉着绳索把那东西拖出来！"

此人硬着头皮只拉了一下绳索，突然就头晕目眩、恶心想吐，再坚持一下，转身便跑了。孔武还要拉第二人，那人却跪在地上道："我愿签字画押！"其他人看到凶神恶煞的孔武，又看了看被毒晕的第一人，都不再坚持，点头说道："我等也愿意！"

宋慈把衙役分成了几拨，说道："用布巾蒙住口鼻，从两侧开挖，一炷香的光景后就换下一拨人上来。若是感觉不舒服，赶紧退下。"

诸人点了点头，拿起了器具开始挖坟，一旁的乔家人却开始惴惴不安，有些人还接连呕吐，也不知是不是中了水银毒。

宋慈让孔武把乔兴长子找来，此子才到总角之年，脸上都是胆怯之色，回话也是支支吾吾，问不出个究竟。

宋慈又找来了乔兴的大徒弟乔孝，问道："墓里为何有水银？"

乔孝面露苦色道："我也不知道，棺椁中并没有那些东西，师父只是交代棺椁合上后就不能打开，若不然定遭天谴！"

"你来乔家几年了？"

"六年！"

"那你说说乔家的情况！"

"好！"乔孝应了一声，说了下去。

乔家一直以木匠活为生，六年前在宝石镇开了天工坊，承接各种木匠活，以过硬的本领渐渐打开了局面，日子过得还算滋润，也积攒了不少钱财。前日早上乔老爷突然暴毙，临死前交代了一些事情后就一命呜呼了。

盘问了乔家人，宋慈再次查验了盗墓贼的尸体，他手臂处以及胸口处各有抓痕，似乎死前和人纠缠过。绑在身上绳子的另一头，也有被刀刃切割的痕迹。

"这是怎么回事？被鬼抓了？"孔武疑惑道。

"中了水银毒的，常会思绪混乱，精神异常，连亲人也认不得。孔武，你带几个人去附近找找，看看还有没有其他盗墓贼的身影。"

"好！"孔武扛着乌梢棒招呼了几名衙役，朝不远处的山沟中走去。

一个时辰后，乔兴的坟冢终于被挖开，墓室的棺椁已经被打开，棺椁之旁还躺着另一具盗墓贼尸体。

孙仵作查探发现，此人身上中了几根毒针，头面、胸口都是青黑色，肚腹鼓起，口内吐血，肛门内泻血。

"宋公子，这是什么毒？"孙仵作问道。

"应该在毒针上涂抹了虫毒，具体是什么虫，则要细查！"

马永忠刚要去棺椁前看一眼，宋慈立马拉出他道："不要去，棺椁里应该有毒气！"

恰在此时，孔武也来了，身后还跟着一群黑衣人，打头之人正是刚刚恢复提点一职的余莲舟，第三名盗墓贼则躺在板车上，生死不知。

宋慈走到余莲舟身旁问道:"皇城司对这起发冢案也有兴趣?"

"临安城木匠手艺最好的师傅共有四人,人称四大巧匠,乔兴是其中之一。其他三名巧匠失踪许多日了。你这儿有什么发现?"

"哦?"宋慈把这里的调查所得详详细细告诉了余莲舟。

"看了棺中情况吗?"余莲舟又问了一句。

"还没看,里面可能有毒。不过棺材板上有七颗珍珠,呈现出北斗七星的形状!"

听到这里,余莲舟身边一位精干男子眼睛一亮。

余莲舟介绍道:"他是薛文师兄,最懂堪舆和机关之术,为了巧匠的案子,我把他从爹爹那里要过来了!"

薛文朝宋慈了拱了拱手道:"棺材盖上有北斗七星?此人是夜葬?下葬之人是四大巧匠之一?棺材里有毒气?"

宋慈点了点头。

"把棺材板盖上!"薛文沉声道。

一旁的曹博不愿意了,说道:"那怎么行,案子还怎么查?"

"我自有法子!"

余莲舟点了点头,宋慈也点了点头,曹博看到这两人都同意了,摆手道:"这事我不管了,你们看着办!"

几名衙役戴着面巾,把棺材盖推了回去,霎时间,那种让人闻之欲呕的感觉消失殆尽。

薛文又说道:"把棺材垫高几许,最好抬起来!"

临安县的衙役找来了两根棺材杆,八个人把棺材抬了起来,又在棺材下垫了石头。乔家人见此不乐意了,疾呼道:"你们要做什么？我等定要去官府告状！"

薛文躬身看了看棺材的底部，说道："果然是阴阳棺！"

余莲舟也不知道阴阳棺是什么，不解地看着薛文。薛文指着棺材底板说道："你们看看这里是不是嵌着六颗宝石？还是南斗六星形状？"

宋慈和余莲舟低头看了一下，果真如此。

薛文继续道："南斗注生，北斗注死。这棺材不仅是棺材，更是一具精巧的机关。若是强行打开棺材就会触动棺材里的机关，里面就会有毒针和毒水射出。"

"那要怎么办？"余莲舟不解问道。

"关键就在于底下的南斗六星。"说着薛文看了看乔兴的大弟子乔孝。乔孝额头上都是冷汗，却一句话也不说。

薛文爬入棺材底部，手指放到了两块宝石上，说道："南斗第一星司命，第五星度厄，想必同时按下这两颗星辰，就可以解开棺材中的机关！"

说话间薛文按了一下，可是棺材并没有什么变化，乔孝不由冷笑了下。薛文想了想，又把第三根手指放到了一颗宝石上，道："没想到乔老爷还想延寿！"说着同时按下了司命、度厄以及延寿三颗星。

未几，棺材里响起咯噔的机关转动声。

薛文又让衙役把棺材放了下来。乔孝万念俱灰，一时不知该说什么。

薛文指着棺材盖上的北斗七星珍珠道："要把棺材再锁住重新启动机关的话，想必和北斗七星有关，开动机关是不是要按下北斗七星的第五星，廉贞五鬼？"

乔孝没料到官府里竟然有人会机关术，惊得目瞪口呆。

薛文看了看不远处的两名盗墓贼尸身，说道："这几人想必强行开棺，便触发了机关，所以丢掉了性命！"

乔孝张开了嘴巴，想说什么，可是过了一会，却什么也没说。

薛文把手放在了棺材盖上，对余莲舟说道："小师妹，要不要开棺？"

乔孝挣扎了下，叫道："不要！"

薛文冷笑道："若是我没猜错的话，棺材里面有指甲、有毛发、有血液、有写上生辰八字的黄符，还有衣物，但是绝对没有尸首！它连衣冠冢都算不上！"

"你莫要侮辱师父的尸身！"乔家人齐齐动怒，就要冲过来阻止。

牛俊领着察子堵在了乔家人的面前，余莲舟柔声道："师兄开棺吧！小心点儿！"

说着余莲舟转过了身对乔家人说道："若里面真有乔老爷的尸首，我余莲舟便向皇上请辞，诸位可满意？"

孔武站在宋慈身旁轻声道："你媳妇跟你一样，赌得挺大的！"

薛文手上略微用力，棺材盖咯噔一下打开了。此时并没有毒针飞出，也没有奇怪的气息涌出。

又等了一会后，余莲舟和宋慈松了一口气，走了上前，他们朝棺材里看了一眼，便面面相觑。棺材里竟然真有一具尸首。孔武和马永忠见状也走了上前，顿时也迷惑不解。

乔孝看着几人的脸色，怒吼道："他们破坏师父的尸身了，我们和他们拼了！"

霎时间，乔家人又蜂拥向前。

宋慈瞅了瞅尸体道："假的，这具尸首是假的！"说着宋慈用手碰了碰尸首的脸，那脸眼看着就要塌了。

"别碰，千万不要碰坏了！"乔孝跪在了地上。

"说吧，是怎么回事？"宋慈问道。

乔孝看了看身后的师兄弟，心中万分纠结，不知该不该说。

余莲舟看了看尸身道："乔兴好手段啊，竟然会塑骨。这具假尸身的骨架是什么所造？是木头吗？血肉用什么造的？好像有黄泥还混合了一些血肉！"

薛文看了看乔兴墓碑上的生卒年岁道："乔兴属马，应该用的是马血和马肉以及黄泥，假身的皮肤用的也是兽皮！"

余莲舟走到乔孝身边问道："乔兴还活着吗？"

乔孝跪在地上磕头道："大人在上，小人真的不知！"

宋慈走到余莲舟身边说道："看来要找找乔老爷问话了！"

"嗯！四大巧匠，三人失踪，一人假死！是该去乔府看看了！"

乔孝哀号道："恳请大人让我们把棺材放回墓穴，回填封土！"

余莲舟看了看周遭，盗墓贼的尸首已经被拖出，便嗯了一声，权当答应了。

乔孝急忙留了大半的乔家子弟，自己则跟在宋慈和余莲舟等人的身后向乔府走去。

第二节
藏诗锁

乔家院子的大门虽然不算气派，但宅院里面却别有洞天，修得富丽堂皇，巧夺天工，其奢侈之处甚至超过城里的一些大户人家。

乔家的主母孙氏年岁不大，比之乔兴的大徒弟乔孝还年轻少许。见到宅子里来了这么多官府中人，孙氏有点儿慌乱不堪，无从应对。

问了一些事后，宋慈和余莲舟派人开始四处搜查。不多时，两人不约而同到了乔家的祠堂中。在祠堂的正中挂着一幅鲁班仙师的画像。马永忠在一旁嘀咕道："这幅画有些年头，不过技法一般！"

宋慈侧转了身，祠堂里除了乔家历代先祖的牌位外，还有一幅《农耕图》。图中群山环绕之下有一片谷地，里面是三两块农田，山中正下着大雨，几名农夫穿着蓑衣正在稻田里耕作。在农田之旁有一条小溪，一名牧童骑牛正从小溪上的石桥经过。

马永忠又来了兴趣，走到宋慈身旁说道："这幅图也有些年头，技法也一般，不过这座石桥却画得很精致，连石桥下悬挂的斩蛟剑上的花纹也画得一清二楚。"

宋慈看了看乔孝，乔孝回道："画中的地方乃是师父的祖居地，几年前师父看到这幅画，思乡情切就买了下来，之后就一直挂在祠堂里！"

薛文在祠堂里四处走了走，又敲了敲墙壁道："这房子有点儿古怪！"

马永忠一旁嘀咕道："是有古怪啊！这鲁班仙师的画像下怎能有鱼缸？"

听闻这句话，乔家主母孙氏脸色一变。

宋慈验尸多年，对这些术数也有一些粗浅的了解，说道："这是正神下水。木匠多懂堪舆、厌镇之术，正所谓'零神上山必损财，正神下水必损人丁'，鲁班师傅位列仙班乃是天上神仙，鱼缸不该放到神像之下。"

余莲舟挥手让人搬走了鱼缸，看了看底下的台面说道："鱼缸底下的灰尘和周遭没有区别，想必鱼缸是刚刚抬到这里的！"

孙氏身子微微晃动了下，就要站不稳。官府的人来了，家里的人又大多去了葬地，她一个弱女子急切之下想要遮掩一番，不承想反而坏了事。

在鱼缸的背面墙上是一些古怪的卯榫结构相结合的木条，一眼望去看不明白是什么东西。乔孝对孙氏使了个眼色，手往下按了按，意思似乎是说："安心，他们打不开这个东西的！"

"这是什么？"宋慈对乔孝说道，"打开它！"

乔孝扑通一声跪在地上道："不是草民不开，是真的不知道它是什么东西，这祠堂师父平日里就不让我等过来！"

宋慈的目光又扫向乔兴的其他弟子，这些人也纷纷躲避。孙氏摸了摸胸口,只要官差打不开这东西,一切就有转圜余地。

就在此时,薛文走到余莲舟身旁说道:"这是十二连环鲁班锁,我可以试一下!"

不远处的乔孝脸色一变,但是又自我安慰道:"即使知道机关的名字,也不是一时半会能够打开的!"

薛文站在了十二连环鲁班锁前,开始观摩此锁的形态。宋慈让孔武把乔家的人都赶出了祠堂,只留下孙氏和乔孝。

待到无关人等离去后,宋慈走到祠堂正中说道:"乔兴,我知道你没有死,也就藏在这里,还能听到我们说话。你若是没做亏心事,不妨出来与我见面!"

孙氏和乔孝满头大汗,也不知想些什么。薛文开始解十二鲁班锁,细心摆动着一根根木条。

见到祠堂里还是没有反应,宋慈又说道:"乔兴,你是在种生基偷天命吗?"

祠堂里寂静无声,只有薛文摆弄鲁班锁的声音,过了片刻,只听见当的一声,鲁班锁打开了。

孙氏和乔孝的心在狂跳。不过过了片刻,鲁班锁却又一点儿动静都没有了,后面也没有暗门被打开。乔家主母刚想松一口气,薛文却似有所悟道:"原来如此!"

"啪!啪!啪!"薛文朝鲁班锁拍了三巴掌,旋踵传来了齿轮转动的声音。薛文松了一口气道:"这把锁设计得极为精妙,是十二连环鲁班锁与三巴掌锁结合而成。所谓三巴掌锁,就是锁解开后,还要对锁拍三下,让里面的齿轮震落,才能真正解开。"

不多时,墙面上出现一道暗门,宋慈对目瞪口呆的孙氏和乔孝说道:"要不要一同进去?"

进入暗门,便看到了一间不大的暗室,一位花甲之年、精神矍铄的老人端坐在床沿,手扶着床头栏杆,静静地等着宋慈等人的到来。

"乔兴,你还没逃?这里应该不止一处出口!"宋慈坐到正对面的椅子上。

乔兴脸有沮丧之色道:"既然所有把戏都被你们看穿,逃又有什么用?"

余莲舟坐到了另一把椅子上道:"如此正好,可以把所知道的一切都说了!"

"老夫知道什么?又要说什么?"

余莲舟看了看一旁的薛文,薛文心领神会道:"你在用种生基的手法偷天命,这种道法不能见天光,必须藏于暗处七日,守足回魂之数,才能遮掩天机!"

孔武不由乐道:"那好啊,如果他不老实说话,就把他拉出去晒晒太阳。"

乔兴脸色阴晴不定,最后叹了一口气道:"唉,这就是天命!"他又指了指乔孝等人道:"让他们出去,你们想问什么就问吧!"

孔武把孙氏和乔孝送走,乔兴给自己倒了一杯茶道:"所有的事情要从一把夫妻锁开始……"

前些日子,临安城中出现了一个蒙面怪人,他手拿一把夫妻锁四处寻找开锁之人。夫妻锁不算顶尖的锁具,但想打开也不容易,需要两把钥匙协同一致共同用力才行。几日后,终于有人打开锁了。怪人给了开锁人不少银子,接着又说他还有一些锁要开,若是能打开其他锁，报酬更多。

开锁人跟着去了，只不过打开四把锁后就失败了。消息传开后，去怪人处开锁的匠人越来越多，不过大多是铩羽而归。据回来的人说，怪人住处有七个房间，对应七把锁。打开第一把锁便给银十两，第二把锁二十两，以此类推，若是能打开第七把锁，除了可以得到所有的赏银还能再得到黄金百两。

一时间临安附近的能工巧匠都去了怪人处，虽说没人能打开第七把锁，但是都实打实地得到了银子。这时候有四大巧匠之称的乔兴等人坐不住了，无论是为了银子还是名声，他们都不得不去怪人处一趟。

"你们怎么去的？"余莲舟盯着乔兴问道。

"唉！"乔兴叹了一口气说道，"不怕各位官老爷笑话，老夫到了今日也不知道是怎么去的那个地方！"

"哦？究竟是怎么回事？"

乔兴定了定心神又说了下去。他和其他三名巧匠到了约定的地点，怪人给每人倒了一杯酒，说若要去那个地方，就必须先喝酒。

乔兴不疑有他，喝了这杯酒，脑子就变得昏昏沉沉。再醒来的时候，却发现自己在一具大棺材里面。棺材十分严实，里面漆黑一片，若不是有一个气孔通气，想必早就被闷死了。他躺在棺材里不知过了多久，醒来又睡，睡了又醒，反复多次后终于到了怪人的住处。

从棺材里爬出来后发现这是一间密闭的暗室，整个屋子黑乎乎的，只有一盏油灯，也看不到其他巧匠的身影。乔兴是顶尖的机关高手，没用多久就在墙壁处发现了暗锁。

世间的锁分为明锁和暗锁，明锁是一眼能看到锁的，暗锁是藏在墙体或物件中的。乔兴找到暗锁后，又在房子里找到了一些工具，打开了锁，一道暗门出现了。在门背后又是一间暗室，暗室桌子上放着第一把锁的奖赏十两银子。就这样乔兴一连打开了六道暗门，手头也有了六百三十两银子。

在最后一间房子中乔兴又看到了一把锁，但他绞尽脑汁也没有打开，最后无可奈何在房间中说道："在下打不开这最后一把锁！"

未几，有蒙面人出现，又给了他灌了一杯酒。接着乔兴再一次昏睡，醒来时已经回到了出发时的那间酒肆。这一去一回，整整过了三天，包袱里还装着他打开六道锁的六百三十两赏银。

乔兴回来后对经历的事情闭口不谈，不过几日后他就变得惴惴不安了。因为和他一起去怪人处的另外三名巧匠，一直不见踪影，按乔兴的推断，这三人都有打开第七把锁的能力。又过了两日，有人说在钱塘江中看到了其中一名巧匠的尸首，这消息无论真假都让乔兴彻底坐不住了。

乔兴盘思道，那群怪人为啥要找能开锁的巧匠？是为了开密室？或者去盗墓？但不管怎样，他们干的定是见不得光又会掉脑袋的买卖。

又等了几日，三名巧匠依旧没来。乔家大宅旁边又有陌生人出现，乔兴冥思苦想了一夜，终于想出了一个法子。

宋慈此时插话问道："为何你笃定他们还要找你？"

"整个临安甚至在两浙路和江南，我们四人都是机关术最厉害的。如若那三人没做成蒙面人想做的事，定然会找我再去试试！"

余莲舟问道："我听闻在你们四人之上还有两人的机关术更厉

害，人称雷氏双雄！"

乔兴微觉诧异道："姑娘也知道他们？"

"略有耳闻。"余莲舟点头道，"这两人据说来自江南西路，世代以木匠为生。双雄中的大雷雷景曾是皇家工匠，光宗皇帝的陵墓就是他主持修建而成，和朝中大臣多是故交，前太医局令秦济世更与他交好！"

"唉！"乔兴哀叹道，"不瞒二位大人，皇家工匠虽然光鲜，但脑袋一直拴在裤腰带上，一不小心就掉了！十几年前雷景不就是突然在人间消失了吗？"

余莲舟又说道："二雷雷修是雷景的堂弟，据说技艺不弱于大雷，不过一直都在民间，此人很少抛头露面，知道他真面目的人也不多。"

"我知道了！"乔兴恍然大悟道，"蒙面怪人布此局，不是为了找我们四大巧匠，而是想找到雷修。"

宋慈打断乔兴的联想，问道："你布置种生基这出戏就是为了这个？"

"嗯！"乔兴点了点头。

薛文插话道："所谓种生基，就是把生人当死人办。将人的毛发、血、牙、衣物连同八字埋入风水地穴之中，以求蒙蔽天机。可是你比别人更甚，不仅打造了一具阴阳棺，还弄了那样一具假身！"

余莲舟接话道："这两样东西都不是一两日可以弄出的，你怎么知道会发生蒙面怪人的事？"

"唉！"乔兴叹了一口气道，"木匠都懂一点儿阴阳术数，老夫也是如此。今年老夫流年犯阴煞，加之是杀破狼的格局，必定有大劫难。要是不贪钱就好了，就不会坏事，更不会引起杀局。唉！怎么就没想到这点呢？"

"所以那些东西都是你一早准备的？"

"嗯，命相如此！加之碰到蒙面怪人这事，就认为劫难来了，所以这才夜葬种生基。这一来是想骗过那些蒙面人；二来是做这法术让自己心安。没想到人算不如天算，还是被人发现察觉了！事到如今，老夫要说的都已经说了，二位大人见谅，莫要为难我的家人，乔兴在此谢过了！"说着乔兴长鞠一躬。

宋慈沉思道："为何要做阴阳棺？还要布置毒物？是怕有人盗墓吗？"

"确实如此，只是没想到真有盗墓贼因此而死，这是老夫的罪过！"

"还有一个问题，蒙面人约你们见面的客栈在哪里？"

"就是宝石镇中的临风客栈！"

宋慈和余莲舟问完了话走出了密室，乔兴却打死不愿出来。孔武不解道："他还怕什么？衣冠冢都被挖了！"

薛文回道："他的道术快成功了。"

听闻此话，其他几人齐齐看着他。薛文又道："他这套术数就是借命续命，盗墓贼死了俩，最后一个也中了毒，他们的命就续给了乔兴。只要乔兴待在里边至少七日，不见阳光就可以了！"

宋慈摇了摇头道："都是无稽之谈，这个乔兴胆小、贪财还神神道道，总觉得还隐藏了什么！"

"我也有这样的感觉！"余莲舟回头看了看谭峰道，"你带人守在这里，如若有什么风吹草动，立马回报！"

"属下遵命！"

宋慈想了想又道："如今乔兴是临安最厉害的巧匠，蒙面怪人十有八九还要来找他，还要多派点人手！"

"言之有理！"余莲舟说道，"谭峰，你带三十名察子守在此地。若发现情况不对，直接用我的手令去皇城司亲兵营调人！"

"谭峰定不辜负提点所托！"

"走吧！"宋慈轻声说了一句。

孔武诧异道："去哪里？"

"临风客栈！"说着余莲舟第一个走出了乔家大宅。

临风客栈是间不大的客栈，即使在小小的宝石镇中也不起眼。一行人到了客栈一问，方知道这间客栈的原掌柜在几日前就把客栈盘出去了，现在是新掌柜在经营。至于以前客栈的账房和伙计也被原掌柜带走，一个不剩。

"这群人跑得挺快！"宋慈在客栈了查看了一圈。

余莲舟沉思道："乔兴等人是躺在棺材中去那个地方的，来回两三日光景。这些日子以这种方式去那暗室的巧匠不少，兴许可以从这里入手。"

宋慈深以为然道："这么多棺材在宝石镇中进进出出，不可能一点儿线索都不留下！"

"牛俊！"余莲舟喊了一声。

"属下在！"

"你派人四下打探此事！"

"属下这就去办。"

临安县衙，余复打发走李好古、李好义两兄弟后，信步来到偏房中。这里平日除了余复，没人能进来。在房屋的正中摆放着一幅容貌端庄的宫装女子画像。

"齐安，女儿回皇城司了，城里又发生了巧匠案，她要查到那件事了！"

余复给齐安公主的画像上了三炷香，又道："女儿还是没原谅我这爹爹，送过去的蜜饯，她原封不动退了回来。给她买的发钗和绫罗绸缎也不要，每天都是男子打扮，说若不能为你申冤，她一辈子都不要这些东西。"

余复倒了两杯酒，举起其中一杯酒说道："齐安，你陪我喝喝酒，说说话。我们这个孩子聪明、孝顺、秀美，但就是倔强。我告诉过她，是你不让查此事的，可是她就是不听。前些日子莲儿被逼嫁给了吴家的孩子，我恨不得杀进宫去。可是你说过，你想大宋好好的，也想我父女好好的。如今她一步步走近真相了，你告诉我，若是她有天问起那事，我是说还是不说？"

大半个时辰后，余复走了出来，偷偷擦拭了下眼角的老泪，便看到了前来复命的宋慈。

余复看了看宋慈身旁的李好古，问道："莲儿还是不愿来看他这个爹吗？"

"小师妹说，老师你事务缠身，就不来打扰了！"

"唉！"余复叹了一口气道，"她那儿你还得派人盯着，莲儿就喜欢吃点儿甜食，她若是不收的话，你就买了交给牛俊，让他去送。"

"老师放心！我这就去办！"

待到李好古远去，宋慈才跟在了余复的身后。

"老夫还有文书要批复，去书房给我研墨！"

宋慈应了一声，到了书房，一边研墨，一边讲述今日的办案经过。余复改着手中的文书道："乔兴这事不简单，你要好好查查！"

"晚生知道了。"

"你知道圣上让人带着韩侂胄和苏师旦的首级去北方和谈了吗？"

"晚生有所耳闻！"

"奇耻大辱，荒天下之大谬。韩老贼纵是再不得人心，也是大宋的宰执，怎能让议和派那些人胡来！"

"大人，我们该怎么办？"宋慈停下了手中的活，竖起了耳朵，对朝堂大事，余复向来看得通透。

"议和一事看来已经不可挽回。不过叶适在建康府得胜，吴曦又已伏诛，就还有的谈！如若只是亏欠点儿金银绸缎那也就罢了，就怕割地求和！"

"朝中能同意吗？"

余复长叹一声道："关键就在于圣上的心绪，若是心绪坚定点儿，就不会答应和谈！"

宋慈沉默了，宁宗虽然节俭，但是性格有些软弱，若被人施压，定会让步。

余复又道："如今是和谈的关键时期，金人若想要大宋国土，在临安城中必会再有动作。你除了关注手头的案子外，也要想法子打探出赖省干的行踪。"

宋慈点头称是道："此人的老巢一直没被发现，他和朝中议和党想必也有所勾连。"

"华岳在建康府立了功，皇上擢升其为殿前司都虞侯的旨意就要下来了。你若是发现赖省干巢穴，集合县衙、华岳所掌握的殿前司、莲儿皇城司探事司兵马，雷霆之下，必能一举抓获此獠，若不然大宋一日都不得安宁！"

"晚生明白！"

"下去吧！"

出了书房，宋慈本要去找宋巩，却被告知宋巩又去城外欂馆了。此番他会试得中，将要准备接下来的殿试。

其后几日，发冢案依旧没什么进展。这一日天才蒙蒙亮，宋慈就听到孔武和马永忠在院子里叫喊。出门一看，这两人却在摆弄着锁具。

"你们在干什么？"宋慈不解道。

"开锁啊！"孔武回道，"你没听到吗？乔兴靠开锁赚了六百三十两银子，我们怎么说也得赚十两、二十两吧？"

"如今再学不觉得晚了吗？为何不去找薛文？他至少能开六个房间的锁，届时你们二一添作五把银子分了多好？"

"对啊！"马永忠想了想又道，"可是薛文如同泥塑人一样，除了余提点从不与旁人多说话！"

"怕啥！"孔武捏着乌梢棒道，"打服他便是！"

正当孔武和马永忠又想歪点子赚钱的时候，余莲舟带人走了进来，薛文也跟在她的身旁。

"有线索了吗？"宋慈问道。

"查了几日，临安府到两浙路、江南路的道口都去盘问过，最近没有见过经常运棺材的队伍。离宝石镇一日路程的各个村镇也调查过，也没发现异常之处！"

宋慈看着余莲舟道："如若不是往外送……"

"那就是往城内送！"余莲舟回道，"乔兴被迷晕之后，路程就不能按寻常的法子计算。如此频繁地运送棺材出入城门，十有八九只有棺材铺才不让人起疑。我已让牛俊去各城门打探，应当很快就有消息传来！"

不多时，牛俊来了，在余莲舟耳旁轻言了几句。宋慈问道："找到地方了吗？"

"这几日北土门外经常有运棺材的马车出入，牛俊打听了下，大多是荣生棺材铺的。"

"走！"

一行人等出了斗斋，过了妙明寺、丈司营，到了东清门附近的一条小巷。在一处不起眼的拐角处，有一座不大的棺材铺，正是荣生棺材铺。

孔武拍了几下门环，里面没有任何反应。

"把门砸开！"余莲舟喊了句。

未几，牛俊带人砸开了门，铺子里空空如也。

"四处找找看！"

宋慈环顾了周遭，看向了铺子后院的厝屋，这里堆放着各式各样的棺材，有些棺材上的油漆尚未干透。余莲舟也带人来到了这里，对手下说道："仔细查看下，把棺材板都打开！"

一炷香的光景后，有察子大叫道："找到了！"

在一具棺材的底板下面有一道暗门，打开暗门是蜿蜒而下的密道。余莲舟命人点亮了火把，待地道里气味散尽后，带人走了进去。

走了几十步后又是一道门，打开便见到了一间密室，牛俊点燃了密室墙面上的油灯。

"这应该就是乔兴所说的那间暗室！"

孔武和马永忠一听来了兴趣，跃跃欲试，四处找着暗锁。

"薛师兄，有劳了！"余莲舟轻声说了一句。

薛文打量着密室，没过多久便找到了一个阳刻的狮子头，接着又从怀中摸出了铁丝，开始拨拉着狮口。

马永忠好奇道："这就是暗锁，锁眼就在狮口中吗？"

孔武急切道："薛兄弟能不能教我开锁？"

"不能！"薛文回答得很干脆。

"为何不能？难道是看不起洒家？"孔武瞪红了双眼。

"开锁讲究的是戒骄戒躁，要用手用心去感应锁芯内部的结构，整个过程中心态必须平和，不能有一丝一毫的焦躁。若不然，轻则前功尽弃，重则损坏锁芯。不仅如此，接触锁芯后还要推动锁柱，要找到铁丝和每根锁柱的结合点，恰到好处地用力。当最后一根锁柱被推离的瞬间，手上的旋转力道要加强，此时锁就会应声而开！这些事情孔捕快能做到吗？"说着薛文开始拨动铁丝，感受锁柱的力道。

"那马永忠如何？他耐心好！"

"机关之道最忌贪婪，若不然定遭反噬，二位还是不要学了！"

孔武刚想骂两句，薛文却道："若是开锁后真有银子，二位不妨拿走！"

"哈哈！好！"

未几，但听咔的一声，暗锁打开了，暗门随之打开。孔武打着火把冲了进去，里面又是一间屋子，屋子正中有一个方桌，上面放着铜盘，可是铜盘中却空空如也。

"直娘贼！"孔武怒骂道，"赏银呢？这些鸟人不讲道义，明明打开了锁！"

第二间房依然有锁，不过幸好有薛文，开锁并不是难事。就这样一直开了六把锁后，终于来到最后一间房间。

"这就是难倒乔兴的地方！"宋慈看了下四周，在前方的墙壁上镶嵌着四排石滚轮。薛文走上前，这些石滚轮都是圆柱形，上面刻有一些汉字。

马永忠随意拨动下一个滚轮，说道："人、雨、夜、春、草、空、暮、桐，这些字连起来不成意思啊！"

余莲舟看了看另一个石滚轮道："我这儿是'晚、凉、映、随、城、阁、梧、碧'八个字！"

牛俊、孔武也看了看其他石滚轮，每个滚轮上都有八个字。

薛文看着这面墙壁说道："有四排滚轮，每排七个，一共二十八个滚轮，这是二十八轮藏诗锁。一般藏诗锁是三轮、五轮，最多七轮，像这样复杂的藏诗锁极其罕见！"

宋慈想了想问道："你是说要将这些滚轮的字拼成一首诗，若是拼对了，藏诗锁就能打开？"

"确实如此，不过有二十八个滚轮，每个滚轮有八个字，包含的变化无穷无尽，要想打开那是千难万难，怪不得就连乔兴也放弃了。"

孔武走到宋慈身边说道:"书呆子,如今是考验你到底是不是真呆的时候了,弄一首破诗应该容易吧?"

宋慈对马永忠等人说道:"把每个滚轮上的字都抄下来写到纸上!"

牛俊点燃了石壁上的油灯,不多时,宋慈、马永忠、余莲舟把所有字都抄了下来。孔武则在一旁嘀咕道:"欺人太甚,没有赏银也就罢了,还搞这些破玩意,这帮狗贼极其可恶!"

半碗茶光景后,宋慈提笔在纸上写下了一首诗:"春晚落花余碧草,夜凉低月半梧桐。人随雁远边城暮,雨映疏帘绣阁空。"

孔武读了几句,除了几个字不认识,大体还读懂了,嘀咕道:"这诗还行,好像是这么一回事。书呆子你什么时候给余姑娘写首情诗试试?"

余莲舟拿起了软鞭,孔武闪身到了一旁。

薛文也粗通诗文,说道:"我就按这首诗尝试解开藏诗锁。"

不多时,诗文拼好了,可是墙上并没有动静。孔武不死心,还在墙上拍了几巴掌,可是依旧没有动静。

"拼错了吗?"余莲舟检查了诗文,并没有错。

孔武怒道:"书呆子,你怎么连写诗都不会了?老子巴掌都拍疼了,赔钱!"

"到底哪里错了?"宋慈打量着眼前的密室。前几个密室,在密室中都会有提示的事物。可是这个房间除了墙上的藏诗锁外什么都没有。整个房间如同葫芦一样,左右对称。

余莲舟也在房间里找线索,她看着地砖上的纹路说道:"纹路虽然错乱,但是都有规律,最后又回到起点。"

"起点即是终点？"宋慈得到启发，又把写诗的纸拿了出来，看了一会又道，"这原来是回文诗！"

孔武诧异道："回文诗是什么狗屁东西？"

马永忠对诗歌也有所了解，说道："回文诗就是顺着读是一首诗，倒着读也是一首。不信你把刚才那首诗倒着读试试？"

"不读！洒家不读那鬼玩意，你告诉我即可！"

"这首诗顺着读是：春晚落花余碧草，夜凉低月半梧桐。人随雁远边城暮，雨映疏帘绣阁空。若是倒着读就是：空阁绣帘疏映雨，暮城边远雁随人。桐梧半月低凉夜，草碧余花落晚春。这又成为另一首诗了！"

薛文似有所悟道："我们再试试看。"

未几，藏诗锁又排列好，当最后一个字'春'字排好后，墙面终于有了机关启动的声音。旋踵，一扇暗门被打开。

孔武抢先冲了进去，在暗门之后又是密道，走出几十步后，众人从一座民宅的神龛处走了出来。

这间民宅不大，除了里屋就是外屋，外屋正对着水道，一个小小码头就在前方不远处，不少客船在此停靠。

宋慈有些失落道："想必那三名巧匠解开第七道锁后，就被人从码头带走了。"

余莲舟也有些不甘心道："这条水道可以通往城中很多地方，还可以通向水门，驶入运河！"

"也不是一无所获，至少知道那些蒙面怪人的巢穴离城中水道不远！"

余莲舟叫来了牛俊，在他耳旁轻语几句。牛俊点点头说道：

"提点放心，我这就派人去调查！"

忙活了许久却是这个结果，众人都有些意兴阑珊。只有孔武和马永忠还在民宅里四处翻找着，兴许认为这里还藏有赏银。忽然间，孔武指着一处吃食道："这些人应该走了一些时日了，豆浆都是酸的！"

马永忠却回道："不见得，蒜泥还挺新鲜，还有半生不熟的肉！"说着马永忠又拿着一碗血放到鼻前闻了闻，道："这是生狗血，难道那些人也要作道法？"

"废话！"孔武拍了下马永忠的脑袋道，"密道的另一头就是棺材铺，不弄点儿狗血，万一棺材里的东西爬过来怎么办？"

"酸豆浆、生肉、蒜泥、生狗血？"宋慈走到了吃食前，余莲舟也站到一旁。过了片刻，宋慈说道："他们是金人！"

"是赖省干的人！"余莲舟说道，"赖省干一定得到了那个盒子，所以找巧匠开锁。"

孔武和马永忠诧异地看着两人，宋慈说道："金人喜食酸豆浆，还喜欢用半生不熟的肉沾蒜泥和狗血一起吃。他们的行踪可以隐藏、样貌可以藏在面具中，但是饮食习性却难以改变。这些人应该都是赖省干从北边带来的细作！"

"搞了半天，又是这条老狗在坏事！"

余莲舟感叹道："查邱山的金国细作案时，我们一直在找金人第三条传递消息的通道，可是一直也找不到。想必棺材铺传信就是他们的第三条通道，毕竟棺材出入城门是再普通不过的事！"

"是啊！"宋慈看着余莲舟道，"如今和谈已经不可避免，金人又动作连连，那个盒子里的东西事关重大，如若让赖省干得到，大宋必会处于危机之中。必须要找余大人谈谈，此事不仅仅关系到你娘，还关系到大宋的安危！"

看着宋慈如此郑重，余莲舟也不回避心结，说道："是该和爹爹好好谈谈了！"

马永忠还是有点儿迷惑不解，问道："你们所说的盒子是什么盒子？"

"天……机……盒！"宋慈低声道，"里面装有天字书。天机盒原本应该藏在天机阁中，周衍出逃时盗走了此盒。之后他中了毒，天机盒也被人拿走。如今看来，抢走天机盒的就是赖省干的人，只不过他一直打不开这个盒子！"

孔武接话道："用斧头劈开不就行了吗？费这么多事干吗？"

薛文驳斥道："这种盒子里面有自毁机关，若强行打开，里面的东西也就毁了！"

此事关系重大，宋慈和余莲舟一刻没有停留，赶往了县衙。

第三节
天机盒

守在县衙大堂门口的李好古、李好义兄弟见到宋慈、余莲舟等人到来后,拱手道:"宋公子回来了,小师妹好久不见!"

"两位师兄,爹爹呢?"余莲舟轻声问道。

李好古指了指背后的屋子道:"老师和梁成大在里屋谈事。"

梁成大乃是余莲舟大婚时的证婚使,又是议和派的马前卒,余莲舟对此人没有一点儿好感,故而鄙夷道:"他来干什么?爹爹又要和他谈什么?"

"梁成大背后的人希望老师接受枢密都承旨一职!"

"那些人打的是这个心思?"余莲舟秀眉微蹙。韩侂胄无论做过什么坏事,但他好歹也是大宋的宰执,北伐的主帅,议和派暗杀了他,又用他的首级去和谈,这对大宋来说是何等大辱?故而议和派在朝野也成了过街老鼠,人人喊打。就连理学的真德秀等人对此也颇为不满。

余复是心学大儒,又是光宗驸马,无论在心学还是在旧朝人士心中,都有不可替代的作用。议和派想拉拢余复也就在情理之中了。

"爹爹何时成了贪恋权位的人?"余莲舟本来想转身就走,可是转念一想,那事又不能不问,便耐着性子站在原地。

"小师妹错怪老师了,老师将此人轰走了多次。不过今日梁成大来时,说是带着诚意而来,老师听闻后便有所触动。"

"什么诚意?"

"老师没说。"

盏茶光景后,梁成大从屋子中走出,宋慈和余莲舟闪身躲在一旁。等此人走远后,才进入里屋。

"来了?"余复见到女儿过来,本来满心欢喜,准备起身,不过见到宋慈跟在后面后,又坐了下来,批改文书。

余莲舟想到梁成大,心中有气,又不好在宋慈面前发作,便回道:"嗯!"

一时间屋子里寂静无声,气氛十分尴尬。

宋慈咳嗽了一下,说道:"大人,晚生有一事要问。"

"方才那事?那事还不是告诉你们的时候。"

"不是!"余莲舟在一旁阴阳怪气道,"爹爹若是高升,莲儿道喜还来不及,又怎会质问?"

"那又是何事?"余复耐着性子问道。

"爹爹,莲舟想问娘的事。"

听闻此话,余复身子微微晃了下,内心久久不能平静。过了许久,余复长吁了一口气,问道:"你们在荣生棺材铺查到了什么?"

"赖省干拿到了天机盒,正在寻巧匠开盒。"

"这么多年了,他又拿到了那个盒子!"余复远眺着后院中的偏房，心潮如钱塘江水一样起伏不定。

"爹爹！"余莲舟愠怒道，"你知道天机盒落在赖省干这个狗贼手里意味着什么吗？当年那件事你还要瞒着莲儿吗？"

余复转过了身，看了看余莲舟，又看了看宋慈。宋慈心领神会道："晚生这就出去！"

"不必了！"余复摆摆手道，"此事不仅是私事，还关系到大宋安危，你就在一旁听着好了。"

余莲舟满心欢喜，给余复斟满了茶，乖巧地坐到了一旁。余复手握着茶杯道："此事还得从绍熙内禅说起……"

根据余复所说，宋光宗因为皇后李氏和父亲宋孝宗的关系一直不太融洽。绍熙五年，孝宗病危，光宗竟然一直不去问疾，孝宗驾崩后，他也不执丧，这引起朝中大臣不满。太皇太后吴氏遣懿旨责问，光宗却以有病在身为由推脱，太皇太后派太医令秦济世问诊，却发现光宗根本没什么病。如此一来，朝中大臣更是不满。

余复的妻子齐安公主是光宗的女儿，数次入宫劝解光宗，到最后光宗才愿意去主持孝宗的葬礼。不过就在此时，光宗竟然真的病倒了。太皇太后不信此事，派秦济世再去诊病。

听到这里，宋慈和余莲舟对看了一眼问道："秦济世怎么说的？"

"秦济世乃是当时第一名医，诊病后却不发一言，只是说要回禀太后。"

"那先皇是不是真的病了？"宋慈问道。

"真的！"余复回道，"齐安说父皇病了，我相信她！"

"那太皇太后不知道吗？"余莲舟追问道。

"应该知道！"余复说道，"秦济世回禀后，太后还派人来安抚父皇，让其安心养病！"

"可为何又发生了那件事？"余莲舟迷惑不解。

"你是指绍熙内禅？"余复继续道，"当时赵汝愚和韩侂胄鼓动另立宁宗为帝，如若此事不成，他们必将死无葬身之地！兴许是为了自保，秦济世回禀后的第二日，他们便发动了绍熙内禅，扶持宁宗即位。太皇太后见到木已成舟，不想大宋动荡，便默认了此事，让父皇退位了。

"父皇退位后，心绪很差，时常精神恍惚，齐安进宫便更频繁了。不承想，没过多久太皇太后病危，临死前却要赐死太医令秦济世，还要抄家灭族。父皇觉得此事诡异，便让我去调查！也就在这个时候，我第一次看到了天机盒。"

"天机盒是从秦家得来的？"

"是的，秦济世和天下第一巧匠雷景交好，曾救其性命。雷景为了报恩，帮秦济世打造了天机盒。后来天机盒被荀志所得，半途又被赖省干盗走。而荀志也将天机盒的事告诉了我。

"紧接着韩赵党争，赵汝愚失败，赖省干也受到了牵连，遁一观被查抄，天机盒落入茶党人手里。接着到了我的手中。"

余莲舟追问道："爹爹，那之后呢？"

"为父将天机盒交到了父皇手里，父皇又找到了雷景，雷景虽然是天机盒的制造者，但是这个天机盒却设计得十分巧妙，初始者设置密码后，连制造者也难以打开。"

宋慈心知，这雷景正是技艺无双的大雷，不由嘀咕道："连大雷也打不开？难道只有秦济世才知道开锁密码？"

余复继续道:"那时候秦济世已被处死,秦家人甚至不知道天机盒的存在。雷景虽然打不开天机盒,但是这盒终究是他造的,所以还可以用一些方法进行尝试,不过要费更多的工夫了。"

"那娘呢?"余莲舟不安地问道。

"你娘每隔三两日就去宫中,陪父皇说说话。那一日她回来很晚,情绪也不对,必定有心事,只是不愿对我说。当天夜里宫中就传出消息,说天机盒失踪了,父皇还派人问过你娘,可是你娘说不是她拿走的!谁知道一个时辰后……"

听到这里,余莲舟情绪有些激动,眼角挂着泪珠说道:"那时发生什么事情了?"

余复身子晃了晃有些站不稳,宋慈急忙扶住了他。余复按了下胸口,老脸垂泪道:"当夜你娘突然胎动,还没等御医来,就……"

说到这里,余复伤心欲绝,开始不停地抽泣,宋慈和余莲舟急忙把他扶到了椅子上。过了一炷香的光景后,余复说道:"你娘临死前叮嘱让我不要再调查此事,你那时年岁虽小,可是性格却最为执拗,你娘了解你的秉性,就对我说,让你长大后也不要调查此事。"

"为什么?"平日里比男子还坚强的余莲舟却哭得梨花带雨。

"为父也想知道为什么,可是你娘却宁死不说,最后见我逼问急了,她只说了一句话!"

"娘说了什么?"余莲舟抬起了头。

"她说她是大宋的公主,所做的一切都是为了大宋!"

余莲舟抹了抹眼角的泪珠,定了定心神道:"那日娘定然发现了什么秘密。"

"你娘病逝后，父皇失心疯又犯了，一怒之下还杀了雷景以及众多雷家巧匠。没过几年，父皇也抑郁而终了！"

余莲舟心海翻腾，可她终究还是皇城司探事司的提点，稳了稳心绪后，说道："韩侂胄在宫中有耳目，那天机盒必定是被他得到了，接着又放到了天机阁中，进而被周衍盗出。可是韩侂胄为何要把天机盒放到那里？"

余复猜测道："这兴许是韩侂胄和圣上之间的默契。"

虽然知晓了往事，可是当中还有很多未解之处。宋慈等余复心绪平和后问道："大人，这天机盒是什么样子的？"

余莲舟也抬起头看着余复。

余复知道这事至关重要，说道："此盒老夫当年也琢磨了许久。把笔墨拿来！"

宋慈拿来了纸笔，余莲舟在一旁研墨。不多时，余复画好了天机盒的模样。余莲舟看了看后说道："天机盒只是个圆盒，可是盒盖看起来十分复杂，像是一个什么东西。"

"像不像堪舆师手中的罗盘？"

"还真有点儿像！天机盒从中间往外数共有八个圈轮，第一、三、五、七圈轮上是天干的十个字，第二、四、六、八圈上是地支的十二个字。难道这天机盒的打开原理和藏诗锁类似？"

宋慈琢磨道："应该是藏诗锁的一种，在子午线上如若摆出正确的天干地支，这锁就能够打开！"

余莲舟惊诧道："第一层天干有十个字，第二层地支有十二个字。光这两层的变化就有一百二十种。这总共八层的变化到底有多少种？"

"难以穷尽！"宋慈回道，"这还不是最难的，藏诗锁纵使难，却藏着一首诗，还有迹可循。可这干支锁如何解锁却是一点儿眉目都没有！"

"不仅如此！"余复回道，"据雷景所说，天机盒关上之后，再度尝试只能允许错五次，五次之后如若再输错密文，盒中就会有毒针弹出。当年雷景就是错了五次后束手无策，想尽办法才让天机盒毒针机关复原，这才有再输入五次的机会，不过也就在这个时候天机盒失踪了，再出现时已经到了周衍的手里。"

余莲舟嘀咕道："这和阴阳棺还有点儿相似！"

"大人，天机盒里到底有什么东西？"宋慈问道。

一旁的余莲舟推测道："天机盒是秦济世让雷景打造的，初衷是为了救秦家人。他是绍熙内禅的知情人，难道里面的东西和当年那件事有关？"

余复点头道："坊间传闻，谁拿到了天机盒中的东西，就可以知道皇家天大的机密！"

宋慈脸色一沉道："宋金正在和谈，若是让赖省干拿到天机盒中的东西，威胁圣上，说不定大宋的国土都会被割让！"

"嗯！"余复点头道："这也是老夫为什么愿意提起当年那件事的原因。"

余莲舟回道："皇城司调查过赖省干的行踪，此人极其狡猾，在临安应该有多个巢穴！"

"抓住赖省干刻不容缓！你们做事去吧！"

当宋慈和余莲舟出门后，余复又去了后院的偏房中。余莲舟看着父亲消失的背影,又看了看那小小的偏房,不知想到了什么。

其后几日,临安县衙和皇城司探事司都动了起来,在大街小巷中打探赖省干的踪迹。宋慈和余莲舟研究过舆图,将靠近水路且占地不小的宅子都圈上了号。赖省干手下有不少细作,要隐藏这些人的踪迹,院子太小可不行。

然而临安水路纵横,加之富人众多,符合这些条件的房子可不少,排查了多日,却没有任何发现。这一日,宋慈刚到县衙听差,牛俊便来了。

"宋公子,提点想请你去保安水门验尸!"

"哦?那里发生了什么事情?"宋慈背上了柳木箱,孔武和马永忠闻讯也赶了过来。一行人等出了县衙,马不停蹄赶往了保安水门。

在保安水门外有一座破败的小庙,一具尸体躺在神像下的稻草中。宋慈走了上前,这具尸首是一名知天命年纪的男子,他头发花白,双眼无神且深陷,眼眶发黑,身子发软,尸体裆部散发着一股莫名的味道。最奇怪的是,此人即使死了一段光景,那话儿依旧挺着。

站在余莲舟身旁的是皇城司仵作丁谦。

宋慈走到丁仵作身旁问道:"验过尸了吗?"

"回宋公子的话,粗看是男子作过死!不过这还得宋公子定夺!"

宋慈回道:"所谓男子作过死,真则阳不衰,伪者则痿,不过真伪不可不察。这人的样子像个乞丐,身上散发着酸臭,还睡在破庙之中,加之年纪也不小,他这个样子即使天赋异禀,又有哪个妇人愿意与之交合?"

"所以小的也觉得奇怪！"

"解开他的衣裤看看！"宋慈说了一句。

丁仵作应了一声，吞了一颗苏合香圆，在火盆了燃了皂角、苍术，走上向前。宋慈来到余莲舟身旁问道："为何对此人感兴趣？"

"此人前几日出现在艮山门附近，据说是从水道里钻出来的。他惊恐不安，还神志不清，偷人东西，百姓不堪其扰，将其锁住，准备报官，不过短短的光景，他就将锁打开，逃得无影无踪！"

宋慈心知，临安府下辖临安、余杭两个畿县，临安县衙管辖地大多在城西和城南靠近皇宫大内附近的区域，余杭县管辖区域则靠近城东和城北。艮山门在临安城东北角，百姓报官必定会去余杭县衙，故而他无从知晓这个消息。

琢磨了一会，宋慈问道："只凭这点皇城司就注意到他？"

"此人被三把锁锁住，还被困在了木屋之中，木屋外的外院也上了锁。只不过一炷香的光景，百姓再回去时，院锁、屋锁以及他身上三把锁都被打开了，此人却不见了踪影！"

宋慈明白人即使再昏迷不清，有些本能的本领却忘不了的。他会意道："从水道出来，又擅长开锁，你怀疑他是四大巧匠之一？"

"没错。得到消息后，我一直派人搜寻此人，没想到却在城东南角的破庙找到了他！他竟然由北到南走了整个临安城。"

宋慈叫来了马永忠，让其给尸首画像。待到画像画好，余莲舟便吩咐牛俊拿着画像四处调查，看其是不是四大巧匠之一。

此时丁仵作也解开了尸首的外衣外裤，在尸首的底裤上有一大片黄色的斑迹，怪气味就从这里发出的，那话儿竟然还没完全下去。

"好绸子！"宋慈看着里衣底裤道，"寻常人家买不起这样的绸缎！"

余莲舟对丝绸的了解比宋慈更多，她说道："这里衣里裤并未最后成型，想必是他偷的。临安城中有句俗语，'武林门外鱼担儿，艮山门外丝篮儿'，艮山门附近织机作坊星罗棋布，想来他就是在那里偷的东西。"

宋慈认同这一点，点头道："他从水道中出来，上了岸，衣裤已破，便偷了这套绸缎衣裤。"

余莲舟侧转了身，又说道："你看看他的右腿！"

宋慈让丁仵作褪去了尸首的里裤，在他右腿小腿处有一排已然清理干净的齿印孔洞。

"伤口的样子像是恶狗所咬。"

丁仵作回话道："听闻此人在艮山城门附近时就怕恶犬狂吠，加之他腿上又有伤痕，所以小的本来断定此人的死因就是恶犬咬过的恐水症，可是……"

"可是他从水中冒出，既不怕水，也不怕风，故而又觉得不是了？"

丁仵作点了点头，又拿出一个包袱道："宋公子，你看看里面是什么，它也是从这人身上搜到的！"

宋慈翻看着包袱，从里面拿出了一个细嘴砂壶。余莲舟插话道："这个砂壶我查过，是装染料用的，想必也出自艮山门。"

宋慈朝壶嘴里看了一眼，又闻了闻气味道："里面没有染料，却有一股酒味！"

孔武接过砂壶闻了闻道:"是酒,不是好酒,却是烈酒,还蒸煮过的!"

"哦?"宋慈想到了什么,又看了看这人右腿上的伤口。

"你有什么发现?"余莲舟走了过来。

"我听爹爹说过一种治疗恐水症的方子,被恶犬咬后,如若在细嘴砂壶中放入烈酒再烧开,等砂壶微微冷却时,以细嘴对准伤口,如拔火罐一样,将恶血吸出,如此反复多次,再用艾草针灸,兴许可以救命!不过这个法子爹爹没试过,我也没试过,所以并没有记载到《救死方》中。"

"你是说他在给自己疗伤?"

"应当是!"宋慈说道,"得恐水症的人即使再神志不清,也会有求生本能。"

余莲舟说道:"也许正因为如此,他才没有恐水症那些最普遍的症状,比如恐水、怕风等等。"

宋慈又指了指尸首的裆部道:"不过毒素没有完全被吸出,最后还入了脑。据传,被狂犬咬伤后,有一种症状就是阳物坚挺,每隔一两个时辰就会有秽物射出,最后精尽人亡。这种死状,和男子作过死类同!"

"这样看,他更可能是四大巧匠之一!"

孔武不解道:"他既然逃出来了,为何不报官或者回家?"

余莲舟回道:"一来是他得了恐水症神志不清,二来可能是被人追杀阻挠其回家或者报官。他在艮山门附近逃脱时,兴许就是追他的人来了!"

孔武叹气道:"可惜了,若是他还活着,兴许就能问出赖省干那老贼的巢穴所在了！"

"还有法子！"宋慈看了看此人脱去的外衣道，"他从艮山门逃脱时只偷了里衣和里裤，没有外衣，这外衣是从别处偷的。"说着宋慈闻了闻外衣的味道，微微皱了下眉。

余莲舟也闻了下，秀眉微蹙。孔武把衣服拿过来放到了鼻子边闻了闻，怒骂道："腌臜泼才，有一股屎臭味。"

宋慈指着衣服上一片污秽的痕迹道："这是被蹭上的。临安俗语中还有一句'钱塘门外香篮儿，东青门外粪担儿'。运夜香的粪车多走东青门，如此看来他从艮山门出来，在路上偷了上衣后，惊慌逃跑之时，衣服蹭到粪车上了。"

余莲舟点了点头，又让身旁的察子拿出了临安舆图。

宋慈再次看了看此人的外裤，这外裤呈现出两种形态，近裤脚处布料较为挺直僵硬，上面却是一般布料的形态，较为柔软。

余莲舟和宋慈相互看了一眼道："他又去了崇新门！"

孔武迷惑道："为什么这么说？"

余莲舟回道："崇新门外盐田较多，他定是逃跑时蹚过盐田。裤脚沾盐水后又没洗干净，就会变硬！"

"的确如此！"宋慈从此人外裤的裤脚处又抠出一个小小的螺蛳道："崇新门百姓又称之为螺蛳门。因为附近水道里的螺蛳较多，此人路过盐田和水道，不经意间裤脚带上了螺蛳。"

余莲舟在舆图上又画上了一笔。

宋慈又查探了下外衣，找到了一片菜叶道："这应该是望江门附近沾惹上的！"

马永忠在一旁说道："我知道，还是临安俗语嘛，'望江门外菜担儿'!"

孔武摸了摸脑门道："你们说了这么多门有什么用处？"

余莲舟把舆图摊开，指着画圈的几个城门道："艮山门、东青门、崇新门、望江门以及我们所在的保安水门。它们都在东城城墙处，由北向南依次排列。是不是可以这样猜测，此人趁着看守人不注意，打开门锁，逃了出来。

"不过逃出时遇到了疯狗，被咬伤。他到艮山门附近时歇息了一夜，醒来后却发觉自己可能得了恐水症，于是偷了砂壶和烈酒疗伤。接着一路南逃，辗转来到保安水门旁的这间破庙，此时由于恐水症引起的阳亢症发作，进而精尽而亡？"

孔武拍了下脑门道："他最先出现的艮山门也就是最靠近赖省干老巢的地方，我们可以去那里调查！"

余莲舟点头道："艮山门本就靠近水道，如若能找到常有陌生人出入的宅院，宅院里又有恶犬出没，十有八九就是赖省干的巢穴。"

恰在此时，牛俊也回来了，画像上的人在临安城中还小有名气，他是临安造物坊的坊主，四大巧匠之一，卢梁。

一行人不再停留，径直去向了艮山门附近。半路上牛俊则被余莲舟派去了皇城司亲兵营，马永忠回了县衙。赖省干手下的金人细作定然不少，必须去搬救兵。

一个时辰后，诸人到了艮山门附近，调查了一圈，却又皱起了眉头。这里的丝绸作坊虽多，富户也多，但是大户人家却少。想必是受不了机织房的嘈杂和染坊呛人的气味。

没耗费多少光景，艮山门周遭就已摸了个遍，没有一处宅院有赖省干落脚的迹象，也没见到疯犬。

"难道我们想错了？"余莲舟有点错愕。

"他不是死于恐水症？"宋慈嘀咕道，"爹爹对此症了解颇多，我得向他请教一番！"

"卢梁是从北向南逃的！所以赖省干的老窝必定在北城附近！"余莲舟想了想，叫来察子道，"你带人沿艮山门、天安水门、余杭门一带细查！若有发现，不要轻举妄动，速速派人给我消息！"

察子领命而去，余莲舟不甘心，又和宋慈一道查探艮山门附近的情况，除了找到卢梁曾经落脚过的破屋外，并没有任何发现。

第四节
瓦舍围捕

余莲舟把皇城司探事司的察子都派到了北城附近,但是却进展缓慢。宋慈也出了城门,去城外槛馆找宋巩请教。

宋巩会试得中,正在准备殿试,不管最后结果如何,都要做官了。

宋慈看着一心温书的宋巩,不忍打扰,走到一旁研墨。

"有事?"宋巩看了宋慈一眼,这孩子终于长大了,也能独当一面,心思于此不由老怀安慰。

"没什么!"宋慈轻声道,"就来看看你!"

"慈儿!"宋巩收起手中的书道,"你来这里必定是和案子有关,为何言不由衷?为父第一天教你验尸时说的话,还记得吗?"

"记得!"宋慈沉声道,"人命大于天!"

"记得就好!你是怕耽误为父科考?谬矣!谬矣!若是当官不能为民洗冤查案,做官何用?科举何用?为父看这些书又有何用?"

"孩儿知错了!"宋慈长鞠一躬道,"孩儿想看看爹爹所写的《救死方》。"

《救死方》是宋巩多年总结出来的一些急救经验,靠这个救过不少人的性命。

家丁宋全拿来了《救死方》，宋慈仔仔细细查看后，说道："恐水症的方子依旧没记在里面！"

宋巩遗憾道："此方为父没亲身验证过，就怕记在书中误导世人。怎么，你见过因恐水症而死的尸首了？"

"是的！"宋慈顿了下，原原本本把卢梁的案件说了一遍。

听完了案情，宋巩站起身来，走了几圈道："按你所说，卢梁十有八九就是死于恐水症，只是按迹循踪的时候却没有发现恶犬，所以你有点儿怀疑他到底是不是死于此症？"

"这些都是孩儿的猜测罢了！"

"既然心存疑虑，就要去验证！"宋巩对身后的宋全说道，"收拾下东西！"

宋慈惊慌道："爹，你要去哪里？"

"为父在萧山有故友，他既是良医也知晓验尸之术，兴许从他那可以知晓有关恐水症更多的东西。"

宋慈不安道："可是马上就要殿试了！"

"此案不仅关系着人命，还关系着大宋的安危。殿试而已，无足挂齿！"宋巩转过了身，怒问道，"宋全，还不走！"

"唉！老爷！"宋全应了一声，背着行囊跟在了宋巩的身后。

"爹！"宋慈又喊了一声。

"慈儿，安心查案。若有线索，为父脚慢，会让宋全给你送信。至于其他，你不必担心了！"

宋慈知晓宋巩的性格，此时再说什么也是无用。难道真要因为此事影响到宋巩的仕途？

宋慈进了城，回到了斗斋。华岳匆匆回来一趟，却又要出远门。

"华大哥，你要去哪里？殿前司都虞侯的旨意不就要下来了吗？"

"余大人和叶大人通过信，说是赖省干的老巢可能在水路附近。正好建康水师有船只要回临安休整，叶大人便先让我领了这份差事！"

宋慈心知，这两位大人是怕夜长梦多，所以让华岳带着建康水师回来支援。

"旨意要下来了，华大哥可以等等的！"

华岳翻身上马道："赖省干的案子若有消息，速速来告。前方将士拼命换来的东西，不能让这狗贼毁了！"

"宋慈铭记在心！"

华岳策马扬鞭出了太学，此番他不等旨意下来就离开，也会影响仕途，可是同样走得义无反顾，没有一丝犹豫。

宋慈出了太学，准备去临安县衙听差，一名小厮却走了上前，说道："宋公子，我家老爷有请！"

"你家老爷是谁？"

"梁成大梁老爷，老爷说他五年前就住在太学诚意斋，算起来还是公子的学长！"

听到梁成大这个名字，宋慈不由皱眉，刚想拒绝，却看到不远处的阁楼上，李好古在暗处打着手势，示意宋慈跟着去。

宋慈心存疑惑，李大哥这是什么意思？他是余大人的心腹，这也是余大人的意思？

"宋公子！"小厮又喊了一声。

"劳烦小哥前面带路！"

未几，小厮把宋慈领到了胜樊楼甲三房。樊楼是东京汴梁第一酒楼，此楼敢取胜樊楼的名字，豪华之处不在当年的樊楼之下，比之如今临安城风头正劲的三元楼也不遑多让。

梁成大见到宋慈来了，急忙从主桌起身，走到门口相迎。他握住宋慈的手，轻拍着手背说道："学弟来了？咱们临安的少年神探比以前更英武了，以前多有得罪，师兄这厢赔礼了！"

宋慈没料到梁成大如此热情，也不知道他心中打的是什么主意，有点儿拘谨地收回了手道："师兄谬赞了！"

"哪里哪里！别愣着了，坐，吃菜，这里就咱们两人，今日什么事也不说，就是喝喝酒叙叙旧！"

说话间，梁成大遣走了旁人，又让酒楼上了一桌好菜，这才指着一盘鱼说道："学弟尝尝，这是清蒸鳊鱼，寻常酒肆可没有这么大的鳊鱼！"

宋慈拿起筷子，却不敢夹下去，自嘲道："方才我还以为是青鱼！"

"哈哈！"梁成大笑道，"百尾青鱼可值一口鳊鱼否？"

听到此话，宋慈微微愣了下，梁成大也似笑非笑地看着他。

方才梁成大这句话包含一个典故。相传秦桧当宰相时，太后邀请秦桧的夫人王氏进宫赴宴，两人吃到一半时，宫女端上了一盘菜，就是清蒸鳊鱼。

太后为了亲近王氏，说道："秦夫人，此鱼美味，寻常吃不到，不要客气，不过最近大尾的鳊鱼却少了！"

王氏回道："这鱼确实有点儿小，不过秦府上的鳊鱼却很多，又大又肥。如若太后想吃的话，臣妇便回去给您送一百尾过来！"

王氏回家后，把此事告诉了秦桧，还奚落太后过得寒酸。秦桧听后，满头大汗，破口大骂道："你不是找死吗？"

在家琢磨了一夜后，秦桧第二日给皇宫送上了一百尾的腌青鱼。

青鱼和鲻鱼长得很像，寻常人家也可以吃到，一百尾也不算贵。太后见到送来的是青鱼而不是她经常吃的鲻鱼后抚掌笑道："这婆子真乃村妇也，果然没什么见识，百尾青鱼可值一口鲻鱼否？"秦桧因此解除了一次危机。

宋慈寻思道："今日梁成大无故宴请自己，又提到这个典故，到底有何深意？"

梁成大见到宋慈沉默不语，又道："师弟，听闻你诗才、推案双绝，初到临安时就从一首《满庭芳》识破了金人细作案，前些日子又根据回文诗开了藏诗锁，如此大才，以后定能担当大任！"

"都是误打误撞罢了！"

"师弟谦逊，对今年的升舍公试可有准备？你是内舍生，再考过的话就是上舍生了，为兄五年前就是以上舍生的身份入仕的。咱们太学的上舍生堪比三甲啊！"说着梁成大看了看这间雅阁的房号，甲三号。

宋慈心中一沉，梁成大今日乃是有备而来，每一句话都有其深意，就连选的房号都用了心。

"不瞒师弟！"梁成大又道，"下个月就是皇后寿辰，不少太学学子都要写诗贺寿，师弟可否作诗一首？"

宋慈心叹道："该来的，还是来了！"

梁成大继续道："史弥远大人如今是礼部侍郎，又一直兼任资善堂翊善，此番贺寿诗将由他老人家作为评审！诗才最好的一人，将得到皇后的赏赐！"

宋慈脑中似有雷鸣之声，心中想道："资善堂是皇子的学堂，资善堂翊善便是皇子的讲师。有了这层身份，史弥远接触杨皇后便水到渠成。难道杨皇后身边的执棋者就是史弥远？大宋选相有选名相之后的传统，韩侂胄是名相韩琦之后，史弥远是名相史浩之后，难道史弥远有争相位之心？刺杀韩侂胄是不是他谋划的？这人终于从幕后走向台前了？皇后和史弥远让太学学子写贺寿诗，这就是让学子表态，如若不写的，定然升不了上舍，兴许还会被赶出太学。加之史弥远执掌礼部，日后还可能登上相位，没有他首肯，科举之路也走不通！"

"师弟想清楚了吗？如若一时没想明白，可回去再想想，想清楚答复为兄即可！"

不知为何，宋慈想到宋巩临行前的背影，想到华岳义无反顾地骑马离去，不由对自己方才的犹豫鄙视了一番，他回道："贺寿诗可否写北伐之事？抗金之事？"

梁成大先是满脸堆笑，进而变成震惊，再之后就是怒气满面，他把手中的酒杯重重地磕到桌上道："宋慈，莫要以为懂一些推案小道，就如此目中无人！你可要看清楚当今的主事者是谁！"

宋慈起身说道："宋慈最敬佩的词人是'怒发冲冠'的岳飞将军，是'气吞万里如虎'的辛弃疾将军！宋某若写诗，也是为大宋写诗，是为还我河山写诗，是为天下百姓写诗！"

宋慈一席话掷地有声，惊得梁成大大怒道："竖子，不足与谋！回去告诉余复，他的事，我已做到。来人啊！送客！"

宋慈走出胜樊楼，看了看太学方向，他本以为韩侂胄死后，自己在太学的日子可以好起来，可是没想到却依旧如此艰难。如今看来，他在太学的日子真的不多了，甚至科举之路也断绝了。

怅然若失地走了两个街口后，余莲舟走到他身旁问道："怎么了？后悔了？"

宋慈转身看了余莲舟一眼，问道："你什么时候来的？"

"跟着你两条街了！"

"两条街了！"宋慈定住了身子道，"怪不得觉得有点儿累！"

"失落了？"

"说没有失落是骗你的，寒窗十数载，一朝付之东流。"

"因为不能出仕当官吗？"

"如果我说我当官不是为了权势，你信吗？"

"信！"余莲舟说得很肯定，没有一丝的犹豫。

宋慈继续道："我本想如先祖一样成为治国名相，但已希望渺茫。如今即使想靠推案技能为百姓洗冤、让天下无冤，可大宋推案都需要主官，不能当官就不能主导推案。看来以后无用武之地喽！"

"不怕！"余莲舟递了一块蜜饯过来，说道："到皇城司，我们一同查案，让朗朗乾坤再无冤魂。"

宋慈愣了一下，看着阳光下绽放笑容的余莲舟。

余莲舟脸颊微红道："你看我作甚？"

"没什么！"宋慈低头道，"以前没注意，没想到你真是挺好看的！"

"你！"余莲舟没料到宋慈会说出如此登徒子之语。

宋慈也察觉到方才自己的失态，急忙道："我走时梁成大说他答应余大人的事做到了，可是我还没想明白他究竟做到了什么！"

　　"把你们方才所说的话都告我一遍！"

　　"好！"宋慈点了点头，看了看手中的蜜饯，放到了口中，将胜樊楼发生的事情一一道来。

　　余莲舟竖着耳朵听后，说道："梁成大无缘无故提起鳉鱼的典故，这是何意？难道暗示和秦桧有关？世人相传秦桧乃是金人细作，也就是金人第一任南面官密谍司的首领！"

　　"赖省干十有八九是如今的金人南面官密谍司首领，他到临安后为金人立功不少，说不定接管了金人在临安的所有势力。"

　　"赖省干的老巢在秦桧老宅？"余莲舟想了想又摇头道，"不会是，秦桧的宅子已成德寿宫了！"

　　此事宋慈也清楚。相传有望气士看了秦桧的宅院后说有龙气，于是在他死后宅子就收为官有。高宗皇帝禅位后就住在这里，宅子也改名德寿宫。后来孝宗、光宗禅位后也住在这里。所以秦桧老宅必定不是赖省干的落脚处。

　　"那梁成大究竟想告诉我什么？难道只是让我为皇后写贺寿诗？"

　　"我在北城搜索了许久，也没有收获，看来一定是哪个地方想错了！"

　　两人一路探讨案情，不知不觉间又到了临安县衙。在路上余莲舟还打趣道："你进入皇城司后，可以当我手下的第一干办！"

　　自从上次余莲舟、余复父女谈心后，两人之间的隔膜已消除了大半。今日余复依旧在书房里批改文书，余莲舟进屋后看了看余复，她竟然今日才注意到原来那个一直把她宠上天的男人已经老了，他头发有些花白，额头上也有了皱纹，就连握笔的手也有些颤抖。

余莲舟连忙给余复倒了一杯茶，说道："爹爹，你若是累了就休息一会，公文总是批不完的！"

"你是嫌弃爹爹老了！"余复本来满脸笑容，转眼却看到余莲舟满是关怀的眼神，眼中的泪珠不由打转。

"爹爹，吃点儿蜜饯吧！"余莲舟把手中蜜饯递了过去。

余复看到蜜饯，这是他特别叮嘱李好古在定民坊陶家买的，又辗转让牛俊送了过去。父女俩都是聪明人，都没有把这事情说破。余复拿起一块杏干放到口中，又假装笔掉到地上，转身擦了下老泪。

宋慈仿佛看到了宋巩，他的爹爹也老了，背也弯了，腿脚也不好了。这两位老人，都把自己对大宋的希望，放到了子女身上。

等到余莲舟给余复揉了揉肩膀，余复平复了心绪后，他开口道："从梁成大那儿没打听出消息？"

余莲舟和宋慈对望了一眼，点了点头。

"这东西拿过去看看吧！"余复指了指一旁的卷宗。

宋慈和余莲舟翻阅后，同声疑惑道："雷修还没死，还在临安城附近！"

"嗯！"余复点头道，"造天机盒的雷景已死，临安四巧匠看来也无济于事，兴许只有与雷景并称的雷修能打开此盒。"

余莲舟回道："赖省干定然也在找雷修，只要找到了雷修，赖省干必定会出现！"

"你们有什么法子？"余复问道。

宋慈想了想道："晚生兴许有一个法子！"接着，宋慈将心中的想法说出。余莲舟听后补充道："赖省干生性狡猾，我们还得有些后手！"

说着两人又盘算了起来。

这日清晨，宋慈、余莲舟等人到了北瓦子。牡丹棚是北瓦子中在建的最大一座勾栏楼，已经到了上门梁的阶段。

"好气派的一座戏楼，若是建起来定然可以容纳数千人！"孔武站在牡丹棚前，从怀中摸出了酒壶。

马永忠走到大门处的招子前说道："按招子所写，下月初一就要开业，届时将上演傀儡戏、说书、清唱等等。不过我们来早了啊，戏楼还没建好，下月才开张。"

宋慈看了看周遭环境道："应该就是这里了！"

"什么叫就是这里？"孔武瞪大了眼睛。

"你们看看牡丹楼山墙墙顶的墙垣，它形状酷似马头，故而又称之为'马头墙'。再看看墙面，墙面光滑平整，严丝合缝，定是磨砖对缝，即先把青砖磨平，砌墙时再以江右米汤为黏合剂修葺而成。墙体上的搏风线也十分清晰。这清水白线马头墙皆是江右工匠最典型的做法！"

"你什么时候懂得这些了？这又意味着什么？"

"这几日临时抱佛脚向薛文讨教的。"

余莲舟看了看身旁的薛文，薛文说道："大雷、二雷皆来自江南西路，相传祖上参与过艮岳的建造，那时便是皇家工匠。建炎南渡时，雷家随高宗皇帝一起南下，后来到了江南西路永修县安家。初到江南时，雷家名声并不显赫，他们所住的村子有条溪流时常泛滥，架在上面的石桥被冲毁多次。雷家出手后，终于建好了一座敞肩拱石桥，历经多次山洪也安然无恙。从此雷家在江南的名声便打响了，二十年前大雷雷景成了皇家工匠，主持修建过光宗的永崇陵。二雷雷修在民间也颇有威望，临安城二十四座瓦舍，上百座勾栏，最近十几年来只要是新修的楼宇，多与雷修有关。"

孔武指着眼前的牡丹棚说道："你的意思是说这个戏楼就是他建的？"

"不是他建的也是江右工匠建的，这里所有的风水布局，都是峦头形势派的风格。"

"江右的工匠，就一定是雷修？"

余莲舟回道："雷修胆子小，雷景出事后一直隐居不出，没人见过此人的踪影。不过他虽然胆小但是贪财。只要有人将银子送到妙明寺长生库，并在信纸上写好所需，七日后就可以在那里把雷修做好的烫样和画样拿回来。江右工匠若遇到大工程，比如眼前这座戏楼，都会找雷修要画样和烫样。"

"烫样是什么？"孔武疑惑道。

"烫样就是建模模型，画样是图纸。"

"那守在妙明寺长生库不就得了？"

余莲舟叹气道："爹爹派人去过了，我也派人守了，还命人送去了银子并留了信，可是等了近十日却没有看到有人来取东西。"

宋慈推测道："雷修兴许是听到风声了，不敢露面。不过此人极重信誉，只要他接手的活计，都会尽职尽责完成！"

瓦舍一般都是夜晚热闹，白日安静，在清晨的时候最为宁静。不过今日却十分特别，辰时还没到，不少看客就围在牡丹楼外了。

马永忠看了看日头，说道："辰龙巳蛇，这个时辰上梁，可取青龙之气。江右工匠规矩很多，若是上梁都会选在这个时辰。"

不多时，牡丹棚外出现了不少木工师傅。不多时，一根水桶粗细的房梁便被绑在了绳索上。

"上梁！"工头喊了一声。

上门梁乃是建房子的头等大事，是房屋能否修建成功的关键所在。所有围观者都屏住了呼吸，看着横梁一点点儿被拉起，又一点点儿被架在立柱的楔口上。

"要成了，要成了！"马永忠呼喊道。

然而过了片刻，门梁和楔口却没有对上，工匠急得满头大汗，上蹿下跳。

"这是怎么回事？"建房的工匠面面相觑。工头亲自看了看，却也束手无策。

围观者中有人鼓动道："门梁竟然架不上，听说牡丹楼的烫样和画样都是雷修给的，我看此人也是浪得虚名！"

"谁说不是呢？"另一人回道，"若不然他怎么一直不敢露面？"

宋慈看了看牛俊和薛文，牛俊脸有愧色，可是薛文却面不改色。马永忠和孔武即使再大大咧咧，也猜到了是怎么一回事。

"余姑娘，是不是你让他们两人动的手脚，又让人在围观人中放话？想引雷修出来？"孔武问了一句。

余莲舟不搭话，只是从怀中摸出了蜜饯。

诸人远远地观望了许久，工匠们依然没有把门梁架好。眼看着日上三竿，余莲舟轻声道："走吧！"

"这就走了？"孔武瞪大眼睛道，"不是白来了吗？"

日头很快又落下，临安的夜依旧灯火通明，大街小巷中人头攒动，即使是金宋两国交锋的时刻，也没有驱散它的繁华。到了夜晚丑时，北瓦子中的客人终于离去，瓦舍也安静了下来。

宋慈、余莲舟等人穿着夜行衣守在了牡丹棚外的隐蔽处。

大约一炷香光景后，远处有了火光，火把之下，一位胡子花白、精神矍铄的老工匠手拿角尺、锯子、墨斗等物站在了房梁下。他打量了房梁一会，开始用角尺丈量横梁和楔口的长阔，略微思索后，便在横梁和楔口上敲敲打打起来。

"薛文呢？"孔武问道，"这个时候他不是应该来学手艺吗？"

余莲舟回道："他另有要事！"

不多时老工匠爬到了屋顶处，将白日里没卡住位置的横梁一点点地敲进楔口处。

"这老头了不得啊！不愧是能和雷景并称的雷修，白日里几人做不成的事，他一人就做到了！"

众人摒住呼吸，咯噔一声后，房梁架好了。余莲舟和宋慈对看了一眼，又看了看周遭隐蔽处，发声道："抢人！"

得到了指令，隐藏于暗处的皇城司察子蜂拥而出。雷修也没想到会出现这么多人，先是愣在了那里，又急忙后退，却发现退路也被人堵住。

就当察子将要掳走雷修的时候,黑暗处传来了箭矢破空的声音,嗖嗖几声后,几名察子躲闪不及,身上便已中箭。

余莲舟动了动耳朵道:"这是雕翎箭,金人果然来了!"

第五节
声东击西

不多时，无数灰衣人涌现，他们进退有度，相互掩护，皇城司察子躲闪不及，纷纷中招。

牛俊见状，拔出身上腰刀，大喝一声，带着手下察子猛地冲了过去。黑暗之中涌出一波又一波的金人死士。双方甫一见面，便短兵相接，不留丝毫情面，开始痛下杀手。

孔武见状怒目圆瞪，拿起了乌梢棒，喊道："金狗来吃爷爷的棒子！"

此番赖省干出动的人手超乎想象，密密麻麻竟有四五十人之多。余莲舟不敢怠慢，拿起软鞭，加入了战场。宋慈让马永忠躲在自己的身后，又拿起了短弓，寻机射箭。

眼见双方打得难解难分，牛俊挥刀砍杀一名金人死士后，走到余莲舟身旁说道："提点，若是谭峰和他手下三十名察子在就好了！要不要发响箭向亲兵营调兵？"

"那边的人马不能动！"余莲舟低声道。

"为什么？"牛俊不解问道，"不是已然过去七日了吗？"

"乔兴说他的衣冠冢被破坏，躲在地下的日子要由七日改为七七四十九日。这人我总觉得不简单,他身上定然还有没想明白的事情!谭峰不能撤回来,亲兵营也不能轻动!"

"好!"牛俊点头道,"今日金人来得虽多,但是良莠不齐,有些人用的还是汉人的招数,想必赖省干已然招募了不少江湖中人!"

余莲舟冷哼一声道:"这些败类定是看到北伐受挫,就当了走狗!"

双方你来我往,僵持不下,余莲舟一鞭打走身旁的金人死士,说道:"赖省干,今日来了,可敢和本提点一见?"

金人中的一名蒙面灰衣男子长笑一声,说道:"余提点,龙头会一别,好久不见!"

余莲舟这几年一直在调查赖省干,他的画像也看过多次,这人虽然蒙面,但是身材体型却和赖省干极为相似。

"赖省干!你终于肯露面了!"余莲舟对牛俊使了一个颜色。牛俊心领神会,从怀中摸出了红色令旗,在火光中摇晃了一下。

霎时间,李好古、李好义兄弟带着几十名好手从黑暗中冲了出来,把金人死士围在了当中。

"哈哈!"赖省干狂笑道,"余提点果然有后招,来人啊,抓住雷修!"

雷修听闻此话不停闪躲,一番激烈厮杀后,赖省干亲自挥刀过去,将雷修抓到了手中。

"机关术不错,随老夫走一趟吧!"

谁知话音刚落,雷修却像换了一个人一样,从袖口摸出一把小刀,照着赖省干的心口便刺了过去。

马永忠惊讶地看了看场子中的雷修,这人模样看上去有几分眼熟,如若去掉脸上的胡须,倒有点儿像那人,不由惊诧道:"雷修是薛文假扮的?所以这一切都是假的,只为引赖省干出现?"

没等马永忠欢呼,场中局势再度变化,赖省干似乎早就预料到薛文会有此招,反手就要扣住薛文的手腕。

宋慈早留意着场中的变化,手中嗖嗖嗖地射出了三箭,赖省干急忙躲避,牛俊、孔武急忙冲了上前,余莲舟打出手中的软鞭,缠到薛文的身子,把他拉了回来。

"余提点!这就是你的待客之道,用假的雷修引老夫出来?"

余莲舟叹了一口气道:"只可惜你也不是赖省干,若我没有猜错,你是金人密谍司的提点苏离。我们在狮峰龙头会上见过!"

"提点如何发现的?"

"赖省干身边的第一亲卫是仇彦,我和此人从建宁府开始,交锋过多次。此人即使蒙面,但只要一交手,我就可以认出他。你们这群人中没有仇彦,自然赖省干就不在当中!"

孔武一旁疑惑道:"你们怎知道雷修是假的?"

苏离笑了笑道:"提点能查到的事情,密谍司一样能查到,牡丹楼的画样和烫样确实是从雷修那儿得到的,只不过此人已经消失一段时日了。余提点也想找他?你说他在哪里?"

宋慈一旁猜测道:"雷修虽然贪财,但是极其看重名声,此人要么不在临安,要么真的死了,要么被困在了某地!"

余莲舟隐隐感到事情不妙,就在此时北瓦子四处起火,傀儡楼被点燃了,说诨话的勾栏被点燃了,讲史的勾栏也被点燃了。只眨眼的工夫,四周的勾栏都被点燃,只有苏离身后的地方还是漆黑一片。

"余提点不是想找我们提举和仇彦吗？有命活过今日再说吧！"

在瓦舍的暗处，暗箭不时飞出，一瞬间皇城司和县衙的人不少就中箭倒地。

余莲舟知道如若不能迅速除掉这些人，局面将不可收拾。她看了看牛俊，说道："放响箭！"

霎时间，穿云箭射到了半空中。皇城司亲兵营早已等候多时，听到响箭后兵士在数名干办的带领下冲向了北瓦子。路上，巡城司的兵士也闻风而动。

耳听着远处的马蹄声，苏离脸色大变，说道："撤！"

虽然金人死士留有不少后手，但是这里毕竟是大宋的都城，不过片刻光景，瓦舍中涌出的大宋兵士越来越多，余莲舟已经占了上风。若不是还要分人去四处灭火，这些金人早就被拿下了。

余莲舟见到局势得到控制，回到宋慈的身旁，说道："形势有些不对！"

宋慈指着前方说道："这些人中有些是被收买的江湖无赖，他们方才见到皇城司亲兵营来了便如鸟兽散！即使捉住那些人也问不出什么东西。"

"苏离在边打边退，他身边的人是死士！"余莲舟说道，"他似乎早就给自己留了后路。"

"我们忽略了什么？"宋慈额头隐隐有了汗珠，"赖省干明知这是个圈套，也要派人过来！"

"调虎离山！"余莲舟喊道，"他们在等我把亲兵营的兵士调过来！"

说到这里，余莲舟眼睛一亮想到了什么。她看了看宋慈，两人不约而同道："乔兴！"

孔武蒙了，不知道此事为何和乔兴有关。

余莲舟说道："乔兴种生基后如今要守在地下七七四十九日，他不会出来，再说那里也有谭峰看守。"

宋慈接话道："乔兴年近花甲，娶的娘子却年岁不大，他大儿子八九岁，小儿子三四岁。当年雷修被抄家后，只身出逃。"

"我们在乔家祠堂看到的那幅农耕图，按乔孝所讲，是乔兴的家乡。图中正在下雨，山谷中有三块水田。雨下三个田字，便是雷字！"

"图中有座石桥，也是敞肩拱石桥，应该就是雷家在江南兴起时建造的那座石桥。乔兴、乔兴，因桥而兴，说的就是雷家。所以乔兴便是雷修的化名！"

"乔兴在荣生棺材铺密室早就看出了端倪，他是故意不开最后一把锁的！"

"此人胆小惜命也和雷修如出一辙！所以乔兴就是雷修！"宋慈叹道，"赖省干早就看出了这点，所以将计就计，让苏离来这里，引我们把亲兵营的人调出来。"

"遭了，谭峰！"余莲舟转身喊了声，"牛俊！"

牛俊满身带血跑了过来说道："提点，这些人点子硬，宁死不降。再给我点时间，我定要抓住几个活口！苏离也跑不掉！"

"不用留活口，若不降便射杀！谭峰那儿出事了，我带人过去，这里交给你了！"

"好！"牛俊也急了，说道，"谭峰那儿的人不多，你快点儿去！"

余莲舟召集了亲兵营的兵士，宋慈叫上了孔武和马永忠，李好古则带着县衙一半好手也跟了上去。

金人死士察觉了这些人的动静，竟然不管不顾地前来阻拦。牛俊急忙带人拦截，口中喊道："提点快走！"

上百人浩浩荡荡出了城门，一路狂奔，赶往了城外的宝石镇。刚一进入镇子，就看到前方火光冲天。

"那是乔家大院的方向！"余莲舟心中更为焦虑，此次是她主导设计捉拿赖省干，没想到赖省干不仅没有中计，还将计就计，声东击西，将皇城司亲兵营兵士调走，接着又来洗劫乔家。

诸人进入院中就看到地上横七竖八的察子尸首，乔家的院落也处于火海之中。

"谭峰，你断不能有事！"余莲舟心急如焚。章勇因她丧命了，她不想再有属下身亡。

"莫急！"宋慈安慰道，"赖省干的目标是抢乔兴，不是杀谭峰！"

分派了一些人手四处查探后，余莲舟和宋慈冲进了乔家祠堂，好在这里并没有被大火侵袭。不过那个鲁班锁暗门却已然被人打开。

进入密室，里面空空如也。薛文四处观察，又打开了一道暗门，暗门后面是一处地道。

"追！"余莲舟喊了一声。走了几十步后，却发觉前方是一个石室，石室里摆放着画样和烫样，四周则有八处秘洞。

"这个乔兴，短短几年就建造了这样一个藏身之所？原来那些烫样和画样真的都是他做的。"宋慈左右察看，余莲舟也有点儿迷惑不解，不知道要走哪个暗洞。

宋慈在各个洞口闻了闻，然后指着一个洞口道："从这里走！"

薛文诧异道："休、生、伤、杜、景、死、惊、开。你确定这是生门？"

"不确定！"宋慈老实回道，"不过我鼻子挺好，乔兴在暗室里待了多日，身上已有气味。这处洞口就有那种味道！"

"真的？"薛文沉浸在机关术中，对宋慈所说的话将信将疑。

"听他的，就从这里追！"余莲舟带头冲了进去。薛文刚想说什么，余莲舟却说道，"他常年验尸，鼻子比眼睛还管用，断不会错！"

一行人继续追击，走过几十米暗道后，就要到地道口。孔武刚要出去，宋慈拉住他道："等一下！"

说着宋慈从地上捡了几块石头，用衣服包裹抛了出去，霎时间有箭矢射出。孔武等人有样学样，用石头包裹衣物抛了出去，吸引箭矢。渐渐地，头顶上的箭矢声小了。

李好古拿起一块木板当盾牌，第一个冲了上去。孔武、余莲舟、宋慈紧随其后，终于从地下钻了出来。这是西湖中的一个小岛，不远处还有船拴。在离小岛不远处有一艘快船，仇彦站在船头，几名黑衣人手拿弓箭站在了一旁。

看到宋慈出来了，仇彦制止了手下射箭，道："宋慈、余莲舟，仇某在此等你们多时了！"

"乔兴，或者说雷修呢？"

"自然送走了，难道还留在这里？"

余莲舟环顾小岛，这里离乔家大院相隔两三里地，又隔着西湖，要叫救兵已经不能。

"你在等我们？"宋慈不解地看着仇彦。

"嗯！"仇彦并未沉默多久，看着西湖中某处问道，"秦卿的墓是你修的，碑也是你立的？"

"我能帮她做的事也只有这些了！"

"谢了！"仇彦轻声道。

宋慈醒悟道："一直在秦卿身边保护她的人不是秦济世的门徒，却是你？秦卿一直是替你作掩护，你们之间早就有情？"

仇彦不置可否，却问了一句："你验过秦卿的尸首，她真的是死于花针之下？"

"是的！不过不是死在周衍手里！而是另有其人，你难道不知道她是被谁杀的？"

听闻此话，仇彦陷入了沉思，宋慈又问道："周衍是不是被你杀的？天机盒是不是被你夺走的？"

"好了！我想问的都问了，就此别过。你我之间的恩怨，等我解决一些私事后再来了结！"

看着仇彦就要离去，宋慈大声道："仇彦，你可知仇啸大人临终前对我说了什么？他说你从小命苦，万般过错都可原谅，只是万万不可背叛大宋！"

仇彦背影一怔，却还是没有回头。

今日的仇彦有些特别，目送着仇彦乘快船远去，宋慈总觉得他错漏了什么。

一行人又折返密道，从惊门找到了藏身此处的孙氏以及她的两个孩子，谭峰则带着几名察子守在他们身侧。

余莲舟看着浑身刀伤的谭峰问道："还好吗？"

"提点放心！都是些皮外伤，没事。可是在下有负提点所托，乔兴被仇彦劫走了。他在被抓之前嘱咐我照顾他的妻儿，并指点我在惊门躲藏，那里有他布置的机关。"

"此事不怪你，是我事先没考虑周全！"

北瓦子那也传来了消息，金人的细作除了苏离逃走外，其他人都已伏诛。

眼看着天要亮了，宋慈说道："给我们的时间不多了，雷修此人在机关术上有天赋，他造出的阴阳棺不比天机盒差！"

一旁的薛文回道："我若是不懂道术，也打不开那具棺材！"

余莲舟微微叹气道："赖省干有了雷修相助，想必定能打开天机盒。可是他的老巢究竟在哪里？"

就在此时，宋全从远方跑了过来，气喘吁吁道："少爷，你原来在这里，找了你许久。这是老爷去萧山问来的治恐水症的方子！"

"爹爹好吗？他回榄馆了？"

宋全有点儿尴尬地说了一句："少爷，老爷去殿试了！"

"啊！"

身为人子，竟然忘记其父殿试的日子，宋慈不由埋怨自己。更让他内疚的是，自己害父亲如此奔波劳累。

"少爷宽心，老爷赶上了，还让我对你说案子第一，其他事情不要多想！"

"嗯！"宋慈摊开了书信，看了一会后自言自语道，"卢梁懂这些方术吗？他能自医恐水症？"

余莲舟想了想，回道："天下间懂方术最多的就是巧匠，他们建屋之时，必定经常碰到恶犬，想必就记了治疗恐水症的方法。卢梁是最为顶尖的木匠，懂那些方子也是情理之中。"

"那我们应该想错了！"宋慈把宋巩回书递给了余莲舟，那上面记载了几种治疗恐水症的偏方，其中一种偏方是找到咬人的疯狗，取其脑烘干再配合其他草药敷在伤口处。

余莲舟指着书信说道："如若所写的是真的，那卢梁就不是在逃离赖省干的巢穴，而是在往回走。"

"是的！"宋慈点头道，"我们一开始就猜错了。卢梁逃出时，被狂犬所咬，走到艮山门附近时恐水症发作。他先是用细嘴壶吸毒血缓解病情，接着又一路南下想找到那条咬伤自己的疯狗，要取其脑为自己疗伤。"

"所以赖省干的巢穴不在北边，而在南边！"

"应该是这样，卢梁最后死在保安水门附近，也不知到没到疯狗所在处！"

"牛俊！"余莲舟转身道，"把舆图拿出来！"

天微微亮了，西湖的波涛在朝阳下泛着金光。余莲舟指着舆图说道："保安水门的南边就是候潮门，再往南就是靠近大内的凤山门。"

"凤山门离大内太近，赖省干的巢穴应该不在那。所以只有保安水门和候潮门最有可能！"

余莲舟又在舆图上仔细看着这两个地方，这附近城内外都有不少豪宅，靠近水路的地方更是不少。

突然间，余莲舟想到了什么，问道："你说过梁成大给你说过一个鲻鱼的典故！"

宋慈微微扬起了眉，说道："我明白了，他在暗示赖省干的巢穴！"

"这怎么说？"

"鲻鱼一般生活在江河入海口的淡水与咸水的交汇处。候潮门外就是钱塘江口，正是鲻鱼出没的地方！"

余莲舟把手指在舆图上移动了一下，道："赖省干的老巢定然就在这里，候潮门向东十里地的秦桧别院！"

宋慈看了看余莲舟。余莲舟说道："那个地方靠近钱塘江口，有码头，可以通往大海，出逃最为便利。我想起来了，这里几十年前正是一座秦桧别院，占地极广，也十分隐蔽。只是这些年来被分开出售了多次，成了分散的几所宅子，故而以前也没有想到。但是赖省干只要让几人分别把宅子买回来，再合成一处，自然就成了他的巢穴！"

孔武有些不解道："为何赖省干一定要住秦桧的房子？"

宋慈回道："这一来是那个地方他出逃容易。二来秦桧一直传言是金人细作，是金人南面官密谍司的第一任首领，他的宅子一定有特别之处，不是藏有金银，就是藏有密道，或是其他东西！"

"那还等什么，追啊！"孔武喊道。

"可是这里靠着大江，有码头！"余莲舟叹道，"若是打草惊蛇，他从海上跑了，再抓他就难了！"

"那怎么办？"孔武抱怨道，"难道等着他打开天机盒？"

"有法子！"宋慈喊了一声。

"什么法子？"众人齐齐看着他。

"华大哥带着建康水师一部要回来复命,算算日子也快到了。有他带领水师封锁海路,皇城司再调亲兵大营从陆路围攻,赖省干定然插翅难飞!"

"好!"

李好古插话道:"我这就派人骑快马沿着运河向北疾驰,定要将此消息带给华岳。"

余莲舟点头道:"我去亲兵营中准备,不论华岳能否如期会合,此番定要雷霆一击,捉住赖省干!"

宋慈看着渐渐升起的太阳道:"此事务必保密,若不然赖省干就要逃了!"

"嗯!"众人定好主意后,就要开始分头行动。马永忠走到宋慈身边不解问道:"梁成大和他背后的议和派为什么要帮我们?从吴英和太学的案子来看,他们分明早已和赖省干勾结!"

余莲舟走到一旁道:"因为那时韩侂胄未死,还是北伐之局。韩侂胄死后,各方势力都想控制朝堂,议和派想,赖省干也想!赖省干急于打开天机盒的缘由也是如此!"

"赖省干毕竟是金人的大官,害了他,议和派就不怕金人报复吗?"

宋慈推测道:"一来赖省干毕竟只是暗谍,金人未必会承认。二来赖省干本身也图谋甚大,不是真心臣服于金人,金人也有尾大不掉的忧患!"

"还有一点!"余莲舟说道,"吴曦已死,叶适又在长江边得胜,金国也有议和之心。死一个外人赖省干,不影响大局!"

"可是议和党为什么不亲自除掉赖省干?"

"这是阳谋，也是一石二鸟之计！"宋慈说道，"我们的身后是余大人、叶大人，是朝中除了理学外还能与议和派角力的唯一势力。只要除了赖省干，议和派就会借机发力，以破坏议和为由针对两位大人！"

"那还杀赖省干吗？"马永忠问道。

"杀！"宋慈和余莲舟同声道。

宋慈说道："赖省干不死，大宋不得安宁。若是他真的打开了天机盒，则大宋危矣！我想这也是余大人和叶大人心中的想法！"

朝阳慢慢爬上了半空，宋慈和余莲舟等人回到了城中，准备着与赖省干的决战。

第六节
人心惟危

钱塘江畔,有一座不高的小山丘,名为冠丘。在冠丘之下是一座无名的庭院,它位于山谷之中,四面环山,南面翻过一道突起的山梁,就可以到钱塘江口,看似不起眼,却占地颇广。

苏离从瓦舍中回来,浑身伤痕,他顾不得疲惫,径直来到了院落中的小湖旁。

此处湖泊和几里外的钱塘江通过地下水系相通,不少江海之中的鱼儿都会游到此处,就连其他地方难得一见的鳝鱼也能在这里见到。

赖省干一身灰衣,坐在大石上微微闭眼垂钓,对外界发生的事情充耳不闻。

"提举!卑职回来了,皇城司亲兵营大营已动!"

苏离本是茶帮的茶把式,如今又当上了金国密谍司的提点。他和仇彦两人乃是赖省干的左膀右臂。

"什么时辰了?"赖省干往湖水中丢了一把鱼食。

"辰时了。"

"仇彦呢?"

"抓住了雷修，正在赶回的路上！"

"好！"

水面下有了动静，赖省干提了提鱼竿说道："鲻鱼咬钩时不怎么挣扎，但拉到水面时就会发狂，所以机会只有一次！"说着，把鲻鱼拉出了水面。

苏离急忙去解鱼，说道："皇城司还在北城查找，看样子几日后就会找到这里！"说话之间，鲻鱼从手中挣脱，又跳入了水中。

"为何慌乱？"

"不知为何，属下总觉得心神不宁，总觉得忽略了什么！"

"走吧！"赖省干放下手中的鱼竿。

仇彦已在堂中等候，见到赖省干回来了，躬身道："大人，雷修带回来了，正在密室！"

"你本该寅时就回来！若有下次，绝不轻饶！"

"属下知罪！"仇彦低头认错，转身在前方领路。

化名乔兴十多年的雷修，双眼无神地坐在密室中。兴许是多日不见阳光的原因，他显得脸色惨白，精神疲惫，魂不守舍，口中喃喃自语道："还有几日，就是七七四十九日了，为何就差了这几天？不过被抓住时是夜晚，一路无论是船上还是马车上都不曾见阳光，兴许还有救！"

吱嘎一声门开了，赖省干在仇彦和苏离的护卫下，来到了密室之中。

"你就是雷修？"赖省干坐在太师椅上问道，仇彦、苏离则一左一右站在两旁。

雷修抬起头，木然地看着赖省干开口道："阁下就是赖省干？"

赖省干直视着雷修:"找到出去的方法了吗?"

雷修似乎还沉浸在是否照射到阳光的迷思中,随口回道:"看两眼就知道了,这间暗室有不少年头,巧夺天工,本来还有一处地方可以利用逃出去,可惜近日被修补了!"说着雷修想到了什么,问道:"卢梁、彭斗、王柯,是谁逃出去了?"

"卢梁!"赖省干摸着手指上的扳指说道,"此人出逃时被疯狗所伤,得了恐水症精尽人亡!足下也想试一下?"

"不必了!"雷修茫然道,"要从这里逃出去至少需要三日,可惜你不会等那么久!"

"是个聪明人,还有什么想问的?"

雷修突然咧嘴笑道:"打开天机盒后,准备怎么杀我?"

赖省干轻笑一声:"都说二雷木工手艺天下无双,没想到心思也是如此玲珑!老夫乃是大金的提举,说出的话也是掷地有声。我答应你,只要你打开天机盒,就把你送到北边,那里有享不尽的荣华富贵!"

得知还有一丝存活的希望,雷修惨白的脸上有了血色,说道:"这里靠近钱塘江?"

赖省干脸色一变道:"很多人命不长的缘由就是知道得太多。"

"彭斗、王柯就是这么死的?"

赖省干不置可否,道:"我只给你三个时辰,超过三个时辰打不开锁,你可以亲自去问他们!"

"三个时辰断然不够!"雷修摇了摇头道,"至少需要六个时辰!给我六个时辰,我有把握打开天机盒!"

"哦?"赖省干眼放光芒。

"我和雷景拜的是族中同一个族老为师，藏诗锁的设计我比他更为精通，阴阳棺若不是要顾虑术数，薛文那厮哪能打开？"

赖省干沉思了一下道："最多四个时辰！"说到这里，又转身对苏离小声说道，"准备好船只，申时一到，立刻开船！"

苏离不解道："为什么走得这么急？"

"昨日之战后必会给他们留下线索。不要小觑宋慈和余莲舟，这两人年纪不大，本事却不小！"

"好！"苏离转身离去。

雷修坐到了桌前，比画了一个请的手势。

不多时，赖省干再度折返，手中拿的东西正是天机盒。

这是一具黄檀木做的八卦形状的木盒，分量不轻，盒盖上有八圈可以转动的天干和地支。

方才还看起来虚弱不堪的雷修，此时却如同换了一个人一样，他手捧天机盒，说道："这是堂兄一生的心血，但也正是这天机盒让他丢掉了性命！"

"打得开吗？"赖省干问道。

"此盒的机关类似于藏诗锁，需要在子午线上摆出正确的天干地支方可打开。"

赖省干微微点头，这点他早就知道。

雷修又把天机盒举到眼前，左右转动了一下说道："只有五次机会，第六次就有毒针射出。"

"第五次时你有多大把握将毒针机关复原？"

"九成！"雷修说道，"得用探针慢慢拨动机关的扣子才行，其间不能有半点儿的差错，没有两三日的光景，做不好！"

"等不了下次，还有两次试错的机会！"

"卢梁他们一人试了一次？确定还有两次？"雷修指着天机盒中心的八卦阴阳鱼说道："若天机盒盖上后，阴阳鱼就会微微凸起！每次排列完干支密文，就得按下阴阳鱼。若是输对了，天机盒就能打开。若是输错了，阴阳鱼就会深陷。要是等到第六次……"

"第六次排完密文后，再按下阴阳鱼就会有毒针飞出？"

雷修摇摇头道："不是！第六次一步也不能错。只要一个密文输错，毒针就会飞出！"

"你开锁吧！申时之前，务必解锁！"

"希望大人言而有信！"有了生的希望，雷修坐回了座位。

仇彦拿出了一个褡裢，丢到桌上道："这是从你家里找到的！"

雷修瞅了一眼褡裢，那里面装的乃是墨斗、角尺、坠子、铁丝等木匠常用的工具，道："是我的东西！"

密室里寂静无声，赖省干再次闭上了眼睛，仇彦的目光却不离雷修左右。一个时辰后，苏离回来了，说道："大人，船只已然准备好了，该带的东西都带上了。"

"好！你去外面看着！"

时间一点点过去，眼看已到未时，赖省干睁眼问道："如何了？"

雷修擦了擦头上的汗说道："堂兄做的天机盒太过精巧！盒中齿轮数十余个，锁柱有六十四个。我需要一边转动干支轮，一边通过侧面的小孔用探针试探锁柱的细微差异，这活急不了。即使四个时辰也不行，最快也得酉时才能打开！"

"申时！"赖省干指着一旁的香说道，"这根香烧完就是申时,届时你就要解锁!"

"强人所难!适得其反!"雷修怒道。

赖省干不再言语,却有着不容他人质疑的威严。

雷修从褡裢里摸出了探针,全神贯注地拨动着天机盒侧面的小孔,兴许是太过紧张的缘由,竟直流冷汗。

此时苏离跑了回来,焦急道:"大人,不好了!皇城司的人出了候潮门,用不了半个时辰就会到这里!"

"怎么会来得这么快?"赖省干眉头微皱。

苏离猜测道:"会不会是梁成大背叛了?韩侂胄一倒,那些人就容不得大人在这里!"

赖省干点了点头,对仇彦说道:"你带人守在外面。"

"好!"仇彦转身欲走。

"守到申时三刻即可!届时你可以不用管其他人独自回来!"

"属下遵命!"

仇彦走出了密道,站在了院落中,抬眼望去,西、北、东三个方向都可以看到烟尘,只有后面靠近钱塘江的方向没有动静。

"被围住了?"仇彦微微一笑,抽出了刀,对周遭的金人死士说道,"死战不退,舍命抵抗!"

"吾等誓死效忠大人!"

旋踵,余莲舟带着皇城司亲兵营的人来了,宋慈、孔武等人也骑马跟在身后。他们走上了冠丘,俯看着庭院里的动静。

"牛俊、谭峰,你们各领一百人从东西两侧进攻。其他人随我从北门攻入!"

"得令!"牛俊、谭峰同声回道。

半炷香的光景,西、北、东三方共计三百兵士排闼而出,阵型齐整,声势浩大,将无名小院团团围住,令旗挥动后,箭矢便如暴雨般射入,只数轮齐射,金人兵士伤亡不少。

　　"杀!"余莲舟大喝了一声,霎时间大宋将士风卷残云般冲了进去。

　　院落里刀光剑影,血光四射,上百金人谍子虽然不惜命,但哪里是三百大宋精兵的对手。只不过盏茶光景,外面的院墙就被攻陷。

　　密室之中,赖省干看着即将烧完的香,不动如山。苏离不放心,又调来了亲卫死士守护。

　　微风吹过,最后一点儿香也烧完了。

　　"如何?"赖省干问道。

　　"纵使你把刀架在我脖子上,也还得一个时辰才行!"雷修眼睛泛红,手拿探针,已有暴躁之态!

　　"来不及了!你得试一次!"

　　"这?"雷修有些犹豫,赖省干却拿出了短弩对着他。

　　"这样只能猜!"雷修把探针从小孔中抽了出来。

　　"那就猜!"

　　"天机盒上的天干轮和地支轮合起来共有八个,正符合生辰八字之数!"

　　"你是说密码是某人的生辰八字?"赖省干想了下,对苏离问道,"可有秦济世的生辰八字?"

　　"有!"苏离拿出了小本道,"这是秦济世的卷宗。"

　　"好!"赖省干看了几眼,对苏离道,"给他看看!"

"庚辰年、辛巳月、丙寅日、甲丑时！"说着雷修摆弄着天机盒，从中心向外转动着一圈圈的轮盘。片刻后，所有八字都已旋转到位。

　　赖省干睁开了眼睛，雷修的手放在了阴阳鱼上。阴阳鱼已经陷入天机盒盒面少许，此番若是对了，阴阳鱼就会弹起，天机盒也能打开。

　　"咯噔"一声后，雷修按下了阴阳鱼，可是天机盒却寂静无声，既没有打开，也没有毒针弹出。

　　"错了？"赖省干想了想问道，"你可知道秦卿的生辰？"

　　苏离回道："只记得是淳熙十四年生人，那一年她正好是去教化坊的年纪。不过具体何月何日何时所生却记不清了！属下这就去外面找卷宗！不过仇彦应该知道！"

　　虽在密道之中，外面的厮杀声却已经传来。

　　"来不及了！"赖省干站了起来，对苏离说道，"你带人守在这里，等仇彦一到就离开。"

　　"属下遵命！"

　　赖省干手下的人一直分为两拨，一拨是他从北方带来的金人谍子，另一拨人则是他几十年来培养的死士，无论他做什么事，这些死士都会誓死效忠，乃是他的心腹。如今是金人谍子守在院落，他的心腹则守在密室。眼见雷修短时间不能打开天机盒，赖省干召来了身边最后一拨死士，押着雷修，打开了暗室中另一处通道走了进去。

　　外面的战斗依然充斥着血雨腥风，申时三刻到了，皇城司眼看着就要攻入内院。

"到时辰了！"仇彦看了一眼院落外射来的箭矢，叮嘱了一下身旁的金人谍子，带着七八名死士转身走了回去。

密道中的苏离见到仇彦，急忙道："快走！提举在江畔等我们！"

"敌人势大！你先走！我毁了密道就来！"

苏离刚想说什么，却见到仇彦坚毅的眼神，点头道："好，你小心，保重！"

苏离前脚刚离开，仇彦就让死士放下了断龙石，机关转动后断龙石开始缓缓放下。就在此时，一根乌梢棒突然伸出顶住了断龙石。紧接着一支利箭飞出，正中拉动机关的死士胸口。李好古、李好义两兄弟滚入密道，一人拉动机关，一人做着掩护。

皇城司进来的人越来越多，断龙石又被拉了上去，仇彦看到情势不对，转身逃入了密道。

宋慈跟着李好古兄弟走进了密室，看了看周遭的木匠用具说道："想必方才赖省干、雷修等人就在这里！"

余莲舟指着不远处的暗门道："追！"

苏离在密道中一路狂奔，半炷香的光景后终于见到了洞口处的阳光。密道的出口就设在钱塘江畔一处隐蔽的山崖下，不远处的江水中停泊着三艘海船。

苏离本想把出口封住，却又听到密道中追击的脚步声，慌乱中来不及顾及其他连忙跑向了江边。

海船上的金人看到苏离，放下了吊绳。

苏离上船之后急忙问道："提举来了吗？"

几名金人互相看了一眼，面面相觑。

密道里的喊杀声越来越近。皇城司察子冲了出来！上百名精兵如猛虎下山一般，举着兵刃冲向了江畔。

"仇彦怎么还没到？"苏离脸露焦急之色。

"大人！开船吗？宋兵就要杀过来了！"

苏离朝左右两艘船看了一眼，不知赖省干是藏在这两艘船中还是另寻他路了。不过赖省干交代过，只要时辰到了便开船，于是他大喝一声道："开船！"

三艘帆船挂起了风帆，正要扬帆起航，只要入了钱塘江，就能通往大海。届时皇城司纵使有天大的本事也追不上。

苏离松了一口气，他本在福建路海边长大，年少时一直都是海上的水手，此时看到海船缓缓加速，心中的大石终于落下。

"不好！"在桅杆上瞭望的金人大叫了一声道，"前方有宋人船只，好像是长江水师！"

十几艘战船如离弦之箭般快速驶来，阵型严整，把整条大江都锁住。

苏离如坠冰窟，身旁三艘船都是做买卖的商船，哪里会是战船的敌手？

战船靠近先是一阵齐射，接着便用撞角撞击商船，又甩出了挂钩。只不过一炷香的光景，苏离手下的三艘船，一艘被撞角撞到，眼看着就要翻船，另一艘中了火箭在熊熊燃烧，剩下的一艘也被数十个挂钩勾住，数不清的大宋水兵顺着挂钩上的绳索爬了过来。

船上金人要么落水，要么中箭，剩下的人慌乱不堪，苏离情知大势已去，叹了一口气，踩在船舷上就要跳下去。

就在此时，一杆银枪刺了过来，挑中苏离身上的腰带，把他挑了起来，又甩给一旁的兵士。来人正是在长江边大败金人的华岳。

华岳生擒了苏离，待船靠岸后，又一跃而起到了江边。

牛俊和谭峰见到华岳来了，急忙上前行礼。

"余莲舟和宋慈呢？"

"余提点和宋慈刚才一起进入了密道，可是追出来时并没看到，应当是密道中还有岔道！"

华岳收起银枪，对两人说道："这里的事交给你们！"说着转身走向密道。

小半个时辰前，宋慈等人进了密道，行了百来步后，已到了山腹之中，前方是一间有如大殿一般的天然石室，在石室的一角，还有一道尚未关闭的石门。

牛俊和谭峰两人打开了石门，感受到了江风和江水的气息。

余莲舟推测道："这里通往江畔，你二人领兵追过去，最好抓住活口！"

两人应了一声，领兵而去。孔武刚想跟着去，宋慈说道："等一下！"

"怎么了？不抓赖省干了？"孔武瞪大了牛眼。

"赖省干生性多疑，不会猜不到我们堵死了水路，他定然走了别的出口！"

孔武看着眼前这间石室说道："其他出口就在这间石室里？"

余莲舟走到石室的一边，在岩壁上画着一幅巨大的道人图像。他头戴道冠，盘腿打坐，手拿拂尘，身前一条巨龙伏在脚前。最奇妙的是道人身上有很多光点，像是星辰，细细看去，原来是一盏盏放入凹槽中的油灯。

"赖省干?"马永忠走了上前,疑惑道,"他为何给自己造了这么大的画像?"

宋慈看着道人头上的道冠,道:"这道冠总觉得有点儿眼熟!"

"好像就是院落外的冠丘,更像是……"

"通天冠!"宋慈接口道。

通天冠又称高山冠、卷云冠,是帝王才能佩戴的冠冕。余莲舟不屑道:"赖省干野心不小,几十年前望气士曾说秦桧宅子有龙气。如今看来那宅子说的不是当今的德寿宫,而是眼前这座宅院。"

薛文走了上前说道:"道人图身上的油灯就是气眼,这是一种道法,以山泽通气的手法借风水地气助运!"

"他本是道人,相信这些鬼神之说并不奇怪!"

宋慈看着道人像道:"道冠是冠丘,人脸是庄园,我们所处的石室则是胸口,山麓是身躯,那条巨龙就是钱塘江。这幅图暗合此处的山川地形,它不仅是道人图,也是此处地宫的舆图。"

听闻此话,李好古、李好义兄弟带人在石室里搜查了一番,不过除了苏离逃离的出口外,并没有看到别的出口。

宋慈指着道人图上的油灯说道:"那左臂上的油灯就是我们进来的入口,左脚上的油灯就是去江畔处的洞口!"

孔武诧异道:"道人图上几十盏油灯密密麻麻,赖省干又藏身何处?"

"那就一点点查!"

"怎么查?"

"马兄,提笔!"宋慈对马永忠说了一声,马永忠有随身携带笔纸的习惯。宋慈又说道:"你先把道人图画下来,我说一个地方,你便在道人图对应的地方做上记号!"

孔武诧异道:"你们这是在唱验验尸?"

宋慈看着道人图道:"顶心有灯,额角无灯……"

马永忠听后,便在图上做着记号,当宋慈说完道人身上七十五处部位后,马永忠回道:"油灯共计四十九处!"

"四十九处?"薛文叹道,"大衍之数五十,其用四十九!风水之道,在于天人感应,赖省干究竟藏身何处?"

"天一、地二!"余莲舟说道,"我们进来的洞口是天一处,去江边的出口则在地二处!"

"这么说,这每一个点都是出口?"孔武不解问道。

"也不是,有些地方是石室,有些地方是岔口。不过出口定然不会只有两处!"

所有人都在看道人图上的四十九盏油灯,宋慈沉思道:"赖省干原来所住的道观名为遁一观。这遁去的一,就是大衍之数中消失的一,也就是所谓的天机。所以他的藏身之所,不在这四十九盏油灯处,而在遁去的一所在的地方!"

"那是什么地方?"孔武看着宋慈。

宋慈指着道人图说道:"这里是丹田!竟然没有油灯,着实古怪。这必定就是那遁去的一,也是他藏身之所!"

石室中的聪慧之人不少,这间石室有如肚腹,那丹田之处则有一根连接上下的石柱。薛文走了过去,在石柱上左右打探之后,发现了机关的所在,轻轻扭动一块凸起的石头后,石柱下便出现了一道石门。

众人走进了密道，这是一个天然的溶洞，行了半里路后看到了一间巨大的石窟。在石窟的正中还有一座古怪的庙宇，门匾上有三个字，遁一观。

十年前遁一观毁了，十年后竟然在这里重现！

孔武走了上前，用乌梢棒碰了下门环，大门吱嘎一声开了。兴许是身处洞穴之中的缘由，庙宇里吹来了阵阵的冷风，让人不寒而栗。

走过一段放着宫灯的长廊，前方就是正殿。此处正殿乃是圆形，正中是泥塑的赖省干真身塑像。塑像之前是八卦阴阳鱼，在左侧白色阳鱼区域坐着一群惟妙惟肖的蒙皮人偶，这些人偶穿着朱服或紫服，腰束大带，头上戴进贤冠，都是朝中大臣形象，每个人偶下面还放着油灯。

"叶大人！你怎么在这里？"孔武走到叶适人偶前，碰了碰手臂后，人偶便发出砰砰的声音。掀开衣裳一看，人偶的骨架乃是桃木雕刻而成，身躯被掏空，里面填充了稻草，在稻草中还有一张用红布包裹的写有姓名和八字的黄符。

在大殿右侧也是一群人偶，不过都是金国的大臣，他们和宋朝大臣一样，也是盘腿端坐的姿态，胸口也有黄符。

在宋国群臣之前，宁宗戴着裘冕，身穿通天冠服，站在阳鱼的鱼眼处。在金国群臣之前，金章宗头戴纯纱幞头，站在阴鱼的鱼眼处。

"光凭这殿中景象，赖省干可以被抄家灭族十次！"余莲舟拿起了手中的软鞭。

孔武瞅到辛弃疾也向赖省干叩拜，一怒之下挥棒打去。突然间辛弃疾的人偶活了过来，他手拿笏板攻向了孔武。眨眼的工夫，金宋两国大臣中，冒出了十余名冒充人偶的死士。

须臾，大殿里头颅胳膊横飞，分辨不清那是人的还是人偶的。激战片刻，赖省干的死士虽然不惜性命，但终究寡不敌众，被逼入死角。

宋慈走到了大殿墙壁处，这里还有一尊人偶，它模样面目狰狞，异常丑陋，整个身体乃是石头雕成，正是力主北伐的韩侂胄。

余莲舟来到宋慈身旁说道："这里不见赖省干的身影，想必还有其他密室！"

宋慈指了指眼前这个石头雕成却肚腹中空的石人，道："这一具和其他人偶不同，是石头雕刻的。"

孔武和马永忠也走了过来，孔武看着韩侂胄的石像说道："韩侂胄的头颅不是被砍下拿去议和了吗？怎么还在脖子上？"说着孔武扭动了石像的脑袋，咔嚓一声后，在几人还没醒悟过来的瞬间，脚下的石板开始飞速地转动，墙壁上出现了一道旋转石门。机关将宋慈等人送进石壁中后又立即恢复了原样。李好古、李好义兄弟正带着皇城司将士和剩余的赖省干死士搏杀，听到响动回身一看，已见不到宋慈和余莲舟等人的身影。

"宋公子，余提点！"李好义喊了一声，经久之后却无人应答。

一旁的李好古当机立断道："除掉这些人偶，提点不见了！"

人偶一尊尊被毁灭，一些油灯也被打翻，大火在庙宇中烧了起来。一时分不清在火海中燃烧是人偶，还是真人。

在石壁的另一边，宋慈等人回过神后，发现自身又处在一个密道里，孔武试了下，身后的暗门却怎么也推不开了。

"先往前走走看！"余莲舟轻声说道，一行人在密道中摸索前行。

在密道的另一头，有一间灯火辉煌用八根包金红漆龙柱支撑房梁的大殿，乍一看去这间大殿颇像是凤凰山大内的勤政殿。在大殿的正中，是一座镶嵌着珍珠宝石的龙椅，一位青衣老道手握拂尘坐在上面，仇彦手持横刀护在身侧，另一旁则是在桌案旁全神贯注摆弄天机盒的雷修。

方才三人逃到这里时，雷修手脚突然不听使唤，再走了几步，便气血上涌，晕倒在地。赖省干和仇彦查探后方知雷修竟然中了毒，此时毒素已经攻心，若是再强行逃亡，定然丧命。

仇彦用雷修所用的探针刺了下身旁的甲虫，甲虫当即毙命，故而猜到，兴许是探针拨拉天机盒时，无意间被毒物浸染，进而中毒。

赖省干不忍多年心血毁于一旦，便拿出了所剩无几的索玛喂给了雷修。此物虽然不能解毒救命，但是能吊命，还可以让人精神亢奋，暂时忘却中毒的疼痛。

雷修的脸越来越黑，如同墨汁砚台，脸上也露出了痛苦之色，他一手转动着天机盒上的干支轮，一手用探针拨拉天机盒上的小孔，感受天机盒中锁柱和齿轮的细微变化。

"什么时辰了？"赖省干问道。

"酉时了！"仇彦回道。

"等不了了，皇城司的人要来了，打开天机盒吧！"

雷修的手微微颤抖，回道："大人，我已解开了四个密码，先给我解毒吧！若不然这盒子打不开！"

赖省干对各种毒物也有几分了解，雷修所中的毒极难化解，再说此时三人正被皇城司追杀，带着这样的一个累赘逃命乃是痴心妄想。心思于此，赖省干看着天机盒上已经解开的密码问道："丁亥、乙卯。这四个密码是对的吗？"

雷修连忙点头道："大人，这定然是对的！你快点儿带我离开这里去解毒！"

赖省干转身又看着仇彦道："这四个天干地支你可熟悉？"

仇彦不敢隐瞒，回道："是秦卿八字中的日和时的干支！"

"好！"赖省干说道："你把后面四个密码弄好！"

"属下遵命！"仇彦走了上前，接过雷修身边的天机盒，用秦卿生辰的月干支摆出了丁丑两字。就当仇彦要摆出年的干支时，赖省干说道："把天机盒给我！"

仇彦愣了下，有些不情愿地把天机盒交还给赖省干。

赖省干看着仇彦疑惑的眼神，问道："你在想什么？"

"大人，还是卑职来吧！万一……"

赖省干的手放在了天机盒上，问道："秦卿是不是淳化十四年生人，那一年即是丁未年？"

"是！"仇彦回道。

赖省干松了口气，仇彦所说和苏离所说的一样，想必就是最后两个密码，即使这次错了，那也是第五次，不必担心毒针。

"大人，皇城司的人就要追来了，不如我们出去再开盒子？"

赖省干摇了摇头道："打开天机盒后，天字书老夫拿走。你带着空的天机盒引开皇城司的人，事成之后，你就是老夫身边第一人！"

仇彦急忙跪下道："属下誓死效忠大人！"

恰在此时，密道中传来了脚步声，赖省干知道再不能等了，两手齐动，在天机盒上拨拉了起来。

旋踵，但听刺啦两声，最后两圈的丁字和未字同时停在子午线上，可还没等他按下天机盒中间的阴阳鱼，天机盒突然射出了数根毒针。

突遭巨变，赖省干急忙丢掉了天机盒，一边后退，一边手持拂尘格挡，可是还有一根毒针擦伤了左肩。还没等缓过一口气，仇彦突然抽刀砍了过来。

"竖子诈我！"赖省干顺势打了一个滚，翻过雷修身边时，从他手里夺走探针，转身掷了过去。

仇彦躲闪不及，腰眼便被探针击中，胸口又被赖省干打了一掌。他连连后退，一手持刀护在胸前，一手撑在身后的岩壁上。

"竖子为何叛我？这明明是第五次，为何天机盒中有毒针射出？"无数个疑问涌入赖省干的脑海。

仇彦吐出口中血沫，持刀插入地面支撑身体道："你被毒针伤了，今日必死无疑！"

赖省干左臂隐隐发麻，大殿外进来了几道人影，宋慈、余莲舟、孔武、马永忠都来了。

"怎么自己打起来了？"孔武疑惑道，"抢龙椅吗？"

余莲舟看了下两边情形道："仇彦背叛了！"

"为什么？"马永忠疑惑不解。

"他知道秦卿是赖省干派人所杀！"

宋慈的目光看向了天机盒，"丁未、丁丑、丁亥、乙卯"这几个八字中有六个他都眼熟，霎时间好像明白了什么。

赖省干用浮尘卷起天机盒，坐在了龙椅上，他看着宋慈几人道："少年可畏，竟然这么快就追到了这里！"

仇彦咳嗽了一声道："赖省干，你派苏离杀秦卿时可想到今日？"

"你是为了那个贱婢？"赖省干冷笑道，"所以你就要复仇？此地也是你告的密？"

仇彦抹了抹嘴角的血沫道："宋慈？他不配！我只是偶尔向梁成大提过你喜欢钓鳊鱼！"

"这天机盒在你交给我之前就动过手脚，所以那时就只有四次机会，到如今这是第六次了，所以错了一步，就有毒针射出？"

仇彦喘着粗气，笑道："你生性谨慎，本以为骗不过去，不过你不放心我开天机盒，还是中招了！"

仇彦身上都是伤口，不过能让赖省干身中毒针，一切都是值得的。

赖省干看着插在仇彦身上的探针道："所以探针上无毒，毒是你下在褡裢中的木匠工具上的。你谋害雷修的目的，就是想在这里拖住老夫？"

"我答应过秦卿，要替她报仇！"仇彦再也支撑不住身体，半靠着墙壁上，喘着粗气，用刀指着宋慈等人道，"只可惜，让这几人捡了便宜！"

"孽障，你为了一个贱婢，居然背叛老夫！"到了此时，赖省干仍不愿意相信眼前发生的一切。

宋慈叹了一口气道："赖省干，你乃是一世枭雄，武功高强，心狠手辣又算无遗策，可是你从来不相信旁人，独断专行，更不会在乎属下所想！二十年前茶帮就是受不了你的霸道，从而分崩离析。十三年前你和赵汝愚又被周衍等人背叛，到如今这是第三次了。"

"够了！老夫做事不用听你这小儿指责！"赖省干嘴角微微发乌，毒素慢慢发作了，他看着仇彦道，"那天机盒的密码是不是秦卿的八字？"

仇彦不顾伤口的牵扯，呵呵笑道："我不会告诉你，这样你就会死不瞑目！"

"竖子找死！"赖省干手挥拂尘打了过去，仇彦侧转半边身子，硬生生地挨了赖省干一招，却掷出了手中的横刀砍在了龙椅扶手上。嘭的一声后，扶手被生生砍断，里面的机关露出来了。

在赖省干出手时，孔武抽出乌梢棒，余莲舟抽出手中软鞭，两人一同向前。

赖省干不得不放过仇彦，他喘着粗气对仇彦道："孽障，为了杀我，你连出路也断了！你以为宋慈他们会放过你？"

"我要的只是你死！"仇彦虽然虚弱，但眼中似乎放出了光。

密道里又有脚步声传来，李好古、李好义兄弟带着皇城司察子走进了大殿。

余莲舟让李好古等人看着赖省干，她拾起了天机盒，说道："莫要伤了此人的性命，他是金人细作首领，抓住他可以将金人在大宋的势力连根拔起！"

赖省干身子渐渐不听使唤，哈哈笑了几声道："好！好！老夫今日命丧于此，那就是天意！苍天啊，为何要让那些无能懦弱的愚人坐上皇位！可惜老夫卧薪尝胆三十年，却不能成就大业！"说着举手拍向了天灵盖。

余莲舟一直留意赖省干，软鞭再次挥出，卷住了赖省干的右手。不远处的仇彦笑了下，从腰眼拔出探针，猛地掷出，嗖的一声后，正中赖省干胸口。

被刺中的赖省干不可置信地看着仇彦，口中冒出血沫，栽倒在地。

仇彦长出了一口气，低语道："秦卿，杀你的人都死了。可惜再不能听你弹曲了！"

众人一时疏忽，竟然让仇彦一击得手，正要冲上前，仇彦却推倒身旁一块石头。突然间，石壁上又出现了一个洞口，无数恶犬从洞里狂奔而出。

这些恶犬双眼浑浊，流着口水，皆是疯狂之态。

宋慈急忙道："小心，被这些恶犬咬到必会得恐水症！"

仇彦站起身驱赶疯狗，一瘸一拐地走入了洞中，他从腰间又抽出一把匕首，一刀挥去，洞中又有狂犬挣脱了绳索。

大殿众人不敢怠慢，纷纷拿起兵刃与恶犬搏斗。

余莲舟用软鞭击杀几只恶犬后，走到洞口旁，扭动了机关，封住了狂犬洞口。

待到所有恶犬都被斩杀，孔武心有余悸道："仇彦进去了，他不怕恶犬吗？"

宋慈叹道："他必定有让恶犬忌惮的药物。那洞口也必定通往另一个出口！"

"仇彦已经受伤，即使真逃出去了，也是九死一生，甚至生不如死！"

"他的事，待会再说吧！"宋慈站到了赖省干的身旁，这个让大宋不得安宁的枭雄胸口中了探针，加之毒发，终究还是死了，临死之前他还睁大了眼睛，心中还有很多的疑问。

此番虽然未能生擒赖省干，但是好歹击毙了恶贼，又将天机盒抢到了手中，已然是大胜。

密道里再次传来了脚步声，华岳来了，他说道："夏震带着殿前司的人就要来了！"

宋慈脸色一变道："他们是要来抢夺天机盒！"

"他若敢抢，我就和他拼了！"余莲舟双眼通红。齐安公主的死就和天机盒有关，好不容易拿到此盒，万万不能就这样交出去。

"不用硬拼！"宋慈说道，"我知道天机盒的密码，先打开天机盒，看看里面的东西！"

"你真的能打开？"余莲舟不安地看着宋慈道，"不要逞强，这毒针会伤人性命！"

宋慈轻声道："密码确实是秦卿的生辰。可是赖省干知道的却是错的，秦家为了保护秦卿，当年没让她插金钗，把她生辰八字中的年的天干地支改小了一年。"

"方才究竟是怎么一回事？仇彦怎么算到赖省干会输入那两个密码？"

宋慈猜测道："他跟在赖省干身边多年，了解了赖省干的心性，所以赌了一把！"

"他赌对了！"

宋慈耳听着山谷外越来越近的马蹄声,说道:"殿前司必定带着皇命,天机盒交出去后,我们就再也没机会拿到了。"

"你究竟有几成的把握!"余莲舟依旧不放心。

"十成!"宋慈伸出了手,讨要天机盒。

"好!既然十成,那我们一起开盒!"余莲舟拿着天机盒走到宋慈身边。孔武等人也想过来,宋慈说道:"别来,若是真有毒针射出,你们还可以施救!"

"不是十成吗?书呆子你骗人!"孔武骂道,但还是退在了不远处。

"莲舟!"宋慈等着旁人远去,看着余莲舟小声说道:"如若有毒针射出,我们躲不开这个劫!进阴曹地府前交换生辰贴吧!"

余莲舟嘴角露出了微笑,眼角却有泪花闪现,说道:"你不嫌弃我这寡妇?"

"你不嫌弃我这验尸的?"

"那好!这次你不要将生辰贴交出去了!"

"好!"

"开锁吧!殿前司的人就要来了!"

"秦卿的生辰不是淳熙十四年,而是淳熙十三年,也就是丙午年!"

"好,我来转动地支上的午字!"余莲舟回道。

"我把天干转到丙字上!"

两人开始同时转动最后两个滚轮,片刻后,子午线上出现了丙午两字。这密文合起来就是丙午丁丑丁亥乙卯八个字,一息、两息、三息,天机盒中没有毒针射出。宋慈和余莲舟把手指放到了阴阳鱼上。

余莲舟嘴角边露出了笑容，看着微微皱眉的宋慈道："你怎么还有点儿不高兴！"

"换不成生辰贴了！"

"不见得！"余莲舟率先把阴阳鱼按了下去，旋踵，天机盒中传来了机关转动的声音。嘭的一声后，天机盒打开了。

宋慈和余莲舟齐齐向盒中看去，却又惊得瞠目结舌。盒中没有所谓的天字书，却只有一封书信，那书信上的字迹余莲舟曾经见过，落款更是让余莲舟不敢相信。

宋慈喃喃道："信封上的落款是齐安公主，也就是你的娘！"

"我娘的书信怎么会在天机盒里？"

就当余莲舟想去拿留书的时候，秘道里走出一个人大喝道："慢着！"殿前司公事夏震带着官兵走了出来。在他们身后，牛俊、谭峰带着皇城司的兵士也跟了来，站在了余莲舟的身旁。

余莲舟瞅了夏震一眼，不屑道："夏大人有何吩咐？"

"奉圣上口谕，速将天机盒送入大内，所有人等不能碰盒中之物，违者处斩！"

"口谕？"余莲舟手放在天机盒上道，"是真是假？"

"好大的胆子！"夏震拔出了手中剑，殿前司的人都向前一步，皇城司的人也拔出了兵刃。

宋慈在一旁说道："夏大人，天机盒干系重大，不见圣旨或者是亲自面圣，天机盒不能给任何人！"

"将天机盒交出来，老夫自然会呈给官家！"

余莲舟这些年来的执念就是为了调查她娘突然身死的缘由，

如今在天机盒中看到齐安公主的书信，让她怎么忍心把东西拱手相让。

"夏大人怎么交给官家？从玉津园交出去？"

"你！"夏震顿时震怒，手中剑指向了余莲舟。玉津园乃是夏震伏击韩侂胄的地方，余莲舟此话分明是不相信他。

正当双方剑拔弩张的时候，从密道里又走出一名老太监，正是宁宗身边的红人肖公公。

"都消消火！怎么动刀动枪的？"肖公公看了看夏震道，"夏将军一把年纪了，怎么和小辈一般见识？"接着又走到余莲舟身旁道，"公主，刀剑无眼，还不快收起来！"

肖公公背对夏震的时候，给余莲舟使了一个眼神。余莲舟看了看左右道："把刀剑收起来吧！"

皇城司的人收了刀，夏震也朝身旁人点了点头，殿前司的人也收起了兵刃。

"这就好了嘛！"肖公公满脸堆笑拍手道，"就让老奴陪着公主和将军一同面圣，二位觉得可好？"

夏震哼了一声，不置可否。

余莲舟沉思了一会，点了点头。

第七节
烛照长夜

今日虽是殿试，但是宁宗却一直心神不宁，待到所有举子都退出大内后，他依旧呆坐在勤政殿龙椅上，看着日头西沉。

"肖公公回来没有？"宁宗轻声问道。

领班太监答道："回皇上的话，算算时辰，该回来了！"

"好，那就好！"宁宗微微闭上了眼睛，靠在了龙椅上。皇城司搞出这么大动静，他自然有所耳闻。近些日子以来，不知为何，宁宗总觉得身心疲惫，更容易犯困，脑袋时常嗡嗡作响。

顷刻，宁宗用手撑在龙椅上假寐，领班太监刚上前一步，宁宗却摆摆手让其退到一旁。

不知不觉间宁宗进入了梦境，他看到余莲舟和宋慈来了，手捧着天机盒，天机盒里装的是大宋的舆图。北伐成功了，他成了中兴之主。

"好！好！"梦中的宁宗激动得浑身颤抖，心中的梦想终于实现。忽然间夏震出现了，手里又拿着另一个天机盒，口中还说道："官家，他们的天机盒是假的，微臣手里的天机盒才是真的！"

"你这天机盒里装的是什么东西？"

"官家请看！"夏震走了上前，打开了天机盒，那盒中竟然是韩侂胄的头颅。突然间头颅睁开了眼睛，韩侂胄怒问道："为什么要杀我！为什么要杀我！没有我，你如何能坐上龙椅？"

"不是朕杀的你！不是朕！是他们假传圣旨！"

"哈——哈——"韩侂胄的头颅狂笑道，"你得位不正，不配为帝！不配为帝！"

梦中韩侂胄的声音似乎让整个勤政殿都塌了，宁宗慌乱道："走开，都走开！假的，都是假的！朕谁也不信，谁也不信！"

"官家！"值班太监轻轻喊了一声，宁宗抹了抹额头的冷汗醒了过来。他虽然是大宋的皇帝，拥有万里江山，身边却好像连一个值得信任的人都没有，是真正的孤家寡人。

就在此时，肖公公走入大内，回禀道："官家，夏将军、公主、宋慈求见！天机盒带来了！"

宁宗长出了一口气，道："让他们进来！"

三人跪拜之后，宁宗目光扫到余莲舟高举过头顶的那个微微打开的天机盒上，心中一沉，问道："天机盒打开了？"

余莲舟回道："臣幸不辱使命，贼首赖省干已伏诛，并夺回了天机盒！"

"天机盒中的东西你们看了吗？可是天字书？"宁宗手按着龙椅，掌心都是汗珠。

"圣上，是一封信！"

"一封信？"宁宗疑惑道，"拿给朕看看！"

余莲舟身子压得更低，说道："莲舟恳求圣上看完信后，将信也给莲舟看看！"

宁宗脸色一变，天机盒中的东西怎么能随便给外人看，却耐着性子问道："此话怎讲？"

"这是家母留下的信！"余莲舟眼中含泪。

"原来是齐安的留书。"宁宗喃喃道，"怎么会是齐安的留书？"

肖公公走了上前，从余莲舟手里接过信，交到了宁宗手中。宁宗的手微微颤抖，努力平定着心绪，撕开了信封。

齐安乃是宁宗胞妹，自小一同长大，她的字迹宁宗断不会认错。方才看了几眼，宁宗愁眉顿展，当整封信看完后，宁宗拍着龙椅连声叫道："好！好！"

见余莲舟不解地抬起了头，宁宗对一旁的肖公公道："把信给莲儿看看吧！"

余莲舟刚接过信，不知为何，眼泪就在眼眶中打转。只见信上写着：

　　盒中之物，已付之一炬，莫再强求。
　　往日种种，皆是云烟。昨日之事，已成过往。
　　愿我大宋国运昌隆，百姓安居乐业，愿官家早日击破金贼，还我河山！

齐安留笔

"娘打开了天机盒，毁了里面的东西？"余莲舟心中猜测道，"里面的东西到底是什么？是那东西要了娘的命吗？"

十多年了，天机盒一直是压在宁宗胸口的巨石，是他的噩梦，是韩侂胄要挟他的利器。如今所有的乌云都散去了，他终于不再受制于人。

宁宗看到余莲舟心神不宁的样子，又想到了齐安公主，不由暗暗叹息了一声。

余莲舟茫然地把信看了好几遍，这就是她这么多年来一直要找的结果吗？娘为何要这么做，她究竟受到了多大的委屈？

未几，宁宗从狂喜中醒悟了过来，对余莲舟问道："莲儿，此番你立了大功，不仅击杀了赖省干，还夺回了天机盒。说说看，你要什么赏赐？"

余莲舟愣在了原地，似乎没听到外界的声音。肖公公走到她的身旁，轻声问道："公主，官家问你要什么赏赐？"

"赏赐？不，不要！"余莲舟甚至了有了哭声。

"傻孩子！"宁宗心情大好，说道，"传旨，余莲舟斩获茶帮余孽，追回国之重物，其功甚大。赏银千两，绸缎五百匹，并赐'巾帼英雄'牌匾！"

余莲舟木然地抬起了头。肖公公道："公主，还不快快谢恩？"

"谢主隆恩！"余莲舟依旧呆若木鸡。

一旁的宋慈在心中暗道："宁宗只说赖省干是茶帮余孽，却不说他是金国细作，看来他还是对金人有所顾虑，不敢撕破脸皮！"

宁宗又看了看宋慈，这个时常和自己作对的小子，今日看起来也异常顺眼。便又开口道："传旨，宋慈查案有功，准其进入太学上舍，赐'少年神探'牌匾！"

宋慈也有点儿手足无措，这也不是他想要的结果。他想要的是天机盒背后的真相，想要的是大宋官场清明，想要的是天下无冤。

肖公公轻轻叹了一口气，这两个小家伙今日竟然都是这般模样，连忙咳嗽了一下。宋慈得到提醒，跪拜道："谢主隆恩！"

"都下去吧！"宁宗说道。

余莲舟跪在地上说道："恳请官家将家母的信赐予微臣！"

"此乃孝道，便如你所愿！"

余莲舟拿回了书信，和宋慈一道离开了勤政殿。走出大内后，余莲舟叹气道："我是不是永远查不到真相了？"

夜色如墨，笼罩着临安城，身后的大内寂静无声、一派死气，远处百姓街坊中却有万家灯火。

"真相如同这夜色，即使暂时被掩盖，但总有阳光刺破黑暗的那一刻！"

"这个夜太漫长了！到头来什么也没查到！"

"也不是一无所获，至少赖省干不能再兴风作浪了！"

"也是！"有了宋慈的规劝，余莲舟心情好了许多，问道："去县衙吗？"

"当然要去！此案还没给余大人交差！"

"我也去！"余莲舟嘴角边终于有了一丝笑容。

小半个时辰后，两人回到了临安县衙。余复听完两人的述说后，静静地坐在椅子上。过了片刻，他对余莲舟说道："莲儿，你随我来！"

不多时，余莲舟跟随余复到了后院偏房，那里挂着齐安公主的画像。

不知从何时起，宁宗怕光，怕声响，更睡不好，可是今日他终于可以安心睡觉了。就当他起身准备离开勤政殿之际,肖公公又禀告道:"官家,礼部侍郎史弥远有急事求见!"

"哦?"宁宗站住身子问道:"他来干什么?殿试学子的考卷这么快就阅完了?"

肖公公摇头道:"史大人说要为一个人讨个恩赐!"

宁宗有些不悦道:"得寸进尺,认为朕缺了他们就不能和金人和谈?"

"那老奴这就打发他走?"

"算了!"宁宗喊回了肖公公道,"你把他叫进来!"

史弥远进到殿中,跪拜宁宗后说道:"老臣想替某人讨一恩赐,求圣上免了他以前的过错!"

"哦?"宁宗睁眼道,"此人是谁?"

"仇彦!"史弥远回道,"他曾是赖省干身边的亲卫,前些日子已然弃暗投明,成为臣安插在赖贼身边的暗子。就是他将赖贼隐居地告诉了皇城司,若不然皇城司断不能这么快就找到赖贼的巢穴!"

宁宗微微颔首。史弥远又道:"今日赖贼得以伏诛,也得力于仇彦,若不是他设计先让赖贼中了毒针,最后又用探针射中赖贼胸口,此獠想必还会逃出生天、逍遥法外!"

"好,准了爱卿所奏就是!爱卿还有什么事吗?"

史弥远顿了一下,说道:"天机盒最初乃是仇彦所得,他也知晓开天机盒的密码!"

宁宗心中一沉,问道:"这是怎么一回事?"

史弥远回道:"仇彦是从周衍手里得到的天机盒,那开天机盒的密码乃是秦济世女儿秦卿真正的生辰八字。而这个生辰八字，除了宋慈外就是仇彦知晓！"

宁宗脑中开始嗡嗡作响，无数凌乱的思绪都涌了进来，他不经意间晃了一下身子，说道："速速传此人面圣！"

"微臣不敢带此人面圣！"史弥远长鞠一躬。

"为何？"宁宗竟要从龙椅上站起来。

"仇彦被疯狗咬伤，得了恐水症，神智不清，正在医治，臣不敢带他见官家。"

宁宗又轻轻坐了下来。史弥远又道："仇彦昏迷时口中还奇奇怪怪地说了一些怪话，提到了什么东西！"

宁宗的心开始怦怦乱跳，问道："他说了什么？"

史弥远嘴角露出一丝不易察觉的微笑，道："医案！"

所谓医案就是大夫的诊病记录，听到这两个字，宁宗惊出了一身冷汗，他所担心的事情还是发生了。难道是仇彦先打开了天机盒拿到了里面的东西？可是齐安那封信又如何解释？

史弥远留意到了宁宗的举动，知道自己猜对了，这步棋也走对了，又说道："仇彦已疯，所说之事真伪不可考。臣定将寻名医救治此人，届时他所说之事就能印证了！"

宁宗呼吸变得急促，又疑惑地看了下史弥远，心道这人说的到底是真的还是假的？究竟该相信余莲舟还是他？扶了下额头，宁宗说道："朕知道了，爱卿先退下吧！"

"多谢圣上！"史弥远告辞而去。

沉默了许久后，宁宗挥手招来了肖公公道："派人去查查，那个叫仇彦的人是不是真得了恐水症？"

"老奴这就去安排！"

一个时辰后，几道黑影出现在史弥远府上，仇彦怕水怕风，正在后院院落中狂喊。须臾，几道黑影又已离去。

清晨，梁成大走进史弥远的书房中，说道："大人，昨夜府中来了夜行人！"

史弥远吹了吹手中的盖碗茶的茶沫子，回道："知道了。"

"官家派人去了太学，先是送去了'少年神探'的牌匾，又驱逐了斗斋中其他人，让宋慈书写赖省干有关的卷宗，不得有一丝的错漏！"

史弥远品了一口茶，道："好茶！"

此时的宋慈正提笔端坐在斗斋中，虽然不知道发生了什么事，但是他感觉到宁宗的情绪发生了巨大的变化，为何这么急着要看赖省干的卷宗？还要从建宁府时开始一一说起？肖公公也暗示自己，最重要的是要写与天机盒有关的事情。

陛下生性多疑，难道是有人又说了什么话？

蘸了蘸墨汁，宋慈提笔在纸上写了起来。从日出到日落，卷宗终于写完，这四年来，宋慈破过八起大案，分别是"白僵案""鬼庙案""青楼案""阴兵案""龙头案""洞房案""太学案"和"天机案"。这些案子看似毫无关联，但是或多或少竟然都和赖省干有关。至于和天机盒有关的事情，宋慈更是事无巨细都写了，没有一丝的遗漏。

当写好最后一字后，宋慈停了下笔，心道："真相都已写明，陛下该没有什么疑虑了吧？"

肖公公在斗斋中早已等候多时，等宋慈写完所有的卷宗后，便接了过来，拿回了宫中。

这一日，礼部到太学祭孔，之后就要公布今年恩科的皇榜。宋慈坐在斗斋的凉亭中，不知为何，他依旧被软禁，不得离开斗斋一步。

就在此时，斗斋的大门被推开了。从外面走进来一人，竟然是礼部侍郎史弥远。宋慈虽然对史弥远心存怨念，但还是起身相迎。

"好地方！"史弥远看了看斗斋的周遭道，"是个安心读圣贤书的地方！"

说着史弥远坐了下来，信手翻了翻手中文书，道："少年可畏！小小年纪就能破获八起大案，又铲除赖省干，实属不易。老夫从官家处看到此卷宗，不由拍案叫好，就厚着脸皮在官家那儿看了几个时辰，事后又让人誊抄了一份。少年神探，名不虚传！"

宋慈不知道史弥远葫芦里卖的什么药，起身道："大人谬赞了！晚生只是懂一些粗浅的验尸推案的法子罢了！"

"宋慈，你认为推案最关键的是什么？"

"当然是真相！若没有真相，怎有朗朗乾坤？若没真相，百姓的冤屈谁去洗刷？他们又怎会相信官府？若没真相，大宋怎能挺起脊梁，正大光明？"

史弥远微微笑了一下，又看了看周遭问道："这里本是岳王府，那你觉得秦相'莫须有'的判词判得如何？"

宋慈不知道史弥远是何意图，却站定回道："滑天下之大稽！"

史弥远脸有愠色道："人站的位置不同，看到的风景就不一样。人心惟危，重要的不是真相，而是揣度人心，是人们究竟愿意

439

相信什么,最怕的又是什么!宋慈,老夫是爱才之人,你明白吗?"

宋慈起身躬身道:"多谢大人错爱,但晚生不敢苟同。没有什么比真相更为重要,没有什么能大过人命,没有什么能比为百姓洗冤更值得宋慈一生去追求!"

史弥远本想拉拢宋慈,进而拉拢理学和光宗党人,今日屈尊纡贵到此,宋慈却是如此这般顽固不化,心中不由愤怒。他强压着怒火,问道:"皇后赏识你的诗才,你可准备了诗作?"

"晚生愚钝,本就不擅长写诗填词,近日又被几起大案扰乱心神,恐怕写不出了!"

"好,好一个宋慈!"史弥远站起身来,转身走了出去。

宋慈看着挂在斗斋东斗房的簇新的"少年神探"匾额,又看了看挂在腰间还没几天的上舍生的鱼龙佩,苦笑道:"看来这个玉佩挂不久了,这个地方也住不长了!"

半个时辰后,夏震领兵到了斗斋中,说道:"宋慈,跟我走一趟!"

宋慈整了整衣冠道:"敢问大人,宋慈所犯何事?"

"赖省干乃是大金和谈密使,你未经请示斩杀金国大臣,破坏和谈,该当何罪?"

宋慈看着这本为岳飞故居的太学,口中喃喃道:"莫须有!又何必再找罪名?"

自从来了临安,宋慈竟然数次入狱。他在大牢中待了几日,竟然没人前来提审。正迷惑之时,肖公公领着余莲舟来了。

"公主,莫要说长了,要不然就是让老奴为难了!"

"多谢肖公公了!"

余莲舟看着宋慈,从腰间摸出一包蜜饯,分了一些交到宋慈手中。

"史弥远今时不同往日了!"

宋慈已知道史弥远是皇后身边的执棋人,但是宁宗以前似乎并不畏惧他,要不然函首议和后他也不会仍然只是礼部侍郎,没有升迁。

余莲舟接着道:"史弥远就要拜相了!"

"哦?"宋慈迷惑不解,又发生了什么事情?

"史弥远见过官家,说仇彦早已投奔了他,还暗示仇彦打开过天机盒得到了里面的东西!"

"官家信吗?"

"官家原本不信,可是史弥远提到了两个字:医案!"

"医案!"宋慈咀嚼这两个字道,"我明白了,可是如今没有任何证据!"

"想必这也是娘毁了那东西的缘由!"余莲舟叹了一口气。

"史弥远必定是猜的,那东西早已毁了,威胁不到官家!"

余莲舟轻声道:"还有两件事要告诉你!"

"你说!"

"宋伯父乃是殿试最后一名!"

"是我连累了爹爹!"宋慈叹道。

"我爹爹调任益州知府,即日离开临安。"

宋慈不安道:"明升暗降,史弥远这是要排除异己!"

见到宋慈吃完了蜜饯,余莲舟转身道:"我走了!"

宋慈看着余莲舟背影说道:"我知道劝不动你,但是面圣的时候，不必强求，我宁愿待在这大牢，也不愿你违背本心！"

"你知道我要去见官家？"

"有些事，有些人，你总要去面对！"

"还是你懂我。等我消息！"余莲舟说完转身走了出去。

大牢中的宋慈，靠在栏杆处歇息，眼中好像看到了一团迷雾。不知何时，大牢中又走进来一道熟悉的身影。宋巩来了，随身还带着食盒。

"爹爹！你怎么来了？"宋慈急忙隔着栅栏叩拜道，"是孩儿害了你！"

宋巩摇头道："殿试是头名还是最后一名又有什么区别？爹爹要去岭南了，官家让我做广州通判！"

"也好，也好！"宋慈心中稍感安慰，广州山高皇帝远，通判一职也让父亲的推案才能有发挥的余地。

在食盒之中，放着建阳麻薯，那本是宋慈小时候最喜欢的甜食。可是他如今早已长大，再不喜欢这样的东西了。

"你不喜欢？"宋巩有点儿诧异。

宋慈把麻薯放到了口中，咬了一口。

"你怪爹爹逼你验尸推案吗？"

宋慈抬起了头，宋巩两鬓斑白，已是花甲之年。他不惑之年得子，对宋慈有着太多的期待。

"怪！"宋慈回道，"当年我不过总角之年，刚识字你就逼我看推案之书，你就逼我学习验尸之术！爹爹，你知道当年我有多害怕吗？"

"我知道！"宋巩眼中的泪珠在打转道，"爹爹有你的时候年龄大了，怕这身本领还没传给你，就走了！"

"爹爹，你知不知道从儿时起我身边就没有玩伴，他们都怕我，怕我这小小年纪就验尸的怪孩子。爹爹你知道吗？我也不想沉默寡言，但是无人愿意和我说话！从小到大，我一个人骑竹马，一个人放纸鸢，一个人读书，做什么都一个人！"

宋巩老泪纵横道："爹爹知道你的苦，爹爹除了教你验尸推案之术外，什么都没有教给你。爹爹甚至不知道你喜欢吃什么，又想做什么！"

今日的宋巩与往常有些不同，宋慈诧异地抬起了头。

宋巩收拾着食盒，又说道："爹爹就要去岭南了，山高路远，也不知道还能不能回来。爹爹知道你受了很多苦，心中有很多委屈。爹爹只想你今日就把心中的不快都吐出来。你给官家写了赖省干的卷宗，官家必会召见你，面圣时不要意气用事！"

听到这里，宋慈的脑海中好像听到了钟鸣声，也明白了宋巩的苦心，他是想宋慈把情绪都发泄出来，面圣之时就多了几分活路。

"爹爹，如今我只是惋惜没把你的验尸推案之术都学会。我本是小小的读书郎，只有通过验尸推案之术才能给天下百姓一点儿帮助，给他们一点儿希望。"

"时候不早了！"宋巩轻叹道，"我要走了。慈儿，爹爹不指望你高官厚禄，不指望你光宗耀祖。爹爹只希望你不忘本心，能为社稷劳心，能为百姓谋利，能让天下无冤！"

宋慈看着宋巩已经不再挺直的腰身道："爹爹，把柳木箱留给我好吗？"

"好！好！"宋巩老怀安慰，眼泪夺眶而出。

宋慈把麻薯塞到口中道:"爹爹,他日我们回建阳再去吃麻薯如何?今日你带来的太少了!"

宋巩笑了,眼中带着泪花,道:"此番爹爹来看你,已存了回不来的心思,如今已然无憾了。"

"爹爹,孩儿出监牢后就去看你!"

宋巩从怀中拿出一封信交给宋慈,说道:"这封信给你,当你要离开临安前方可打开!"

宋慈不明就里,还是郑重其事放入了怀中。

宋巩离开了,大牢里又寂静无声。不知何时肖公公来了,说道:"宋慈,跟咱家走一趟吧,官家要见你!"

不知从何时起,宁宗喜欢一个人坐在夜色中的勤政殿,在这里他看不见别人,别人也看不见他。恍然之间,他好像看到韩侂胄正向自己走来,正惊慌之时,韩侂胄的身影又变成了史弥远,接着所有人影都消散了。

肖公公走了进来,说道:"官家,宋慈来了,在殿外候着!"

"让他进来吧!"

宋慈进殿后,向宁宗叩拜。宁宗却静静地看着外面的夜色,不发一言。

大殿里只有几根蜡烛,昏暗异常。宋慈知道宁宗自从登基以来就勤政节俭,他吃的是粗茶淡饭,晚上不敢多点一根蜡烛,更不敢偷懒,每日寅时就批改奏章,直到夜晚子时。宁宗本想成为中兴之主,但北伐不仅失利,自己的宰执还被砍下了头颅,他也要签下城下之盟。

"宋慈，赖省干这人如何？"

"回官家，赖省干乃是一代枭雄，心狠手辣又算无遗策，但是他倒行逆施、不得人心，所以手下人接连背叛！"

"哦！"宁宗叹了一口气，他想到了自己，父亲光宗临死时也不原谅自己。枕边人杨皇后竟然偷了玉玺，杀了他的大臣。这普天之下，还有谁可信任？

"宋慈，说说你推过的那些案子吧！"

"臣遵旨！"

宋慈当上内舍生后，已然可以称臣。他从建阳白僵案开始，说着这四年查过的八起大案。

宁宗初始时还精神倦怠，不一会便眼放光芒。他从宋慈身上，看到了大宋的勃勃生机，看到了大宋的少年意气，看到了这些年来他一直在其他地方看不到的奋发向上。

"好！"宁宗开怀道，"这才是大宋的少年神探！"

"臣愧不敢当！"

宁宗指着左手边薄薄几本奏章道："这是叶适、余复、真德秀几人保你的折子！"

宋慈胸口一热，这些大人对他一直爱护有加。

宁宗又指着右边厚厚一摞奏章道："这是其他人弹劾你的本子！"

"宋慈无愧，赖省干本是金人细作，哪里是和谈密使，他不死，大宋不安！"

宁宗何尝不知道宋慈是被冤枉的，又何尝不知道议和派的心思，宋慈是叶适、余复的马前卒，只要这个卒子折了，议和派就能掌控朝堂。

"宋慈，过几日就是皇后的寿辰，你写一首贺寿词吧！"

听闻此话，宋慈既感动于宁宗对自己的维护，又痛恨宁宗对议和党的妥协。

他静了静心神，说道："诗词发乎于心，臣想到北伐受挫，大宋就要签下城下之盟，这贺寿词委实写不出！"

"宋慈，你好大的胆子！你以为朕不会杀你这小小的太学学子吗？"

"陛下，你想看到什么样的大宋少年？"宋慈横下了一条心说道，"是蝇营狗苟？是唯唯诺诺？是谗言媚上？是卑躬屈膝？是年纪轻轻就暮气沉沉？陛下，这样的大宋什么时候才能再度北伐、还我河山？什么时候才能天下无冤、正大光明！"

"竖子大胆！"宁宗将手边的茶碗丢出去，茶碗的碎片割破了宋慈的脸颊，血液顿时流了出来。

"滚出去，朕不想见你！"宁宗手扶着额头。

宋慈缓缓将腰间的鱼龙佩解了下来，放到了地上。

就在此时，肖公公进来了，说道："官家，思齐公主求见！"

"不见！"盛怒的宁宗不想见任何人，特别是这两个让他头疼的后生。

"官家！"肖公公小心翼翼道，"公主说她知道齐安公主当年为何亡故了！"

宁宗心中一惊，说道："让她进来！"

宋慈走出了勤政殿，迎面而来步入殿中的余莲舟盯在了宋慈脸颊的伤口上，宋慈却看着余莲舟的眼睛，微微摇了摇头。

余莲舟微微一笑，却不言语。

当宋慈离开勤政殿后，肖公公却追了出来道："官家让你在此地候着！"

"宋慈遵旨！"

"哎！"肖公公摇了摇头道，"少年意气，即使不死，以后的路也难喽！"

宋慈站在台阶下，看着不远处的勤政殿，心道："爹爹，慈儿还是没听你的话！"

余莲舟走进了大殿，叩拜了宁宗后，又看了看身后回来的肖公公。宁宗挥了挥手，肖公公知趣离去，又叫走了殿外守候的宫婢和太监。

"好了，莲儿，你想说什么！"宁宗努力平复着心绪。

"圣上，我娘是不是被人害死的？"余莲舟单刀直入，没给自己留丝毫的转圜余地。

"为何这么说？"宁宗捏紧了龙椅。

"圣上，我娘当年去了皇爷爷那儿，看到了天机盒，也猜到了打开天机盒的密码可能是秦卿的生辰。我查过卷宗，当年有人告密说秦卿隐瞒了岁数，但是娘不忍秦家最后一个小女孩进入军妓营中，故而替秦家遮掩了，为此还向官家求过情。也正因为如此，她知道了打开天机盒的密码！"

宁宗回想着往事，齐安当年好像确实提过此事，不过当时他并未在意。

余莲舟又道："娘打开了盒中的东西，拿到了医案！"

听闻医案两个字，宁宗顿时怒火中烧，他喘着粗气，余莲舟虽然是自己的外甥女，但是没有什么人是不可杀的。

447

余莲舟却没有退缩，继续道："医案乃是秦济世所写，上面只提到了一件事，莲儿猜测即皇爷爷那时不仅真的病了，而且病因是被人下毒！"

"够了！"宁宗将手旁的香炉掷了出去，余莲舟额头被砸中，立时有鲜血渗出。

当年宁宗之所以能登上皇位，是因为光宗托病不去主持孝宗葬礼。等光宗想去主持葬礼的时候，却真的病了。所有人都认为光宗是时运不济，没想到秦济世却查到光宗是被人下毒。

是何人下毒？是扶持宁宗即位不甘心失败的韩侂胄和赵汝愚？或者是宁宗本人？但不管怎样，此事传出去，必将朝野大哗，宁宗龙位不稳。

余莲舟抬起头，继续道："当时圣上已经登基，我娘看到了医案，不想大宋再陷入纷扰之中。于是她烧了那东西，然后写下了那封信，合上了天机盒。"

宁宗松了口气，道："齐安烧了医案，好，好！"

"圣上，我娘是怎么死的？是谁害了她？圣上可知道，她临死前还记挂着大宋，叮嘱爹爹不要再查此案？圣上你可知道，这么多年来我和爹爹有多想她？"说到这里，余莲舟泣不成声。

"朕没有杀齐安，若不然天机盒也不会被韩侂胄所得！朕也没有害父皇！"

余莲舟对自己问道："如若不是圣上，那究竟是谁？是韩侂胄？"

宁宗沉默无声，权当默认了。

余莲舟的眼泪夺眶而出。

"莲儿！那医案真的烧了吗？"

余莲舟心中满是失望,她眼前的圣上,她的舅舅,担心的只是医案,却又不相信真相。"烧了!娘不会骗人,为此她还牺牲了自己的性命,还有我那未出生的弟弟或妹妹!圣上,史弥远是在诈你,仇彦没有打开天机盒,他手中没有任何东西!"

宁宗将信将疑地看着余莲舟,不置可否。

"圣上,莲舟的话说完了,你可以杀我了!"余莲舟闭上了眼睛,此等机密大事足够砍掉她的脑袋九次。不过她终于调查清楚了她娘之死的缘由,可以死而无憾了。

宁宗看着余莲舟,他不想杀人,可是为何所有人都要逼他杀人?此番若是放了余莲舟,她将此事说出去怎么办?若是不放,又怎么对得起死去的齐安?

沉思了许久,宁宗摆了摆手道:"你出去吧!"

余莲舟跪在地上说道:"圣上,请诛史弥远,此贼不除,大宋危矣,皇上危矣!"

"杀他?"宁宗犹豫不决,心道:"万一余莲舟说的是假的怎么办?万一那封留书原本不是在天机盒中,只是齐安当年留给余复的家书,又怎么办?史弥远若是真的拿到了医案,动了他,他必然鱼死网破,闹得满城风雨,皇家的脸面何在?自己的皇位还保得住吗?"

"出去吧!所有的事朕都知道了,你和宋慈在大殿外候着!"

余莲舟站起身抬起了头,不顾规矩直视着宁宗。宁宗躲避她的目光道:"不要逼朕杀你!"

余莲舟取下腰间的皇城司提点腰牌,放到了宋慈的鱼龙佩的旁边,道:"多谢圣上提拔!多谢舅舅这几年的照拂!"

449

"莲儿！"宁宗嘴角抖动了下，本想说什么，但是终于放弃了，他只是说道，"余驸马去了益州，那是个好地方，可以去那儿陪陪你爹爹！"

"多谢圣上成全！"余莲舟转身离开了大殿，当踏出大殿的一刹那，泪珠夺眶而出，她扬起了头，不想让眼泪掉落，口中喃喃道："娘，这就是你用命保护的大宋，这就是你用命保护的皇上！"

余莲舟强忍眼泪，平复了片刻，向站在大殿外的宋慈走去。两人看着对方脸上的伤痕，不知为何却都笑了。

宁宗坐在了龙椅上，手撑着额头，殿外这两人虽然顶撞了他，但都是出自一片真心。不过若不惩戒他们，议和派定不会息事宁人。

"平衡之道！不过是平衡之道罢了！"宁宗思索良久，对肖公公说道，"拟旨，余莲舟擅杀金国使臣，去思齐公主头衔，贬为庶人，收回'巾帼英雄'匾额。宋慈，谋算金国和谈使臣，去太学上舍生衔，逐出太学，收回'少年神探'匾额。两人即刻起离开临安，无旨意不得回来！"

虽然已是深夜，城门已关，但是肖公公还是拿着令牌将宋慈和余莲舟两人送出了钱塘门外。

"多谢肖公公了！"两人对肖公公长鞠一躬。

肖公公看着漫漫长夜道："夜太黑了，路不好走，看着点路。"说着将手中的灯笼交给了宋慈。

两人出城门没多久，孔武和马永忠也追了过来，幸好肖公公还在，用令牌让两人也出了城门。

"你们怎么来了?"宋慈看着斗斋的伙伴。

孔武嗤笑道:"洒家想四处逛逛,两只呆鸟管得着吗?"

马永忠提了提背囊上的绳子道:"我要四处采风!画院李嵩师父说过,我作的画缺少人间烟火气,让我离开临安游历三年。"

宋慈走了上前,拍了拍两人的胳膊,三人抱在了一起。孔武看着一旁的余莲舟道:"提点,要不要一起抱下!抱一起热乎!"

余莲舟皱了一下眉头。

孔武推开了身旁两人,拿出一壶酒喝了后,说道:"史弥远拜相了。皇城司的牛俊说,史弥远找到了一人,此人可以把任何人的笔迹模仿得惟妙惟肖。"

马永忠点头道:"牛干办和谭干办本想跟着来,不过被皇城司的人拦住了!"

"前方的路更不好走了!"余莲舟看向了远方的黑暗。

宋慈提起了灯笼,打开了父亲宋巩给自己的留书,那上面只有一句话:"知屋漏者在宇下,知政失者在草野。"

心有所悟后,宋慈走在三人身前道:"荣华富贵非我所求,宋慈此生将勉力使我大宋朝野正大光明,朗朗乾坤无一冤魂。烛光虽微,可破长夜!"

"等一下!"孔武插话道,"此话你收回去,给你两文钱,让我说!"

"孔武,别闹了!"马永忠一本正经道,"临安,我们总有一天会回来的!"

几个少年离开了临安,苍茫大地有几匹骏马在夜色中狂奔。

在天的另一端,朝阳正慢慢升起,一缕阳光刺破黑夜,照在了广袤的大地上。

——天机案完

《大宋法医:少年宋慈》下册完